"慈行三部曲"之三

人生慈行

RENSHENG CIXING

徐迅雷 著

GUANGXI NORMAL UNIVERSITY PRESS
广西师范大学出版社
·桂林·

图书在版编目（CIP）数据

人生慈行 / 徐迅雷著. -- 桂林 : 广西师范大学出版社，2023.3
（"慈行三部曲"之三）
ISBN 978-7-5598-5798-9

Ⅰ. ①人… Ⅱ. ①徐… Ⅲ. ①杂文集－中国－当代
Ⅳ. ①I267.1

中国国家版本馆 CIP 数据核字（2023）第 021195 号

广西师范大学出版社出版发行
（广西桂林市五里店路 9 号 邮政编码：541004
网址：http://www.bbtpress.com）
出版人：黄轩庄
全国新华书店经销
广西民族印刷包装集团有限公司印刷
（南宁市高新区高新三路 1 号 邮政编码：530007）
开本：710 mm × 960 mm 1/16
印张：25 字数：380 千
2023 年 3 月第 1 版 2023 年 3 月第 1 次印刷
定价：56.00 元

目　录

第一辑　公益一湛天

壹　春风吻上了我的脸

贰　有一种爱的坚持叫志愿

叁 人性中的善良天使

肆 慈善大天地,天地大慈善

第二辑　耄耋一柱弦

壹　当你老了，可爱第一

贰　对上以敬，对下以慈

叁　最后的抚慰与最好的告别

肆　流泪撒种的,必欢呼收割

第三辑　护生一苇行

壹　健康是一种使命

第四辑　群己一鹗鸣

壹　社会公域与个人私域

贰　更开放与更公平

叁　望风与望春风

第一辑 公益一湛天

1:每年捐赠1个月的工资与奖金。

11:每年开设11场公益讲座。

111元:网络水滴筹、轻松筹的每次捐赠额度。

1111元:捐助杭州市"春风行动"等。

6666元:阳光助学的额度,每年至少捐助3位贫困大学生,每人6666元。

11111元:遇到大事项的捐赠额度,谓之"爱心五个一工程"。2020年新冠疫情发生后不久,我第一时间捐赠杭州市红十字会11111元,支持战"疫"。

我的这些基本数字,也有一些变化,自1997年我下派到浙江青田县海口镇担任镇党委书记开始,每年捐赠1个月的收入,这几年大致是捐赠2个月的薪酬收入了。

另外就是参加文化公益活动,比如捐书,自己著作签名本和藏书。2022年元旦开张的丽水日益书院,主书房的图书主要是我捐赠的,约1500册。此前的2021年11月,给母校丽水学院的一年级新生捐赠了1367本自己著作的签名本。

人生慈航,公益慈善,将爱心进行到底!

不久前有个感人的视频刷屏:在浙江温州苍南的一家鲜面店,一个名叫郑祖龙的流浪老人用"假币"买了5年面条,店主却欣然接受。店主名叫李国色,一个爱心洋溢的质朴的中年男子。流浪老人用的是自己手绘的"钞票"——对,那个不叫"假币",那个叫手绘诚信凭证。流浪老人本身精神不太正常,但他不偷不抢甚至不求不讨,他知道要用纸币才能换来面条,他没有纸币,他画出纸币去换面条,以实现他的交易之诚之信。所以,这样的手绘"纸币"不叫"假币"——于流浪老人这边是诚信凭证,于小店老板这边是爱心凭证。这样的手绘纸币很珍贵,应该进入中国慈善博物馆。

2022年1月7日早晨,郑祖龙老人在去往老街菜场的路上遭遇了车祸,不幸去世。李国色说:"人的生命好脆弱,我是看到别人给我的私信才知道。我每天抬头算好了时间等大爷,现在抬头看不到了。"

爱心从来是国色,慈善永远是天香!

莫因善小而不为。没错,爱是慈悲,是生出欢喜和幸福的能力,能帮他人减少痛苦与悲伤,能给他人带来欢乐和喜悦……穷则独善其身,达则兼济天下。有个基本常识:慈善公益的"拿出去"是大快乐真快乐,贪官污吏"拿进来"的是小快乐假快乐。

2022年伊始,看到新闻报道说,慈善机构乐施会最近发布调查报告称,全球99%的人收入在疫情期间减少,1.6亿人陷入贫困;而全球十大富豪拥有的财富,在过去两年翻了一番,从7000亿美元跃升至1.5万亿美元,是全球最贫穷的31亿人拥有财富总和的6倍;全球亿万富翁的总财富,从2020年3月的8.6万亿美元飙升至2021年11月的13.8万亿美元,增幅超过5万亿美元……

人的心尽管只有拳头那么大,可是一个好人的心,一定是容得下全世界的。慈善公益明星韩红说得好:"国际上真正大牌的明星,他们都是有爱心的,都是有国家民族责任感的。"

慈善大天地,天地大慈善!

"你是太阳,我是向日葵。"幸运的人要去帮助不幸的人,接受你帮助的人是你的太阳。

公益与慈善,大家一起上,构建一片湛蓝的天。

请以自己的方式爱这个世界!

壹

春风吻上了我的脸

春风吻上了我的脸

【篇一】春风吻上了我的脸

“春风它吻上了我的脸，告诉我现在是春天。春天里处处花争艳，别让那花谢一年又一年……”这是蔡琴演唱的一首动听的老歌，歌名就是《春风吻上我的脸》，词作者是香港著名词作家陈蝶衣——我们杭州人很熟悉的名歌《南屏晚钟》的词作者。

春天，是可以穿上春服“风乎舞雩咏而归”的美好季节；用“春风”来命名一项大型公益行动项目，是再好不过了。杭州的“春风行动”，以“社会各界送温暖，困难职工沐春风”为主题，已发展成为社会广泛参与的爱心工程，成为帮扶困难群众的“杭州模式”，成为一张“美丽杭州”的城市金名片。愿幸福路上一个都不掉队！“春风行动”二十年，温暖时时拂杭城。它是典型的“众人拾柴火焰高”，如今捐赠额度年年创新高。

我也是“春风行动”的小小参与者。伴随着“春风行动”，除了单位统一组织捐助“春风行动”，我每年年初的第一次捐赠，就是给杭州市总工会的“春风行动”捐上 1111 元；从 2019 年开始，在岁末再增加一次 1111 元的捐赠。很早就有人问我，为什么是“1111”这个数字，我说这“1111”有象征意义，就像4根擎天柱帮助城市困难群体支撑起一片蓝天。

这是一个很简单的举动，数额也不大，只是体现一点心意而已。我是1999年弃政从文来到杭州，成为新杭州人的，杭州这座美丽的天堂之城给予了我最好的事业平台，我发自内心地感恩感谢；当年《南方周末》《南方都市报》都曾动员我跳槽去做评论员，但我太喜欢杭州，没有选择去“南方以南”的广州。杭州的好，说半天一定是说不完的，而有着最美“春风行动”，正是杭州让人“最忆、最流连”的理由之一。

我在《都市快报》工作时，通常都是请跑线记者帮助转交款项，如今可以通过线上扫码直接捐赠，非常方便。我希望有更多的人参与进来，“别让那花谢一年又一年”，所以我常常在公益讲座中说到“春风行动”，同时还写文章宣讲“春风行动”。比如《春风这样吹》一文，是褒扬2019年杭州市“春风行动”残障人士专场招聘会的，刊发在2019年2月27日《杭州日报》；还有《将爱心公益进行到底》一文，写了我参与“春风行动”的概要，文章收进了我的散文集《在大地上寻找花朵》（广西师范大学出版社2018年10月第1版）一书中。这都是微薄之力。

很惭愧，我先后两次被杭州市委、市政府授予“春风行动”先进个人称号。

有道是“天道酬勤、地道酬善、人道酬诚、商道酬信、业道酬精”，我总是想：幸运的人要去帮助不幸的人；不仅要“及时行孝”，还要“及时行善”；要做坚定的慈善主义者、环保主义者、和平主义者；从事公益慈善，就是“把生命‘浪费’在美好的事物上”……我有个“人生从业三境界说”：第一层是职业境界，需要职业精神；第二层是事业境界，需要事业理想；第三层是公益境界，需要人间情怀。从1997年开始，我每年捐赠一个月的工资加奖金用于慈善公益，努力向最高的公益境界提升。

于是有了一些我努力去做的目标数字：

1：每年捐赠1个月的工资与奖金。

11：每年开设11场公益讲座，另要参加多场公益活动。

111 元:网络水滴筹、轻松筹的每次捐赠额度,要常常参与。

1111 元:捐助杭州市“春风行动”等。

6666 元:阳光助学的额度,每年至少捐助 3 位贫困大学生,每人 6666 元。

11111 元:遇到大事项的捐赠额度,谓之“爱心五个一工程”。

这一年来通过水滴筹、轻松筹的捐赠超过 30 次了。4 月,我参与杭州日报组织的“帮助民勤种树治沙 1 亩地”,捐赠 700 元;8 月收到民勤送我的两个大蜜瓜,开心。除了“春风行动”,一年来我还向中华社会救助基金会、上海袁立公益基金会、中国华侨公益基金会等基金会各捐助了 1111 元;岁末家乡一位农民老乡盖房子时从房顶摔下来重伤住院,老家村委会发起募捐,我也捐了 1111 元。这一年的阳光助学,继续资助残障大学生叶景芬同学,这是第 4 年资助,6666 元;一如既往资助新疆籍贫困大学生,因为已经有杭州“春风行动”的资助,按照杭师大附中新疆部分管副校长秦丽老师的安排,这次也是由资助 2 名同学改为资助 4 名,每人 3333 元。

另外,我还常常捐赠书籍——自己作品的签名本和藏书。今年捐得最多,已捐出了 1 万多册,其中 7000 多册藏书捐给了浙江大学宁波理工学院的传媒学院,帮助建立了一个“传媒书吧”;向浙江省图书馆、杭州市图书馆、杭州市少儿图书馆、母校青田中学各捐赠了 400 册自己新近出版的著作签名本。

相比于许许多多的公益慈善大家,我真是很惭愧,我奉献的只是绵薄之力而已。其实,应该是“赠者要感恩受者”。我的朋友、杭州公益明星袁立有一句话,很好地教育了我:“你是太阳,我是向日葵。”是啊,帮助的对象是太阳,我们才是向日葵。慈济的证严法师也说:“我要求慈济的所有志工,一定要对被帮助的人说谢谢。这就是志愿与自我之间的关系。”句句金句,击中我的心坎,让我如沐春风,正如歌中所唱的:“南屏晚钟,随风飘送,它好像是敲呀敲在我心坎中……”

【篇二】人人崇善·人人向善·人人行善

时光进入 2019 年,杭州的“春风行动”又拉开了大幕。春风化人,参与“春风行动”的人越来越多、越来越踊跃。自 2000 年开展以来,“春风行动”已累计募集社会资金 20 多亿元,各级财政补充资金 5.9 亿元,共向 168.22 万户(次)困难家庭发放助困、助医、助学、反哺、应急等各类救助金 26.07 亿元。有 4.8 万余家单位、289 万人(次)向“春风行动”捐款,奉献爱心。

元旦那天早上醒来,我的第一件事就是向“春风行动”例行捐赠 1111 元,这是绵薄之力,相信爱心的重量都是一样的。也是新年第一天,杭州桐荫堂公益书院发布“2019 年文化走亲公告”:今年走亲的目的地,是青海省海西州德令哈市西湖小学,将众筹 50 万元爱心捐赠资金,为该小学改善教学设施设备,为学生捐赠图书和学习用品。

一说到德令哈,自然会想起诗人海子的名诗《姐姐,今夜我在德令哈》。德令哈所在的海西州,地处青藏高原,是欠发达地区。“世界上 80%的喜剧跟金钱没有关系,而世界上 80%的悲剧跟金钱有关系”,因贫困失学、因经济贫困而致教育贫困,就是一种悲剧。海西州正是浙江教育援助的重点地区,杭州市陈竹根等浙江名师,曾跨越近 3000 公里去支教。年年“文化走亲”的杭州桐荫堂,今年把走亲对象定在这里特别有意义。我也尽一点绵薄之力,向桐荫堂捐赠新近出版的《在大地上寻找花朵》《相思的卡片》《敬畏与底线》3 种书共 400 本,签售义卖所得全部用于“文化走亲”。

世界上什么事最开心? 做公益慈善最开心。作为人,无论是“大象”,还是“蚂蚁”,都应该保有一颗公益心。人人崇善、人人向善、人人行善,善的力量就会变得无比强大。我看到身边越来越多的人投身于慈善公益事业,由此感到欢欣鼓舞。最近,有几位朋友不声不响谋划了一段时间后,忽然推出了“真水无香公益”,出人意料,让人欣喜。“在时间的河流里逆流而上”,真水无香公益基金会关心关爱的对象,是做出奉献乃至牺牲了生命的警察们。“真水无香,真爱无疆”,我很喜欢他们这句主题语。

“爱心水滴,汇流成海”,不少爱心人士的“滴水之爱”“真水之爱”,还真是不曾想到的。不久前,由港澳台湾慈善基金会主办的第 13 届“爱心奖”颁出,甄选出 7 位得奖人,每位奖金 13 万美元。我看了凤凰卫视播出的颁奖典礼,看到台湾明星林志玲是7位得奖人之一,多少有些意外。原来林志玲创立了“志玲姊姊慈善基金会”,10年来,发起小学筑巢计划,协助云贵川等偏远山区小学建校舍;成立儿童早疗中心,帮助残障儿童进行早疗……诸多项目,已让数万人受益。看那电视镜头里,林志玲到贵州等地,与小朋友一起玩得那么开心,你不能不感慨:那种发自内心的美,真是分外的美丽。

日本棋院有“围棋五得”之说:得好友,得人和,得教训,得心悟,得天寿。从事公益慈善,何尝不是这样?天道酬勤、地道酬善,施者应该感恩受者,乃是至善。这,也是我的心悟一得。

【篇二】春风这样吹

春风在动,关爱在行。2月27日上午,2019年杭州市“春风行动”残障人士专场招聘会在杭州市第二人力资源市场举行;招聘单位近30家,有必胜客、博库网、万向、格力电器、花家山庄等;提供就业岗位近100个,除了一般性的服务岗位外,还有文员、厨师、技工、电工、客服经理、IT管理员、点钞员、财务会计等。

社会各界送温暖,困难群众沐春风。“春风行动”是杭州市破解困难群众生活难、就业难的总载体、总抓手,是具有杭州特色的一种最低生活保障制度,被誉为“杭州模式”。进入2019年,杭州市“春风行动”也迎来第19个年头。帮扶残障人士,正是“春风行动”的重要内容。在困难群体中,残障人士因为就业难而导致生活难,属于“难中之难”。所以,举办残障人士专场招聘会,就是一种“精准帮扶”,春风需要这样吹,春风就该这样吹。

我国残障人士总数高达8500万,这是一个非常庞大的基数。在街上我们不太能够见到残障人士。在公司单位见到残障人士在工作、在服务的,似乎也不是太多。确确实实有许多公司不愿意招收残障人士,一方面是出于对其工作能力的担忧,另一方面则是嫌麻烦。残障人士有能力而不被提供工作岗位,或者岗位提供严重不足,那么就是“春风难度残障关”了。

对残障人士的尊重程度，可见一个国家、一个社会的文明程度。文明的长成，确实有一个过程，但现在需要压缩这个过程的时段，要尽快能够以社会之力帮上残障人士。那么，为残障人士举办专场招聘会，就是春风拂面的行动。其实在国家层面也有一个"春风行动"，是"就业服务专项活动"重点品牌之一，已连续开展 15 年。正在全国开展的"2019 年春风行动"，就是以"促进转移就业，助力脱贫攻坚"为主题的。

"吹面不寒杨柳风。"这天，一位朋友用诗意的语言说："一树花，总有几朵，最先想开了，于是先开了。然后一树花都想开了，于是，一树花都开了。"残障人士如果是一树花中最角落里的那几朵，那也是要开花的。

"幸运的人要去帮助不幸的人"，这是我始终秉持的理念。实际上占有最多阳光、领受最多春风的"幸运之花"是不少的。《2019 胡润全球富豪榜》正式发布，目前在大中华地区"前三甲"的超级富豪分别是：阿里巴巴创始人马云、腾讯创始人马化腾、恒大集团的许家印，紧随其后的是两位 91 岁的香港富豪——李嘉诚和李兆基。这些企业家很多是慈善家。大家如果能够年年见到这些大公司也参与招聘残障人士，那一定会很欣慰。

在这里，我大声发出"劝募"之声——不仅"劝募"善款，而且为残障人士"劝募"工作岗位！

让助学更阳光

又到助学季。7 月 5 日，2021 年度阳光助学行动拉开序幕，首站从杭州出发走访丽水市的阳光学子——这次行动由《都市快报》、浙江省慈善联合总会、杭州市德信蓝助学基金会，联合浙江省妇女儿童基金会、丽水市关心下一代工作委员会主办。

“已识乾坤大，犹怜草木青。”这是马一浮先生的名句。阳光助学，已历时 21 载，在“乾坤之大”中始终怜爱“草木青”，已然成为中国知名的助学品牌。这些年来，阳光助学努力拓展新领域：2019 年，阳光助学行动首次资助寒门大专生，“大专生”并不是高考“失利者”，但同样需要关爱；2020 年，发起了“爱心 1+1 合力助残”公益行动，重点资助 20 位残障人大学生或残障人家庭大学生……

7 月 5 日在丽水缙云寻访的品学兼优的优秀寒门学子，有租住县城民居刻苦攻读高考成绩优异一心想着就读浙大竺可桢学院的励志学霸，有母亲残疾父亲收废品而乡村老家泥房倒塌后借钱重建得以安身的帅气小哥，有村舍逼仄外间为土灶里间可栖居但奖状贴满一墙的含蓄男孩……他们逆流而上，今年的高考成绩在 650 分上下，真当令人佩服！

寒门学子，阳光励志。在人生成长期，在弱小之时需要托一把。托一把，他就能上车；托一把，他就能上马；托一把，他就能顺利上学……托一把，改变人生；托一把，温暖一生！

能帮一点是一点，能助一个是一个。助学最需要形成合力，涓涓细流最终汇聚成澎湃的大海。所有的助学，都功德无量。这是中国助学，这是助学中国：杭州桐荫堂每年进行“文化走亲”助学活动，今年要为湖北鹤峰走马镇中心小学筹集700套课桌椅；广东中山一名房东祝贺租客之子高考取得608分的好成绩，特地为这位打工父亲免租四年，被誉为“中国好房东”；广西师大出版社日前前往广东省清远市，联合当地举办《清远百岁老人档案》新书发布会暨“志愿清远红·助学蓝丝带”义卖助学活动，资助100名山区大学生……

人生可能会因为困顿而“坠落”，可人生一定不能因此而“堕落”。避免学子因困顿而失学，这是必须的，这是全社会的责任。“因你的慈爱比生命更好，我的嘴唇要颂赞你。”杭州明星、公益达人袁立日前这样说：“我以前认知美貌、性感、控制、权力、金钱，能让我永不言败。现在我知道，这一切都会转瞬即逝。唯有爱，不用交换的爱，真诚的爱才是永恒的……”

全面建成小康社会之后，家庭社会越来越富裕，富余的财富必然越来越多，这些“多出来”的财富，最好的去向，不是在时间线上垂直地留给后代后人，因为后人会比前人更加富有，所以最应该在空间面上播撒于社会、帮助到他人，实现“撒向人间都是爱”。作为工薪阶层，我每年至少捐赠一个月的工资和奖金用于助学和公益事业，今年已进入第25个年头，迄今累计捐赠了40多万元；另外捐赠自己的签名书和藏书，总价也超过了40万元。

经济助学、文化助学、精神助学，需要齐头并进。在教育内卷愈演愈烈、孩子们学业负担和精神负担越来越重的今天，阳光助学不断探索、不断拓宽帮扶的领域，在助学“硬实力”之外，越来越注重助学“软实力”；尤其是“心理帮扶”，更需提上“议事日程”。阳光助学，让助学更阳光——这需要更多精神文化方面的“阳光”。

我的基本想法是：阳光助学可以在人文精神心理层面拓展，让孩子们精神更阳光，身心更健康。实现方式，可双管齐下：

一、对于学生中有焦虑抑郁的重点关注对象，可以进行个别心理辅导；可征集心理咨询师，在寻访重点帮扶对象时与记者同行，心理辅导为主，记者采访为辅。这样的精神帮扶，也是可以结对进行的，交流、咨询、送书、为孩子购买有关网络人文课程（比如《南方周末》所办的许多网络课就很不错）等都可以。

二、举办身心健康训练营（夏令营），进行心理辅导、健身训练，开设人文励志讲座，结合团建方式，可以办得丰富多彩。

又到助学季，一起来助学！为了资助、帮扶阳光学子，我们每个人的微薄之力聚集在一起，就是磅礴的力量！让助学更加阳光，更加璀璨，更加蓬蓬勃勃地开展！

叶景芬:残障青年的人生慈航

“我知道,人要是能够期待,就能够奋力以赴。”24 岁的龙泉女孩叶景芬,是 2021 年浙江省唯一一名考上研究生的盲人学生。5 月 4 日,她做客央视新闻新媒体特别直播节目《夜读·青春之歌》,用双手触摸盲文,为观众朗读了散文《我的四季》。5 月 6 日《浙江日报》以《推开人生的三扇窗》为题,报道叶景芬推开“接触世界”“人生抉择”“成就理想”的“三扇窗”。一段时间来,因为其励志经历,叶景芬成了新闻中人,各大媒体争相报道。

叶景芬的童年没有绚丽的玫瑰花。1997 年 1 月,她出生在丽水景宁渤海镇旦水村,这个村子后来因为修建滩坑水库,整个迁到了龙泉市。从有记忆开始,叶景芬看东西就是模糊的,因为一种没有办法治疗的遗传病,她成了一个先天性全盲的盲人。

为叶景芬诊疗的丽水市人民医院吴佰乐医生,是她生命中的“贵人”,经过吴医生的牵线搭桥,在丽水市残联、景宁县残联的帮助下,叶景芬走进杭州富阳一所盲人学校,成为景宁县第一个出去读书的视障学生。由此,叶景芬打开了人生天窗,开启了人生慈航,改变了人生轨迹。

慈航,是以慈悲之心,度己度人;慈航,是对人世间有更高的关爱、更切的关心。在成长和前行的路上，一方面是有许多人的关爱帮助，一方面是叶景芬自己非常勤奋努力，从而实践了真正的“筚路蓝缕，以启山林”。

“如果你不逼自己一把，人生永远都会是灰色的。”整个高中阶段，叶景芬都稳居班级前三名。在她看来，学习上的困难，都不算困难。遇到不擅长或者不喜欢的学科，她逼自己努力学好。因为视障，物理的电磁场实验、化学的变色反应实验不能做，那就死记硬背再刷题；数学没有空间概念，就用双面胶粘出几何图形以助理解……

“不因幸运而故步自封，不因厄运而一蹶不振。真正的强者，善于从逆境中找到光亮，时时校准自己前进的目标。”读高三时，她父亲一度被误诊为“肺部恶性肿瘤”，当叶景芬打退堂鼓想放弃高考去工作时，妈妈坚定要求她不改初心，参加高考。真是一个有眼光的好妈妈！2016 年，叶景芬凭借 449 分的优异成绩，成为浙江省考上公办本科的 3 名视障学生之一，进入了长春大学，就读 5 年制的针灸推拿学专业。

这一年 7 月，因为“阳光助学”，都市快报快公益记者采访报道了她，标题是《19 岁龙泉盲人女孩叶景芬　449 分考上长春大学》，那合金笔，是学习盲文时使用的盲文笔，正是励志者的象征。因为“阳光助学”的牵线搭桥，从那年开始，5 年来我每年都资助叶景芬同学，第一年是按照“阳光助学”的标准资助 5000 元，次年开始提高到 6666 元。今后她读硕士，我将继续资助。多年来我每年资助 3 名大学生，另两名固定为杭师大附中新疆部毕业的新疆籍同学——我希望每位同学都能“6666”！

天道酬勤，地道酬善，人道酬诚。尊重和保障残障人士，是人类文明的体现。帮助他人，同舟共济，这正是慈航的本心。做慈善公益的人，外表是阳光灿烂的，内心也是开朗光明的。通常我们都说“幸运的人要去帮助不幸的人”，其实在这个帮助过程中，恰恰是倒过来的，是“不幸的人”帮助了“幸运的人”。叶景芬对我说：“我会牢记初心，为社会尽自己的一份力，把你们给过我的帮助传递下去。”

一直以来，我和叶景芬同学有着不曾谋面的交往，我保留着她发给我的所有信息信件。她让我感佩。2016 年 10 月 23 日，她发给我的信函近 1200 字，畅谈入读大学两个月来的经历，信中说，“我非常渴望用自己的拙笔与您分享此间的点滴，因为是您将我送上了进入大学的最后一节阶梯”；“从开学至今，我尝过不少苦辣，但也品过许多甘甜……在课余生活方面，因为眼睛全盲，所以磕碰和迷路对我而言均属家常便饭，但我并未因此而选择退缩和逃避，相反，我选择了一条极少有全盲生走的路——我报了三个校级社团，勇敢地融入了健全人之中……”2021 年 3 月 30 日她发给我的信息是“分享好消息”——她以第一名的优异成绩，考上了北京联合大学中医专业硕士研究生：“特别开心，有书读了！”研究生试卷是盲文的，整套卷子近 50 张，像一本书；满分 500 分，她考了 396 分。

“凡没有蘸着泪水吃过面包的人，是不懂人生之味的。”努力，特别努力；励志，特别励志——这就是视障青年叶景芬。“我一直都希望我们视障群体能够通过努力‘被看见’。”这是叶景芬常说的一句话，而她也用自己的行动做到了。她更期待未来人们能够正常地喊她“叶大夫”，而不是“盲人医生”。作为青年，叶景芬是一种精神，一个标杆，一种风范。五四青年节，不能只有“青年”，没有“五四”，因为“五四”就是一种精神。精神稀缺，青春虚度，遗憾最多，悔之莫及。励志者，身体残障带来的困难皆能克服；颓废者，心灵残障带来的困难才真麻烦。

人生很漫长，都是一步步往前走，一点点往上升，方向对头，选择正确，坚持最重要，起步早一点迟一点，前行快一点慢一点，其实并不要紧。视障青年叶景芬都能“看到”并能做到，那我们呢？

【附】

徐迅雷老师：

您好！

我是您今年在“阳光助学”活动中资助的视障学子叶景芬。如今，离我开学已过了将近两月，我非常渴望用自己的拙笔与您分享此间的点滴，因为是您将我送上了进入大学的最后一节阶梯。

从开学至今，我尝过不少苦辣，但也品过许多甘甜。首先，来和您分享一下我所经历的苦辣吧。在学习方面，因为没有配套的盲文教材，又因为我之前从未接触过中医这个领域，所以，我在很长一段时间里都感觉学习十分吃力。再加上我们班有三分之一的同学之前已经读过一遍这一专业的中专，我在无形之中产生了更大的压力。在那段时间，我每天晚上都会拿着笔记本发呆到很晚——我丝毫无法判断老师在当天课上讲过那些内容的主次，所以我根本无从下手。幸运的是，随着我对医学的日益熟悉，我渐渐摸索到了一丝丝学习这一专业的头绪。

在课余生活方面，因为眼睛全盲，所以磕碰和迷路对我而言均属家常便饭，但我并未因此而选择退缩和逃避，相反，我选择了一条极少有全盲生走的路——我报了三个校级社团，勇敢地融入了健全人之中。经过再三思虑，我在学校的“百团纳新”中选择了英语协会、成功协会以及心语志愿者协会。英语协会顾名思义，主要是以趣味学英语为主；成功协会主要通过智力游戏、模拟面试、即兴演讲等途径提升我们的综合素质；心语志愿者协会是我仰慕已久的一个社团，我们需定期以志愿者的身份去走访诸如民工子弟、残障儿童、孤寡老人等特殊的家庭，为他们带去关爱、送去温暖，通过它，我们既可以向社会传播大爱，也可以收获满满的感动与成就感。自从加入它们的那一天起，我的学习和生活变得比以前更加忙碌而充实。每天早上，我都和我们这儿的太阳一同起床，因为英语协会在六点二十便要开始持续一小时的晨读；白天，我的大多数时间都在上课、复习和预习中度过；晚上下了自习，英协还有一场激情澎湃的晚读；到了周末，成功和心语还会不定期地举办一些额外的活动。处在专业与社团之间，我虽忙成了陀螺，但是，从内心深处涌出的满足与喜悦足以冲走所有的疲倦，我乐此不疲。

社团带给我的，除了知识和能力，还有人脉和自信。说真的，刚去那些社团，就连我自己都觉得自己是个走错地儿的异类，但是，当我发现他们不但不会因为我的眼睛而对我表示嘲笑或歧视，反而还总会为我提供一些力所能及的帮助，当我发现眼前的黑暗并不是隔绝我与健全青年的屏障，我猛然发现自己与这个世界离得其实并不遥远。也许有不少全盲者对此都会不以为然，但在我看来，那只是因为他们没有跨出关键性的那一步。

曾经，我从一本书中读到过一句话，其大意是说，人生最大的乌龙，莫过于在前一秒，你还在为自己即将被墙壁碰得头破血流而感到恐惧，而后一秒，你却猛然发现自己遽然幸运地穿墙而过。通过这段时间的生活和学习，我才隐约明白，很多屏障和困难都不是来自客观条件，而是出自我们自己的内心。徐老师，正是因为有了您及所有好心人的支持，我才能够学得更多、走得更远，不论语言有多么无力，都请允许我真诚地对您道一声感谢。

祝您

身体安康，事事如意！

免费午餐十周年　桃李春风一顿饭

【篇一】免费午餐十周年　桃李春风一顿饭

免费午餐十周年,桃李春风一顿饭。世界上没有免费的午餐,但公益慈善除外。

2011 年 4 月 2 日,一群媒体人来到贵州省黔西县花溪乡沙坝小学,发起了免费午餐项目,星火由此燎原。十年来,以中国社会福利基金会为依托的免费午餐公募基金,共收到超过 7.4 亿元捐款,在全国 26 个省区市累计为 1572 所学校的孩子提供免费午餐,有 37 万多孩子由此吃上了热气腾腾的午饭。

“你给的爱,在我碗里。”“谢谢你！请我吃饭。”2021 年 4 月 2 日,免费午餐部分发起人和志愿者重返“免费午餐第一所开餐学校”沙坝小学;最早吃免费午餐的那一批孩子,现在有的已经大学毕业(详见 2021 年 4 月 5 日《贵州都市报》报道)。

因为不忍,所以关爱;因为懂得,所以慈悲。乡村孩子首先要免于校园饥饿,才有机会去改变自身的命运。当年沙坝有 169 个孩子吃不上午饭,免费午餐的到来,这些孩子脸上挂的不再是泪珠,而是饭粒。

孩子们是太阳,而我们都是向日葵。彼时杭州《都市快报》

的免费午餐项目相对独立运作，影响同样巨大。当年我在《都市快报》工作，不仅捐赠资助，还写过一系列有关免费午餐的评论，褒扬这样的“好人好事”。什么是“好人好事”？好人，一定会对所见人生生命的艰难困顿甚至不幸怀有恻隐之心；而将恻隐之心化为行动，就是不可磨灭的好事。那时《都市快报》推出的免费午餐公益行动的系列报道，规模空前，影响巨大。2013 年，浙江大学新闻与传媒专业硕士研究生张婷的硕士学位论文，专门研究分析《都市快报》“免费午餐”报道框架，直言“媒体对公益活动大量的报道，形成了巨大的舆论形势，不仅影响了大众对于公益活动的认知，还影响到大众的公益观念和政府的决策”。

因义而聚，柔软改变中国；为爱而生，情怀温暖世界。免费午餐项目，就是用最纯朴的方式做公益，解决孩子们的午餐问题。然而，请一个孩子吃饭很简单，请一群群孩子吃十年饭，真的不容易。“干净、善意、有力量”，免费午餐一直秉承“师生同食、就地取材、透明公开、村校联合”的执行原则，聚集跨界力量，探索自治共治，很快成为影响全国的知名公益品牌。2011 年岁末，创始人邓飞率领的“免费午餐爱心群体”，荣获央视“年度法治人物”称号。因为免费午餐公益行动的推动，当年国务院决定试点每年投入资金 160 多亿元，为集中连片特殊困难地区学生提供营养膳食补助，普惠 2600 万在校学生。这就是公益推动社会进步。

十年，时间在变，孩子在变，乡村在变。“十年后，社会发展了，乡村变好了，我们还能为孩子做什么？”这是必须好好思考、认真探索的。免费午餐的公益达人，如今在杭州创建了花开岭慈善公益村，他们站在乡村剧变的大时代，结合乡村振兴大势，联合播撒公益的种子，继续守护乡村儿童福祉，努力创造新的公益价值，助力发展中国乡村。这份柔软的力量，绵绵不绝。

著名影星刘德华说：“学到的就要教人，赚到的就要给人。”杭州知名公益达人袁立则说：“终其一生，我们也不能帮尽所有的苦难。但是从我们身边擦肩而过的，就不要漠视。”对人类困厄苦难，要有不可遏制的同情心——这就是爱，这就是善，这就是暖。除了爱和善，这世上没有任何东西值得你炫耀；而爱和善良，其实从来不需要炫耀。洒向人间都是爱，免费午餐的“桃李春风”，定将源源不断地带给我们爱和善的温暖。

2021年“520”这一天，我从杭州远赴湖北恩施鹤峰县，参加免费午餐10周年致谢会。我真心不是媒体代表，而是作为邓飞先生的朋友前往的。我请的是年休假，用的是自己的时间，来回机票、车票都是自己买的。但免费住宿了一个晚上，占了两人合住的标间里的一张床，还吃了一顿自助餐晚饭，心有不安，所以当晚就向免费午餐捐赠了520元。我那天抓紧时间去看了鹤峰的大峡谷，都是自己打车来去，自己买的门票。顺便还看了一下鹤峰县城，真是一个山城啊，让我想起家乡青田县城。利用这次外出的机会我头一回去张家界玩了一趟。我特别佩服从张家界到鹤峰往返大客车的司机，一个个子不高的中年男人，他开车开得当真是好啊，每一寸山路他好像都非常熟悉！我这个“晕车大王”，往返山路各5个小时，竟然一点都不晕。他温和又善良，途中遇到一处在修路，停车等待时我拿着相机下车往前走了一点路，他看到赶紧喊我回来，免得前面修路放炮遇上危险。到站后，我告别时向他竖起大拇指，说你开车开得真棒，他不好意思地笑了。这样的父亲，如果他家孩子需要助学帮忙，我们谁不愿意呀！

【篇二】十年跨越：更暖的午餐

十年路漫漫，十年一瞬间，十年不寻常。2011年10月26日，国务院决定启动实施“农村义务教育学生营养改善计划”，中央财政投入160亿元，为农村地区学生提供每人每天3元的补助，用于供应营养午餐。财新网2020年5月25日报道：项目实施至今，中央补助从每人每天3元提升至4元，中央财政累计投入达1472亿元，现覆盖29个省区市1762个县，惠及约4000万农村学生。

与此同时，中国社会福利基金会公益慈善项目“立方体”中的明珠——免费午餐也十周年了。从2011年4月第一笔2万元筹款起步，到2020年的年度筹款额1.3亿元，截至2021年，免费午餐基金累计收到超过13亿笔7亿多元的捐款。开餐学校更是从第一所免费午餐学校——贵州省黔西市花溪乡沙坝小学起步,版图扩展至全国 26 个省区市,累计开餐学校达 1519 所,共帮助 37 万多名师生吃上了热气腾腾的午餐。十年,一粒公益的种子从萌芽破土到茁壮成长,最终星火燎原。

当年都市快报免费午餐团队,带着首批筹来的近 700 多万元善款,从杭州飞赴贵州毕节,努力要让近 2000 名乡村孩子吃饱午饭,柴米油盐,锅碗瓢盆,厨房厨师,食品安全……困难远比想象大得多,而最终落实妥帖,没有辜负捐赠人的信任,也真正体会到了"把好事做好不容易"——公益行动要讲究方法论,因为往往是花钱比筹钱更具挑战性。

营养午餐、免费午餐,两者并行不悖;政府之力、社会之力,就要形成合力。为农村学子提供午餐,这个"合力"成为最富有中国特色的典范。

这样的"午餐计划",明显改善了我们国家农村儿童的身体状况。此前有数据表明:营养午餐计划实施以来,农村学生平均身高增长 5 厘米;有营养午餐的各县学生营养不良率,已由 2012 年的 18.5% 逐步降至 2016 年的 15.4%……

随着小康社会的全面建成,无论是免费午餐还是营养午餐,都需要与时俱进,需要有更温暖、更"落胃"的午餐。营养午餐、免费午餐的生命力,在于它不断自我突破和创新。无论是政府的普惠项目还是社会的公益项目,其打开方式都需要裂变式的拓展。

在营养午餐领域,不仅是中央补助从每人每天 3 元提升至 4 元,还有不少地方探索"升级换代":安徽、贵州、河南部分县市,已经开始推行营养午餐的"4+X"模式,向学生家长收取每日 1—2 元的费用;在贵州罗甸,餐标可达 6 元,其中国家补助 4 元、县财政配套 1 元、家庭自缴 1 元,午餐质量明显提升。

免费午餐的探索,同样从未止步。从 1.0 版的让孩子们免于校园饥饿吃顿饱饭,到 2.0 版的"质食计划"让孩子们吃上好餐,再到如今 3.0 版启动免费午餐营养升级行动,餐标也将提至 6 元,从 2021 年秋季学期开始试点,2022 年全面铺开。第一个试点区域选择湖北恩施鹤峰县,不仅因为鹤峰是免费午餐县域合作的典范，更冀望以鹤峰为样本，探求试点经验，今后积极推广。

免费午餐还尝试着走出国门。事实上，从20世纪中叶开始，日本、英国、巴西等国，已开始推广学校供餐。根据世界粮食计划署《2020全球学校供餐状况》，到2020年，全球有超过150个国家实施校餐项目，投资达410亿至430亿美元，其中超过90%的资金来自国内财政支持。然而，许多非洲欠发达国家的许多贫困家庭的孩子没有早餐和午餐，学生辍学率非常高。2017年3月1日，来自中国的国际免费午餐项目，正式为肯尼亚马萨雷贫民窟中的6所学校1400名学生提供免费午餐；开餐第一个月，就有202名已辍学的学生重返校园……

从“小荷才露尖尖角”，到“映日荷花别样红”，涓涓爱心汇聚成大江大河。孩子的“午餐计划”，需要持之以恒、深耕细作、从不止步，需要不断创新、不断提质、不断升级，其功也无限，其德也无量！

天天正能量:让每一份善良都散发光芒

【篇一】褒扬凡人的最美能量

小举动,大格局。诞生在杭州的公益项目——阿里巴巴“天天正能量”,于2018年8月21日在呼和浩特推出了“阿里正能量”项目研究报告,成立了由全国知名媒体评论员组成的“益见汇评论联盟”,举办了“正能量谈XIN会”。

一位“扣好人生第一粒扣子”的“杭州最美小朋友”也应邀来到现场。他叫霍柯嘉,8年前,不到两岁还穿着开裆裤的他,在杭州西湖边使劲跨过拦护铁链,被绊倒后依然挣扎着伸出小手,努力把空饮料瓶丢进垃圾桶。一个小小的举动,温暖了无数人,网友送了他一个名字——“文明逗”。

阿里巴巴“天天正能量”公益开放平台,是2013年推出的,联合全国媒体举荐“正能量人物”,致力褒扬凡人的最美能量,至2018年已有5000多位中外正能量人物获得奖励,累计支出奖金4498万元。获得奖励者,皆是普普通通的凡人。杭州的“文明逗”,则是年龄最小的获奖者。你是什么,中国便是什么——“最小最美杭州人”亦是“最小最美中国人”。

化育万物,化及天下。阿里巴巴公益开放平台总监王崇和说得好："只要我们相信人性善良，只要我们每个人都能够有效地去激发、去呵护、去培育自己心中那颗善良的种子，这个世界一定会好起来。"

由《公益时报》发布的"阿里正能量"项目研究报告表明，"天天正能量"项目是国内知名领先的公益开放平台，已经形成了日常化的公益范式，对于推动我国公益事业的发展有着不凡意义。

两年前，马云在首届全球公益大会上造字，造了一个公益新字"上亲下心"的 XIN 字。马云说，"亲"代表亲情、亲密的关系，寓意做公益不仅仅是个体的参与，更强调群体的融入，呼吁人人参与；"心"寓意用心和心态，做公益首先要用心，有真正的公益情怀。

"天天正能量"的推出，是相信种子的力量；"其实我们很善良，其实我们能做得更好"理念的提出，是相信善良的力量；如今"益见汇评论联盟"的成立，则是相信联盟的力量、支点的力量、杠杆的力量。由此，"天天正能量"为唤醒人心、优化社会风气，注入了更多的"XIN 能量"。

每个人对于他所属的社会都负有责任。不少国人不太在意他人的权利和感受，所以短视狭隘的利己主义盛行。"火车上占座还振振有词"之类的"负能量"如果太多，世界要想好起来，速度必然也会慢很多。200 多年前英国启蒙思想家大卫·休谟就说过："尽管人是由利益支配的，但是利益本身以及人的所有行为都是由观念支配的。""天天正能量"公益开放平台，秉承"唤醒善意、传递温暖"的初心，正面切入，发掘、传播、弘扬人性真善美，其体现的正是人类真正的共同价值观。

慈善公益是一种信仰、一种情怀，不一定要一个人掏多少钱。让我们共同集合起公益的点滴力量，激发起公众的善心善意，凝聚起人心的能力能量，让人世间的美好变得多一点！

【篇二】"谈 XIN"与"谈心"

2018 年 8 月 21 日，阿里巴巴"天天正能量"主办的"正能量谈 XIN 会"在内蒙古举行，以下是我的“谈心”发言：

感谢阿里巴巴“天天正能量”，因为有了这次“正能量谈 XIN 会”，才把全国媒体的评论界朋友们召集在一起。新朋老友，我大多是第一次见面。新闻评论界的高峰论坛好像从来没有开过，结果是阿里巴巴帮助我们开了，这才叫“正能量”，而且是“阿里巴巴式的正能量”。

“其实我们很善良，其实我们可以做得更好！”邀请函上的这句话说得不错！评论家绝大多数是良心人士。我自己也比较热心公益事业，每年捐赠一个月的工资加奖金，就是十二分之一，用于公益事业，主要是帮助贫困大学生，已经坚持了整整 20 年，20 年前月收入 1000 元，现在 2 万多元，每年拿出这么点，累计超过了 30 万元，有人说可以买一辆好车了，但我不会开车，是天天骑自行车的，我这个也是“天天正能量”。另外就是每年做文化公益活动，开设文化公益讲座。

还有就是我写了大量的有关公益慈善方面的评论。马云和阿里巴巴的许多公益活动，包括“天天正能量”，我都写过评论，因为同在杭州，关注多一点。评论是对公益新闻的再提升，再传播，这次会议把全国的知名评论家都团结起来，把更多的目光投向慈善公益领域，这很好。

慈善公益是一种信仰，不一定要掏多少钱。有信仰的人有灵魂，有信仰的人有情怀。幸运的人要去帮助不幸的人，普通的人也要去激励善良的好人。

阿里巴巴“天天正能量”公益开放平台，是 2013 年推出的，联合全国媒体来举荐“正能量人物”，这是一个聪明睿智之举。“天天正能量”已经累计支出奖金 4498 万元，我看过好多获得奖励的感人的人物和新闻故事，印象深刻。

我的希望与建议有三点：

第一，希望向“阳光助学”机制学习。都市快报快公益做了十几年的“阳光助学”，我在《都市快报》工作时每年都参与，每年都写有关评论，自己也参与阳光助学。“阳光助学”机制和“天天正能量”很像，“阳光助学”原来是一家企业发起的，也是联合全国的媒体进行寻访报道，报道贫困大学生的故事，激发了无数普通公民百姓参与助学，每年捐赠的总数额早已大大超过企业的捐款。“阳光助学”是企业拿出钱，个人也拿出钱，“天天正能量”是企业拿出钱，缺的是“个人也拿出钱”，如果有了“个人也拿出钱”捐赠给“正能量好人”，并且予以报道，那么公众的参与热情就能大大得到激发。因为受捐赠能激发一个人的善意善行，而捐赠的机制则能激发许多人的善意善行。更多的人参与捐赠、更多的人收到褒扬，这样就不是单打独斗，场面就热闹了，影响就更大了。

第二，希望把奖金额度提高一下，“小目标”是把每年1000万翻一番，提高到2000万。我也曾经建议“阳光助学”把金额提高，从每人资助5000元提高到8000元。他们不听，我自己倒是从5000元提高到每人6666元了。

第三，希望“天天正能量”组建并运作好“媒体公益联盟”，其中具体分为“天天正能量媒体记者公益联盟”和“天天正能量媒体评论员公益联盟”，常态化运作，如果我们年年开一次那最好，不过比较现实的是一年公益记者开，一年评论员开，逢单年份记者开，逢双年份评论员开，那挺好。

【篇三】合伙的公益正能量

“有些事我们义不容辞，有些事我们情不容已。”不推辞、不停止，这是公益的态度，更是公益的责任。

2019年10月11日，首届“正能量合伙人公益研讨会”在杭州召开，首批阿里巴巴“正能量合伙人”名单发布。223位个人、17个组织成了首批“正能量合伙人”。其中，杭州的全国道德模范、全国劳动模范孔胜东，成为001号“正能量合伙人”。

“正能量是价值观，合伙人是方法论。”“合伙”就是“公益共同体”，就是参与同一活动，就是一起工作服务；“正能量合伙人”的设立，就是最大程度团结社会上有责任、有担当、有爱心的人士，共同褒扬善意，共同弘扬善行，以此完善“天天正能量”公益生态体系建设。

孔胜东正是“正能量合伙人”的典范。作为公交司机，他把每位老年乘客当作自己的父母，把每位中年乘客当作自己的兄妹，把每位少年乘客当作自己的孩子；作为志愿者，他在业余风雨无阻地为市民修自行车。“为人民服务只有起点，没有终点”，孔胜东30多年的热心、真心、诚心、爱心、专心、耐心、恒心，构建了真正的“民间好故事，人间正能量”。

“让好事行达千里，让好人更有力量。”6年前，在美丽的西子湖畔，阿里巴巴联合全国多家媒体，一起种下了一颗名叫“天天正能量”的公益种子。6年来，“天天正能量”已成为全国最具影响力的公益平台之一。正能量，是“正向”的，是“我能”的，是在爱心领域体现“爱因斯坦质能关系式”的——$E=mc^2$（能量等于质量乘以光速的平方）。一个个真善美的故事，经过正能量的奖励，被点赞放大，潜移默化地改变着世道人心；一场场公益活动，带动线上线下数千万人参与，让“人人公益、快乐公益”的理念深入人心。“让好人马上得到好报”，6年来，共有6800多名正能量人士获得及时褒扬，颁发的奖金累计已达5800多万元。

能量无大小，全在真善美；民间有大爱，用心去挖掘。这正是人心的唤醒和改变：一把伞如何能够温暖一座城？温州乐清最美环卫工李翠兰，应邀来到了正能量合伙人公益研讨会现场，讲述了她的细小而感人的故事：一年多来，她从垃圾箱里捡回50多把别人废弃的雨伞，亲手洗好修好，然后在雨天送给没有带伞的路人，为他们撑起一片晴天。朴实的她真诚地说：“能帮助人家就帮助人家。”如今在乐清当地，好多人把自家的伞拿来送给她，让她转交给需要的人。

杭州更是慈善之都、公益之城。杭州有大量的民间人士在默默地从事爱心公益活动，有很多的人和事，就是“天天正能量”褒扬的对象，就是无形的“正能量合伙人”。在国庆长假的最后一天，以“传递爱心，无私奉献，服务他人，回报社会”为宗旨的民间公益组织——浙江星宸会宣告在杭州成立。它本身也是一个公益“合伙人”组织，由杭州拱宸桥地带土生土长的同学、战友和社会各界爱心人士联合组成，通过“拱宸军民爱心服务队”和“天使之翼爱心服务队”等开展民间爱心公益活动，践行“星宸凝聚力量，爱心点燃希望”的理念。

在首批阿里巴巴“正能量合伙人”223位个人中,90后占了十分之一。少年强,则国强;少年善,则国善。不久前杭州推选出20名第十五届“美德少年”,第一位是杭州大关小学徐子琪同学,她连续6年用歌舞传递真善美,参加文化志愿者活动多达80余次;她在G20杭州峰会文艺演出《最忆是杭州》中,和歌唱家廖昌永合唱《我和我的祖国》;她带领“在一起假日小队”走街串巷,以少年的视角宣讲五水共治、垃圾分类、交通安全等知识;她关爱弱势群体,多次进敬老院、孤儿院慰问……后生不仅可畏,而且更为可敬。

你怎样,公益就怎样;你怎样,世界就怎样。1997年诺贝尔物理学奖得主朱棣文,曾对哈佛大学毕业学子发表过一次演讲,他引用了美国老电影《哈维》中男主角艾尔伍德的话:“多年前,母亲曾经对我说:‘儿子,活在这个世界上,你要么做一个聪明人,要么做一个好人。’”朱棣文感慨地对哈佛学子说:“我做聪明人,已经做了好多年了,但是,我推荐你们做好人。当你白发苍苍、垂垂老矣、回首人生时,你需要为自己做过的事感到自豪。物质生活和欲望实现,都不会产生自豪;只有那些受你影响、被你改变过的人和事,才会让你产生自豪。”

人人做好事,人人能自豪;人人做好事,世上无难事。我们要不断讲述好中国的民间公益故事,才能让我们的人心变得更善良,才能让我们的世界变得更良善。

人间有很多的力量、能量,而善良的力量、合伙的能量,所向披靡!

【篇四】让每一份善良都散发光芒

让酒香飘出巷子,让每一份善良都散发光芒!

2021年3月28日,2021媒体公益与社会责任研讨会暨2020年度正能量人物颁奖礼,在春天的杭州美丽开启。会上发布《2020年度公益报告》,山东首次登顶年度正能量省份,武汉、杭州、西安等位于正能量城市前列。

“天天正能量”是一个大型创新型公益项目,由阿里巴巴联合全国100多家主流媒体共同发起,这是企业和媒体联手推动公益、肩起社会责任的典范。创立迄今 8 年,面向全社会寻找、奖励平凡人的善行义举,让“小街深巷”里的好人善事也能被及时发现,让每一份善良都散发光芒,已累计支出正能量奖金 8200 多万元,获奖者达 9092 人。

在这里,总有一个镜头打动你,总有一缕心声感动你,总有一种精神撼动你,总有一烛光芒点亮你。这次获选“年度正能量人物”之一的“出力哥”李保民,是山东货车司机,2020 年疫情期间他从临沂往武汉义务运输捐赠蔬菜,一句“没钱可以出力”感动无数人。而今他选择一个同样感人的方式——开货车赶赴杭州,实现“最美”约定:他找了趟到杭州的活“顺道”领奖,“这样能给项目组省点钱,又不耽误我跑活”。

“守望相助,情深意长”。什么是公益?像“天天正能量”这样,担负社会责任,唤醒善良心灵,就是最大的公益。这样的公益种子,正是一份内心柔软善良的力量。“你的心是善良的,你的产品就会是善良的,你善良的心就会影响别人。”商业向善、资本向善,正是企业的社会责任所在;而担负社会责任,也是担负历史的责任、担负未来的责任。

传播需要公益,公益需要传播,这也是媒体的社会责任所系。媒体天然应当把公共命运装在心中,由此决定了它要遵循的价值、要肩负的责任。为公众联手建造一个优质的履责平台,为社会共同营造一个良好的生态环境,恰是企业和媒体心手相连的共同使命。

牵手一个人,就是牵手全社会;帮助一个人,就是帮助全世界。不仅“90后”真的长大了,“00 后”也在茁壮成长。“天天正能量”新近褒扬了一个小女生、一个小男生:四川自贡市 13 岁的初二女生艾露露,散步时发现一名要跳河轻生的成年男子,她勇敢而且耐心地劝说了整整一小时,在生命的河边伸手牵下了轻生男子。她稚嫩却善良,柔弱却坚定,不只挽回了一个轻生者的生命,更给了生活失意男人最大的温暖。江西 16 岁的男生董鑫国,在斑马线上遇到一位拄着拐杖的老人步履蹒跚艰难地过马路,他询问后俯身背起老人,快步通过斑马线。公共视频录下了这一幕,“最是这一俯身的温柔,胜过人间最暖的春风”。

生命之初，哪个不是怀抱希望与光亮；人生之旅，哪个没有经历困难与挫折。一如最近苏伊士运河一艘巨型货轮搁浅，堵塞了航道，据说每小时让全世界损失约 4 亿美元，需要救援救援救援……“援之以手”亦即“援之以道”，当人生“搁浅”之时，每一次援手都是善良之光。

社会是大海，这社会之海是“天堑”还是“通途”？你视它为天堑，大海真的就会成为天堑；你视它为通途，大海真的就会变成通途——只要有那善良的能量天天注入。

能量的集聚，文明的进步，都需要耐心与恒心。一次次的褒扬，一点点的进步，都是可贵的。在最美的季节，大家来到最美的杭州，赴一场最美的“约会”，一起褒扬正能量人物和城市，共同研讨“媒体公益与社会责任”，正是对文明进步的最好推动。“约会”本身就是一种认同，认同则是友爱的前提，而友爱就是善良的催化剂。今次“天天正能量”还宣布将投入百万公益金，启动“追光计划”，深度挖掘凡人善举的人文文化价值，这是为更美更好的明天深耕厚植、培根铸魂。

每一位被“天天正能量”褒扬的普普通通的“小人物”，都值得书写，你们都是太阳，而我们才是向日葵。

讲好慈善公益的中国故事

请以自己的方式爱这个世界！

一场以“捐赠文化、捐赠人群、捐赠生态”为关键词的公益慈善旅程，蓬蓬勃勃拉开了序幕。为了唤醒更多社会公众关注捐赠文化、尊重捐赠人群，共同助力捐赠生态圈建设，2021 年 12 月 27 日，中国（杭州）捐赠人大会线上开幕，这是中国首场以“捐赠人”为主题的大会，掀起慈善公益之爱的高潮。

开幕前进行寻捐赠人、讲捐赠事，参与者踊跃。因为受疫情的影响，原计划在线下举办的这次大会，改在线上进行。大会宣布设立“捐赠人专项基金”，设在杭州市基金会发展促进会，浙江支付宝公益基金会捐赠首笔 100 万元，作为启动资金。

捐赠人，是慈善事业重要的主体力量，大会努力为捐赠人打造一个最优的慈善捐赠生态，积极推动慈善捐赠主体、捐赠方式的多元化，让“人人慈善”成为全社会的共识。

最近，一位隐去姓名的浙江大学 2002 级校友，决定连续 5 年向母校捐赠总计 2.5 亿元，这个消息引起轰动。这些善款将用以设立专项基金，瞄准“基础”二字，支持物理、数学、化学三大基础学科的人才培养。

最近，宁波“顺其自然”再次如约而至，向宁波市慈善总会捐款 105 万元;连续 23 年,“顺其自然”共捐赠了 1363 万元。这份匿名的爱心,已然不是“匿名”,其名字就是“顺其自然”。“顺其自然”也顺其自然地带动了更多的人加入了慈善捐赠的滚滚洪流。

最近,丽水的沈香嫱女士引发全网关注,由她牵头,众人支持,在丽水市中心医院斜对面设立了一个爱心共享厨房,燃气灶具、锅碗瓢盆、油盐酱醋等一应俱全,免费提供给住院病友家属使用,由此承载了 4000 多个重症家庭的悲欢,“炉火在,希望就在”!

……

公益慈善的创新变化也是显而易见的:

——互联网技术已使“指尖公益、人人公益”变成现实,互联网捐赠平台的出现,让捐赠变得简单、方便、快捷。“太便利了,门槛变得很低,让我没有理由不捐赠。”

——“捐赠圈”的出现,为慈善公益提供了丰富的、多维的参与方式,当公益捐赠遇到“圈”,就会擦出特别的火花。

——设立慈善信托,这是一种精准、高效的工具,让捐款增值保值,同时尊重了捐赠人的意愿。杭州的万向信托慈善走在前列,蓬勃发展,备受关注。

——为未来而捐:西湖大学在国内率先开创了社会力量举办高等教育的先河,西湖大学背后的捐赠人,关注人类的前途命运。

……

讲好慈善公益捐赠的中国故事,观察和解析中国捐赠人的现状,分享不同维度捐赠人的价值观,交流国内外捐赠领域先进理念和实践,讨论未来对中国捐赠人的研究与服务——这不仅重要,而且必要。从捐赠人的视角出发,使捐赠人获得应有的尊重和服务,终能助推中国慈善公益事业的发展、优化和壮大。

诸多与会嘉宾分享了让人眼前一亮的观点。哈佛大学文理学院特聘教授何日生说,我们的捐赠文化“必须从心灵资本到达社会资本,到达经济资本”。“心灵资本”重要的核心概念是“慈悲利他”,就像孔子所说的“己欲立而立人,己欲达而达人"。"社会资本"是把"慈善利他"社会化,本质是一种依靠价值信念的人际联结。我们在社会上看到一个问题,希望号召更多人一起来做,真正推动社会变革、解决社会问题的人一定要有无私的心,才能感动并影响身边的人。而"经济资本"不仅是赚钱,更重要的是它能促成共同富裕,当今全世界都需要这样的理想和目标,那么任何一个企业家的目标就是让所有人富起来,亚里士多德提出的观点就是,企业家不只是赚钱,还要能够建立爱的关系,能够投入公共事务,能够上升到心灵跟哲学的喜悦。

"希望工程"创始人、南都公益基金会名誉理事长徐永光进行总结性的长篇发言,他认为:慈善捐赠是自愿行为,绝不能"杀富济贫""杀富致贫"。他警示:捐赠人和公益机构经常犯的一个毛病,叫作"情怀最伟大,过程很享受,结果不重要",这样是满足了自己的情怀,但并没有真正去解决社会问题,甚至造成了受助人的伤害。他直言:今天中国慈善的痛点不是缺钱,绝对不是,而是"信任危机";现在很多捐赠人宁可通过公司的众筹直接把钱给到有困难的人。他提出:捐赠人有六大权利,即捐或不捐的权利、选择受捐机构的权利、选择捐款用于什么项目的权利、直接参与公益项目的权利、监督捐款使用的权利、要求开具捐赠发票享受税前扣除的权利,用好这六大权利非常重要。

捐赠人是相对特别的群体,有着不一般的理念与行动。然而有一点是共通的,那就是:最成功的人生,最终都归于慈善公益。优秀的名人名家,最终都从收获走向付出;真正杰出的企业家,最终都从经济走向公益。

不久前,罗翔又上了一次热搜:两年来,罗翔已累计向儿童希望救助基金会捐赠了 37 万余元。新近有条记录是,罗翔向"儿童希望河南明德班 8 班"捐赠了 4 万元。真正的理想主义者,一定是践行者。

不久前,《清华大学贫困生学子"每月生活费仅 300 元,从受助到助人"的温暖自白》刷屏。因为穷过,所以慈悲——这个匿名自述,最早发在清华校园论坛版块"树洞",作者说:"虽然我们平日里嘻嘻哈哈,但是我们依然是国家的未来……依然可以做到向阳而生,逐光而行,心有暖阳,何惧人生沧桑!"

捐赠,是我们与这个世界"用心"对话的一种方式。这次捐赠人大会推出每日热议话题,已有超过 60 万人次网友参与,其中网友“陶××语”的留言真好:“我还小,长大后我一定会捐的!”

当下,捐赠人不被理解、不被尊重的情形时有发生,有时真是“夏虫不可以语冰”;然而,通过这次捐赠人大会,我们就应该“与夏虫语冰”,不仅直爽,而且诚意满满!

花开岭：让公益之花开遍山山岭岭

【篇一】花开岭：中国首个公益村

厉害了！中国首个公益村落户杭州富阳！

公益达人邓飞团队，正在筹建公益村项目，决定选址富阳银湖街道东坞山村石塔湾花开岭。2018 年 3 月 8 日，东坞山村村民周金灿、杭州上善文化艺术有限公司法定代表人沈功川，与浙江省青螺公益服务中心签订土地使用权赠与合同，将之前通过土地流转取得的石塔湾 18 亩林坡地的 18 年土地使用权，无偿捐赠出来，用于建设公益村。这一捐赠，有魄力、有眼光，可谓功德无量。受赠方浙江省青螺公益服务中心，是邓飞团队打造的中国乡村儿童联合公益的重要组成部分，是公益村项目的实施主体。

这是邓飞公益的新探索。这是白手起家。这是众筹项目。这是在 18 亩土地上的“无中生有”。“空山无人，水流花开。”邓飞说：“接下来，我们要盖一些办公房子，模块化，智能化，数据化，美，实用，还要价格适宜……一切众筹，我们快乐创造。”邓飞团队已对接上了远大、中天钢构等，大家帮助出方案、出资金、出项目，在一张白纸上画出最新最美的公益之画。未来，除了中国乡村儿童联合公益总部入驻外,他们将有步骤联合本地优秀公益组织,连接全国甚至全球公益资源,通过集聚公益组织而形成规模化、形成产业集群;公益村具体将分为机构办公、公益培训、公益游学、公益交流四大模块;最终要打造无公害绿色智能公益小镇,努力将公益村建设成为中国公益文明新高地。

邓飞尝试着将人间仁爱、公益慈善和美丽富阳融合起来,这是一件很具创新、开拓探索意义的事情。公益村将成为一个慈善公益授受双方的衔接点,比如举办公益游学,组织城市儿童深入中西部贫困县域,进行游历式培训,通过对接城乡儿童,了解当地贫苦和儿童困境,激活孩子同情心,锻造公益行动力。

从中国知名调查记者"转型升级"而来的邓飞,2011 年投身公益,"柔软改变中国",先后发起免费午餐、中国乡村儿童大病医保、暖流计划、儿童防侵、拾穗行动、让候鸟飞等多个公益项目,在乡村儿童、乡村环保和乡村经济三个板块致力帮助中国乡村儿童获取基本公平和保障。2014 年邓飞入选"全球青年领袖"。

邓飞是公益达人,更是一位社会创新家。在经济创新、科技创新、文化创新等大家耳熟能详的创新之外,社会创新也至关重要,社会创新就离不开社会创新家的开拓。同样,发展是公益事业的第一要务,人才是公益事业的第一资源,创新是公益事业的第一动力。由于杭州越来越具有世界公益名城之范,邓飞把更多的精力投入这里,他领导的中国乡村儿童联合公益,致力渐进赋权乡村儿童、帮助乡村经济增长,总部落户杭州富阳的美丽乡村,这在时间、空间、人间上都是非常适合的,可以在最大范围内相互促进、共同提高。

对于邓飞在公益慈善领域的探索和创新,我们普通人应该给予最大的关心和支持。尽管我们许多人成不了水中的鱼——若是成不了鱼,那可以成为水,成为水之后,就能为鱼的成长做出贡献,默默的贡献。上善若水——这也是很不错的。

马丁·路德·金曾经说:"道德宇宙的弧线是漫长的,但它会偏向正义。"相信邓飞和他的公益团队,致力新创、创新中国首个公益村,亦将是把道德世界里的公益慈善的弧线拉长,朝着人道正义、人间福祉不断倾斜延伸、砥砺前行。

【篇二】让公益之花开遍山山岭岭

漫天皆白,雪里揭牌情更深。这是2018年12月8日,杭州迎来了今冬第一场大雪;这是杭州市富阳区花开岭公益村,这一天正式开张揭牌,揭开了两块牌子:“翻书山院”和“杭州市富阳区新的社会阶层联合会花开岭分会”。100多名公益伙伴前来参加。花开岭,爱随雪飘。

有的人是第一次听说“公益村”这个概念,这其实是一个公益据点,一个县域公益组织的学习基地,“公益村”是俗称。花开岭由乡村儿童联合公益发起人邓飞牵头筹建,是中国首个公益村落(基地);有了这么一个“根据地”,可以让散落在各地的公益人聚集于此,共同商讨社会问题解决方案、研讨公益慈善进步路径。

这里原本是山边的一个养鸡场,由企业家沈功川和村民周金灿捐赠了18亩林坡土地的18年使用权,富阳区委政府也划拨了10亩土地;经过9个月的整理建设,清理了荒芜的院子,加固了养鸡大棚,修整了山路,种上了花草,完成了第一期工程。因是学习基地,取名“翻书山院”。

山院因陋就简,目前连空调都没有,用火盆里的炭火取暖,大家围炉谈心说公益;雪水还不时钻过瓦背,滴到志愿者吃盒饭的饭盒里。山院里已有一排书架,放满了质量上乘的书籍,都是公益人士捐赠的,一位企业家捐赠14箱文史哲类的书籍,我也捐赠了两大箱自己著作的签名本。这里将成为公益组织和有关人士的学习、培训和分享的空间。

种桃种李种春风,我们相信每一颗种子的力量、相信每一次种植的力量。我捐赠自己的签名书,也把一本书看成是一颗小小的种子。赠书有重复的,可以送给志愿者;今后需要的话,可以再捐赠。因为我手头的这些签名本,只有两个用途:或用于助学义卖,或用于公益捐赠。我跟邓飞说,我在广西师范大学出版社出版的《在大地上寻找花朵》,书名跟“花开岭”的名字十分契合。邓飞说:“这是命定呀！我们做的,何尝不是大地上寻找花朵呢?”

“生活的理想,就是为了理想的生活。”花开岭公益村是一次大胆的设想、大胆的实践,对社会治理现代化都是一个很有价值的探索;公益村已有4000多名名誉村民,各有技能,因爱而聚,有着相同的理想和价值观,希望人生、生活更加美好。在花开岭建立新的社会阶层联合会分会,则可以联合更多社会组织,更有效解决社会问题,让社会更加美好。

花开岭,就是要让公益之花开遍山山岭岭。花开岭“在山言山”,这里下一步要建成公益田园综合体,愿景是努力成为一个学习中心、模型中心,助推中国乡村振兴。乡村更需要慈善救济,更需要公益服务;致力乡村振兴的公益组织,更需要通过有针对性的学习培训,提高服务能力。此前的公益培训项目“青螺学堂”已经在全国开班三年多,为400多个县的公益组织提供培训服务。“青螺”之名也充满泥土气息。

风雪花开岭,雪中围炉话公益。我曾说过,人生从业有“三境界”:第一层是职业境界,第二层是事业境界,第三层是公益境界——公益境界是人生的最高境界。幸运的人要去帮助不幸的人。为他人服务,亦能丰富自己的灵魂。公益是一种责任,更是一种热爱,一种内在的基因。公益是广义的,文化公益也是重要的内涵。做文化公益,则要有一种“居下临高”的态度,要尊重文化本身。而花开岭,很可能是要载入中国慈善公益文化史的。

用一个花开岭,丈量整个乡村公益的进步时光。人在,创新就在,创造就在。花开岭公益村,需要更多公益人士的参与、投入和构建。

弱有所扶:让善城之暖遍及四方

【篇一】弱有所扶:让善城之暖遍及四方

民呼我知,民呼我应,民呼我为。

善城杭州,弱有所扶;关爱孤寡老人、关爱困境儿童,已成为"民呼我为"的重要内容。《关于深入推进党史学习教育 开展"民呼我为"主题活动的通知》的征求意见稿中明确提出:

提供孤寡、独居老年人全生命周期的养老服务,加大孤寡老人家庭适老化改造,提供"一键呼救"等服务;完善儿童福利院集中供养办法,培育孵化儿童帮扶服务类社会组织,实施有关孤儿医疗康复的"明天计划"、有关贫困家庭儿童康复的"添翼计划",建设困难儿童和农村留守儿童数智关爱保护平台,完成1600家"儿童之家"建设,272家达到示范型标准……

养老扶小,善城之暖要遍及四方,尤其要重视农村养老和农村困难儿童。其中"培育孵化儿童帮扶服务类社会组织"的意见是真知灼见,尤为可贵。慈善公益类社会组织,是"弱有所扶"工作中不可或缺的有机组成部分,因其能够依托自身优势,结合社会痛点,越来越有力地参与解决有关社会问题,不仅可以帮扶儿童,同样可以帮助老人。

2021年5月17日，以“帮助老年人跨越数字鸿沟”为目的的“蓝马甲行动”正式启动。该行动由浙江省网络社会组织联合会和杭州市公安局指导，西湖区老年大学和支付宝联合发起，将为老年人提供智能手机、防骗知识、金融安全教育等适老化公益服务，今年内拟服务全国超5000万老年人。这对于城乡老人来说，无疑是一个福音；而“蓝马甲”则意味着更多的志愿者、社会公益组织参与其中。

那么，如何更好地培育孵化这类志愿服务性质的社会组织？杭州有好的经验：富阳区的花开岭慈善公益基地，就是一个成功的“孵化器”。2021年年初，富阳全区10余个社会组织的负责人聚集花开岭，举行公益联盟首次学习研讨，讲述需求、困难和期待，研究制度、对策和方案。花开岭慈善公益基地搭建一个平台，致力集纳各类乡村问题解决方案，分类入库，推荐给各地县域乡镇复制推广，实现更大范围的改变。他们还积极筹办“乡村振兴社创大赛”之乡村养老邀请赛，以此为契机，分享和优化乡村养老方案。

农村养老，需要健全县、乡、村衔接的三级养老服务网络，推动村级幸福院、日间照料中心等养老服务设施建设，发展农村普惠型养老服务和互助性养老。乡村老人往往年老体弱，积蓄不多，承包土地和宅基地又不能自由变现，缺乏购买商业养老服务的能力，所以更多只能在家里养老。而家庭养老质量往往不高，缺少充足的亲情陪伴、物质供给、精神抚慰以及“数字关爱”。积极主动地去倾听、发现这些问题就很重要。时不我待，社会组织在这一领域大有可为。

用最通俗的话来说，社会组织也是重要的“桥梁”和“纽带”；社会组织也是从群众中来，到群众中去，能广泛听“民呼”，倾情做“我为”；社会组织彼此连接，一生二，二生三，从共建出发而实现共享……“想大问题”着眼、“做小事情”着手的杭州花开岭，邀请乡村养老优秀者来杭州展示和分享各自的解决方案，就是期待能够在实践领域“集中爆破乡村养老问题”。

上上下下齐心协力，把老百姓的事当作天大的事，努力打造一座善于倾听、知冷知暖的城市，在老人与儿童“两头”都做好“弱有所扶”，让善城之暖遍及四方！

【篇二】暖城之暖的刚性和柔性

杭州是一座暖城，一座善城，一座美好之城。

有时人生不幸突如其来。2021年7月18日，杭州一辆电动车行驶中突然爆炸起火，父女俩瞬间被巨大的火团包围，10秒钟后，一群人冲了过来灭火扑救，很快将熊熊燃烧的大火扑灭。

然而，父女烧伤面积超过90%，小女孩7岁，目前处于生命危险期。伤情牵动杭州人的心，杭州市民以各种方式关心关注支持帮助这对父女。这是人性的向善，这是人心的温暖：通过“水滴筹”筹集医疗费用，不到一天一夜筹款迅速超过200万！微信朋友圈里，大量朋友在捐款并且转发信息，每人大多在100元以上，我先后两次捐赠，每次按惯例捐赠111元—— 一方有难，万方帮助，我们相信众人共筹的力量，相信温暖爱心的力量。

人之为人，对世间疾苦要有难以遏制的同情心；生如逆旅，仅仅“一苇以航”是不够的。

至于电动自行车在骑行途中突然爆燃，不知何故，应予追查，当赔则赔。事发后，杭州市电动自行车行业商会下发紧急通知，要求2000多家门店立即自检自查。

与突发事件引发爱心潮涌不一样，静悄悄的关爱和温暖，在寻常日子里滋润着心田。今年杭州民办初中和民办小学招生电脑派位日前告一段落，双胞胎“捆绑摇号”得以实现，摇进中学有47对，小学41对——88对双胞胎能够同时就读同一所学校，这正是杭州美好教育的温度所在。

此前，双胞胎（包括多胞胎）儿童都去摇号，可能出现一人摇上，另一人却没有摇上而就读另外一所小学的情况；小学生上学通常需要接送，同一时间、两头接送，这给家庭带来了诸多不便。杭州市政协委员、时代小学校长唐彩斌为此提出建议，适当调整摇号规则，可以让家长将双（多）胞胎孩子组合捆绑一起摇号，要不一起摇上，要不一起都摇不上，以消除后顾之忧："杭州是全国最具幸福感的城市，之前考虑到孩子放学接送难的问题，杭州率先实施了学后托管，很暖心。在对待特殊家庭的入学问题上，也应给予更多的温暖。"

教卫领域，最需护生，最需关爱。遇到突发事件，父女有难，需要支援；遇到上学难处，修改政策，予以帮助。一个点上的事，一个面上的事，一刚一柔，或感人肺腑，或温暖人心。暖城之暖，无论是刚性的还是柔性的，都是我们所需要的，这也正是美好城市软实力的体现。

星云大师有著名的"三好""四给""五和"——"三好"是做好事、说好话、存好心；"四给"是给人信心、给人希望、给人欢喜、给人方便；"五和"是自心和悦、家庭和顺、人我和敬、社会和谐、世界和平。暖城之暖，善城之善，人们时时处处在做好事，在自心和悦、人我和敬中，给人信心、给人希望。

早在80年前，巴金先生就说："要爱光，光可以培养每个年青的心灵；要认识爱，爱可以温暖每颗孤寂的心；要信仰真理，真理可以指示一条到光明的路。"爱，光明，真理，这三个关键词密不可分。人性深处无疑有幽暗，然而有了爱，有了暖，人性深处也就有了璀璨的辉光。

希望不幸烧伤的父女能够平安，7岁女儿能顺利重返校园，因为人间值得，杭城值得。

希望一对对双胞胎小朋友，开学后每天开开心心牵手上学、携手放学，从金色秋天，走向绚丽春天。

幸福捐·幸福帮·幸福让

真没想到,浙大博士生与台州涌泉橘农的聊天记录火出圈,一度冲上热搜第一。2021 年 11 月 14 日,新华社、《人民日报》等媒体纷纷报道,为“涌泉小伙”点赞。

质朴憨厚的青年陈凯,是浙江台州涌泉镇西柯岙村一位普通青年,平时他和妻子经营一家网店,卖自家和亲戚家产的橘子。11 月 11 日下午,浙江大学农业与生物技术学院博士生肖小娥同学,想要网购一些橘子用于实验,因为她攻读的是植物病理学专业。咨询中,小伙子得知后说要捐赠橘子支持同学们:“给国家服务,我捐一箱给你们先试试……帮不了国家什么大忙,遇到了就想着出点力。”还细心地说:“大中小都给你们放一层。”

博士生同学最初只在浙大校内论坛截图发帖点赞,没有想到很快“出圈”,引发巨大的社会反响。涌泉蜜橘本来就挺好挺有名的,所谓“天下一奇,吃橘带皮”,是大众水果中的上品。此事上热搜后,网友们纷纷前来打卡,下单买橘,现在一天订单量“成千”“上万”,比平常翻了几十倍,而小伙子诚恳表示“大家要理性消费”,说:“如果不喜欢吃橘子的,真的没必要下单,你们的心意我们都能收到。”

“涌泉小伙”陈凯这是“幸福捐”，尽管只是几箱橘子。而博士研究生肖小娥同学是“幸福帮”，尽管只是截图发帖。他们相互之间，都是“滴水之恩，涌泉相报”：博士生研究橘子，用真菌接种看发不发病，这本质上也是为果农好，所以“涌泉小伙”自然而然想到感恩；当小伙子真的捐自己的橘子给同学做实验之时，肖同学想到帮助一下好心人，于是将聊天截个图发个帖，让同学们去买……这“幸福捐”和“幸福帮”告诉我们：人和人打交道，就应该这样互帮互助相互暖心。

先秦屈原有千古名篇《橘颂》：“后皇嘉树，橘徕服兮。受命不迁，生南国兮。深固难徙，更壹志兮。绿叶素荣，纷其可喜兮……苏世独立，横而不流兮……秉德无私，参天地兮。愿岁并谢，与长友兮。淑离不淫，梗其有理兮。年岁虽少，可师长兮……”今天看这样的“幸福捐”和“幸福帮”，能不想起《橘颂》中“生南国”的橘树的可贵品格吗？愿与岁月一起流逝，和你永远为友；年纪虽小，可为人师啊……

人类的进步、社会的和谐，主要靠合作，而不是靠对抗。合作才能双赢，而对抗绝不可能一方赢两次。如果有纠纷有矛盾，相互要让——那叫“幸福让”，平心静气，好好说话，好好沟通，双方不要动不动就“差评”，甚至恶语相向、动刀动枪。

这是我们不愿看到的情形：11 月 10 日，只因一个差评，南京一外卖员连杀两名顾客，被害女孩才 19 岁；11 月 13 日，广州一停车场，因为小小的纠纷口角，保安用刀捅死了奔驰车主；10 月 10 日，福建莆田农村发生砍杀邻居案，致 2 死 3 伤，事主欧某被围捕时自杀身亡，案件震惊全国，起因是建房纠纷……是非曲直有待警方彻底查清，但这样的惨剧需要尽力避免。这不是仅有一句“冲动是魔鬼”就能解释清楚的，但可以料想，当事人双方都没有“幸福让”的观念。

“幸福让”，就是谁幸福谁先让路，谁不幸福也要想到让路；让一下没什么大不了，大家其实都是生活中的普通人，一定要努力避免因为小事起争执，最后变成两败俱伤。假设独木桥上一头黑牛和一头金牛相遇，桥下是万丈深渊，如果相互不让一直耗下去，将会同归于尽……那么，到底该怎么让？最理想的

“幸福让”就是谁幸福谁先让,就是走阳光道的人要先给走独木桥的人让路。“幸福让”中更幸福一方,大抵可看成“将军赶路,不追小兔”,如果见“利”就上、遇“兔”便打,最终往往会因小失大。而对于欠幸福一方而言,“幸福让”也不是“无奈让”,不必有太强的“弱势自尊”。“幸福让”双方若是均势的,那就要避免过分的不依不饶,得理也要饶人。

“幸福让”也是给自己的幸福让路,而且越让越幸福。

崔崑:95岁院士和千万元捐款

感动了。

95岁院士捐款超千万。

那是毕生的积蓄,“裸捐”了。

2020年9月,华中科技大学95岁的中国工程院院士崔崑和93岁的夫人朱慧楠教授,决定向华中科技大学教育发展基金会捐款400万元,设立“新生助学金”;在未来5年内,每年向133名家庭经济困难的新生各资助6000元。

9月13日央视《面对面》采访报道崔崑院士,他思维清晰,表达流畅,语速之快,让你觉得他根本就不像一个95岁的老人。“把钱都用出去,用到有用的地方,我们走的时候就很快乐”,崔崑的声音,感人至深。

这位在慈善公益领域“乘风破浪”的爷爷,太令人钦佩。崔崑和妻子最早一次捐款是在2013年,那年他们向华中科技大学教育发展基金会捐出420万元,用于设立“勤奋励志助学金”,5年捐完。在2020年上半年,他们又捐了100万元,以老党员的身份支持武汉抗“疫”。合计所捐千万元,都来自夫妇俩的工资和补贴。

伟大的人,总是简单的。一个人抵达人生的至高境界后,身外的万物就不再具有吸引力。崔崑和老伴一直住在学校分配的院士楼内,自己没有买房子;他不吸烟、不喝酒,过着简单而健康的生活,他说:“我吃有益健康的东西,一个月用不了几千块钱。”他的一件夹克,甚至穿了30年,就因为好穿,“拉链都不坏”——看到这里我乐了,我有一条裤子60元买的,穿了18年才“退休”,也是因为好穿,不过相比崔老的30年,差距还是好大。

从81岁开始,崔崑院士致力著书立说,用了7年时间,独立完成了《钢的成分、组织与性能》的撰写。他说:“写不出来会是我一辈子的遗憾。”全书200多万字,1500多页,是一部中国特殊钢的百科全书。之后他又用7年时间修改补充,出版了第二版,分成6册:《合金钢基础》《非合金钢、低合金钢和微合金钢》《合金结构钢》《工模具钢》《不锈钢》《耐热钢与高温合金》……他现在还在写第三版,不断加入新技术。“学到的就要教人,赚到的就要给人”,前者是教育家,后者是慈善家——“钢铁院士”崔崑先生两者得兼,此乃非凡的“刚柔相济”。

因为懂得,所以慈悲。“青年学生都有一个思想成长的过程,在困难时期得到的帮助对他们思想很有用。”崔崑讲到,他资助的贫困学生中,有个女孩后来去广西农村支教,碰到一个贫困而好学的孩子,她就要帮助这个小孩子,“一个月两百块钱,鼓励他上大学”。这,就是扶贫助学的薪火相传。哲人有言:“人生和事业的最大的乐趣,就是成为不同于出发时的自己。”当受资助者都已“不同于出发时的自己”的时候,这是多么巨大的人生快乐!

乐者健,仁者寿。崔崑院士说:“把烦恼的事变成快乐的事,又可以多活几岁!”

老来多健忘,唯不忘慈善。随着年龄的增长,一个人别的热情和激情可能会逐渐消退,但参与慈善公益的情怀不能消减。演员袁立说得好:“终其一生,我们也不能帮尽所有的苦难。但是从我们身边擦肩而过的,就不要漠视。”

考虑别人比考虑自己更多,就是好人;给予别人比留给自己更多,就是大善。“如果我们走的时候,还有一大堆钱放在银行里,就是遗憾。”这是崔崑院士最简单朴素的语言。此刻,我最想说的一句话就是:

学习崔崑好榜样!

教授捐1亿:科研之始与公益之终

善始善终把事情做好,是大家都期待的。这是无疑最佳的“善始善终”:

我国临床麻醉学专家、四川大学华西医院麻醉手术中心主任刘进教授,带领团队研发了“新型骨骼肌松弛药物”“超长效局麻药”两类麻醉新药,于2021年进行了转化,按照有关激励政策,刘进教授个人获得了1亿元奖励资金。9月27日,刘进教授捐出这1亿元,设立规培专项基金,这是我国首个由个人捐赠设立的专项规培发展基金,要培养更多合格的“健康守门人”。

优秀科研造福人民、造福大众,值得重奖。成果产业化之后,产生巨大的经济效益,这无疑是最好的。早在2018年8月,《人民日报》就报道过华西医院出台激励政策,重奖成果转化的科研人员,那就是著名的“华西模式”“华西九条”,目的就是提高科技人员积极性、释放创新动力。而个人拿到的奖金“用不了”,就用于公益事业,设立规培基金“授人以渔”,这是最好的归宿。

手术要麻醉,人生不麻醉!“我今年65岁,要退休了,有人会说1亿元不是个小数目,对一个家庭来说是一笔不菲的财富。”刘进教授说,“但是,我和我的家人都认为,这笔钱用于我们家庭去过更为舒适的退休生活，是一种浪费，而捐赠给住院医师规范化培训的事业，更具有社会意义，更能体现我们的人生价值。”这，就是人生大格局、大境界。

刘进教授有多牛？华西医院是我国著名的医院，其麻醉手术中心，连续 11 年在中国医院最佳专科综合榜排名全国第一。作为该中心的掌门人、博士生导师，刘进教授 20 多年来坚持“两条腿走路”：一是持之不懈地从事科研和转化，成就斐然，获奖众多；二是坚持麻醉学科住院医师规范化培训，他所在的麻醉科专业基地，已培养出约占全国 5%的青年麻醉医师、40%的麻醉科主任。

要手术，就得麻醉，麻醉极端重要。刘进教授已安全有效地完成近 2 万例麻醉，并带领团队一直致力麻药相关研究。这样的科研，直接造福人类。科研成就的大小，意味着人类福祉之大小。所以，把科研成就看成“最大的人类公益”也是可以的。

放眼当今世界的公益事业，一种新的公益模式正在兴起，主要是利用资本的特性、利用科技的力量，寓公益于商机，不仅授人以鱼，而且授人以渔，掀起一场公益革命，这将对全球产生越来越深远的影响。

也是在 9 月 27 日，在杭州的著名科研机构达摩院，其自动驾驶实验室宣布，研发的 L4 级自动驾驶产品“小蛮驴”，累计配送快递突破 100 万单，已落地全国 22 个省份，服务超过 20 万人；未来 3 年，“小蛮驴”车队规模将达 1 万辆，日均配送单量可达 100 万单……作为末端物流无人车，“小蛮驴”特别适合校园场景的使用。服务领域的科研成就，相比于医学科学领域的科研成果，各有所长，都是造福人类的。

利他是最好的利己。以科研成果、合法手段获取利益成为富豪，让人尊重；最终把“多余的钱”拿出来用于公益事业，让人尊敬。尊重和尊敬，两个都是可爱的语词。中国文化精神，最简切扼要言之，乃以教人做一好人，做天地间一完人，这里有孔子之所谓仁、孟子之所谓善——刘进教授是“中国好人”的典范。

从“奖学金”到“奖德金”

“学习优秀有奖学金，那道德优秀呢？也要有奖励。”2006年5月16日至17日，浙江苍南县公务员林继排自己掏腰包5万多元，为北京3所高校的35名师生颁发了“奖德金”。此前，林继排出资100万元设立道德基金，主要用于奖励当地和他母校——北京科技大学的道德模范。

在高校，校友设立奖学金已经司空见惯；而像林继排一样设立“奖德金”，确实鲜见。这次获奖的学生中，有的捐献了造血干细胞，有的见义勇为，有的长期关爱空巢老人……林继排一直热心慈善公益，他总是帮助生活困难的学生，2014年还曾捐款10万元用于“五水共治”。他进行的是“高调慈善”，认为当今做慈善不能悄无声息，“默默做好事只能影响几个人，而高调慈善能影响全社会”，要“二次发酵”。

“奖德金”，本身就是对慈善公益、良善道德的再孵化。在高校，在“奖学”之外“奖德”，是一种良好的道德教育和熏陶。道德道德，有道才有德。德才兼备、德艺双馨，“为人”之德一定在为事之“才”前面。哲人有言：“人生的意义，在世俗层次上即幸福，在社会层次上即道德，在超越层次上即信仰。”道与德，不仅仅与己有关，而且一定与他人与社会有关；理想的社会，是每个人都处于一种共同的社会道德和行为规范之中，没人失道失德，这才是真正和谐的社会。

道德如同空气，显然不能当饭吃，但如果没有了空气，那么饭也不用吃了。倒不是说如今之德已稀缺得如真空，而是说，这“空气”已被污染得厉害。失德通常是“失足”甚至“失手”的前提与前奏。“失手”变成了置人于死地的“动手”：5月18日这天，又发生了一起伤医致死案，在湖南邵东县人民医院，一名交通事故受伤患者进入五官科就诊，其家属借口医生救治工作不积极，辱骂并殴打正在接诊的医生王俊，造成王俊受伤抢救无效死亡。社会如果总是充满暴戾之气，那一定是“德”和“法”的“双输”。

设立“奖德金”，如同设立空气清新器。在学校里，其教育熏陶的作用不言而喻。道德教育，不是说教，而是言传身教。德育弄不好，就会出现倒错现象，不科学，无效果。这次林继排在颁发“奖德金”后，还进行了“诚信、感恩、创新”主题演讲。他倡导的诚信，是大学生必须具备的道德素养；这跟不久前“全国首场大学生信用招聘”进浙大，有异曲同工之妙。“信用招聘”是通过第三方征信机构的信用评价，倡导大学生养成良好信用习惯，信用就业。因为诚信和专业，是用人单位看好大学毕业生的两个重要品质。专业用分数体现，有奖学金；诚信由行为体现，有“奖德金”——这就是教育的双管齐下。

星云大师有“三好说”：做好事、说好话、存好心。设立“奖德金”的林继排就是这样的“新三好生”；而设立“奖德金”的目的，正是教育培养更多的“新三好生”。

贰

有一种爱的坚持叫志愿

有一种爱的坚持叫志愿

【篇一】志愿之爱　百善之流

忘不了帮助农村贫困教师的“烛光工程”拉开序幕之时，一家报纸深情的告白：有多少河流就有多少村庄，有多少山坡就有多少嘹亮的课堂，有多少花朵就有多少儿童追逐阳光。每一双忧伤的眼睛后面都有他们默默燃烧的希望，每一所寂寞的校园都有他们的青春在流浪，每一个荒凉的村庄都有他们的故事在传唱……

忘不了一位青年志愿者，在一篇题为《志愿人生》的文章中所说的话：那些戴着一顶红帽子，帽子上还有一个心手白鸽的图案的志愿者们，用他们爱心助人的精神感染了我，我立志做一名志愿者。志愿者已然成为我的生活方式，成为我生活的组成部分……

忘不了在 1996 年 10 月，中央领导到唐山康复村看望截瘫的残障人士时说：你们克服一些困难，志愿者帮助你们解决一些困难，这对我们的青年一代也是一个很好的教育，这是中华民族的优良传统。

新世纪开始的第一年，是“国际志愿人员年”；而 12 月 5 日，则是“国际志愿人员日”。这是一个美好的日子,一个陶冶自己心灵的日子,一个提升社会道德水准的日子,一个体现“志愿者之爱”的标志性的日子。

志愿之爱,是生命之血,是社会之需。联合国开发计划署前署长马克·布朗在国际志愿人员日献词中说,每个国家都需要志愿者,他们照顾儿童、老人、病者;他们帮助教育我们的孩子、保护环境,使我们的社区更为安全;无论何处,他们都是健康社会的“生命之血”。我们看到,在比以往任何时候都需要志愿服务的今天,志愿服务已经成为社会文明的一部分。

志愿之爱,是无私之爱,是百善之流。“爱别人,也被别人爱,这就是一切,这就是宇宙的法则。”有了爱的滋润的人,才无惧于任何艰难困苦。如果说教育是百善之源,那么志愿之爱就是百善之流。志愿者的爱是无私的,是创造之爱,是奉献之爱。正如一句英国的名言:“生活的道路有无数条,但只有一条通往幸福,那就是:义务之路。”

志愿之爱,是青春之火,是热情之力。参加“青年志愿者扶贫接力”,将自己青春的朝气奉献给大别山的北京交通大学李月同学说:“青春是短暂的,但青年志愿者事业却是长久而有意义的,我愿把短暂的青春投入到这长久而有意义的事业中去,谱写火红的青春乐章!”青年是志愿者中的主力军,如果没有年轻人单纯真实的善良,就没有伟大;如果没有年轻人高昂蓬勃的热情,就没有奉献。青年志愿者成就的事业,是这样的璀璨;青年志愿者构建的天空,是这样的蔚蓝!

一支蜡烛的光芒再微弱,也是刺向困苦黑暗的剑。让我们每个人都成为志愿者,成为爱与善的心灵的天使!

【篇二】国际义工走向世界

志愿与慈善,是永恒的时尚。早在 1985 年,联合国大会就把每年的 12 月 5 日确定为“国际志愿人员日”,亦称“国际义工日”。中国志愿者在行动:2007 年 10 月 25 日,中国援外志愿者赴埃塞俄比亚服务团回到祖国,这是我国至今一次性派出人数最多——50 人的援外志愿服务团，服务一年；2008 年北京奥运会志愿者报名工作 2006 年 8 月 28 日启动，申请人数很快突破 50 万，尽管现在小语种志愿者还相对稀缺；而笔者所在的杭州，一位名叫刘金山的青年志愿者，到云南海拔 2463 米的山上，为当地建造了 56 个生态厕所……如今，越来越多的人希望有一个公益或者志愿者的身份，都市青年正在兴起“益友”时尚，调查表明，97.6%的青年愿意参与公益事业，从而结识志同道合的朋友。

这次中国赴埃塞俄比亚的援外志愿者服务团，虽然是最多一次对外派出国际义工，但毕竟也只有 50 人。我国的国际义工活动，尚处于起步阶段。而早在数十年，甚至上百年前，西方许多国家已出现了诸多参与国际活动的义工志愿者，投身于这项真正无上光荣的“社会时尚”工作了。而在理论领域，美国里士满 1917 年所著的《社会诊断》一书，就把社会工作作为一套独立的助人知识和技术来阐述，成为社会工作专业学科的创始。毋庸讳言，我们与发达国家相比，志愿与慈善两大领域的事业都有距离。英国艾勒克·迪克森博士 1962 年创建“社区服务志愿人员”之前，就已建立了海外志愿服务队；创办于 1971 年的“加拿大世界青年”组织，组织 17 岁至 20 岁的青年到国外开展国际教育交流活动。中国志愿者多为大学生，美国则有许多中学生都已投身于志愿者行列，他们做义工的经历，正是大学录取的一个必修选项。我国志愿者迈出国门的时间，要比开放国门迟滞很多，这二三十年来，已有不少老外志愿者活跃在中国大地上。

志愿与慈善，是物欲下的真善美的大义，是一个国家社会和谐发展不可缺少的一对翅膀。志愿是为公益而进行的。志愿精神，也是奥林匹克运动本质的重要组成部分，那种高尚、奉献、利他的人类文明境界，契合《奥林匹克宪章》里的奥林匹克精神——为人的和谐发展服务，以促进建立一个维护人的尊严的、和平的社会。联合国前秘书长科菲·安南曾说：“志愿精神的核心是服务和团结的理想和共同使这个世界变得更加美好的信念。”其实，当今世界远未达到“和平、和谐、和爱、和美”的境界，所以太需要来自民间的慈善与志愿行动。2007 年 3 月 25 日是英国废除奴隶贩卖制度 200 周年纪念日，统计表明，全球至2007年仍有2700万人过着“现代奴隶”的生活，暴力虐待、拐卖、禁锢、强迫做性奴等事件尚未休止；联合国有关报告则说，至2007年，每年全世界有80万到90万人被迫充当劳力和进行性交易，他们多数来自贫困国家。帮助他们，需要全方位从基础做起。而志愿者与受助者是平等的，要共同承受“生命之重”。志愿者的公益服务，就应成为一种国际潮流。在保障志愿者安全的情况下，中国作为一个大国，派出更多的义工，既是大国负责的一种体现，也是中国人对世界的新贡献，毕竟整个世界还有许多人在受苦之中；中国有更多的国际义工走向世界，既是中国“硬实力”的体现，亦是中国“软实力”的体现。

志愿是一种生活方式，是个人人生的必要历练。人是需要一点理想主义的，和平时期，最大的激情源自志愿者的一种人文主义的情感投入。志愿者是“刀鞘”，正像泰戈尔所说的，“刀鞘保护刀的锋利，它自己则满足于它的迟钝”。志愿者事业的蓬勃发展，最终要靠每一名志愿者做出实实在在的行动。由于贴近香港，深受熏陶，深圳的义工活动是一流的，在社区服务等许多领域开展得蓬蓬勃勃。奥运志愿者、跨国志愿者、环保志愿者，则是最让人感佩的三大群体。在2007上海特奥会上，活跃着4万多名志愿者，其中大学生占66%，这些“80后”的青春倩影，美丽得让我分外感动。谁说“80后”是“垮掉的一代”？一些倚老卖老的人，只要看看这些年轻志愿者对智障人士无微不至的关爱和服务，就明白什么叫“长江后浪推前浪”。而在可可西里的环保志愿者群体，他们来自不同都市，年龄不一、职业不同，但他们健康开朗、崇尚行动，他们选择相逢在无人区——徒手建造中国第一座民间保护站，韧性抗争藏羚羊生存的权利，深情守望青藏高原上的野生动物，甚至牺牲年轻的生命……可可西里成为他们内心深处的生命情结，荒原岁月是骨头上的烙印，新鲜而疼痛。古罗马哲人西塞罗说得好：“越是出于好意做事，承担的义务也越重。”志愿行动不仅仅是热情与激情，还有责任心让他们将每一次志愿行动坚持到底。

志愿行动过程，是为自己的心灵不断加油的过程。电影《三峡好人》试图告诉我们，“一些该拿起的要拿起，一些该舍弃的要舍弃”。志愿者的事，是心灵的事，所以亦是幸福的事。哈佛最受欢迎的选修课是“幸福课”，其“幸福十要点”也并不高深,有“遵从你内心的热情”“慷慨”“表达感激”等,其中对“慷慨”诠释是:“现在,你的钱包里可能没有太多钱,你也没有太多时间,但这并不意味着你无法助人;‘给予’和‘接受’是一件事的两个面——当我们帮助别人时,我们也在帮助自己;当我们帮助自己时,也是在间接地帮助他人。”是的,爱是人类相互帮助的共同语言。

志愿者的工作是广义社会工作中的一种,自觉自愿、不为报酬、利他第一。有西方学者说,如果说人类发展前500年是技术革命带动全球的经济发展,那么今天,人类正处于一个十字路口,面临的问题越来越多。后500年社会学、社会服务将成为地球上生存的重点。而这样的“社会服务”不仅仅是青年人的事。有个5人外教志愿者小团体,从美国来到中国,其中4位是老年人,最大的玛瑞太太已经85岁了。当领队问她怕不怕来到中国“再也回不去了”,她笑着说:死在哪里都是死,如果不幸在异国他乡“光荣”了,那是我的运气!中国应该派出更多的国际义工,走向世界;建立一个关怀的社会,正是我们全人类共同的幸福事业。

【篇三】志愿者的“五星金牌”

北京奥运会,沃尔什在比赛时把戒指掉在沙里了。

这是她的结婚戒指!尽管不是十几克拉的“鸽子蛋”,但这戒指对她来说是无价之宝,比赛都戴着呢。

沃尔什和特雷纳组合,是沙滩排球的“世界一号”,她们战胜了中国组合田佳和王洁,获得冠军;可在决赛前的一场比赛中,那戒指掉沙里怎么也找不到了。

这时出现了一批奥运志愿者,替她找了整整一天,最后用许多个金属探测器,才“大海捞针”般在沙里找回了她的金戒指。既找回金戒指,又夺得金牌子,你说人家能不高兴、能不对志愿者赞不绝口吗?

热情、体贴、温馨、完美……北京奥运会的志愿者,受到了全世界的高度评价:一百分! 五星级! 最完美! 最大的“金牌”应该授予他们!

志愿者,中国“最温柔的心”。10 万赛会志愿者、40 万城市志愿者以及数量更庞大的社会服务志愿者,注册或不注册,他们共同构成了北京奥运会的志愿服务人员群体,数量超过了以往任何一届奥运会。这其中,还有近千名海外志愿者;许多影视明星也提供了短期服务。志愿者是人与人交流的最重要的“润滑剂”,当国内外运动员、教练员、官员、观众等奥运参与者来到北京,除了看见比赛场馆等辉煌建筑,最初大量接触的就是志愿者,志愿者带给他们“第一印象”,带给他们“第一服务”。主持人陈文茜在凤凰卫视的《解码陈文茜》中,以自己的亲身经历,对志愿者的体贴赞不绝口。

志愿者的工作和志愿者的精神,在一个词里得到高度的统一,这就是“服务”二字。“服务”是很基础的,“服务”也是很高难度的。“全心全意为人民服务”,是多么高的境界;“全心全意为奥运服务”,想做好也非常不容易。然而,身穿蓝色服装、服务北京奥运的志愿者们,为赛会提供了最细致入微、最人性化的服务。奥运会志愿者的“理想主义”就是:胸怀世界、融入世界、服务世界。他们以最完美的行动来证明“我是东道主志愿者”:一位举重运动员负伤倒在台上,几位志愿者迅速上台用挡板挡住观众的视线,这是人性化的关切;一位父亲给他脑瘫的孩子买了一张票去看乒乓球比赛,志愿者给孩子准备了推车推进场馆,并始终有一位志愿者陪伴着,这是人性化的关怀……

百年奥运,始终闪烁着志愿者的身影。对许多人来说,一辈子也难以碰上在自己国家服务奥运的机会。奥运会开幕前,我的一位同事就说很想去做志愿者。“京奥”志愿者的核心力量是年轻学生,不少是“90 后”。他们“背对比赛、面向观众”,提供欢乐服务,让运动员的心情很阳光,一次次比出了好成绩。这种服务他人的精神是富有感染力的,“鸟巢”9 万多观众曾两次为“飞人”博尔特唱响“祝你生日快乐”,那一刻所有观众都成了“草根志愿者”——这个“生日派对”,应该载入吉尼斯世界纪录。

运动是快乐的,比赛是激动的,服务是愉悦的。微笑是最好的名片,热情是最好的待客。通过志愿者,我们能清晰地看到:中国对世界有着最大的诚意，把奥运办好，把快乐带给人类，把幸福留给世界。

【篇四】有一种爱的坚持叫志愿

汶川地震后，玉树地震后，时光把沸腾抛在身后，却依然有着志愿者一直坚持的身影。

《都市快报》特别派出记者，在2010之冬奔赴青海玉树，探寻志愿者的足迹。震后半年来，在香港义工黄福荣之后，在玉树死伤的志愿者已有十几人，其中多人不幸罹难，他们是：杨代宏、张建华、张亚莉、曾敏杰、布桑、杨浩。高原高，行路难，他们大多因车祸致死致伤。（2010年11月21日《都市快报》）

10月27日下午5点30分，香港籍志愿者曾敏杰和另两位志愿者，在玉树两位藏族同胞的协助下，前往玉树为当地学生运送过冬棉衣、教具等物资，不幸在囊谦县境内遭遇车祸。曾敏杰和同事杨浩及同行的玉树的老师布桑不幸遇难，王瑞及藏族志愿者俄金曲桑受伤。曾敏杰生于1975年，英籍华人，在英国长大，10多年来从事金融、投资行业，是北京家·盒子文化有限公司执行董事。他一直来热衷国内的儿童公益事业，并身体力行投身志愿工作，先后帮助多名脑瘫儿童进行康复治疗……

死亡没有让灾区志愿者退却，“义人要持守所行的道”，许许多多人坚持了下来。他们给震区受伤的大地与心灵带去温暖和关爱，带去帮助和抚慰；他们让寒冷者得温暖，他们使孤独者有依靠，他们为无力者生力量。

每一个志愿者都是可贵的。从北京奥运会，到上海世博会，到广州亚运会，都活跃着大批志愿者。12月5日，就是“国际志愿人员日”，这是1985年联合国大会议通过决议设立的。联合国将志愿者定义为“不以利益、金钱、扬名为目的，而是为了近邻乃至世界进行贡献活动者”。他们在不为任何物质报酬的情况下，能够主动承担社会责任，奉献个人的时间、能力、爱心、精神，无偿为社会进步贡献自己的力量。在发达国家，志愿已然成为一种文化，即“志愿文化”。美国志愿者的年贡献价值，已超过2000亿美元。难怪美国社会活动家约翰·加德纳说:“美国社会几乎所有的重大突破,都植根于志愿事业。如果志愿者和志愿组织从我们的国民生活中消失,我们美国人的特征就不那么明显了。”

志愿者是有灵魂的,志愿者是有精神的。这些义工、志工、志愿者所拥有的精神,就是一种公民精神,一种公益精神,一种利他精神,一种慈善主义精神——用最简单通俗的话来说,就是一种助人为乐的奉献精神。他们的理想和信念,就是通过共同努力而使人类世界变得更加美好。当然,相比于在城市里为大型赛会、展会做志愿者,去汶川玉树等灾区要艰苦千百倍。所以,对于震区志愿者来说,更有一种精神叫坚持——坚持就是力量,坚持才能让人生充分燃烧;人生因燃烧而美丽,人生的熊熊燃烧才是真正的美丽与绚烂。

玉树发生地震时,正在当地孤儿院志愿服务的香港义工阿福——黄福荣,在救出多人后不幸牺牲。阿福十年义工生涯,从香港走到青海,用脚步丈量关爱,用生命书写大爱,他那燃烧的美丽与绚烂,璀璨夺目、感人肺腑。而今,来自香港的双胞胎姐妹——林家欣、林家慧,作为义工已是第三次来到玉树,她们正在挨家挨户调研当地家庭缺乏过冬燃料的情况……什么是志愿者前赴后继的接力? 这就是。

在这个冬天,志愿者们用生命“唤醒”被冰封的小城,一切都是为了玉树重生。因为他们不懈的坚持,玉树在寒冬里生长,用顽强来迎接春天。

志愿人生,人生志愿。人生九曲十八弯,有一种爱的坚持就叫志愿。

爱有多远，"募师支教"就能走多远

【篇一】被优美和忧美深深打动

"心是应该和一滴眼泪、一首诗歌一起送给人的。"这是印度圣诗泰戈尔说过的话。把心、把眼泪、把诗歌一起送给贵州边远山区孩子的"感动中国"人物徐本禹，在两年支教后返回华中农业大学读研；该校另两位志愿者、2002 级学生曹建强和田庚，接力徐本禹，2005 年 7 月 11 日出发奔赴贵州省大方县，进行为期一年的支教服务。（2005 年 7 月 10 日《中国青年报》）

"有的人一辈子收获不了一滴眼泪，可这一个暑假，我几乎每天都被感动包围，收获着泪水。"这是徐本禹曾写在日记本上的话；如今，两位后继学子将继续"收获着泪水"，让"徐本禹走后怎么办"成为一个"伪问题"；而学校将支教行动化为制度，给予志愿者支教者以生活补助和读研待遇，永续爱心接力。

人是需要被优美和优美中的"忧美"深深打动的。当年深深感动学子徐本禹的，是《中国少年报》上一篇优美的文字："阳光洒进山洞，清脆的读书声响起，穿越杂乱的岩石，回荡在贵州大方县猫场镇这个名叫狗吊岩的地方……"这篇题为《当阳光洒进山洞……》的优美篇章，透露出深深的“忧美”意境——请原谅我“发见”了这样一个新词；正是这样优美的文字和忧美意境，让当年还在读大三的徐本禹感动得流下了热泪，于是有了感动中国的徐本禹支教故事。

人是需要感动的，我们没有任何理由嘲笑一位泪腺发达的人。会哭，会感动，人才是人，人才是有希望的人。在长城上，徐本禹又感动得哭了：5月份，徐本禹带着他的30多名小学生来到北京，圆了他带“山里娃”来北京看一看的梦；在长城上，他们遇到一个老年人旅游团，他们都是在山村支教了一辈子的老师，当他们认出徐本禹后，就现场10块、20块地捐款，为孩子们捐了400多块钱。“几位老太太都哭了，我也哭了，她们说在我的身上看到她们的过去，也看到了山村支教事业的未来。”

人类从感动里获得自己的童年。出生于农村一个贫穷的家庭的徐本禹，就像他母校一位老师所说的：“在某种程度上，徐本禹其实是个大孩子。”“四时可爱唯春日，一事能狂便少年。”这是大师王国维的优美诗句，因为这样的诗句，有人称王国维为“春天的拥护者”。徐本禹在感动里，成为春天的使者，获得了恒久的青春年少。

徐本禹曾说：“我愿做一滴水/我知道我很微小/当爱的阳光照射到我身上的时候/愿意无保留地反射给别人。”一位常常被爱感动的人，就是善的，爱的生命就是优美的生命，善的人生就是充实的人生。当一个人在被优美与忧美感动的时候，就能成为有梦想的人。纪伯伦不是说过了吗：我宁可做人类中有梦想和有完成梦想的愿望的、最渺小的人，而不愿做一个最伟大的无梦想、无愿望的人。

有了这样的梦想，我们就能对每一朵花微笑——那就是散文名家刘亮程在他在《对一朵花微笑》中写到的意境：“我一回头，身后的草全开花了。一大片……靠近我身边的两朵，一朵面朝我，张开薄薄的粉红花瓣，似有吟吟笑声入耳；另一朵则扭头掩面，仍不能遮住笑颜。我禁不住也笑了起来。”徐本禹面对自己身前身后的一朵朵鲜花，不仅收获了泪水，而且收获了微笑。正如：“什么时候能天天看你微笑，什么时候我也会泪如雨下。”

爱与感动，维系了人与人之间的神圣契约，爱心接力因此诞生。在人类的悲悯情怀里，我们触摸到人类的心灵，看到了人类的博大。

【篇二】爱有多远，“募师支教”就能走多远

一滴眼泪的声音，是那么铿锵结实。

这是许凌峰生平第二次落泪，上一次是寡母去世的时候；他把眼泪和5位老师留在了大山深处，他把眼泪和爱心一起送给了大山褶皱里的孩子们。这些老师是许凌峰个人出资招募的，他们将在湖南常宁塔山瑶族乡支教15个月。许凌峰成为中国“募师支教第一人”，此前他已陆续花了100多万元帮助过300多个上不起学的孩子，如今为了“募师支教”他又支出20万元。（2006年4月9日《北京青年报》）

“心是应该和一滴眼泪、一首诗歌一起送给人的。”这是泰戈尔的话，一个人如果实践了这样的“以心相许”，那么，他就是博大而幸福的人。

“没有每滴水珠的清纯可爱，哪能有江河湖泊的碧波荡漾。”让我们每个人都向许凌峰和他的5位老师表达源于心灵深处的敬意。这些老师尽管每月有许凌峰支付的2000元工资，但他们放弃了城市生活，他们同样是高尚的人。我们的“道德”并不要求一个人不吃不喝。他们的爱心同样是充沛的，听听在城里长大的21岁的女孩李樱樱的心声吧：“如果心是近的，再远的路也是短的；如果开心是蜜做的，那么再苦的海水都是甜的。”

“为天地立心，为生民立命，为往圣继绝学，为万世开太平”，这一古典的人文理想，不应该仅仅是学者埋首书斋时的“神往”，一位普通的支教老师、一位慈善的企业家，都可以以点滴之力而为之。这些日子，大江南北传诵着李瑞环捐资助学的感人事迹：他以“一位老共产党员”的名义，10年间拿出个人资产53.3万元，资助了148名贫困大学生；今年又捐出一笔稿费，在今后3年每年再资助100名贫困大学生；更动人心扉的是，李瑞环已立下遗嘱：逝世后将遗产统统变现资助天津贫困学生（2006年4月6日中国新闻网）。这，就是“云

山苍苍,江水泱泱;先生之风,山高水长”。

有一位名叫卢安克的德国小伙子,他拥有的中国乡村教育梦之强烈,恐怕让许多人匪夷所思:1999 年他从德国来到广西一所县中学当初中老师,2001 年 7 月又到了广西乡下的一个不通电话、不通公路、村民只会说壮语的偏僻小山村,为那些没有机会上学的孩子举办学习班。这些年来,他绝大部分时间生活在广西的偏远农村,快乐踏实地实践着他义务支教的“教育梦”(见《新民晚报》《中国青年》等媒体报道)。“我想住在半山腰的村庄”,卢安克的心灵就这样充满了诗意。

爱心的柴火需要一枚火柴点亮。李瑞环、许凌峰、卢安克,这些致力中国教育事业的人,就这样一次次擦亮人的心灵。

“个人募师支教”能走多远? 有人发出这样的疑问。人类最可怕的是“内心生活的消失”。我们有理由相信,只要我们不失去以爱的经络构成的“内心生活”,那么,爱心有多远,“募师支教”就能走多远。

“教育是民族最伟大的生活原则”,这是巴尔扎克说过的话;要想让我们的民族不断地走向伟大,那么,我们就一刻都不能把教育置于窘境。如今,许凌峰推倒了第一张多米诺骨牌,我们有理由期待“募师支教”在更多的地方产生涟漪效应,能够让一波波“募师支教”的碧波在各地荡漾!

春风十里不如你

“我去年8月刚结婚,一直在计划生小宝宝,心里有点压力和担忧。”28岁的宁波80后美女陈妍,决定推迟怀孕,捐献造血干细胞,拯救一位白血病患者:“听说她是一名女大学生,救人最要紧,我就下了决心。”2015年4月30日,陈妍来到了杭州,每天注射造血干细胞动员剂;5月4日,在这个属于青年的美好日子里,她顺利完成了造血干细胞的捐献。6月7日,完成了造血干细胞捐献的陈妍从杭州回到宁波,她说:“在茫茫人海中,我能挽救一个人的生命,是缘分,是幸运。”

湖山妩媚,花动已是满城春色;青春善美,行动让人满心喜乐。我愿意扩展一串美好的语词,送给这位青春璀璨、爱心盈盈的白领丽人:春水初生不如你,春潮盈江不如你,春林初盛不如你,春光一地不如你,春风十里不如你!

因为公益,所以美丽。美丽的陈妍,将轻重缓急分得清楚,将怀小宝宝的“重”,让位给捐赠干细胞之“急”——事实上,这救命的事,不仅急,而且重。

陈妍是个川妹子,长相甜美的她,在朋友圈戏称自己是“女汉子”。报道说,2009年,陈妍在四川外国语大学念大二,当地红十字会到学校做捐献造血干细胞宣传。“我当时没有了解太多捐献细节，只凭着那一股想做点好事的冲劲就登记了，我们班蛮多同学都成了捐献志愿者。”2012 年，她大学毕业来宁波，在一家公司做外贸。2014 年 8 月，陈妍在宁波结婚。“我特别喜欢小孩，丈夫也 30 岁了，公公婆婆急着抱孙子，所以一结婚我就开始备孕。”而在宁波市，造血干细胞志愿者有 7000 多人，已有 39 例捐献成功。

幸运的人要去帮助不幸的人。每个降临世间的人，都拥有双重公民身份，其一属于健康王国，其二属于疾病王国。我们都乐于只使用健康王国的护照，但有时难免会移民至“疾病王国”，进入生命的阴面。曾经在一天一夜，一口气读完浙江作家汪浙成先生的《女儿，爸爸要救你—— 一个白血病患者求医的生死实录》一书，深知白血病的强大，更明白亲情友情社会之情的伟大。救人一命，何止胜造七级浮屠！按照希伯来名言，“拯救一个人，等于拯救全世界”。

造血干细胞的移植，是拯救白血病患者的绝佳方法。可是配型很难，愿意捐赠者偏少。能够相配是缘分，能够捐赠是幸福。而且，那是双方的幸运、双份的幸福。惜乎太多的人脑子里只记得“捐骨髓”，一听这仨字，就把人吓死——其实世间早已没有“捐骨髓”，只是像献血一样，捐献血液里的造血干细胞而已。只有被更多的人了解和理解，才会有更多的人志愿参与造血干细胞的公益捐献。

都说“送人玫瑰，手留余香”，其实送玫瑰的人不是为了“留余香”才送玫瑰的。年轻人喜欢给心爱的人送玫瑰，朝气蓬勃的年轻人更可以像美丽女孩陈妍那样，为他人、为社会、为公益赠送“玫瑰”。是的，这里只有公益，没有功利；这里只有美丽，没有掠美。台湾星云大师有“五和”之说：“自心和悦、家庭和顺、人我和敬、社会和谐、世界和平。”玫瑰花盛开的公益境界，其实就贯穿了“五和”的全过程。

青春因公益而善美。天增岁月人增寿——人会老，但公益慈善能青春永葆、永葆青春。在 2014 年度全球最受仰慕女性的榜单中，列第 2 位的是巴基斯坦 17 岁女孩马拉拉，她是诺贝尔和平奖最年轻的得主，她一直致力为巴基斯坦的妇女和儿童争取权益；列第 1 位的，则是 40 岁的好莱坞影星安吉丽娜·朱莉,作为联合国高级难民署特使,步入中年的朱莉,一直极富情怀、一直致力人道主义事业,在公众的心目中永远是那么的年轻美丽。情怀是人生人性的至高境界,因为拥有情怀道义,所以春风十里不如你!

青春善美,青春万岁!

打开微笑,让爱飞扬

5 月 8 日,“世界微笑日”。这是人类唯一一个庆祝自身行为表情的国际化节日,早在 1948 年便由世界精神卫生组织确立,希望通过微笑促进人类身心健康,在人与人之间传递愉悦与友善。其实,这一天就是“世界红十字日”,其设立的目的是弘扬“人道、博爱、奉献”的红十字精神,而 5 月 8 日正是国际红十字会创始人亨利·杜南的生日。

2018 年“世界红十字日”的主题更鲜明更突出:“人道——为了你的微笑”。

人道——为了你的微笑!你的微笑——也是为了人道!让微笑与爱、与人道相结合,这是最美妙不过的了。“人类确有一件有效武器,那就是笑。”“当一个人微笑时,世界便会爱上他。”微笑是人间的第一黏合力,微笑是人类共同的语言,微笑让人类世界变得更美好。

打开微笑,让爱飞扬!2018 年杭州艺术博览会,于 5 月 11 日在浙江展览馆重磅启幕,其中有一场《还爱光年——两岸特殊艺术群展》,展出的是来自大陆和台湾地区自闭症患者的 100 幅作品。展览由微笑明天慈善基金会、杭州杨绫子学校等联合主办,都市快报快公益承办,分为“绘画”“衍生”“声色”“相遇”“默示”“爱心”六个板块,这是自闭症群体的艺术之光。

我购买了其中一幅来自台湾的自闭症孩子的作品《未来机器人》,2500 元人民币。作者是黄启祯,一个大男孩,轻度自闭症,腼腆而善良;他用法国插卡纸、日本麦克笔作画,他心中美好的意象,布满了整个画面。介绍中说:“启祯像是穿越古今的历史学家,又像是科幻小说的作者……”意外的是,过不久还收到了来自台湾的、有作者亲笔签名的“作品保证书”。

绘画,正是打开自闭症群体的美妙钥匙;绘画,正是自闭症群体挥洒在画布上的璀璨微笑。

微笑明天慈善基金会是浙江的一个公募基金会,名字取得多好!基金会创办人吴伟说,2017 年在四川资阳,他与香港一位慈善家做志愿服务,发现他家女儿一直沉默不语,总拿画笔涂涂画画。对方说,女儿患有自闭症。这是吴伟人生中第一次接触“星星的孩子”。如今,通过“星星的孩子”的特殊艺术展,还爱光年,让爱飞扬!

而对唇腭裂儿童进行医疗救助,则是微笑明天慈善基金会的一个重要项目。从 1991 年起,该基金会的志愿者们以杭州为起点,默默将公益做到了全国 30 多个省区市,乃至走出国门,一路播撒微笑的种子。其中,在新疆乌鲁木齐、喀什、伊犁等地先后投入 1000 多万善款,为 1200 多个来自少数民族家庭的孩子提供了免费手术。用爱恢复微笑,让爱在微笑中“驻足”。

“世界微笑日”告诉我们,慈善公益之外,我们的日常生活更离不开微笑,所以需要“让更多人微笑起来”。你的微笑,就是世上最美的语言;笑由心生,微笑需要美好心态做支撑!人活着,在心里装满阳光,那样就会像苏东坡一样潇洒:“竹杖芒鞋轻胜马,谁怕?一蓑烟雨任平生。”

微笑是最美的意象。30 年前我的一部油印诗集,名称就叫《热爱微笑》,今日翻看,笑意盈盈。在台湾南投八卦山上的猴探井景区,有一座全台湾最长的天梯型吊桥——“微笑天梯”,这座“天空之桥”长 200 多米,两端高低落差近6米，远望像一抹浅浅微笑高挂于山谷，由此有了“微笑天梯”的美名，让人难忘。无论是人生历程，还是人际交往，还是互助互帮，都得从此岸跨到彼岸，都需要“微笑天梯”。

做最美之人，要有最美的微笑！打开微笑，让暖入心，让爱飞扬！

“融公益”时代

“我们往往无法做伟大的事，但我们完全可以用伟大的爱去做些小事。”这是世界著名的慈善工作者、1979 年诺贝尔和平奖获得者特蕾莎的名言。

一个个、一件件“爱的小事”的集合，就是公益慈善的大事。感恩我们生活在一个人人可慈善、处处皆公益的时代。这是一个能让慈善贯通、能让公益融合的“融公益”时代。融公益，就是慈善公益的融合、聚合、投合，是新时期新公益的新形态，是移动互联网时代的创新迭代，它掀起了“指尖公益”的全民参与热潮。

2019 年 9 月 7 日至 9 日三天，是腾讯公益“99 公益日”活动时间。“99 公益日”是由腾讯公益联合数百家公益组织、知名企业、明星名人、顶级创意传播机构，共同发起的一年一度全民公益活动，是一种典型的“融公益”；他们提出了“一块做好事”的朴实口号，通过公益和科技、文化、社交等丰富元素的融合创新，为线上线下数亿网友提供多元化融合参与的公益场景。2019 年腾讯公益慈善基金会再次拿出 3.9999 亿元配捐，而参与的慈善组织数和企业数，已双双过万。

除了腾讯的“99 公益日”，阿里巴巴继续举办“95 公益周”，新浪也造了一个“人人公益节”。“一个人做很多不是公益,很多人做一点点,才是真正的公益。”“95 公益周”多方联合发起“人人公益倡议”,号召全社会开放、透明、共享、联合做公益,共同带动人人参与;线上推出 40 多种创新参与公益方式,线下全国 500 余家志愿服务组织在 130 多个城市共同打造线下“公益双 11”,从而推动公益事业的融合与创新。

这就是融合公益的能量,这就是人人公益的力量! 融合,就是带动,就是“一起跑”,就是“人人心怀慈善,家家参与公益”。“99 公益日”第一天,共有 1400 万人次为全国各公益机构捐出了逾 4.85 亿元,腾讯基金会配捐了 9999 万元;第二天不到一个小时,其 1 亿元配捐也全部被“抢完”。全民参与的“融公益”,其规则、玩法、形态,都是创新、跃迁、迭代的,从而刷新公众对慈善公益的认知。

打通路径、多方聚力,今天构建的公益融合的生态系统,与特蕾莎时代有很大不同,那时的公益慈善非常简单单一。但不管公益慈善的形态怎么变,其本质是一样的,都是爱的奉献。我国的慈善法将每年的 9 月 5 日确定为“中华慈善日”,这是和“国际慈善日”的接轨与融合;联合国将这天定为“国际慈善日”,则是为纪念在 1997 年 9 月 5 日逝世的特蕾莎,目的也是动员全世界人民通过公益慈善、通过志愿行动帮助他人。而特蕾莎从来没有高深的哲理,只用诚恳的服务、有爱的行动帮助需要帮助的人,同时医治人类自私、贪婪、冷漠、豪奢、残暴、剥削等病源。

无论是特蕾莎时代的“纯慈善”,还是当今世界的“融公益”,一种最基本的姿态,就是“居下临高”而非“居高临下”,就是“赠者感恩受者”。当年特蕾莎刚开始从事慈善行动时,曾从外面带回 24 个女孩,试图教她们读书。但这些流浪惯了的孩子,根本不习惯修道院安静整洁的生活,结果集体逃跑了。这件事给了特蕾莎极大的震动,她意识到:如果想要为穷人服务,就必须走出高墙,把自己也“变”成一个穷人;否则,这种服务就成了一种“居高临下”不接地气、不接人气的行为。事实上今天也一样,包括公益动员也不能“居高临下”。

“带露和风轻抚桂,花香始到故人家。”融公益时代,融慈善爱心,让我们一起参与一起来! 让我们一块做好事,一块将好事做好!

公益助推乡村振兴

没有乡村的富裕,就没有国家的富裕;没有乡村的振兴,就没有民族的振兴。共同富裕,就是要突破发展不平衡、不充分。乡村振兴了,才能真正促进共同富裕。

2021 年 2 月 25 日,国家乡村振兴局正式挂牌,这个副部级的新机构,由国务院扶贫开发领导小组办公室整体改组而来。对于摆脱贫困的县,从脱贫之日起设立 5 年过渡期,过渡期内“摘帽不摘责任、摘帽不摘政策、摘帽不摘帮扶、摘帽不摘监管”,保持政策总体稳定不变,任务依然艰巨。

浙江要在全国率先突破发展不平衡不充分问题,推进共同富裕。2 月 24 日这天,民革浙江省委会召开“扎实推动共同富裕”专题议政会,围绕“共同富裕”的对象、范围、路径、理念、重点方向等,进行了全方位、多角度的议政探讨,从乡村振兴、慈善公益、区域合作、收入分配、社会融合、公共服务、教育机会等方面提出了多维度、多视角、具有前瞻性和创新性的意见建议。

即使是摆脱贫困之后,慈善公益依然是助推乡村振兴、促进共同富裕的重要层面和路径。在浙江杭州,有一个公益基金会,始终把“三农”装在心里——它就是鲁冠球三农扶志基金。2 月 27 日都市快报快公益报道:中国慈善联合会慈善信托委员会近日发布的《2020 年中国慈善信托发展报告》显示，截至 2020 年 6 月末，鲁冠球三农扶志基金慈善信托所持有的股权价值已达 141.71 亿元。加上相关的金融资产等，资产总规模达 141.79 亿元，是目前国内资产规模最大的慈善信托，也是首个资产规模超过百亿的慈善信托。

慈善公益，能够弥补农村短板、助推乡村振兴、促进共同富裕。创造中国式“草根奇迹”的鲁冠球，生前有句质朴的名言：“我要通过发展生产力以后，为农民为农业为农村，作更大的贡献。”鲁冠球三农扶志基金立志“让农村发展、让农业现代化、让农民富裕”，他们“从世界返回田野”，积极探索公益创新之路，持续开展为扶助孤儿成长、特困生读书、残疾儿童生活、孤寡老人养老的“四个一万工程”。这是真正有效的城市反哺农村。

“美好社会，水流花开。”杭州有一个慈善公益创新之花——富阳花开岭慈善公益基地，是全国首个公益村，一成立就专注于乡村振兴。他们是一个慈善公益的“孵化器”，是县域公益培训学习共同体，是乡村各类问题解决方案收发平台；他们致力“乡建”，探索提炼“乡村振兴，慈善先行”新模式，通过连接多方来发现和研究乡村振兴相关社会问题，进行精神扶志、能力扶植、环境扶卫，尤其注重帮助农村改善生态环境，以柔软的力量助推中国乡村振兴。八仙过海、百花齐放，“共同富裕”离不开像花开岭这样的合力整合。

浙江有近一百万低收入群体，大多在农村。“春风行动”应从城市“吹”向农村。“春风行动”主要为城市低收入群体服务，卓有成效。2 月 24 日《浙江日报》报道，今年杭州“春风行动”市本级捐款募款达到 6100 多万元，创下历史新高。“春风行动”的成功经验，应从杭州推广到全省，从城市拓展到农村。

乡村振兴共同富裕，慈善公益先行助推；困难群体合力帮扶，兜底保障完善机制——这都是必须的。

公益的文化路

公益面对文化,需要“居下临高”“敬而近之”,当然不是“居高临下”“敬而远之”。

2021 年 6 月 17 日,中国文物保护基金会字节跳动古籍保护专项基金在北京启动,首批捐赠 1000 万元。字节跳动将携手国家图书馆开展古籍修复、人才培养、古籍活化与数字化等公益项目,要让珍贵古籍重现生机,让文明留存下鲜活记忆。

目前有明确的“两个 100”:将在一两年内修复 100 册(件)珍贵古籍、培养 100 位古籍修复的专职人才。其中重点支持《永乐大典》“湖”字册等国家珍贵典籍和特藏文献的修复。

《永乐大典》是古代典籍之集大成者,是中国文化的一个重要符号,迄今已逾 600 年。全书共 11095 册,现存仅有副本 400 余册,中国国家图书馆藏有 224 册。2007 年,在上海意外发现一册《永乐大典》,隶属“模”字韵“湖”字册,收藏者是一位加拿大籍华人,最终入藏国家图书馆。2020 年 7 月,巴黎一场亚洲艺术品拍卖会,含有新发现的两册《永乐大典》,其中一册由一位中国藏家以 812.8 万欧元的成交价购得,亦隶属“模”字韵“湖”字册,与国家图书馆藏“湖”字册前后相连。

屡遭劫难后,幸存下来的《永乐大典》品相大多不尽如人意。搜集、整理、修复、保护，每个环节都不可或缺。在此基础上，还需要数字化和活化。在这个“全链条”过程中，一是需要资金，二是需要人才，国家政府之力是一方面，社会公益之力也十分重要，双轮驱动，才能形成合力。

公益助力文化，是公益要走的文化路。前行在这条路上，需要“居下临高”“敬而近之”——“居下临高”是姿态态度，“敬而近之”是态度做法。因为文化是太阳，公益是向日葵。

如今全国现存古籍和民国线装书，有 5000 多万册件，其中有 1000 多万册件需要抢救性修复。2016 年，文物修复类纪录片《我在故宫修文物》播出，第一次完整梳理中国文物修复的历史源流；第一次完整呈现世界级的中国文物修复过程和技术，展现文物的原始状态和收藏状态；第一次近距离展现文物修复专家的内心世界和生存状态。然则，仅仅有“我在故宫修文物”，远远是不够的。由于技术难度和行业冷淡，目前人才和资金“双缺乏”。古籍典藏绝不能成为“丧文化”，而必须成为“活文化”，永远活下去。

遗产遗存，最重要的不是关乎过去，而是关乎我们的现在与未来。怀着敬畏心，方方面面形成合力去努力，是保护古籍的必由之路。最近，浙江大学第二届哲学社会科学研究优秀著作奖揭晓，徐永明教授主编的《清代浙江集部总目》获奖。该著作属于浙江文化研究工程第二批立项重点课题——浙江越来越重视在这方面的投入。《清代浙江集部总目》对现存浙江清代的集部著述进行了一次认真的调查、收集、梳理，涉及 4600 余人 11000 余种著作，经历 14 年才编纂完成。如果没有“板凳要坐十年冷”的精神，如果没有对古籍文献的呵护热爱之情，怎么做得好这项“辨章学术，考镜源流”的工作？

文化人要懂文化，公益人要重文化。懂文化，就是要懂得文化的性质与规律；重文化，就是要尊重文化的价值与地位。文化人“十年辛苦不寻常”，初心不改；公益人“岁岁年年花相似”，恒心不移。由此让更多古籍重现往日生机，必须的！

叁

人性中的善良天使

民间之善

我老家是浙江青田县，当我看到 2011 年年初《都市快报》一组报道里说，现在青田已经有越来越多的人立下遗嘱“丧事一切从简”，我真的欣慰地笑了。

我是土生土长的青田人，那是著名的侨乡，我深知厚葬在那片土地上是一种传统，不说悠久，那也有点历史了。侨乡民间钱多，往来出手大方，何况是红白喜事。当今青田爱心人士丧事简办捐出善款已达上百万元，将亲友所赠的“花圈钱”捐给慈善机构，为有限的人生画上一个慈善“句号”——我真的很感佩。

民间是最大的良善之源，这些感人的“浙江好人”，几乎都是民间凡人：在宁波和龙泉，各有一支“邻居送饭队”，给因患眼疾眼睛不好使的吕勇和毛方古送饭——此乃现代版本的“一箪食，一瓢饮，在陋巷”，大家都不改其送饭之乐，真当是远亲不如近邻，这是何等的可贵。在温州，“板凳侠”“纸箱侠”“铁棍侠”“扫把侠”纷纷现身，对付两个抢夺一女子名牌包的“飞车党”，演绎了“小巷群侠”的“民间功夫”。我还看过电视里监控视频的一个镜头：一骑摩托的“飞车党”在抢夺后疯狂飞奔，一骑车男子听到呼喊，立马停下抡起自行车就砸向“飞车党”，将其砸趴束手就擒。而 66 岁的嵊州农民娄志平，只身奔走西北自费治沙 7 年——这真是来自民间的东部对西部的特殊支援。老一代农民有这样的风骨，而 90 后的余姚男生马洋洋，这个刚考上厦大的 19 岁男孩，为了救一个落水的女孩，跳进大海，救了女孩，自己却被海水卷走……大海永远铭记：一个来自浙江的男孩，青春永远 19 岁！

当然，最出乎人们意料的，是这位“世博奶奶”——72 岁诸暨老人应妙芳，她到上海租了一间 30 多平方米房子，给一些上海世博会参观者免费提供住宿，甚至为他们做饭，因此在世博闭幕之际她受到了温总理的表扬。与其说这是应妙芳老人钟爱世博，不如说她更为关爱最普通的世博参观者。她这是为他们省点钱，提供一己之力的服务。民间的点滴力量，通过总理的讲话，通过媒体的传播，因此而放大，成为更多普普通通百姓精神的力量、为善的营养。

民间之善，与名人之善是有所不同的，凡人为这个社会的和谐美好贡献微薄的力量，从金钱的绝对值来看，当然无法同比尔·盖茨相比，但他们的善、良、慈，同样是人间最可宝贵的情怀。

民间善的土壤肥沃了，恶就越来越没有生存的空间。我们珍惜来自民间土壤的善良的一草一木。从某种意义上说，改革开放几十年来最深刻的变化，就在民间，就在公众。从真而善，从善而美，从美而智，从智而义，从义而立，由此立人，并且立社会、立国家。

百年义渡

五百年修得同舟渡。在鄂西南山区，在版图形似蘑菇云的建始县，在建始县三里乡的大沙河村，村民万其珍一家四代，薪火相传逾百年，为村民义务摆渡，“不收一文钱”，从而成就了一个“百年义渡”。无数村民来来往往，都与万家“同舟渡”，这是如何才能修来的爱的缘分？

一个人做一件好事不难，难的是一辈子做好事；一个人一辈子做好事可能也不难，难的是世世代代做好事。万家义渡渡万家。这是如何的义工，这是怎样的义人？他从不放弃，他永不动摇。“义人被记念，直到永远”，这是肯定的。

大沙河村因村口的大沙河得名，很多村民家住此岸，田在彼岸，每日绕行劳作；而且，这里还是一条古盐道。百年之前，为了渡河，人们制作竹筏，简易却也容易翻筏：“当时大沙河村几乎家家都有一只能坐两三个人的小竹筏，但经常发生翻船淹死人的事故，每年都有人被漩涡卷走。”水乡来的万家老爷爷会划船，目睹此景，卖猪造船，专职摆渡，从此不再是“野渡无人舟自横”，而且还许下诺言：不向村民收一文钱……这就成了真正的“一诺千金”。

淳朴的民风，人性的爱心，诚信的品格，坚持的韧劲，成就了

“百年义渡”的佳话。

万家“义渡”的故事，让我立刻想起沈从文的名著《边城》，小说中所描述的那渡口渡船，何其相似！有所区别的是，在《边城》里的“制度安排”，是公家经营、作为“公共品”提供给公众的。沈从文先生对此有生动的描述：“渡头为公家所有，故过渡人不必出钱。有人心中不安，抓了一把钱掷到船板上时，管渡船的必为一一拾起，依然塞到那人手心里去，俨然吵嘴时的认真神气：‘我有了口粮，三斗米，七百钱，够了。谁要这个！’”

而万家的“义渡”，是社会公益性质，是对“公共品”缺位的一种弥补。在历史的长河中，当地对万家的义渡也曾有过支持，1949 年前有专门的“义渡田”，1949 年后在人民公社时期，义渡一天顶一个劳动力的工分——不过，这跟当年一天过河最多达到 200 多人次相比，确实也是“微不足道”。到了今天，从现实层面来看，“公共品”和“准公共品”是不能长期缺位下去的，在看到“百年义渡”可贵的同时，更应看到地方政府责任回归的重要性和必要性。

“只要没有桥，就要一直渡下去，有一个人也不会停。”万其珍的儿子万芳权，已经接过父亲的班，成为新一代的“船老大”，父亲毕竟已经年逾七旬了。“桥是固定的船，船是流动的桥”，最理想的状态，恰恰就是地方政府在这里建设一座桥，以此替代摆渡，让“百年义渡”成为一种文化、一种精神、一种品格。

人性中的善良天使

马克·吐温说:“善良,是一种世界通用的语言,它超越了国界,可以使失明者感到,失聪者闻到。”2016 年 1 月 6 日《中国青年报》的《冰点周刊》,以整版 7000 字的篇幅刊发特稿《一个少年扛起的重量》,说的是浙江丽水市云和县 17 岁少年、“信义孤儿”叶石云的感人故事:

11 岁那年,叶石云的父母在 49 天内因病相继去世;父母留下的,是 20 多笔共 3 万多元债务。命运在敲门,我心却顽强。叶石云担起了全部的家庭重担。父亲去世第二天,就有人上门讨债。“你放心,爸爸欠的钱我一定还!”没有一张借条,他却主动上门“寻债”还款。从捡废品到打工,叶石云为还债拼命挣钱。云和是“中国木制玩具城”,他做起了玩具来料加工;一个暑假,叶石云边捡废品边加工玩具,总共挣了 1000 多元……双亲去世 6 年后,善良而质朴的叶石云,终于还清了父母欠下的 3 万元债务。至此,叶石云距离 18 岁成年还差 1 年。

云和是一个美丽的山区县,那里有“中国最美梯田”——开发至今 1000 多年、垂直高度 1000 多米,是华东最大的梯田群。仁者乐山,上善若水,我看见少年叶石云的仁如磐石、义薄云天,看见他那梯田般的美丽淳朴、美好善良,看见他那有高度的精神领地、心灵世界。

善良是人的一张最美的脸孔。有一种淳朴，就是“欠下的一定要还”，而且主动还。这是报道里描述的细节：在双亲离开后的第一个冬天，原本内向的叶石云利用双休日和寒假，在姑姑的帮助下，开始一笔一笔地“寻债”——寻找父亲生前欠下的债：“欠柳启元 840 元，2009 年修缮倒塌的房屋时，运空心砖和水泥的运费；欠胡先林 1000 元，2008 年母亲住院，出院时没钱结账借的；欠季方其 350 元，2007 年种香菇时，父亲买材料借的……”叶石云“找到”的这些债，有些是父亲当初和姑姑说过的；有些是父亲去世后，知情人告诉姑姑的；还有一些，是姑侄俩一起找出来的。“年猪都杀了，猪崽的钱给了没？”叶石云打听到年初的猪崽，是父亲从隔壁张化村抓的，便和姑姑一道去核实……

还有这样的细节，可见叶石云的悉心和细心：为让更多债主看到自己的行动，叶石云对父亲的债进行了分类，制订了分期还款的计划：“500 元以上分两次还，1000 元以上分三次以上还。”这样，每年他可以多还几家。同时，他也绝不落下父亲生前的小额债。只要是他知道的，无论数额多小都要还。“数额再小，那也是一分情，也是他们对我爸爸的帮助。”

捡废品、加工玩具能够“开源”，这很重要。同时，“节流”也很重要。初中毕业后，为尽快掌握一技之长，叶石云进入云和县中等职业技术学校学习。为节省菜钱，他几乎每顿只买两个素菜。后来他想到一个更省钱的办法：找一个同样贫困的同学拼菜，两人把钱打到同一张卡，一顿买三个菜合起来吃。原本每周平均 50 元的菜钱，于是降到了两周 75 元左右。他身上穿的除了校服，都是人家送的旧衣。叶石云当选为学校学生会的主席，这位大概是学校有史以来最“穷”的主席，心里装着的是他人，只把责任留给自己。

丽水是浙南山区，云和属于欠发达的山区县，“绿水青山就是金山银山”是对的，但个中转变尚需时日；尤其是农村，从脱贫到奔小康，还有很长的路要走。我工作过的《都市快报》，年年都组织“阳光助学”，帮助贫困大学生，丽水正是助学的重点区域。我也是年年参与助学行动的，恰好资助过一名来自云和的优秀女大学生，本科 4 年，每年按“阳光助学”的助学标准助上一臂之力；

去年她已大学毕业,回到云和中学,成为一位语文老师。多一点爱心的阳光雨露,禾苗就能茁壮成长。

我们《杭州日报》正在倡导“日行一善”、从我做起,涵育我们坚持爱心善行的好习惯。少年叶石云,他可是真正做到了“六年如一日、日日在行善”。那是人性中的善良天使,肩膀虽然稚嫩,翅膀却那般坚强。

“日行一善”的“善”是广义的,既包括公益慈善,也包括人间道义、人性情怀。“日行一善”既可以是大的,像世界首富比尔·盖茨那样的“裸捐”;也可以是小的,比如老人倒地时你的轻轻一扶。我想起丽水的《处州晚报》有个报道的好标题,说的是:摔倒在地的 84 岁老奶奶叫苏玉莲,扶她的 52 岁咪表管理员叫雷爱莲——玉莲爱莲,因爱相连!“信义孤儿”叶石云替父还债的善行其实不“小”,在我看来,他就是“最美浙江人”之一,完全可以参加“最美浙江人——青春领袖”的年度评选,因为他就是心灵领域的最善最美的“青春领袖”!

一部人类史,也是一部善与恶的较量史。邪恶心魔将我们推向暴力,善良天使将我们带离暴力。善增一分,恶减一寸。美国哈佛大学著名心理学教授斯蒂芬·平克,在他的巨著《人性中的善良天使:暴力为什么会减少》中考察了人类和人性的进步历史,发现人类的暴力呈现下降趋势;而今天,我们正处于人类有史以来最和平的时代。在平克看来,政府组织、教育程度、商业文明、都市文明的进程,让我们日益有能力控制我们的冲动,对他人怀有同情,宁愿讨价还价做交易而不是抢劫;我们也开始揭露那些毒害人心的意识形态,发挥理性的力量,克制暴力的诱惑……

《善良天使》是平克书中专门的一章。平克的分析维度有多个:移情,尤其是同情意义上的移情,让我们对他人的痛苦感同身受,并与他人的利益产生认同。自制,让我们能够预测冲动行事的后果,并相应地加以抑制。道德感,将一套规则和戒律神圣化,用以约束和管治认同同一文化的群内相互关系。理性,让我们得以超脱有限的视角,思索我们的生活方式,追寻改善的途径,并引导我们天性中的其他几种美德。

现实中，有网友提出这样的批评："西方价值观：富贵做慈善；东方价值观：富贵思淫欲！"这当然是不对的，"富贵不能淫、贫贱不能移"我们已耳熟能详，向善和向上，是人类共生的人性，尽管个体有差异。少年叶石云与"富贵"无关，与"贫贱"粘连，但贫而不贱，贫而不移。

社会学家将社会变量分为"内生"和"外生"两种，前者处于系统内部，受到内生现象的影响，而后者则受外因的驱动。作为人，"我本善良"，生来就具备某些动机，引导内心离弃暴力，趋向合作和利他；外在的制度环境、社会环境，受到人性化的优化之后，一定能够教化于人，引领人们走向善良与美好。斯蒂芬·平克《人性中的善良天使：暴力为什么会减少》一书的着眼点，是变迁的环境条件：不变的人性在不同历史环境变化中的不同表现。但在书中，平克还从生物学家的技术角度，探讨从基因变化上，能否验证最晚近的人类进化史亦是趋向暴力下降的。穿透 10 万年历史，度量人性的进化，平克的"基因"维度提醒了我们：基因的、"骨子里"的向善，亦是人类进化的过程和成果；向善向好，是人类的"初心"，更是不忘不变的"始终"。

今天，善良少年叶石云，已然成为我们向善的鼓舞力量。

让我们都做"日行一善"的践行者，让我们都做"善良天使"的合伙人！

“海饼干”精神

这是好人，这是中国好人。4个孩子都患了脑萎缩、“活不过30岁”，丈夫又忧郁而终，江西新干县农妇周小莲面对残酷的现实，用羸弱的身躯，风雨无阻背着孩子上学；用博大的母爱，照顾因脑萎缩而智障、生活难以自理的孩子，一次次闯过“鬼门关”，创造了生命的奇迹，最大孩子如今已活了40多岁……（2007年9月25日中国江西网）

这位普普通通的中国劳动妇女，拥有典型的传统美德，拥有坚韧的精神品格，拥有深切的人间情怀。首届全国道德模范评选活动刚刚结束，尽管周小莲这回没有进入公众视野，但她无愧于“孝老爱亲模范”之称号；下一届推选，我期待她能榜上有名——“脚下有路”的她，走过的路太不平凡。2007年10月2日，第十二届世界夏季特奥会在上海开幕——特奥运动是为智障人士展示生命潜能而举办的，它告诉世界“让我们奉献爱”是多么重要；而周小莲率领残缺的五口之家进行的“特奥长征”，已行进了几十年……她无愧于“中国好人”的称号。

感人的镜头会长久地留在我们心里。著名导演谢晋悉心照顾智障的儿子——那是比拍电影还难的事情；著名电影演员秦怡同样悉心照顾智障的儿子——“后半生为儿子活着”……伟岸的父爱母爱，让原本残缺之家不再残缺；而普通农妇周小莲更不容易，她具有的是一种“海饼干”式的坚韧精神。

“海饼干”是美国历史上一匹著名的残疾赛马。1938 年的美国年度十大新闻人物榜上，除了罗斯福等 9 位世界级的著名人物，“海饼干”也上了榜，一匹马的力量甚至远远超过一个人。“海饼干”可不是什么“汗血宝马”，它长得又小又矮，而它的骑师波拉也穷困潦倒、同样有着残疾，但他们共同创造了赛马史上的奇迹。“海饼干”以弱胜强，一次次在比赛中赢取胜利，让整个美国倾倒。“海饼干”比赛中受过伤，左前腿悬韧带破裂，骑师的腿也先后三次骨折，但他和它都战胜了伤病，一直参赛到“海饼干”年老退役。“海饼干”铸就的精神，就是克服困境、勇往直前、赢得胜利的坚韧拼搏精神；“海饼干”的奇迹，激励了整整一代美国人，成为美国精神的一种象征，它让大萧条年代无数处于焦虑与恐慌中的美国人获得向上的精神力量。而今中国普通农妇周小莲，尽管家庭残缺，但她的精神世界这样丰硕、饱满、健全，从而让一个残缺的家庭生存得如此美丽而感人。

有时候，一匹马的重量，可以超越一个国家；一个家庭的重量，可以胜过整个世界。遗憾的是，这个世界并不是每位父母都有着周小莲的精神，最近在福建连江县，一对亲生父母因所谓“家庭经济危机”，就卖掉自己 6 个月大的男婴，经 10 多次中介转手，最终以 36300 元“成交”（2007 年 9 月 25 日《东南快报》）。健全之家不如残缺之家，内因就在精神的崩溃垮塌。

“你两只手不方便，我一只手来帮帮你。”这是我国一位残疾人运动员的话。一只手帮助了两只手，一匹残疾的马帮助了一个国家，一位家庭残缺的主妇帮助了我们的世界，我们没有理由不向他们表达由衷的敬意。

清澈的眼睛

黑夜给了我黑色的眼睛，我却用它寻找光明。

角膜病，是让眼睛看不见光明的常见病，全球角膜病人4000万左右，角膜病盲人1000万左右；我国共有1000万角膜病人，其中约300万已失明。

整个20世纪，世界角膜病专家都在努力，试图攻克那光明与黑暗的6微米。浙大毕业，留学日本，归国后扎根杭州，医学科学家姚玉峰用他潜心研究的新技术，治疗了30万病人，为近3万病人带去了光明。

《光明日报》头版头条刊发长篇通讯《攀登世界角膜移植高峰——记浙大邵逸夫医院眼科主任姚玉峰》，深入报道了“姚氏法角膜移植术”发明者，浙大邵逸夫医院眼科主任、教授、博士生导师姚玉峰的事迹，反响热烈。看了报道后，浙江省委书记车俊第一时间做出批示：“姚玉峰同志的事迹很感人，体现了当代知识分子的忠诚与担当、坚持与追求、仁爱与情怀，具有时代意义，值得广泛学习。”

2017年8月14日，中共浙江省委、浙江省人民政府做出决定，在全省广泛开展向姚玉峰同志学习活动。

8月17日，姚玉峰获全国卫生行业最高荣誉“白求恩奖章”，成为浙江省获此殊荣的第二人。表彰大会后，姚玉峰连夜从北京赶回杭州，因为第二天还有 11 台手术等着他。

姚玉峰自己是戴眼镜的，眼镜后面，是他那清澈、澄明的眼睛。

生于 1962 年的姚玉峰，与我同年代，我深知我们这一代人的责任感与使命感、道义与情怀。姚玉峰喜爱报告文学《哥德巴赫猜想》，以纯粹到至高境界的数学家陈景润为心中偶像——这也是时代的鲜明标志。

1984 年，姚玉峰毕业于浙大前身之一的浙江医科大学；1991 年底，他考取中日合作的笹川医学奖学金项目，由卫生部公派赴日本大阪大学医学部研修，从事角膜病的基础和临床研究，他的好几位导师都是国际眼科界的泰斗。因为突出的研究成果，他提前获得医学博士学位。美国哈佛大学眼科研究所多次向他发出邀请，但他选择回国。他以清澈的眼睛，看到了“广阔天地、大有作为”。

回国当然意味着相对收入的减少，但比起事业的广阔，这真不算什么。从此，姚玉峰一直专注于专业，一直辛勤耕耘在临床一线。奉献小我，树我邦国。他的作为，正体现了中国知识分子的家国情怀——“为天地立心，为生民立命，为往圣继绝学，为万世开太平”——他是继眼科之“绝学”，为万众开太平、见光明。

科学与人文齐飞，研究与临床并进。医学科学与所有的科学一样，具有某种“不可先知、不可全知”的不确定性。所以，无论是研究还是临床，都具有未知性和复杂性。而尽量“知之”，就是姚玉峰所做的。苹果砸在脑袋上，能促使牛顿觉之、悟之、知之；砸在姚玉峰脑袋上的不是苹果，而是另外一个圆圆的常见物——鸡蛋。

寻寻觅觅，结果可能是“冷冷清清，凄凄惨惨戚戚”，也可能是“蓦然回首，那人却在灯火阑珊处”，但大前提是必须努力“寻找”。一次去吃早餐，姚玉峰拿起鸡蛋轻轻一磕，随手剥开一片蛋壳——蛋壳剥落，蛋衣竟完好保留！眼角膜是眼睛前端一层椭圆形的透明薄膜，与蛋衣很像。剥离角膜，先开一个小口，露出后弹力层与内皮层，让蛋壳与蛋衣分离，然后再剥蛋壳，这样剥破蛋衣的概率就大大降低。清澈的眼睛，心无旁骛，才能看见那蛋衣的秘密；众里寻他千百度，蓦然回首就有了解决办法！

1995 年 5 月，姚玉峰主持了世界上第一例采用最新剥离术进行的角膜移植手术，术后无排斥反应，患者三个月后视力达到 1.0，之后所有的移植都是零排异！困扰世界角膜界一个世纪的难题，终于被一个中国顶尖的眼科医生破解，姚玉峰从此登上了世界角膜移植的巅峰。这一年，他 33 岁。

医学是科学，诊疗是艺术。姚玉峰以他清澈的眼睛，看到医学人文的重要性，并且以他工匠的精神，实现医学之美。著有《医生的修炼》《医生的精进》《最好的告别》三书的美国医学思想家阿图·葛文德，认为医学之美在于思维之花的绽放过程：从不思到寻思、从浅思到深思、从顺思到反思、从技术之思到哲理之思。医学的奥妙，就在于让直觉思维和循证思维（精准医疗）两者水乳交融，从而超越不确定性去追求完美。外科干的是手艺活——所谓“鹰眼、狮心、女人手”，蕴含着高度的技巧化，流淌着手艺思维。在临床领域，在手术台上，姚玉峰正是这样日日修炼、日益精进的好医生，他始终关注手艺的养成，以臻手术的至高境界——炉火纯青。

因为有高境界，所以有大情怀。作为世界一流的眼科专家，姚玉峰以他清澈纯粹的眼睛，看到自己“独门绝技”授之于众人才是最高利益。于是，他开办了“角膜病诊治新进展学习班”，9 年来总计培养了超过 5000 人次的眼科医生。他说，在他成长的路上有不少人做了他的“摆渡人”，他也要做这样的“摆渡人”，因为医学成果只有惠泽最广大的患者才会更有意义。

医者仁心，不忘初心。淡泊名利，默默奉献。在获得“白求恩奖章”之后，他说：“获得如此巨大的荣誉，我更应该像白求恩大夫一样，做一个高尚的人、一个纯粹的人、一个有道德的人、一个脱离了低级趣味的人、一个有益于人民的人。”姚玉峰做人很纯粹，做研究很纯粹，对待病人很纯粹，对待事业很纯粹，他以纯粹的价值坐标，走过纯粹的人生道路，达到纯粹的事业高度。从医 30 多年，由于如此之纯粹，所以除了业界，外人此前很少知道姚玉峰。他一直默默无闻、与世无争，这才叫可贵，最简单、最纯粹的可贵。

如今，默默的姚玉峰让我们有所了解，那么，我们就应该：学习玉峰好榜样！

拯救一个人，等于拯救全世界

有一个美丽的女孩，怀着美好的心愿，来到美丽的杭州，然而无常的命运让她青春的生命坠入无情的旋涡。有一句希伯来的箴言这样说："拯救一个人，等于拯救全世界。"

有谁能想到，在我们繁华的都市，在我们"天堂"杭州的一角，会有一位美丽而可爱的女孩子，此刻正在与困苦抗争，与命运搏斗。

2000年11月25日，在翠苑3区宋江苑70号1楼，在窄小而简朴的租住房里，我见到了静静躺在床上的女孩汪水梅。陪伴在她身边的是她的母亲、姐姐和哥哥。因为疾病的折磨，她的皮肤显得异常白皙，纤纤素手让你感受到她健康时是多么的美丽。

20岁的汪水梅得的是尿毒症。5个月来，她的脸变得浮肿了，那对水汪汪的大眼睛已被病魔折磨得日渐枯竭……

汪水梅出生在浙西山区开化县的一个偏僻小山村。那里遥远得像世外桃源，每一个春天都会让你看到"花动已是满山春色"的景致。家境虽然贫寒，但小水梅的童年一样是玫瑰色的，因为这是一个亲情浓郁的和睦家庭。汪水梅是家里最小的一个，上面有爷爷奶奶、爸爸妈妈、哥哥姐姐，在所有疼爱的沐浴中，小水梅渐渐长大。

这是一个勤劳节俭的七口之家。水梅的父亲是种田的老把式，还是一位拖拉机手。父亲是一位乐观的人，空闲的时候他常常给三个惹人疼爱的孩子讲讲故事笑话，笑声时时会溢出那山村小木屋。他开拖拉机的时候，经常为乡亲们免费捎带一些东西，他家有着良好的人缘。水梅的母亲既务家又务农，是一位典型的中国传统劳动妇女，勤劳，贤惠，善良。她是那么地疼爱她的孩子，有一口好吃的，她不会只留半口给孩子。

人的命运往往是不公平的。1987 年的一天，水梅的母亲因牙病久治不愈，让一个过路郎中给拔了牙。次日她到河边浆洗衣服，牙床突然出血不止，当场就晕了过去。送到医院检查，医生说是积劳成疾，但说不清是什么病。从那以后，她的吞咽功能越来越差，身体越来越虚，至今每餐还得一口饭一口水才能勉强咽下半碗饭。为了控制病症，她需要长期服药，药费十几年来都是一个沉重的负担。母病父劳累，水梅的父亲也因操劳过度患了胃病，严重时胃出血住进了医院。自从母亲生病以后，有一点小钱，都要拿来对付药罐子。特别是看着母亲病中吃饭那痛苦的样子，兄妹几个暗暗下决心，一定要帮母亲把病给治好。

初中毕业，品学兼优的汪水梅就辍学了。18 岁那年，她和姐姐汪金梅走出了重重关山，来到杭州，跨进了这座美丽城市的大门，开始她们的打工生涯。在这里她们人生地不熟，为了省钱，她们在离市中心很远的半山那边找了个月租几十元的房子住下。她们的理想并不宏大，她们只是想挣到一些钱，好为母亲治病。

所有的人都有自己的母亲。

生命行走在悬崖边上

打工的日子并不好过。她们一直在服装店做营业员。1998 年 11 月，汪水梅被杭州圣玛田专卖店录用，她高兴了好一阵子，因为这里有每月六七百元的收入，一年算下来可寄几千块钱回家。

看看汪水梅一月的生活开支，就知道什么叫作节约。她给自己定下每月生活开支不超过 80 元。1999 年 12 月，她的父亲胃出血住进医院，一下子花了近 3000 元，汪水梅心里只有一个念头：多省点钱给父母治病。一次她实在太思念父亲，打电话回家询问病情，花了两元电话费，为把这两元钱给节省回来，她就省了一顿晚饭……而为了能够多挣几块钱，她总是抢着加班、代班。

1999 年 7 月开始，汪水梅常常感到头痛，全身乏力，但她硬撑着；到了 8 月，她那原本清瘦的脸浮肿了起来。一天她上洗手间，突然就晕倒在洗手间里……

闻讯赶来的哥哥汪森林和姐姐汪金梅急忙将她送到浙医二院，一检查发现是得了急性肾炎。医生建议住院治疗，但需交 5000 元住院费。5000 元对于一个穷困的打工妹来讲，无异于天文数字。经得医生同意，他们决定回开化县医院治疗，这样可以节约一些开支。8 月 5 日她住进开化县人民医院，但不幸的是，10 多天住院治疗，病情仍继续恶化，医生建议转到省城大医院治疗。无奈之下，他们东拼西凑借了点钱，匆匆赶来杭州，8 月 19 日住进了杭州市中医院。

肾穿刺检查是十分疼痛的，顽强的汪水梅一声不吭。那天她 24 小时躺着一动不能动，因怕大出血。第二天哥哥姐姐问她难受不，她摇摇头。姐姐过后再问妹妹，她才噙着泪水说：“我怕你们难受，我一夜都没睡……”哥哥姐姐听了眼泪夺眶而出……

肾穿刺的化验结果出来了，汪水梅得的是尿毒症，肾三分之二已经坏死，还有三分之一在加速恶化。现在只能用血液透析来维持生命。从 8 月 19 日到 11 月 5 日，汪水梅一共住院 78 天，前前后后花去了近 6 万元钱。这些钱都是费尽周折借来的。现在已山穷水尽。姐姐和哥哥仍然到处为妹妹求医问药，当得知山东潍坊有一家医院的中医疗法很有名气，他们又到处借钱，带着妹妹乘火车转汽车，千里寻医到山东，又是十几天花费五六千。姐姐汪金梅说：“我的妹妹是我看着长大的好妹妹，我们一定要把她的病治好！有一点希望，我们都会去努力！”

“我要典身捐肾救妹妹”

“童年的时候，妹妹从田间采来的草莓都要带回来分给我吃……”汪金梅的回忆饱含着泪水，“没有了妹妹，我们的生活一点意思都没有了。”作为家中的老大，25岁的她最知亲情的宝贵。为了照顾妹妹，她现在不得不离开服装店。她自己的日子也不好过，她的丈夫是老家一家建材厂的工人，不过已下岗了。

24岁的哥哥汪森林1997年从杭州机械工业学校毕业，1999年经成人自考获得了浙江大学计算机专业的大专文凭。他现在一家电脑营销公司工作。为了他这个可爱的小妹妹，他东奔西走倾尽全力。他把自己原来租住的这间6平方米的小房子腾出来给妹妹住，自己每天挤到一位老同学的宿舍里过夜。一日三餐都是他从食堂里买来便宜饭菜，给姐姐妹妹送来。

汪森林满怀深情地对我说：“我不能看着我妹妹的生命一天天消失，我要典身捐肾救妹妹！”要挽救妹妹的生命，最根本的办法只有换肾，而换肾手术需要一笔巨额开支。他说肾源没问题，他愿意把自己的一个肾捐给妹妹。现在最大的问题就是缺一笔钱。但他自己现在的工资每月只有600多元，他说他希望哪个公司能借支给他一笔钱，他愿意把自己“典”给公司，今后勤勤恳恳地为其工作几年十几年，所有预支的钱从他的工资里扣除。

姐姐汪金梅在一边也说，她的肾跟妹妹可能更相配，她更愿意把自己的肾捐给好妹妹。她说，她也愿意把自己“典”给哪个单位，只要对方愿意预支给她一部分钱……

她还说，她78岁的老奶奶在老家，一次次念叨着她的好孙女，一次次说想见见孙女，甚至老奶奶也说，如果她的肾还有用，她也想把自己的肾换给自己的孙女……

汪水梅的爷爷也有76岁了，在他的孙女病了后，他再也没歇下，每天帮人家打零工,扛着把锄头上山去挖山育苗,为了挣那每天 10 来元的工资。

她的父亲虽然得了严重的胃病,但为了生计,只能在老家种植那两亩三分地。几次匆匆来看望女儿,又要匆匆赶回老家开化县苏庄镇茗川村,继续面朝黄土背朝天。这些日子,汪水梅的母亲日夜守候在女儿身边。这位瘦弱的母亲面对我一遍遍讲述自己原本健康的乖女儿,一次次老泪纵横……

他们只有一个心愿,那就是:挽救亲人,让汪水梅年轻的生命重新开始!

——生命终究难舍蓝蓝的白云天!

拯救一个人，等于拯救全世界

躺在小小的钢丝床上,汪水梅的精神分外疲惫。她的脸浮肿得厉害。她的右侧颈动脉上长期插着做血透用的导管,睡觉都只能平躺着,无法侧身。突然的冷空气,突然的达 10℃的降温,使体质已很弱的汪水梅得了感冒。

汪水梅说,她现在的最大愿望就是身体快点好起来,身体好了,可以挣钱还债。

但他们现在已难以为继。为了省钱,汪水梅不得不出院,血透也到了无法熬下去时才去医院做一次,每次需要五六百元;透析用的管子一般得 6 天换一次,她不得不 8 天才换一次。

老泪纵横中,她的老母亲对我说,家里能卖的全卖光了,家里能当的也全当光了,家里剩了个破屋壳,卖掉也不值两三千块钱,卖了回家就没地方住了。她说家乡的亲眷和邻里都借过钱,他们也穷,二十元三十元的也都借给了。她哭着说,她讨饭也要救女儿的命。

从居住的这间小屋里,我们知道什么叫"家徒四壁"。汪水梅睡的是小小的只能一人容身的折床;一只纸箱子是"床头柜";一张廉价的可折叠小桌,上面摆着两只小水杯,还是不同样子的。墙上靠着一张床垫,这是唯一值钱的东西了,一问才知道是向房东借的,晚上翻下来搁在地上,母亲和姐姐就睡在上边……

有一些关爱的目光打在你的脸上，有一些温暖的感觉留在你的心里。在汪水梅住院的几个月里，沈阳的一家制药公司无偿提供了价值4000元的治贫血的药品；还有一位自己也无依无靠的仁慈的老大爷来看望水梅，临走留下了4000元钱，他说孩子还年轻，她更需要这些钱。望着他离去的颤巍巍的背影，兄妹几个全都流下了热泪……

相信上天在关闭所有的大门之后，会打开一扇窗。

我离开的时候，掏出500元钱塞给汪水梅的母亲，但他们死活不肯收下。最终我只好说，那这篇稿子发出来后的稿费请一定来领去，权当第一笔赞助，尽管很少很少。

美丽的“天堂”杭州啊，你会不会眼睁睁地看着一位美丽的女孩离开你的怀抱？

让我们记住一句希伯来的箴言：“拯救一个人，等于拯救全世界。”

“中了爱的毒”

人性的本质是什么？人生的意义是什么？我们怎样才能健全自我的人格？我们如何才能挖掘自我的潜能？我们怎样才能实现自我的价值？我们如何才能企及人生的目标？我们怎样才能成为优秀的人士？我们如何才能获得幸福和安宁？

这一切，坤叔都给出了完善而感人的答案。年逾六旬的坤叔——张坤，20 年如一日投身助学，他率领的“坤叔助学团队”，已发展到 800 多人的规模，累计资助了 3000 多名学生。人们容易自然地认为助学者大多是富有的老板，然而坤叔助学团队 800 多位热心人中，95%是普通民众，富翁不到 40 位，坤叔自己也只能算有点财产的小老板。

从广东东莞，到湘西凤凰，坤叔已跑了 60 多趟——2009 年 3 月坤叔第 69 次赴凤凰送学费。坤叔的朋友说：“他是中了爱的毒。”沈从文作品中呈现的“爱”与“美”，坤叔用现实来书写。尤其让人心灵颤动的是，助学凤凰 11 年间，坤叔和孩子们通信几千封，孜孜以教，润物无声；“资助”之外有“心助”——心灵助学，助人成长，这正是一般人更难做到的“软实力”助学。

坤叔让人想起丛飞，想起武训，想起王贯英……深圳知名歌手丛飞，以一人之力，“倾家荡产”资助大批贫困孩子，不幸因病英年早逝。清末的武训年轻时就开始行乞收破烂，筹集兴办义学之资，30多年努力不懈，死后被尊为“义乞”“乞圣”，乞亦能圣，何圣堪比？王贯英则是台湾的“现代武训”，用拾荒、收购废品得来的钱支持图书馆与教育活动，在97岁高龄辞世。坤叔除了自己助学，还集大众力量，他发动更多人一起参与助学，成为一个大团队，这才具有现代意义的可贵。

财富是起点，慈善是终点。坤叔为助学花去了200多万元，他平静地说：“我想在我死的那一天，将我所有的财产正好都回报给社会，这是我最大的愿望。”坤叔的人生境界，早已抵达马斯洛所言的“需要五层次”之最高境界——自我实现。教育界杰出人士俞敏洪，也清晰地看到“实现自身价值”之重要，他梦想着要用后半生来建一所大学，专收贫困大学生，并建立基金会来补贴学费……

慈善在民间。慈善事业的发展，需要“助学痴人”坤叔，需要他这样的个人之力、民间之力、社会之力。在春暖2009的时节，《都市快报》参与设立的“浙江儿童白血病救助基金”，也得到公众的广泛支持。从本质上说，政府不是做慈善的；政府要提供的是社会保障，包括“低保”在内；政府要供给的是教育制度，包括真正的九年制义务教育。

人心人性人道人情——软实力和硬实力双管齐下的坤叔，值得我们好好学习。真应写一则《坤叔颂》，献给坤叔和他的助学团队。这里引录教育家陶行知的《武训颂》以资参考：“朝朝暮暮，快快乐乐。一生到老，四处奔波。为了苦孩，甘为骆驼。与人有益，牛马也做。公无靠背，朋友无多。未受教育，状元盖过。当众跪求，顽石转舵。不置家产，不娶老婆。为著一件大事来，兴学，兴学，兴学。”个中除了“当众跪求”“不娶老婆”等若干句，其他与坤叔多么切近！

中国乳娘村:摇篮与爱

这个名叫“散岔”的村,还真是一个“凝聚”的村。

在山西大同的散岔村,村口有座照壁,上头写着“中国乳娘村”的大字。20 世纪 50 年代以来,一些被父母遗弃的儿童,被福利院收养后,有许多寄养在这个村。散岔村不大,只有 150 户人家;散岔村也不富裕,至 2011 年绝大多数人家住的还是土窑。可半个多世纪里,这个小村庄哺育了福利院 1300 多个孩子。

这是孩子的聚集,这是爱的凝聚与呵护。

与邻省陕西那句“米脂的婆姨绥德的汉”名言不同,这里并不盛产貂蝉、吕布那样的美女帅哥,而是有着很多很多乳娘,她们养育的孩子,大多是被父母抛弃的,甚至是身有残疾的——在散岔村流传着这样一句话:“养一个,哭一回;抱一个,病一场。”然而,这里的家庭,对公家寄养的孩子视如己出,没有血缘关系,胜似血缘关系。

早春时节,《都市快报》特派记者探访了这个“中国乳娘村”,寻访那爱与温暖的故事。年过六旬的赵金梅,是“乳娘村”里老资格的乳娘。“那时我还有奶,是个新媳妇。”女儿生下不久不幸夭折,为弥补失女之痛,在熟人帮助下,赵金梅从大同市福利院抱回一个腿部有轻微残疾的女孩代养。因刚生了孩子,奶水充盈，孩子养得白白胖胖。福利院工作人员来看过后，请她再代养一个。两个孩子，奶水不够，赵金梅和丈夫想到刚产下羊羔的母羊，于是挤下羊奶喂孩子……

如果您看过一部摄制于 1979 年的电影《啊！摇篮》，就能形象地感知到那种人情美、人性美，人与人之间、大人与孩子之间的真挚情感。那描写的是战争时期，延安保育院的几十个孩子，由保育员们带领着从炮火中撤退的故事。我非常欣赏《啊！摇篮》的片名——有摇篮的孩子是幸福的，无论是家庭里的摇篮，还是福利院中的摇篮；无论是马背上的摇篮，还是乳娘家中的摇篮……

全国诸多的福利院，都用过把孩子寄养在家庭里的方法。这不同于领养，而孩子又能享受到家庭的温暖。早年我还在老家丽水工作时，每年春节，我们三口之家都要带着食品到福利院去看望孩子，对福利院比较熟悉——福利院里的孩子们，需要更多的爱与关心。

跟许多福利院的孩子一样，他们的姓被取为“国”和“党”，其实，被乳娘抚养的孩子，更应该姓“民”，甚至可以随养父母的姓啊！

进入新世纪以来，越来越多的福利院孩子被国外的养父母收养，大同市的社会福利院累计已有 400 多个孩子跨出了国门。越过千山万水的爱的牵手，只有在开放的时代开放的社会才能做到。

随着经济的发展、社会的进步，“中国乳娘村”最终是要渐渐淡出历史的。但是，爱与温暖永存！

无论死生，为了生命的尊严

燕赵悲歌歌一曲！

这是河北保定蠡县坠井儿童的大营救：一个6岁的男童，坠入一个直径不足30厘米、深度达40多米的废弃机井；500多人，60多台挖掘机，围绕着这个枯井，107小时不间断挖掘，挖开一个直径120米、深达40米的大坑。从2016年11月6日上午11时许坠井，至11月10日晚上11时许，终于找到坠井儿童。不幸的是，孩子已经没有了生命体征。

这是一起政府主导的救援，主要参与的是民间的救援队；参与挖掘救援的500多人，大多是志愿者。这个枯井的水泥井壁管，上端直径只有30厘米，而下端只有25厘米，成年人根本无法进入，所以只能采取周边挖掘的办法；挖开后，再小心敲开水泥井壁管，这样一米米、一步步深入，工程量巨大。该井是1997年打的，近百米深，用于抽水灌溉；后来因为井壁被水泵打坏，进了水和泥沙，就废了；现在井深约为40米，是因为水沙沉淀，增加了井底高度。

40米，事实上也是一个恐怖的高度——差不多是13层楼那么高。而孩子在救出来之前就身亡的可能性极大：这等于跌下 13 层楼，会摔成什么样？而且直径 30 厘米的狭小机井，底下氧气缺乏，难以长时间生存。救援过程中，生命探测仪也没有探测到生命迹象。但是，只要有一分的希望，就做万分的努力，决不放弃！无论死生，大力营救，这是为了孩子，为了生命，为了孩子生命的尊严！

一个人的生命，必须得到尊重。活着，要得到尊重；死难，同样必须得到尊重。就算是知道孩子在井底下遇难了，那么遗体也必须挖出来。视死如生，这才是对待遭遇不幸者应有的认知与态度。由此，成就了这起感人至深的生命大救援。在现场，有挖掘人员累到晕倒。有位救援者这样说："每天差不多可以休息 2—3 个小时，挖掘机一天 24 小时不停。因为工作时间太长，记忆力也觉得下降，整个人昏昏沉沉的。好几天孩子都没找到，睡觉也睡不踏实；好心人送过来的饭，但是一直吃不下去，就想着赶紧找到孩子。我有一个女儿，才一岁半。"最后面这句话，是"人同此心，心同此理"的话，是真正人性化的话。这就是同情心，是对"在这个薄情的世界里，我们要深情地活着"一语前半句的反动。这更是同理心，是站在对方立场思考的一种方式，能够体会他人的情绪、想法和感受。一切为了孩子！坠井男童找到时已遇难，现场车辆鸣笛亮灯致哀，这是多么感人的一幕。

面对这一次大救援，有人提出"质疑"，认为这是在"浪费公共资源"。当然，如果换成他是当事人，是坠井孩子的家长，那他就不会这么说了。这不叫浪费，如果硬要说这是"浪费"，那么公共资源不怕这种"浪费"，包括公益性质的志愿者救援队这样的准公共资源，同样都不怕这种"浪费"。在无价的生命面前，所支出的这点社会资源渺小至极！偌大一个社会，承担得起这样的公共资源、准公共资源的支出。

今后，重要的是要坚决杜绝类似事件发生。要为杜绝这类事件而舍得付出公共资源。这是必须的。类似事件过去多地多次发生过：从 2015 年至今，媒体公开报道的意外坠井事件达到 29 起，31 名坠井者中，近八成是儿童，近四成生命最终未能抢救过来。这明显是预防不足造成的。对于这类废弃的机井，不能弄一块盖板、覆盖了一层薄土就算数，那样迟早要“露陷”的；一定要规定“一刀切”，必须彻底回填，非如此不能真正杜绝后患。

这，正是预防安全事故的需要；这，更是一点点、一步步提高政府公信力的需要。

共同找回那“喃喃之语”

我所在的《都市快报》做了一个《寻人·启示》的专题报道。

这是被我们称为“寻人启事之启示”的启示。

这是我们《都市快报》的公益活动之一。

这是为社会和谐协奏的乐音。

以良知。以责任。

整个社会,都在做着寻人的共同努力。来自安徽的高家宁,在宁波创建了全国首个免费寻人网,至2006年在网站上登记的走失人员已达7000余人;全国范围的寻子联盟自发成立;一个名叫沈浩的普通安徽人,则制作了一副“寻子扑克”……今天,有我们的加入,让丢失亲人特别是丢失孩子的家庭,在“寻寻觅觅”的时刻,不再冷冷清清、凄凄惨惨戚戚。

寻找。解救。2006年10月27日,央视播出了《回家的路有多远》,说的是昆明警方破获特大贩卖儿童案,解救了28名孩子。打拐之“拐”与小品《卖拐》之“拐”相比,不知道要沉重多少。孩子丢失了童话,大人可以口述;大人丢失了孩子,家庭就不再有美丽的童话。一个个孩子被拐失踪,是一道道划在和谐社会肌体上很细却很深的痛。

2005年,全国公安机关对拐卖妇女儿童案件立案的,达

2884 起。他们或被贩卖他乡，或被致残行乞，或因伤病夭折……一个专业化拐卖儿童的网络正在形成，“一条龙”运作，甚至发展到跨国作案，将儿童卖往境外。拐卖儿童的人贩子，熟练掌握着如何哄孩子，甚至在贩运途中会给婴儿喂服镇静药。

当魔高一丈的时候，“道高”仅有“一尺”那是远远不够的。我们所做的这一切，毕竟都属于民间行为。2004 年，国内首个打拐中队在昆明成立，他们的任务就是把拐人贩子拿下，让失踪孩子回家。好消息是，我国已制订国家“反拐”行动计划，在这个计划中，公安、财政、卫生、民政等多个部门联手配合，建立起一个信息互通的合作机制。

是的，我们需要政府层面的全国性“寻亲网络”，需要职能部门的责任人带着深厚的感情进行这项功德无量的事。打拐神探、江西警督施华山，因为“用生命和智慧捍卫妇女儿童生存权力”，获得“第十三届宋庆龄樟树奖”；他多年来行程数十万公里，足迹遍及全国 100 多个地方，成功解救出 178 名被拐妇女儿童。施华山是带着感情做这份事情的，他说：“我也有个女儿，将心比心，如果我的女儿被拐卖了，我又会怎样呢?”是的，拯救我们的孩子，最需要大家都这般“感情用事”。现在全国各地不断有人找到施华山，要求帮助寻找失踪的亲人。我们不能让施华山一个人“出山”无“止境”，全国各地都应该共同行动起来“打拐”。

以爱心抵御严寒，以携手共求团圆。雨果曾这样赞美我们的孩子：“在人世间所能听到的最崇高的赞美歌，就是从孩子的嘴里发出来的人类灵魂的喃喃之语。”让我们达成一个共同的目标：给失踪的孩子，铺就一条回家的路，共同找回那“喃喃之语”！

肆

慈善大天地，天地大慈善

好人向善与留守悲歌

两个男人，认识于监狱，他们都曾因盗窃罪入狱，出狱后一直有交往。一号男主角易刚久，1998 年年初从四川金堂老家到广东打工，家里妻子和儿子留守着；二号男主角覃海周，这年 5 月到易刚久家中做客，不久他就同留守在家的“朋友妻”以及人家 4 岁的儿子一起“消失”了——他以带母子两人去见丈夫之名，把两人都给拐卖了，得了 1000 元钱。12 年过去，“男一号”在菜市场偶遇涉嫌拐卖妻儿的“男二号”，最终在遥远的山西运城见到了失散 12 年的妻儿，但目前他还只能带几张妻儿的照片回来，因为三号男主角——被拐妻子现在的丈夫谢维康，把妻儿照顾得很不错……

这是一出人间悲情戏。世道人心，淋漓呈现。大背景是“打工与留守”，只是这个故事中留守的妻子与儿子，都成了特殊的受害者——作为留守儿童的 4 岁儿子，跟留守母亲一起，成了人贩子转卖的“货物”。留守者是一个特殊群体，我国 2010 年有留守儿童约 6000 万——父母双方或一方外出到城市打工，自己留在老家生活；此外，还有数量同样非常庞大的留守妻子(或丈夫)，以及留守老人。他们是真正的弱势群体，如何关心和保护他们，是个难题。易刚久妻儿被朋友——狐朋狗友拐卖的这个事件，可谓“留守悲歌”。

人间演绎的悲喜剧，一方面是社群的原因，另一方面是个体的原因。留守人员要力避恶人要挟，而要好人相助，他们需要切切实实的帮扶者——无论是个体还是群体提供的帮扶。中国传统文化中，“好人有好报”是一个社会性公理。不久前，我在杭州剧院观看了京剧名家程砚秋的代表名剧《锁麟囊》，相当感动。锁麟囊即绣有麒麟的“锦袋”“荷包”，故事大意是——

登州富家之女薛湘灵出嫁，花轿在途中遇雨，到春秋亭避雨；彼时载着贫女赵守贞的另一架花轿也避入其中。隔着轿帘，薛湘灵听闻赵守贞哭声隐隐，便问缘由，她仗义怜惜，将装有珠宝的锁麟囊转赠。六年后洪水洗劫登州，薛湘灵与家人失散，逃难来到莱州，在当地绅士卢家为奴谋生。一日陪小公子玩耍，公子将球抛入小楼，薛湘灵只得上楼取球，却见当年赠与赵守贞的锁麟囊被供在香案上……原来卢夫人即赵守贞，这对夫妻凭借当年所得锁麟囊里价值连城的珠宝发家致富。如今赵守贞获知薛湘灵为赠囊之人，好生感慰，敬如上宾，当年被帮助的人现在反过来帮助已落难的好人，两家从此结为金兰之好……

好人向善。多一些这样的好人与好人群体，那么，必然就会少一些留守悲歌。

6个洗劫小米专卖店的少年与1000多个被法院惦记的孩子

进入开学季,全国各地的留守儿童们引发多视角关注,大家关切地问:孩子们你们还好吗?学习生活怎么样?不会有辍学的吧?

2021年8月30日凌晨2点多,福建厦门某商场内的小米专卖店被盗,监控视频显示,6个少年强行破开玻璃店门后,30秒内将展台上的手机、平板电脑等一扫而空。警报骤然响起,他们急速离去,连夜逃出厦门。

厦门警方15小时快速破案,已逃至宁德蕉城的6人已全部到案,都是未成年人:1女5男,一个14岁,5个15岁,均系外地辍学少年。被盗的25部手机、2台平板电脑、2台笔记本电脑已全部追回。这6个未成年人,8月27日方才从外地来到厦门,然后在这个看起来不设防的专卖店下手,没有"蒙面"之类的乔装打扮,估计是偷盗的新手,没想到有监控。

这些孩子没有继续求学,而是辍学;不是留守本地,而是外出"谋生";没有成为"童工",却变成了盗贼——他们一"出道",竟是这样的"出手"。家长、成年人的责任之外,他们的这番经历，将一个“治病救孩”的问题摆在成年人面前，比惩处和救治更重要的是预防。

预防有道，关爱为本。8 月 31 日，《杭州日报》两则报道让读者感动到了：“杭+新闻”版整版刊发《父母在外，孩子的童年成长何处安放?》，“区县(市)新闻”版报道《“淳@童”点亮留守儿童微心愿》，说的都是关爱淳安县留守儿童的暖心事。

“淳@童”是浙江省首个关爱留守儿童的综合数智平台，于 7 月 19 日正式上线。在杭州淳安县，目前在册的留守儿童有 3800 余人，占杭州市留守儿童总数的 60%以上，大多数分布在乡村。搭建“淳@童”平台，就是通过数字化手段，做到及时掌握留守儿童动态，吸引更多社会力量来关爱他们。孩子们开学前的一个个“小心愿”，被爱心人士一次次“点亮”。

为了给留守儿童提供力所能及的关爱，2021 年 4 月，淳安县人民法院联合多家单位策划推出“向日葵成长计划”，设立“向日葵留守儿童工作室”，充分发挥司法教化功能，从法律的角度引导他们健康成长。他们点面结合帮助这些孩子，对于需要重点照顾的、家庭情况特殊的孩子，法庭主动与他们结对，做他们的“法官爸爸”“法官妈妈”。

弱有所扶，那些被法院和“淳@童”惦记的孩子是幸福的。我们帮助留守儿童，不必唱“假声”，更不应该去“假唱”，最需要实实在在的服务。淳安关爱留守儿童，线上线下齐头并进，做得实实在在：

线上：在“淳@童”的应用场景中，通过“留守程度”“学业成绩”“医疗消费指数”“心理健康”“校内外矫正情况”“家庭情况”6 项指标，综合反映留守儿童需要被关爱的迫切程度，然后给予帮助。

线下：在“向日葵留守儿童工作室”的现实场景中，威坪法庭的工作室设有一间谈心谈话室、一间放满图书和玩具的活动室。威坪法庭辖区留守儿童(含单亲)多达 1000 人，是重点工作区域。目前，除了威坪，淳安县人民法院民事审判一庭和汾口、临岐派出法庭都已设立了工作室。

留守儿童的心理精神需求，是他们关心关注的一个重点。法庭受理的离婚纠纷，涉及子女抚养问题的，就由承办法官负责建立特别档案，在审前、审中、审后特别关注留守儿童的心理感受和思想状况。这是真正的发挥法庭和法官的优势，把关心关爱做实做细。这样就能让预防走在前面，努力保障留守儿童身心都能健康。

"向日葵留守儿童工作室"里，不仅有玩具，还有图书，这让人很欣慰——玩具体现用心，图书体现远见。这体现的是"柔软改变人生""知识改变命运"。一个留守儿童如果从小养成爱学习、爱读书的习惯，成长的道路就会让人放心。著名学者本杰明·巴伯有句名言："我从不认为世人有强者、弱者，抑或成功者与失败者之分。我只将世人分为两类——学习者与不学习者。"我们不必把留守儿童看成弱者，他们的未来也完全可以是成功者，只要他们是学习者。

大山里开出"向日葵"，每一片花田都需要"守护人"。因为我的一个年年助学、帮助寒门学子的信息，我在浙江大学教过的一名学生，给我发了一段长长的留言，让我感动：

> 徐老师您好，深夜才看到这条信息，看完特别感动，也特别有感触，尤其您文中说到"您的生活方式不需要那么多钱"。您心中有信仰，又坚定，对于像我这样二十几岁刚进入社会已然开始对未来迷茫不安的人而言，您的行为，让我心中安定，让每天接触到各种社会负面新闻的我可以相信整个社会都会越来越好。
>
> 大学的时候，有次接触一个国际组织，去贵州山区探访了那边的留守儿童，亲自接触到那些贫困贫穷的家庭，家里年迈不识字、不会普通话的老人，带着该上幼儿园的孩子，孩子或多或少都展现出了心理疾病，当时就特别难过，觉得那么多需要帮助的人，我自己的力量太过渺小无法帮助，又觉得这些深藏在大山里的孩子的未来都寄托在读书上，但是又无人知晓……今天看到老师您多年对其他贫困学生的资助，让我充满希望，我想肯定在我看不到的地方有很多和老师

您一样的人，在默默帮助着这个社会，也希望，我能像老师一样，成长之后，可以尽自己的能力去帮助别人。

是的，尽自己的能力去帮助别人！无论在城市还是在农村，留守儿童们，不该也不会成为难以对付的“神兽”，只要我们人人伸出爱的双手！

慈善大天地，天地大慈善

慈善不分多寡，公益无论大小。

《都市快报》在报庆15周年之际，为钱塘江发源地开化县5万多个16岁以下的孩子，募集2013年“大病医保”资金。“大病医保”即中国乡村儿童大病医保公益基金，由民间发起，它牵手公众、联合家庭、助推社保，共同呵护儿童，在遇到大病时有钱可医，免于无钱治病的恐惧。《都市快报》是浙江唯一的媒体合作伙伴，选择浙西边陲县城、浙江6个特别扶持县之一的开化作为试点县。

2012年12月28日，都市快报社举办一场慈善下午茶活动，推出一批有意思、有价值的慈善拍品——这里有杭帮菜大师、杭州烹饪界泰斗级人物胡忠英的厨艺，这里有浙江卫视主持人、“中国好舌头”华少的为爱心企业“疯狂口播”，这里有《南都周刊》总编辑陈朝华转赠的岭南派画家区广安画作《溪山到处有芳林》，这里有央视主持人赵普捐赠的北京书法院院长汪良书法作品《赋得古原草送别》，这里有开化县特产局奉送的500克开化龙顶茶……

无边爱心噌噌长，不尽钱江滚滚来。

“我们有幸生活在这样一个时代，人们意识到社会福利与人道援助不仅是有利的,而且是必须的。"诺贝尔和平奖获得者昂山素季这样深有感触地说。

慈善公益,从来都是一个广义的概念。"微力聚合"使"微公益"变成"大慈善"。聚沙成塔,在网络时代更是变为可能。美国网络筹款活动先驱约翰·布林,在2007年创办了FreeRice网站,从网友捐赠一粒米开始,第一天获得几百粒米,到现在一天已近1亿粒。你的举手之劳,他的免于饥饿。这场分散在世界各个角落的"群众运动",已让在饥饿边缘的近万人获得温饱。

慈善大天地,天地大慈善。越是草根,力量越强大。"微公益"让普通人不再是慈善的围观者。

金秋时节,我首次去台湾,发现在学校、商店、宾馆、车站、博物馆等公共场所,都有发票募捐箱,它静静地等待"捐出您的一票"。一开始我不明白这是干吗的,这一张细细长长的购物发票投到那箱子里有什么用。后来才知道,台湾的每张机打发票都能兑奖,两个月开奖一次,中奖率5‰左右。发票投进募捐箱,就是把中奖概率给了慈善机构,用发票兑奖所得做公益,这就是"发票慈善"。微慈善,大力量。是啊,今后我们到台湾玩,"不带走一张发票"!

现代公益,需要现代的创意,需要现代的操作,而最根本的是需要现代的人。慈善在当今已成为一种生活方式,我曾说过,"慈善是永恒的时尚";一个还不会从事社会公益的人,一定还算不上一个现代的人。慈善公益领域,需要"开化",而举手投足间就可以为之的"微公益",是最好的入门。

公益远芳侵古道,慈善晴翠接荒城。在今天,在当下,让我们一起为开化县5万多个孩子募集"大病医保"资金而出力!

相连的爱是为了“分离”

让无力者有力，让艰难者前行。2010 岁末，浙江宁波一群“民间爱心救助联盟”人员，跨省帮扶、救援一对连体婴姐妹。

湖南溆浦农村一对贫困夫妻，生育了一对连体女婴，是罕见的“心肝相连”。若要进行分离手术，费用起码 30 万元。连体婴的父亲陈然在浙江宁波打工，宁波的百位爱心妈妈得知情况后，发动爱心捐款，一周时间募集到 11.8 万元善款。“我们都是母亲，应该为孩子做点什么。”她们还组成了“宁波爱心妈妈团”，赴湖南探望这对连体小姐妹及其母亲……

这是跨省的爱，是浙江与湖南相连的爱。相连的爱，却是为了分离——为了一对连体女婴的分离。在宁波，通过网络联系和维系的“爱心群”不下五个，会员有数千人，他们组成民间救助群体。当其中的“天一论坛亲子俱乐部”向湖南连体小姐妹伸出援手时，宁波的另外几个“爱心群”成员被邀请参加活动，出谋划策。

双胞胎是喜剧，但连体婴可是人们不愿见到的“悲剧”。连体婴发生概率大约是二十万分之一，属于单卵性或单合子性双胞胎身体上某一部分相连的现象，一般只发生在同卵双胞胎的受精卵上。医界认为受精卵在第 12 至 14 天分裂时的不完全分裂,会形成连体婴儿。通常连体婴是需要分离的,世界历史上,早在 1689 年的瑞士巴塞尔,首度有“连体婴切割”成功的纪录。这可是医学界最高难度的手术之一,由于分离的器官不够用,往往存活一个、夭折一个。

最理想的状态,当然是不出现连体婴,也就是说要防止连体婴的诞生。随着医学科学的进步,只要进行认真细致的孕检,是能够发现连体婴的。不久前广东顺德一位姓陈的女士就在孕检中查出怀上的双胞胎是一对连体婴儿,共用一个心脏。早发现,才能早处理。

连体婴一旦诞生,那么就不得不考虑分离手术。1986 年,湖北鄂州的共肝连体婴潘佳、潘谊姐妹,实施了分离手术,成为当时同类手术的全球年龄最小者,但妹妹潘谊不幸夭折,而姐姐潘佳健康成长,恋爱结婚,不久前顺利生下一个健康的宝贝女儿。连体婴属于小概率事件,对于连体婴分离,政府应该建立制度,政府的力量是巨大的,政府的强力保障,能让众多的无力者有力,能让更多的艰难者勇敢地前行。

爱可以连体,人不宜连体。“骨肉分离”——特别的人生悲喜剧。祝福湖南溆浦这一对连体女婴,希望她们在爱心的滋润下,最终能够顺利地“各奔前程”。生命的远眺,从这里起步;一如诗人林徽因笔下的意象:“那轻,那娉婷,你是,鲜妍/百花的冠冕你戴着,你是/天真,庄严,你是夜夜的月圆……”

同心爱者永不分离

借用一位女作家的小说的名称，写下这一文章的主题：同心爱者永不分离。

2005年12月26日，杭州《都市快报》发布了由读者票选的"印象最深"的"世界故事榜"，名列第三的是"两个丈夫换肾"。那是在感恩节过去不久，美国有两对夫妇深深理解了感恩的含义：两位妻子各自捐出了肾脏，互相拯救对方丈夫的生命。两位丈夫——71岁的大卫和65岁的汤姆，都有严重的肾病，各自的妻子罗萨林和艾恩都提出自愿捐肾救夫，但不幸的是，她们的血型均与自己的丈夫不吻合；后来医生发现，两位妻子的血型恰好与对方丈夫的血型一致，经过"交叉配对"换肾后，两位丈夫都已康复出院。

"总有一种力量震撼着我们的心灵。"央视每年岁尾总要评选"感动中国年度人物"。一个人要"感动中国"是不容易的，"感动世界"则更难。所以我更愿意看到：一个人只要感动亲人、感动家庭、感动身边的人就可以了，不一定都以"感动中国""感动世界"的宏大要求为目标。在我看来，两位妻子"捐肾救夫"的故事，与其说是感动世界，还不如说是感动亲人与亲情。

爱在爱和被爱的人心里，同心爱者永不分离。在中国，2005

年岁末，同样传来夫妻间捐肾捐肝的感人新闻：12 月 12 日，杭州一对年轻的夫妻手挽手出院了(2005 年 12 月 13 日《都市快报》)，这是杭州首例妻子“捐肾救夫”的肾移植手术，让我们记住他们的名字：妻子封丽娟，丈夫陈艾。就在第二天，12 月 13 日，另一对中年夫妇在江苏省人民医院康复出院，他们演绎的则是“割肝救夫”的故事，妻子肝脏三分之二移植到了丈夫身上，这对“肝胆相照”的夫妇用真爱创造了生命和医学奇迹(2005 年 12 月 14 日新华社电)，我们同样要记住他们的名字：妻子徐萍，丈夫张晓峰。这个世界，正因为妻子的伟大，所以才有了丈夫生命的延伸。

是爱，把爱的范围扩大。过去，我们见到较多的是血亲之间的器官移植，而今，在我们这颗蓝色星球上，越来越多地演绎夫妻间器官移植成功的故事，是他们把“器官移植之爱”拓展到最亲近的人身上，这是一种爱的扩展。“临床上，夫妻间肾移植手术效果很好，仅次于同卵双生的兄弟，这个奇特现象目前还无法用医学来解释。”医学无法解释，但爱的伦理能够解释，正是“同心之爱”创造了生命医学的奇迹。古人韩非子曾说：“夫妻者，非有骨肉之恩也；爱则亲，不爱则疏。”现在，前半句话已经被颠覆——夫妻者，已有骨肉之恩也；“爱人是我的骨肉，是我身体的一部分”。

爱，是人类最美好的语言。12 月 23 日，我看央视新闻联播，又见一个来自上海的“同心爱者永不分离”的故事：作为前妻的傅佩娣，得知前夫患了重症肝炎，她毅然卖掉自己的房子，筹款 20 多万元来拯救前夫，并与前夫在病床边办理了复婚手续。当记者问她为什么，她只回答了三个字——我爱他。

最贴最亲最温暖

身边的。亲近的。贴心的。这是一场新年音乐会，更是一场爱心音乐会，由杭州《都市快报》与杭州市慈善总会等联合举办，她有一个温暖的名称，叫作“告别 2008，祈福 2009——携手震区儿童”。

节目来自民间，杭州携手青川。2009 年 1 月 10 日，通过网络进行国内首次两地双向视频互动直播。以红与黑为主色调，杭州网直播节目的页面做得很漂亮。在杭州《都市快报》“希望 2009　情暖竹园镇”大型系列报道中，这场新年音乐会是个高潮，掀起了一场情感的钱江涌浪，耸起了一座挺拔的青川高山。

这是寒冷的冬日，南国杭州都到了-4℃，更别提青川了；这是温暖的心境，我们两地的演出者和各地的观众们，心中仿佛春江水暖。概括这样一台节目，要用好多词语：最贴最亲近，最牛最温暖，很美很感动，很重很珍贵……这些节目都来自我们身边，海选时报名的节目有 400 多个。组织演出和参加演出的大人孩子都是志愿服务，尽管很“草根”很“山寨”，但情感的分量沉甸甸。这是多方的互动：杭州与青川，节目与网友，援建的现实与抗震的历史……在灾区援建史上，这是一个崭新的开创，弥足珍贵。

落泪是金。在青川竹园镇帐篷前的演出现场,青川县委宣传部部长马健被节目感动,两度落泪;在杭州演播室的主持人阿宝,看着从青川来杭学习的孩子们表演《我们都是好孩子》,也忍不住落泪;音乐会总导演是北京奥运会开闭幕式执行副总导演、杭州歌舞剧院副院长崔巍,在排练和直播时她就哭了好几回……我们相信,感人的歌声,动人的节目,留给人们的记忆必定是长远的。

收看网络直播时,我忽然就想到了著名的杭州汤面“片儿川”。恍惚中我把“片”想成了杭州,“川”则是四川,中间一个“儿”字就是儿童们,他们牵手两地。抗战时期,川军的勇敢是有名的,而杭州百姓逃难到四川,受到了四川百姓的庇护……如今是浙江对口援建受灾的青川县——我和你,在一起,永远心连心。

孩子是最可宝贵的,灾区的孩子需要音乐和快乐。我们不一定能为孩子们造就未来,但我们能为未来造就我们的孩子们——这正是我们关心、关爱、携手震区儿童,为孩子们提供精神食粮的初衷。回荡在废墟上空的音乐,才是真正天使般的音乐。音乐会缘起青川竹园镇凉沙小学音乐教师王黎明的话:“地震前,孩子们是唱着歌走在上学的田埂路上的,但地震后,我再也听不到歌声了……”呵,王老师的演出真当是一绝,头手脚全方位演奏多种乐器的组合,这样的民间音乐绝活,受到了网友的热情追捧。关爱孩子,是我们的责任,是我们共同的责任,是我们共同的文化责任。

《感恩的心》,是感人的节目之一。来自非灾区的一点一滴的关爱,灾区人民都不会遗忘,对精神文化层面的关爱,灾区的回应同样温暖。2008 年 12 月 14 日《都市快报 · 天下》周刊刊出《重建青川》专题时,我写了评论《让杭州的一角一分变成青川的一砖一瓦》,这就是我的博文《一曲〈归家短旅〉送给你》,《四川日报》的“网谈博客”版选用了该文,热情的编辑来函说,“对灾区读者有一种亲切感”;四川人民出版社出版的《废墟上的升华》一书,收录了我的评论《国旗为苍生而降》——编者在序言里引用法国诗人艾吕亚的话说:人类作为共同体的特质,就是守望相助、心意相连。

来自国家的温暖是必须的,来自民间的心意是重要的。新修订的《中华人民共和国防震减灾法》提高了学校、医院等人员密集场所建设工程的抗震设防要求,这是硬件的强化。然而,民间可以提供很多物质之外的文化软实力——精神软实力的支援,也可以那么直接,那么情深,那么谊长,那么有力量,那么鼓舞人。

失去的,可以重新获得。只要有爱,有美,有信心,有勇气。罗斯福在1933年成为总统时,正值美国陷于世界性的经济危机,他在就职演说中一字一顿地说:"世界上没有什么事情是值得担忧的,唯一值得担忧的事是担忧本身。"这就是面对未来的信心与勇气,今天,我们已经并不缺乏。

个人募款与社会保障

微博推动慈善公益，使之从向来的边缘，更深入走进了公共生活——其中有群体组织的，也有个体募集的，这当然都昭示着社会的成长。

2012 年，一位 23 岁的北京大学生，通过网络募集了 32 万元善款，用以救治罹患白血病的父亲，创造了互联网救父的一个神话，被誉为“求助样本”。他叫许涛，他通过万条微博的“放大”，在几个月里向陌生人成功筹集了巨额“救命钱”，其中重要原因是“资料翔实，表达得体，承诺还款，捐款公开接受社会监督”。确信的信息，“征信”方能可信，人们才会帮助转发，因此而得到更多受众的信任。

尽管爱心也有上当的风险，但我们的社会依然充满对弱者的同情、荡漾着对陌生人的信任—— 一言以蔽之，那就是我们的社会不缺乏爱心。许多名人，不仅仅是转发爱心微博，自己就是爱心天使。

此刻，我脑海里立马呈现出台湾艺人伊能静的形象——她集歌手、演员、作家、主持人、编剧等多种身份于一身，可在我心目中她是一位“爱心最难沉静”的慈善者。她曾签下了器官捐赠协议，她说：“我觉得人在一个世界上，本来就是透过身体体验生活。最终你还是要离开这个身体。为什么不在身后,让自己的身体做点有意义的事? 我把我想实现的愿望都实现了,从现在起每天就是新的一天了。”

以自己逝世后的身体器官来拯救他人的生命,相比于“捐款救命”更为难得。正是伊能静这样的慈而善者,构成了社会性的慈善沃土。没有这样的土壤,我们真的难以想象,通过小小微博、轻轻微言,一位大学生能募集到 32 万元善款。然而,许涛的“个人微博募款”,虽是样本,却难以复制,更是无法大批量地复制。“个人募款”事实上很困难,有组织的社会化网络募款才是方向。

可是,像许涛父亲那样罹患白血病的人,何止一个? 所以,这背后需要解决的最根本问题,在于社会保障。对每个人的基本保障,必须作为公共品提供,它是政府性的;而慈善则是对基本保障的一种补充,它是社会性的,是一种“社会品”。

在我脑子里挥之不去的,是网络进行的全国两会热点调查,其中“社会保障”的得票,曾连续三年位居榜首。公众对未来的不安全感,甚至是恐惧感,主要是保障不足造成的。大家都知道,社会保障供给不足以及不公,必然会深受诟病。

现代政治学中,一个常识性的问题是:如果民权不能保障,那么靠什么来保障政权? 对于民众权利利益的保障,从一个部门的名称来看,就足够知道其重要性,那就是我们的“人力资源和社会保障部”。我有时凝视这个名称,就会想:人力资源很重要,社会保障则更为重要,因为没有充足充分的社会保障,人力资源的充分充足几乎就是一句空话。对于“党管人才”我们已耳熟能详,那么“党管保障”则更有理由提高到“全心全意为人民服务”的高度来认识。

政府的归政府,社会的归社会,这就是保障与慈善的功能性区别。我国的财政年收入,都突破 10 万亿大关了,以优厚的财力去弥补社会保障的缺口、加强医疗领域的投入,已有成熟的条件。当有一天,许涛们不需要通过互联网个人募款来“救父”,不需要为治疗白血病的巨额费用“愁白少年头”,那样,许涛们才能发自内心地回答那个“你幸福吗”的问题。

左手捐给右手？

【篇一】左手捐给右手？

有一个叫“中国青少年创意大赛”的公益性活动，截至2011年已办了5届，都是“尚德电力”冠名的。冠名企业全称是无锡尚德太阳能电力有限公司，他们要向该活动捐赠物资——1500万元的光伏发电组件。这些太阳能发电器材，终要送给参加总决赛的学校，用于开展教学研究。

企业捐款捐物，在慈善机构开具票据后，按照规定可以获得税收优惠。中华慈善总会并没拿到这个尚德电力所捐物品，就开具了1500万元的免税票据。这就闹出了“诈捐门”——这“尚德公司”是真“尚德”还是假“尚德”？是真慈善还是假捐赠？尚德公司说自己已经把物品捐出去了，是给了“青少年创意大赛”组委会委托的北京创新中意公司，并由该公司确认签收。而这个创新中意公司是嘛玩意呢？爆料人说，它实质为尚德系的投资公司之一。乖乖，原来这是老子“捐给”儿子、左手“捐给”右手啊！

不管“捐”方怎么折腾，反正受捐学校没拿到东西，慈善总会也没拿到东西，倒是“捐赠方”尚德公司拿到了巨额“免税单”。涉嫌违规出具票据的中华慈善总会,承认在监管环节上“有一定的缺失和不足”,表示要追回发票。

这个事情,本是几家单位悄悄在操弄,若不是知情人爆料曝光,外人真是不晓得的。左手捐给右手,或者左手假装捐给右手,都可以通过内部“暗箱操作”来完成。

《2010 年度中国慈善透明报告》显示,逾半数受访公众会经常捐款捐物,但近九成受访者表示从未收到过慈善机构的信息反馈。这个我本人也遇到过,有一年我响应某慈善机构的号召,为贫困学校捐建“爱心书库”,于是按要求汇去了 5000 元,结果石沉大海没有任何回音反馈,连有无收到汇款的信息也没有。

慈善的问题,通常出在机构、单位、企业,个人除了若干沽名钓誉的小气名人玩弄诈捐,绝大多数都是爱心诚信的。就在 2011 年 8 月 13 日,上海举城而恸,送别“慈善爷爷”张景栜。87 岁高龄的张景栜,25 年前从中学法语教师的岗位上退休,因为接触到一些外国友人,从此走上慈善之路。25 年来,清贫的他不仅时常捐赠自己的退休工资,还致力为外国友人跟受助者牵线搭桥。由此,通过张景栜集到的善款达 500 多万元,诸多困难群众得到帮助,其中贫困学生多达 150 多人……张景栜老先生不需要花费政府给慈善机构的行政拨款,更不会一顿吃掉近万元的“慈善工作餐”,他左手募集来善款,立马右手交付给最需要的困难群众——善的世界,就是靠他这样的人绚丽构建的。

【篇二】从源头上根绝“借善行骗”

爱心被骗,心特别痛。2016 年一女演员遭遇网络骗捐,发现被骗后发布微博:“天啊,怎么办?我被骗了,钱都转了,重点是你为什么拿孩子来骗我的感情。”

一个名为“希望盼望宝贝康复”的微博账号,晒出两岁孩子在医院的照片及诊断报告,向网友求助道:“我是一个两岁宝宝的妈妈,我的宝宝去年 7 月份的时候被诊断为神经母细胞瘤，唯一的希望就是去北京做移植治疗，但后期至少还需要几十万的费用，希望大家帮帮我的宝宝。”同时也公布了收款账号。图片中的孩子很可爱，女演员转发了该微博，并迅速将爱心善款打到了对方账号：“希望宝宝快快好起来！”她没想到的是，孩子得病是真实的，但募款者是骗子，冒充了家长，盗用了图文，在网络上搞了一个具有迷惑性的骗局。

类似的事情多年前发生在美国一位女演员身上，当她得知被骗、被用作“道具”的孩子其实没有得病时，她开心了：孩子没病就好！

利用善心骗捐，已不仅仅是欺骗情感问题，还涉及法律问题。慈善法多处提到“骗”字：第 31 条规定，“不得通过虚构事实等方式欺骗、诱导募捐对象实施捐赠”；第 33 条规定，“禁止任何组织或者个人假借慈善名义或者假冒慈善组织开展募捐活动，骗取财产”；第 97 条规定，“国家鼓励公众、媒体对慈善活动进行监督，对假借慈善名义或者假冒慈善组织骗取财产以及慈善组织、慈善信托的违法违规行为予以曝光，发挥舆论和社会监督作用”。

仅仅鼓励公众和媒体曝光骗捐，那是不够的。慈善法第 101 条第 2 款规定，“通过虚构事实等方式欺骗、诱导募捐对象实施捐赠的”，“对有关组织或者个人处二万元以上二十万元以下罚款”；第 107 条规定，“假借慈善名义或者假冒慈善组织骗取财产的，由公安机关依法查处”。所以，公安机关介入查处，十分重要。发生这种骗捐案，警方一定要严肃查处，否则善良爱心就得不到及时的呵护。

真正患病的，是四川德阳苗女士的儿子；苗女士发微博讲述经历，但从未发出过支付宝或者银行账号，也从未收到过一笔捐款。“李鬼”盗用孩子信息照片，利用他人的痛苦去行骗，不仅仅伤害了苗女士和女演员这两位妈妈，而且伤害了一大批心存善心的公众。

作家周国平的名著《妞妞：一个父亲的札记》，写的是他女儿罹患双眼多发性视网膜母细胞瘤—— 一种眼底肿瘤，不到两岁告别人世的故事，真是父爱如山。在杭州，发生了一个感人至深的萌娃“兜宝”的故事，这个可爱的杭州小男孩，罹患颅内恶性胶质瘤——髓母细胞瘤，2016 年 1 月 7 日去世，兜妈在 4

年多时间里,通过微博发布治疗的点点滴滴,兜住了诸多被感动的网友,兜宝有着来自全国12万个“爸爸”和“妈妈”,成了全国网友共同的孩子……人间情感都这么纯洁那多好!

然而,刁滑的骗子,往往会利用他人对于孩子的特别的爱心,利用网络的快捷便利,“举手之劳”就能骗取善款。这,是任何一个社会都绝不容许的。

【篇三】网络众筹如果失去监管

“刚一开始在朋友圈里看到众筹项目时,大家都觉得这种助人为乐的方式又贴心又方便。可有钱的地方,就会有人动歪脑筋;连公益的众筹项目都被人下了黑手,你的钱压根就没送到需要的人那里……”2016年10月31日《新京报》报道说,在网络社交平台出现的“大病众筹”,有人夸大病情募捐,有人在病情尚未确诊就筹款,甚至有骗子涉嫌窃取病人资料,欺骗爱心人士捐款。

有网友爆料,有人涉嫌利用“轻松筹”平台诈捐:求助者称其母亲患乳腺癌,“左右胸均为恶性肿瘤”,刚在苏州市立医院做完手术,已花光全部积蓄,接下来还需化疗,“主治大夫说每个月用药基本都在五六万以上”。求助者设定了筹款目标金额为30万元,已获得577次支持,筹到善款将近2万元。《新京报》记者调查发现,患者只是左侧患有乳腺癌,住院总费用为17349元,医保报销后自行承担部分为6383元;直到治愈,预计自费仅需3万余元。

“3万”化作“30万”,有医保报销了费用大头却只字不提,然后在“轻松筹”平台轻松一筹就筹到善款:上当的爱心人士一旦知道这情形,估计心情立马就轻松不起来了。

由于大病医保总体上还在低水平上运行,要负担有些耗费巨资的大病的诊疗,患者个人和家庭确实吃不消,所以各种公益慈善性的补充是必要的。然而,网络众筹式的公益慈善,很容易做虚假操作,盖因网络具有很强的“易骗性”。“爱心”本来是藏在里头的心,却被轻而易举用来作为网骗的外包装。

网络带来众筹的方便,同时带来诈捐行骗的方便,“易骗性”的产生,就是轻松利用了网络的自由特性。美国的希拉里在当国务卿时，曾在演讲中这样说道互联网：罗斯福总统提出了人类四大自由——言论自由、信仰自由、免于匮乏的自由、免于恐惧的自由，而互联网自由是人类四大自由之外的最后一个自由，即相互连接的自由，不管是政治、商业、情感或生活。这里所言的“第五大自由”，确实渗透了我们生活的方方面面，但它绝不能成为“诈捐行骗”的自由。

众筹诈捐，让众筹的钱到不了那些需要的人的手上，反而让骗子轻易得手，显然表明了“轻松筹”这类众筹平台的审核存在漏洞，管理出了问题。在“轻松筹”平台发起筹款，仅要求上传身份信息材料和病情诊断等材料，创建个人求助项目，自行设定筹款金额，然后就 OK 了。至于是不是有夸大成分，甚至信息不实，平台并不核实深究。若有人盗取了患者信息，同样可以到平台上“众筹”一番。这种新型公益模式，普遍存在平台审核能力不足、资金监管不严等问题。

网络众筹如果失去监管、放任自流，不去堵住漏洞，那么，未来的成长空间必然堪虞。网络众筹现在还比较新鲜，人们捐个三五十、一两百也不算多，可是，当知道自己上当一次之后，必然就会拒绝第二次。诸多个体的上当“筹集”在一起，最终将压垮平台。这就是：失去监管，就会失去人心，就会失去信任，就会失去前途。

所以，为了网络公益的前途，面对种种诈捐行骗，务必规范众筹平台的管理，强化公权力的监管，擦亮公众的眼睛，而且还需要引入当事人单位对众筹当事人的监督。

慈善法打开的大门

十年磨一剑，这不是一柄寒光闪闪的剑，而是洋溢着温暖的宝剑——从2005年提出立法建议，到如今慈善法终于结果了：2016年3月16日，第十二届全国人民代表大会第四次会议表决通过了慈善法，赞成2636票，反对131票，弃权83票。

慈善法帮助打开社会募捐的大门，我们期待人、财、物大规模有序合法投入、流入、进入公益慈善领域。一个现代的、文明的社会，一定是一个公益慈善发达的社会。各种慈善组织，就是“好人要联合起来做好事”：“好人”即爱心人士，拥有博爱情怀的理想主义者；“联合”就是组织起来、发动起来；“做好事”，就是充满喜乐地投身慈善公益事业。

对“恶”要立规矩，有刑法等；对“善”也要立规矩，于是有了慈善法。有法才能保护好人、规范组织，才会有利监管、促进发展。何况慈善是跟大量钱财打交道的。通常来讲，法律高于现实，但往往滞后于现实，随着社会的发展，将来慈善法也一定会“修缮”的。

对于公众来讲，慈善法最核心的问题有两个：怎么捐、怎么管。

怎么捐？慈善法引导募捐通过慈善组织进行，由慈善组织来衔接捐赠人和受益人。现代慈善不是“双向关系”而是“三方关系”：一端是捐赠人，一端是受益人，中间是慈善组织。在美国等慈善事业非常发达的国度，并不多见“一对一”“一帮一”的方式。在我们国家，要从实际出发，并未立法禁止个人向社会求助，当一个人遇到重病等困难，可以向社会募钱以解燃眉之急——“法无禁止即可为”；一个形象的说法是：给“朋友圈”募捐留出了空间。尽管个人求助不属于慈善法适用范围，但媒体不可以为此发起募捐或代为发起募捐。至于公众很关心的“摊派”问题，法条很明确：“开展募捐活动，不得摊派或者变相摊派”。

怎么管？慈善法草案经过修改后，放宽了公募限制，但骗捐诈捐将被追责；要求是“不得通过虚构事实等方式欺骗、诱导募捐对象实施捐赠”“捐赠人应当按照捐赠协议履行捐赠义务”。为了重构慈善公信力，慈善法对慈善组织的管理有明确要求：“慈善组织的财产应当根据章程和捐赠协议的规定全部用于慈善目的，不得在发起人、捐赠人以及慈善组织成员中分配。任何组织和个人不得私分、挪用、截留或者侵占慈善财产。”“年度管理成本不得超过当年总支出的百分之十五。”慈善组织还必须做好信息公开工作，等等。

现代公益慈善，要社会化、专业化、组织化，要共筹、共建、共赢；理想的慈善公益组织，需要良好的传播能力、强大的筹款能力、高效的执行能力、到位的监督能力。慈善法就是要打开现代慈善的大门，不再是一个人“悄悄做好事不留名”的古老理念。

一个美好的慈善社会，要有情感的血液在流动，要有爱心的情怀在滋润，要有良好的法律在规范。我到台湾，曾专门去拜访台北市私立爱爱院——其前身是“台湾福利救济之父”施乾先生在日据时代创办的、收容乞丐的“爱爱寮”。我顺便捐赠了670元，拿到的捐款收据成了收藏品：不仅很正规，而且很漂亮，上面规规矩矩地盖了5个大红印章——那是捐款规范管理的一个明证。穷则独善其身，达则兼济天下。致富思源，义利兼顾，先富者要积极履行社会责任。在更广泛的意义上,幸运的人要去帮助不幸的人。那样,当你和你的亲友万一成为不幸者的时候,才会有他人来帮助你。这,就是真正的“帮助别人就是帮助自己”。

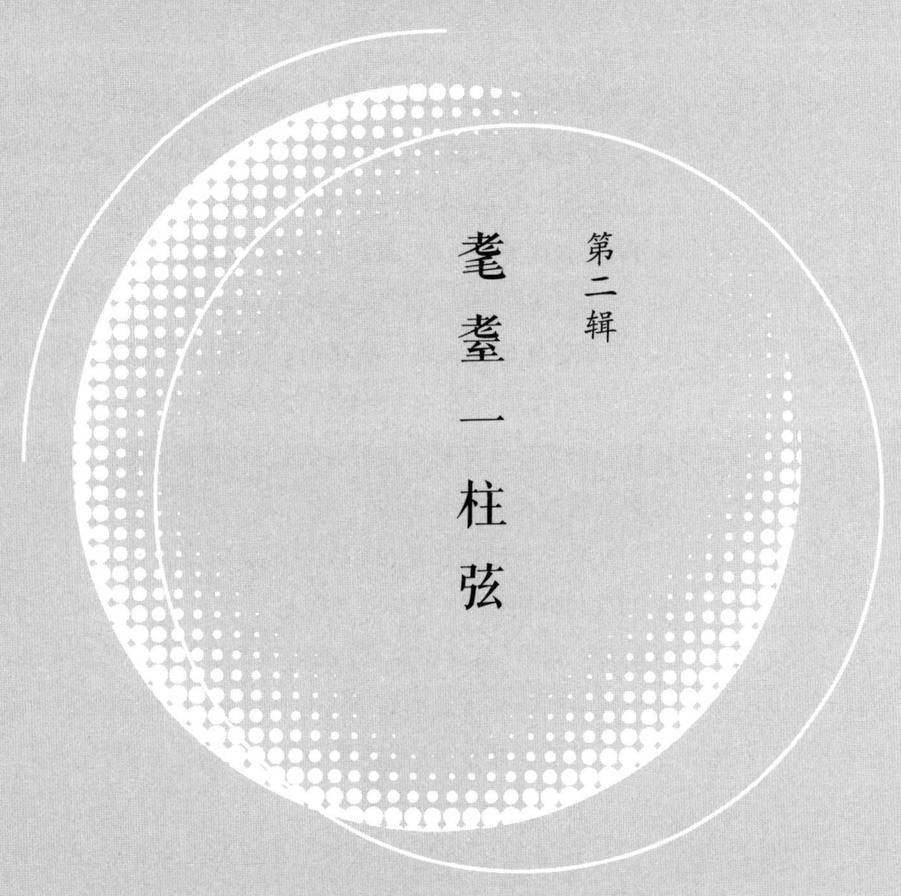

第二辑

耄耋一柱弦

一头关心孩子，一头关心老人。这“两头”，常常涌现于我的笔端。

这是2022年年初的数据：我国60岁及以上人口为26736万人，占全国人口的18.9%；其中65岁及以上人口为20056万人，占全国人口的14.2%——我国65岁及以上人口占比首次超过14%，意味着进入了“深度老龄化”时代。

“活到老，乐到老。”“人到老年仍赤子，一片天真见本心。”“一个幸福晚年的秘决不是别的，而是与孤寂签订一个体面的协定。”“与其苟延残喘，不如从容燃烧。”这些都是老年的理想状态。但实际情况往往没那么理想，许多耄耋老人需要照顾，而这个照顾是需要社会化的。

世界卫生组织曾经在一个残障报告中指出，人一生中平均有11%的时间处于“残障状态”，包括儿童期、老年期、受伤时等时间段。当然，将这个说成“残障和准残障状态”更妥当。11%的时间——意味着我们每个人都要经历“残障和准残障状态”，不管你是否四肢健全，尤其是进入老年期之后。

从摇篮到坟墓，这就是人生。

养老、老年人的照顾，本质上是社会化的事情，请保姆，入住养老院，上医院，拿医保社保，都是社会化行为。父母这一代老了无法依靠子女照料，子女这一代老了同样也无法依靠下一代子女照料，以此类推，代际之间仍然是公平的。不是“养儿防老”，而是社会化养老，这是必然的。

然而，“废物式”养老，是对老人最大的羞辱。1979年获得诺贝尔和平奖的特蕾莎说过：“孤独和不被需要的感觉，是最悲惨的贫困。”

台湾美学家蒋勋先生在台东的圣母医院参观，刚好有居家照护的巡逻车回来，朋友介绍，台东20多万人口，有4万名需要长期照顾的老年人。这些老年人或独居偏乡，或独居在部落，亲人都无力照顾，主要靠这些车队巡逻，每天送便当食物到家里服务。许多青年人也加入志工服务行列。志工们是广大老年人真正的天使，让孤独者、贫病者、无依靠者有了生活上的实际照顾，得到了温暖与安慰。

我期待“当你老了，可爱第一”，我期待“对上以敬，对下以慈”，我期待“先上讣告，后上天堂”……而我对社会最大的期待：老龄化，大可不必妖魔化、恐惧化；养老与送终，都能拓宽生命的宽度……

壹

当你老了，可爱第一

为老当学黄永玉

“老顽童”黄永玉，又成新闻人物啦！

2021年8月16日，一则新闻在人民文学出版社媒体群引起热烈讨论：《无愁河的浪荡汉子》第三部《走读》，已完成编校下厂印制，即将新鲜出炉，恰逢黄永玉先生98岁生日，出版社宣布新书预售并向先生贺寿，也与第一部《朱雀城》在黄永玉先生90岁生日时出版遥相呼应，那是2013年8月。

《无愁河的浪荡汉子》中的“无愁河”，就是“没有忧愁的河流”，得名于他家乡有条“无伤河”。这部超长的长篇纪实小说，酝酿80载，写作13年，首发《收获》杂志，然后由人民文学出版社出版。该书与人民文学出版社结缘，至2021年已整整8年，陆续出版了84万字的《朱雀城》，130万字的《八年》和48万字的《走读》，合计达到262万字，而且“未完待续”——远远还没写完。

这个“比你老的老头”，把自己活成了一部历史。黄永玉是土家族画家、作家，生于1924年，老家是美丽了千年的湘西凤凰。他和表叔沈从文一样，在十二三岁时背着小小包袱，走向外面的世界。《无愁河的浪荡汉子》写的就是自己的一生：第一部，写在家乡的12年生活；第二部，是抗战流离颠沛中不凡的经历;新中国成立后的几十年算第三部,谓之“流浪艺术家之歌”。黄永玉的记忆力真是惊人。“他两岁多,坐在窗台上。”这是《朱雀城》正文开篇第一句,从 2 岁写到 4 岁就写了 20 万字。他的写作没有提纲,人生经历就是他的提纲。就这样往下写,最终的体量不知道有多大。

写《无愁河的浪荡汉子》,是他一次遥远的回望和一生的凝望。他写得沉稳大气、从容不迫、耐心细致、老辣老到、冲淡旷达、飘逸流动、生动入微、诙谐活泼,被称为“最好的中文表达”。在书的代序中,他说:“人已经九十了,不晓得写不写得完?写不完就可惜了,有甚么办法?谁也救不了我。”亦可见其非常豁达。黄永玉将文学视为自己最倾心的“行当”,事实上他从事文学创作长达七八十年,诗歌、散文、杂文、小说各种体裁均有佳作。其实我们可将写作看成他的“正业”,而画画是“副业”。

“人到老年仍赤子,一片天真见本心。”一个黄永玉,就是一部“老年学”。他身体极好,超级乐观;他勤奋认真,绝不懈怠;他才思敏捷,文心艺胆俱天才。若说人生的终极“攀比”是比谁活得更久、活得更健康、活得更有质量、活得更有贡献,那么,黄永玉所得的,是“金镶玉”的金牌。

黄永玉其实有一颗平常心,喜做寻常人。湖南卫视曾采访黄永玉,问他的“人生哲学”是什么,黄永玉说两个字:“寻常。”他解说:“天上那么多高干子弟,七仙女为什么要下凡嫁董永?因为她什么都有,只缺寻常。”

寻常为内,不寻常为外。屡有网络美谈:“90 后”黄永玉,在 90 岁开个展,在 91 岁迷倒林青霞,在 93 岁还飙着法拉利。这是真实镜头:2018 年黄永玉参与央视《朗读者》第二季节目,面对青春靓丽的主持人董卿,90 多岁的黄永玉就算看成“19 岁”也是可以的,因为这个老头真是精气神十足。“我辈岂是蓬蒿人”,他就是狂人黄永玉、真人黄永玉、鬼才黄永玉!黄永玉一辈子最喜欢的就是过着随性而有趣的生活,即使在那命运多舛的岁月,亦是如此。

日本有位名叫谷川俊太郎的高龄诗人,在谈到生命与年岁时说:“生命于我,剩下的时间就是笑着等待死亡的到来。”而对于黄永玉来讲,哪里是“等待死亡到来”,他依然是朝气蓬勃,从容写作,灿烂燃烧。

为老当学黄永玉!

记住你，记住我

“所谓老年爱情/接个吻/都惊动了假牙”，这是一位匿名的79岁老人写下的诗句。如果年迈了，尤其到了耄耋之年，还能如常接吻，那么“惊动假牙”是很幸福的；问题是，不少老年人，已经得了阿尔茨海默病，别说接吻，就连老伴是谁都记不得、弄不清了。

2020年9月21日，是第27个“世界阿尔茨海默病日”。阿尔茨海默病，俗称“老年痴呆”。目前，我国约有1000万阿尔茨海默病患者，数量居全球之首；伴随着人口老龄化趋势，预计到2050年，将突破4000万。目前全球患者总数已超5000万，预计到2050年将会超过1.5亿。（2020年9月21日《新民晚报》新媒体报道）

我们一时脑子短路，会自嘲说自己“得了老年痴呆”。而真正的老年痴呆，可没那么轻松。德国神经病理学家阿尔茨海默，在1906年首次报告了一例具有进行性痴呆表现的51岁女性患者，1910年这种病被命名为阿尔茨海默病。其临床上表现为记忆障碍、失语、失认、失能等，它与心脏病、癌症、中风一起，成为威胁老人健康的“四大杀手”之一，而今发病势头已超过了癌症，给社会和家庭带来沉重的负担。其“罪魁祸首”，与遗传基因有关，与大脑神经突触网络系统超速度缩减有关，与营养不良、压力过大、睡眠不足等有关，但医学界迄今还没有完全研究清楚。

30 多年来，对于阿尔茨海默病的挑战，全球医学界尤其是神经学界的精英们，基本上是屡战屡败、屡败屡战。如今在美国有了全球首套有效预防与逆转阿尔茨海默病的治疗方案，但总体上仍是“预防不易、逆转更难”。在我国，目前还存在“一高三低”的状况：高患病率，低知晓率、低诊断率和低治疗率。

有道是，年轻“无所畏”、老年“无所谓”；其实老年还真不能“无所谓”，尤其是面对疾病。作家麦家几次说到父亲患了阿尔茨海默病。在杭州富阳老家，父亲拉着他的手，对他说：“你能让我家老二回来看看我吗？”他蹲跪在地，对父亲大声重复“爸，我就是老二啊”，不管如何耐心解释，父亲都是一脸漠然，认不出他来。“记住你，记住我”，这是阿尔茨海默病患者和家属的共同期盼。但是，“记忆的橡皮擦”很残忍，不记得、不认得，就是最普遍的痴呆表现，寻找走失的阿尔茨海默病患者，常常成为网络新闻。

人情滋润，人文关怀，是对待罹患阿尔茨海默病亲人之必须。但对于家庭来说，现在最重要的是，要预防老人患上此病。美国肯塔基大学神经学教授大卫·斯诺登，是研究阿尔茨海默病的著名专家。他在 1986 年展开“修女研究”，长期跟踪研究 678 位修女，从而有了《优雅地老去》一书。在书中，他告知防治阿尔茨海默病的有效方法：坚持规律的运动、保持乐观的心态有助于防止衰老，接受高等教育、从事脑力劳动有助于保持大脑健康，而服用适量叶酸、防止中风和头部受伤能够有效预防阿尔茨海默病……

早预防，早干预，早获益。日前，复旦大学附属华山医院临床团队也给出阿尔茨海默病循证预防指南，共有 10 多条，其中包括：维持正常体重指数，不宜太胖与太瘦；每个人，尤其是 65 岁以上的老人，均应坚持定期体育锻炼；多参与认知刺激活动，如阅读、下棋，学习新技术、玩脑认知训练游戏；等等。

作家黑塞曾说：年老和年轻同样是一项美好而又神圣的任务，学会告别和真的告别，都是富有价值的天职。而顾炎武则云：“远路不须愁日暮，老年终自望河清。”阿尔茨海默病的防治，相信终有“天下太平望河清”的一天！

当你老了，可爱第一

“人生易老天难老，岁岁重阳，今又重阳。”睿智老人分外香。新闻里好几位可爱的高龄老人，让我看了分外开心。比如包头市一位 105 岁的“双博士”老中医宫杜若，开博客征婚，引起轰动；还有一位 108 岁的澳大利亚老太太奥利芙也开了博客，成为全世界最高龄的“博主”，她讲述的可是过去 100 多年中经历的各种故事，从而一下子成了互联网明星，拥有数千“粉丝”；再有可爱的牧琳爱，是一位年届九旬的美国老太太，卖掉了美国所有财产，跑到中国农村来定居，电视里的她永远是乐呵呵的，太让人喜欢了，看得我在心里直喊“可爱的牧琳爱”……

人人都会老，当你老了，可爱第一。有了可爱，就不愁不自爱、无他爱。老人要变得可爱，前提是身体好，核心是“老当‘智’壮”，做个思想开通开明的睿智者，一定受人喜欢。古希腊哲人曾说：“除了疾病缠身，老人比青年人毛病要少。”比青年人“毛病少”的老人，非睿智而不行也。否则就是莎士比亚在《李尔王》中所说的：“老人实施威权，并不是由于他的实在力量，而只不过是我们忍让他罢了。”

“老当‘智’壮”之睿智，并不是要你的智商高到爱因斯坦的份上，而是要有“正确的思路”。有人说，退休以后其他事情可以忘记,但要记住“一二三四五”:“一个中心,以身体健康为中心;两个基本点:糊涂一点,潇洒一点;三个忘记:忘记权力,忘记恩怨,忘记年龄;四老:要有一个老伴,要有一个老窝,要有一点老本,要有几个老友;五要:要说,要笑,要唱,要跳,要俏!”这真是概括得好啊。身体健康的“中心”做到了,就有了身心快乐的基础,把该忘的忘掉,将该有的拥有,“糊涂一点,潇洒一点”,想得开、放得开,天天生活在“说笑唱跳俏”当中的老人,能不可爱吗?做到“可爱第一”,说难也不难。

人的一生,其实就是快乐中长跑、睿智马拉松。出身于中医世家的宫杜若老人,有过三任妻子,对家庭温暖幸福的追求始终不渝。他开博的“宗旨”很明确,就是给自己找一个老伴,最好50多岁的。宫杜若老人不仅身体好,而且生动可爱,他在征婚启事里也不忘给自己加砝码:“我还擅长演戏,写剧本,比赵本山要幽默得多……”多可爱啊。可年轻的博友对老人的举动褒贬不一,甚至有说“老不正经”的,这我就不明白了,为什么年轻人倒没有“年轻的心”,反而变得这么不见可爱。

爱由心造,可爱同样源自心灵深处,拥有善良、仁慈、宽厚,时光多久也无法将一个人的可爱剥夺。说“我有一颗中国心”的牧琳爱,出生在中国,在山东聊城度过了她非同寻常的童年,生活条件虽然艰苦,但骑上一头小毛驴,就带来了美好的回忆。如今定居在山东阳谷县刘庙村的她,还喜欢在圣诞节赶着毛驴车给孩子们送礼物,“我非常享受坐着小毛驴车的情景,赶着毛驴车送礼物的感觉特别美好”。牧琳爱是山东首届十大慈善之星中的一位,她为当地医院赞助医疗设备,共捐助善款30多万元。仁爱所带来的可爱,让你感受到一个人由里到外都洋溢着可爱的快乐。

毕竟,可爱是难的,尤其是当人老了之后;所以,从年轻开始就涵养培育我们的睿智可爱。透过百岁老人奥利芙的博客,我们就能够看到她年轻时的可爱。奥利芙经历了两次世界大战和大萧条时代,她一生做过许多奇怪的工作,比如“鸡蛋挑选者”;她婚前的姓英语含义是“危险地带”,被一名同学嘲笑,她就与人家打架;年轻时她还到昆士兰一个湖里裸泳,一名男同事偷窥她被逮到而被炒了鱿鱼……环境条件之优劣,并不能完全决定一个人的可爱与否;如果我们上了岁数之后,回首青春,没有一点可爱故事可供咀嚼,那多无趣。

当你老了,可爱第一。人生易老天难老,岁岁重阳,今又重阳,可爱老人分外香。

为什么能够越老越快活

2007 年 6 月 13 日,《都市快报》报道了一出家庭悲剧:一位患有心脏病的独居老人在家去世 5 天后才被发现。曾几何时,我们拿“独居老人逝世在家多少天才发现”来嘲讽发达的某某社会如何冷漠无情,如今,这样的事情出现在自己身边了。

在瑞士巴塞尔,我们专门访问了一对老夫妻。他们在一家美术馆旁边开了一爿小小的玻璃饰品店,门口插着鲜花,那些悬挂着、摆设着的饰品很丰富、够漂亮,可生意实在不怎么样,那个中午我们待了大半个小时,除了我们几位访客,没有其他人光顾。

但是他们很开心很快乐,畅笑如阳光,正如一位哲人所言:“最美丽莫过于老人脸上绽放的笑容。”原来,他们都退休了,而退休老人有丰厚的养老金保障生活,弄这么一个小店,根本就不是为了谋生,而是自己找乐。丈夫原来就从事玻璃饰品工作,小店所卖的漂亮饰品都出自他的手,妻子则主要负责看店——这样“夫唱妻和”,不免让人想起中国黄梅戏《天仙配》里“你耕田来我织布”的快乐。加上夫妻俩身体都很棒,所以现在是“越老越快活”。

有保障、有事干,无担心、无疾患,银发老人要快乐幸福起来，说简单也就这么简单。老龄化社会，弄得好就是“一好百好”，弄不好就是漏洞百出。在瑞士、德国，我拍了几张自己颇满意的老人照片：一位银发瑞士老头，是为我们开大巴的驾驶员；一位德国残障老太坐在轮椅上，她与我们一样是出来“看风景”的，他们的微笑都那么沉静而自然。

老年人是财富还是负担，可见一个国家的发达水平和文明水准。在人口老龄问题上，联合国有个统一的说法：65 岁以上人口占总人口比例超过 7%，称为“老龄化社会”；如果比例再翻一番超过 14% 的话，就称为“老龄社会”。现实中，我们刚好处于让老年人由“负担”变为“财富”的“爬坡”路上。

政府与社会为老年人提供什么样的关爱与保障，是解决“老龄化社会”问题的前提。在老龄化非常明显的日本，同样要面对“空巢老人”的问题，而东京水道局想出了一个好主意，就是每天向儿女手机发送独居老人的用水信息，也就是他们的自来水公司通过技术手段监控了老人的每日用水数据，晚辈通过用水情况就能第一时间了解独居老人是否健康安全，从而减轻了年轻人不少后顾之忧。

我国的老年人真的很不容易，别的不说，如今大量中国老人背井离乡，到国外照顾第三代，苦乐兼得；至于在国内照顾“留守儿童”的，更是数不胜数。古希腊哲人曾说：“没有比老年人更热爱人生的了。”今天，我们最应该避免的就是“老年人心灵上的皱纹比脸上的皱纹更多”，从而让老人们能够“越老越快活”。

岁岁重阳，今又重阳

岁岁重阳，今又重阳。

2013年10月13日星期日，农历九月初九，重阳节。“九九重阳”，是中国传统的敬老节；2012年底经过修订、2013年7月1日起施行的《老年人权益保障法》，在第十二条中已明确规定“每年农历九月初九为老年节”。

在上海浦东的新场镇，有一位名叫陆德福的乡土摄影师，热心为老年人拍照片。他当年因为在新场镇广播站做宣传工作，迷上了摄影。在镇上，陆德福义务拍摄老人还真是拍出了些名气，他先后为250多位高龄老人留下了生活照片。2012年，也是重阳节后，一个朋友到访，朋友问他：“老陆，你把镜头对准老人，有没有想过帮他们拍全家福？”这个主意很好！陆德福于是计划半年拍30户全家福，没想到拍摄计划推进困难，他告诉《都市快报》记者：大半年来只拍成了12户。主要原因其实也简单，就是人聚不齐，拍不了。如今要把一家子人给聚齐了原来这么难！家庭的向心力，难道真的抵不过时代飞转的“离心力”了？

陆德福说得好：“一张全家福，就是一个家庭的浓缩史。”可是，要把分散在外的大家庭成员，在一个瞬间“浓缩”在一起，拍一张合影，事实证明就是相当不容易。

《老年人权益保障法》修订时，很有意思地把“常回家看看”写入了法律，不经常看望或问候老人变成了违法行为——其中第十八条的规定是这样的：“家庭成员应当关心老年人的精神需求，不得忽视、冷落老年人。与老年人分开居住的家庭成员，应当经常看望或者问候老年人。用人单位应当按照国家有关规定保障赡养人探亲休假的权利。”

忽视、冷落老年人，主客观因素皆有。此间，网友在呼吁：让重阳节也放一天假，给大家多一个探望父母的机会！“清明放了一天，端午放了一天，中秋放了一天，那么重阳呢？放假吧！让大家都知道这天放假是为了回家看看老人、陪陪老人，全家一起聚聚！”

相聚难，可是岁月不待人。全家福的最终结局，就是老人永远的缺席。人类的健康，毕竟是与年龄成反比的。2013 年 10 月 13 日，中国迎来第一个法定的“老年节”，这天，恰逢世界卫生组织确定的每年 10 月 13 日的“世界保健日”。老年人的保健，还真是人类世界的一个大问题。

保障老年人的权益，保障老年人的健康，让老年人安心养老，既是家庭的大事，也是政府的大事。10 月 1 日是联合国国际老年人日，联合国 2013 年首次发布一项“全球老年观察指数”，对 91 个国家和地区的老年人生活质量进行了调查，并进行排名(2013 年 10 月 13 日《南方都市报》报道)。他们考虑了老年人收入、就业情况、医疗服务、受教育情况和生活环境等 13 种指标，列出了“全球老年人口生活指数排行榜”，其中最适合养老的前 10 个国家：1.瑞典 2.挪威 3.德国 4.荷兰 5.加拿大 6.瑞士 7.新西兰 8.美国 9.冰岛 10.日本。中国则排在第 35 位——是的，中国还有很大的提升空间。

该调查报告还指出：在 2050 年以前，全球 60 岁以上人口将从 8 亿 900 万人增加至 20 亿以上，也就是全球人口的逾 1/5，该如何应对人口老龄化的挑战，成为许多国家的核心议题，但很多国家根本还没想好该怎么做，还没有为老年群体提供足够支持。

人生易老天难老。生于 1947 年的陆德福，比共和国还大了两岁，其实他自己也步入了老年行列。他的这个“全家福”拍摄计划，维系亲情、凝聚亲情，可谓功德无量。期待在他的“撬动”之下,我们大家都能重视“常回家看看”,都能重视拍张“全家福”。

福者,幸福也。都说幸福人生需要三种态度:对过去,要淡;对现在,要惜;对未来,要信。老年人的今天,就是年轻人的明天,“对未来要信”——信哉斯言!

“横眉冷对”不易，“俯首甘为”更难

这是冬天里的新闻。或热，或冷。

一段“女子北京看病怒斥黄牛”的视频，在网上广泛传播。大冬天的，这个从外地赶来的女子，带老母亲到北京看病，因无法挂到专家号，在医院大厅怒斥黄牛号贩子将300元的号炒到4500元，称医院与黄牛里应外合。时长2分55秒的视频显示，一身着白色羽绒服、操着东北口音的女子，大声怒斥：

“一个300元的号，问我要4500元，我的天，老百姓看病挂个号要这么多钱，这么费劲。我们凭本事大早上在那等一天，挂不上号。你票贩子，哪怕说你站在这挣本事钱，站着受冷也行，你们票贩子占个东西，最后快要签到了来了10多个人往这一站，你们是啥呀？你们咋这么猖獗呢？就搁个小板凳，连动都不带动的。……昨天所有的票贩子安排我们排队，把他们的人全排在前面，我们后边真正的老百姓不敢吱声，保安去哪儿了？……如果今天我回家死道上了，那这社会真没希望了。这是北京，首都啊！”

女子骂得热气腾腾，这视频仿佛就是一颗震撼弹，通过网络新媒体广泛传播，其社会效应大大超过一篇寻常报道。

北京卫计委已介入调查；事发地广安门中医院回应称，当时该女子拨打110报警,医院于是安排她到其他专家处就医(另有报道则说是女子给母亲挂了一个普通号)。院方认为,没有证据表明内部有参与倒号的行为,而对于不法人员的倒号,“我们同患者一样,对此深恶痛绝”。这事儿表面上是号贩子问题,其实背后折射出一系列的问题:医疗资源稀缺、求医缺乏正常的渠道、相关监管不到位……“当天的专家共有10个号,一下被抢光”,“看病难”对许多普通老百姓来讲简直就是难上了天。

在大部分人忍气吞声选择沉默的时候,这位女子“在沉默中爆发”,她横眉冷对,她竹筒倒豆,她直抒胸臆,她怒斥不公。这才是可贵的。沉默的大多数,沉默的绝大多数,我们已经见惯了,在这样的大背景下,这个女子的当众怒斥、“横眉冷对”,尤其显得珍贵。社会的一点进步,有时就是靠这样“怒斥”出来的。

看完病后,这位女子带着母亲回了老家。《北京青年报》报道说,随后她就接到了一些陌生电话和短信的威胁,是号贩子打给她的,但她自己也不知道号码是怎么泄露出去的,她再不敢带母亲去北京复查。

“横眉冷对”不易,“俯首甘为”更难。这是一个新时代的“农夫和蛇”的故事:41岁的台湾导演林伯勋,在大陆珠海地区开设电影工作室,他拥有20年媒体资历,师承《鲁冰花》摄影师林振声,以及奥斯卡3D评审团大奖得主、导演曲全立。寒流南下,一天他在珠海看见路旁一个流浪汉,在寒冬里穿着短袖,于心不忍,就脱下自己身上的外套,披盖在对方身上。哪想到,此举惹恼了流浪汉,对方疑似觉得遭到打扰,持利器痛殴林伯勋的头面部,并抢走他的东西。一开始,血迹斑斑的林伯勋还有意识,能自行走到医院求助,或许是受了颅脑内伤,几天后出现神志不清,之后陷入中度昏迷。他躺在医院里,身上插满管子,一天的医药费高达18000元人民币,家属已陷入经济困境,不知怎么办。

都说尊重别人就是给自己最大的安全,可是,在这个新闻事件里,“俯首甘为孺子牛”的这位台湾导演,尊重别人,却给自己带来了最大的不安全,被对方暴打!这比老人倒地扶他一把却遭讹诈的事件恶劣太多了。那个打人的流浪汉,该不是精神不正常吧?否则,这人心、这世道,不知道扭曲到哪里去了!这该不是天地反常、世道反常、人心反常吧？天地反常、极端天气、极寒到来，都可以理解，如果世道人心反常成那样，那么，还有什么农夫甘愿俯首成牛呢?!

1月24日，2016春运第一天，在相当寒冷的天气里，上海66岁的退休老人张富宏，身披红绶带，出现在火车站。3年前老人退休后，就想着要发挥"余热"，每周一三五，骑车来到火车站，为不熟悉道路的旅客义务指路。他总是随身带着一大沓小纸条，"路标"就写在上面。一直坚持，可不容易。报道说，他已累积为40000多人次指路。不管这个数字准不准确，老人为旅客指路的时候，就是"俯首甘为孺子牛"的形象。他是志愿者，他是指路人。

是的，直指人心。

贰

对上以敬，对下以慈

陪伴是关键一招

好创意！年轻人也可以住进养老院！租金还特别便宜！

这里是杭州滨江区投资兴建的“阳光家园”，是杭州规模最大的“公建民营”养老院，集“医疗、康复、护理、养老”为一体，有2000多张床位，目前住着600多位老人。

如今，养老院还入住了14位年轻人，他们大多来自安徽、湖南等地，有的搞IT，有的做企业行政工作，有的自己开书画工作室。30平方米的“酒店标间”，带独立卫生间，月租只要300元——普通旅店住一宿的价格。不过，这样“照顾”外来年轻人入住，是有先决条件的，那就是入住的年轻人对老人要有爱心，要进行助老志愿服务，每月总时间不少于20小时——以半天4小时计算，也就是要服务5个半天。

这是滨江推出的“陪伴是最长情告白”项目，入住养老院的年轻人，可以发挥自己的长处为老人服务，可以教老人写字画画，可以协助老人看书读报，可以教老人使用时髦的手机客户端，可以过节时为老人办文艺晚会，也可以陪老人散散步聊聊天……总而言之，就是陪伴老人，主要在精神文化层面服务老人。

为老年人服务，陪伴就是关键的一招。都说孩子的成长需要家长的陪伴，其实，年纪大了、进了养老院的老人，同样需要年轻人的陪伴。一位作家曾写到自己很后悔的一件事情，就是在那么长的岁月里，没有想到可以把母亲当成一个女朋友看待；如今专门在家陪伴母亲，但高龄的母亲已经患上阿尔茨海默病了。进入养老院的老人，应该得到长期的照护，长期照护在台湾被称为“长照”，老人长照不再只是个人和家庭的问题，也成为公共事务管理的重要议题；而“陪伴”，正是“长照”的题中之义。

滨江“阳光家园”养老院想到“陪伴”这一招，确是多方多赢：老年人通过陪伴服务，得到照顾和精神抚慰；年轻人通过陪伴老人，奉献了爱心，也节约了租房开支；养老院通过招募陪伴者入住，让资源效益最大化。所以说，有创意的一招是多么重要！著有《最好的告别》的美国医生阿图·葛文德，讲到美国一个有创意的社区医生，突发奇想改造传统养老机构，也是“关键一招”：允许养老院喂养宠物，让许多可爱的宠物来陪伴老人，这个决定立马让养老院生机盎然。

老人失去陪伴，不是“百年孤独”，那也是“暮年孤独”。那样，老人往往就不知不觉地变成“无足轻重”的人。英国作家、诺贝尔文学奖获得者奈保尔，在他的长篇小说《大河湾》的开头这样写道：“世界如其所是。那些无足轻重的人，那些听任自己变得无足轻重的人，在这个世界上没有位置。”该书所揭示的背景是“在一个充满仇恨、贫穷和不安的地方，人对人是狼，没有人是安全的，没有人值得羡慕”。显然，在一个敬老爱幼的国度，人对人是温暖的，人与人是互助的，老年人不是无足轻重的，而获得照顾是必须的。

无论是居家养老、社区养老、互助式养老还是进入养老院养老，提高养老质量，尤其是提高养老院的服务质量，这很重要，也是必然的趋势；“老有所养”是基础，“老有好养”是追求。让年轻人入住养老院并且志愿陪伴老年人这一招，今后可以和专门的社会助老公益组织合作，并且不断摸索总结经验，以期得到更好的提升、完善、推广。

医养结合的综合嵌入

老有所养，握指成拳。2019 年的政府工作报告，用 100 多个字阐述了“养老服务”，内涵丰富：“我国 60 岁以上人口已达 2.5 亿。要大力发展养老特别是社区养老服务业，对在社区提供日间照料、康复护理、助餐助行等服务的机构给予税费减免、资金支持、水电气热价格优惠等扶持，新建居住区应配套建设社区养老服务设施，改革完善医养结合政策，扩大长期护理保险制度试点，让老年人拥有幸福的晚年，后来人就有可期的未来。”

这里的关键词之一是“社区养老”，符合国际上“就地养老”的原则。“社区养老”处于“居家养老”和“机构养老”中间，是一个恰当的选择。

随着人口寿命的增长，老龄化是大趋势。我国老龄化速度快、规模大，同时还伴随着高龄化、少子化、空巢化、家庭结构小型化、家庭保障功能快速弱化等现象。截至 2018 年底，全国 60 岁以上人口占比 17.9%，首次超过了 0—15 岁的人口。在杭州，60 岁及以上老年人比例早已超过 1/5。然而，养老尤其是优质养老不足，这在我国是一个普遍存在的现实；养老业所面临的一个巨大问题，就是供需矛盾的问题。所以，要大力发展社区养老服务业，为老人晚年幸福生活提供保障。

社区养老服务质量如何提高？很重要的一个环节，就是“医养结合”。随着年龄的增大，疾病增多是个必然趋势；解决“老有所医”是“老有所依”“老有所养”的前提与核心。“医养结合”，使老年人一旦有病就能及时得到医治照料，这很重要。《2018 年杭州市国民经济和社会发展统计公报》表明，杭州共有 50 家示范型“医养结合”居家养老服务照料中心，显然这还是“供不应求”。

我们最需要健康化的老龄化，健康化的老龄化其实一点都不可怕。所以，提高老年人的健康水平至关重要。一个现实的做法，就是鼓励医养综合嵌入，建设“嵌入式医养综合体”，逐步改变原来以“养”为主、“医”被忽视的状况。其中，社区卫生服务站亦可配套进入。

在“医养结合”、医护嵌入的基础上，文化的嵌入是提高养老服务质量的关键内容。在美国医生阿图·葛文德的名著《最好的告别》中，专门有一节说的是“战胜老年生活的无聊与无助”，那已是超越“老年护理由医学主导”层面的形态，由文化来嵌入。有关人士创建老年之家“绿房子”，让人感觉到这是一个家而不是一个机构；阅读、上网、听音乐等许多文化活动成为老年生活的重要内容。书中写到的一个细节让我难以忘怀，那就是一位老人上网看视频，他说他很多年没去过中国了，想去一趟成都，于是打开了电脑，敲入“成都”二字，马上就“参观”了整座城市，“迫不及待地在整个城市跳来跳去……一天过得很快，快得令人难以置信”。

杭州良渚文化村内的随园嘉树，构建“社区邻里型养老”，是杭州养老项目的一张新名片。这老人入住这里，不脱离社区社会，和子女保持有距离的亲密。更重要的是，这里的文化嵌入很多很丰富，成为一大特色，我本人就曾多次前去为老人开设文化公益讲座。

教育要事业化，养老则可以产业化。在政策支持力度日益加大的情况下，养老企业应更加注重医护和文化的嵌入，在公益性与经济效益之间寻找平衡点，为中国式优质养老探寻新的打开方式。

对上以敬,对下以慈

"对上以敬,对下以慈,对人以和,对事以真。"这是台湾南投著名的中台禅寺里更著名的"中台四箴"。这话大约是对中青年所言的,这"对上"的"上"即老年人,"对下"的"下"即孩子们。人生的中青年时代,力拔山兮气盖世,对于老年人的养老、对于小孩子的教育,其制度安排大都是中青年人做出的;正因如此,中青年人"对上以敬,对下以慈"就非常重要。

民生大事,挂在两头——一老一少,两头的事情解决好了,也就成功大半了。十八届三中全会在延迟退休年龄、放开二孩上做出部署,可谓制度的"顶层设计"。如果说"对事以真"很重要,那么,对待老龄事业、老年事宜,更是离不开一个"真"字。

法国中央银行前行长诺瓦耶曾说:"我们(退休年龄)的延迟,真实目的是增加劳动力供应、提高劳动参与率,但公众误认为我们是为了减少养老金的支出。"错误的"老龄观"、错看"老龄化",是导致老龄领域一切问题的根源。

在我看来,首先就应看清"老龄化"的真问题。我最反对将老龄化弄成恐惧化,甚至妖魔化。一说"老龄化",就是"严重",就是"危险",老是没有一个正确的"老龄观"。改变陈旧的"老龄观",是个大前提。

从最简单的常识层面看：只要是正常寿命，那么有一个人，就有一个老年人；人类有多少正常寿命的人，就有多少老年人；人口出生越多，老年人就越多——你现在多生孩子，就是为将来多增加老年人口。所以，老年人口的多寡问题，本质上就是"人口多寡"的问题，而不是其他。

由于生活水平、医疗水平、健康水平的提高，人们大大延长了寿命，出现了所谓的"老龄化"问题。日本被称为"全球老龄化趋势最快、老龄化最严重的国家"，总人口1.27亿，其中65岁以上老人超过3000万，而14岁及以下的人口只有大约1647万。这看起来是个"坏数字"，可是，换个角度看：14岁及以下的人口少了，也意味着50多年之后日本的老年人口也会少了；而65岁以上的老人超过3000万，意味着健康寿命的延长，也就是意味着中年的年龄段在向后推延——"老年人"已经大可不必从60岁算起。

作为人口世界第一的中国，老年人口当然会是世界第一。但如果老年人不是从60岁算起，而是从61岁、62岁、63岁……算起，老龄人口就大大减少了。所谓"延龄退休"，也是基于这样的"中年后延"的现实。目前我国统计的口径仍是"60岁"起算，如果换成"65岁"起算呢？

我用"对事以真"的态度，认真地一说"老龄观"，因为这是大前提问题。其他的养老金问题、养老院问题、退休年龄的安排问题等，其实都是技术层面的事。

当然，技术层面做得好与做得差也大不一样。日本的养老事业，总体上很不错，比如养老院社区化，规模小、数量多、地段好，许多养老院就在城市中心，交通购物就医都很便利，甚至把养老机构和幼儿园结合在一起办成"老幼复合"模式……这跟我此前提出的"我们的幼儿园怎么建，我们的养老院就怎么建"的构想很一致。

承欢膝下的古老诗意

辛酸。上海一位年届六旬的大妈，在家去世两年三个月之后，才被维修房子的工人师傅发现。胡大妈平日独居家中，大约在 2007 年 2 月 22 日去世。由于时间太久，遗骨已成胶质，与家中地板黏合在一起……

邻居大妈吓得不轻，好几天晚上都没睡好觉。回忆起对门的胡大妈，她自称自己应该是最后一个看到她的人，“时间大约是 2007 年春节的年初五，我看到她还和她打了招呼。她似乎心脏不好，脸色一直很灰。那天她和我说，胸口有点疼，我还跟她说‘那你去休息，我下碗馄饨给你’。晚上我端着馄饨去敲门时，门就已经敲不开了，之后大家也就断了来往。”（2007 年 5 月 20 日《都市快报》）

子欲孝，亲已逝——人间上演了多少这样的悲剧。一个人就这样死在家里，多么孤独。从邻居的叙述看，胡大妈的突然去世应该与心脏病有关。她与离婚的前夫有个儿子，感情大约有些淡漠，儿子曾多次致电“空巢”，一直没人接，也没有进一步寻找；而胡大妈的兄弟姐妹，从新闻里才获知她的死讯。

“梁上有双燕，翩翩雄与雌。衔泥两椽间，一巢生四儿……一旦羽翼成，引上庭树枝。举翅不回顾，随风四散飞。雌雄空中鸣，声尽呼不归。却入空巢里，啁啾终夜悲……”这是白居易“燕诗”中的名句。1980年，冰心老人创作了一篇感人至深的短篇小说《空巢》，曾获全国优秀短篇小说奖，标题由此而来，“空巢”从此也成了现代人类社会的一个特殊名词。

古代中国很讲孝道。承欢膝下，侍奉父母；“妻贤夫祸少，子孝父心宽”；“一等人忠臣孝子，两件事读书耕田”……都有孝意之表达。但如今，“承欢膝下”大抵已变成了一种存在于书籍文献中的古老诗意。

现代社会中，中年人各种负担重，工作压力大，整天忙忙碌碌，这在很大程度上构成了对孝敬父母长辈的忽视。但忙碌不是理由，根源在于亲情缺失。台湾作家李敖是很忙的，又是写书又是录制电视节目；他的母亲性情乖戾，脾气极差，仿佛全世界都欠她的，李敖说她就像“慈禧太后”，要是有权力，慈禧太后所有的性格和狠毒她都会有。但李敖与母亲的亲情在，老太太88岁那年，李敖将她送进台北一家最好的养老院。老太太不愿意吃大锅饭，可是条件再好的养老院也不可能给个人开小灶。李敖就在母亲床前写一条幅：“不愿与人吃大锅饭的是西太后，但西太后活不到88岁。”几无笑脸的母亲看后也不禁笑了。李敖历来主张对先辈“厚养薄葬”，而我们有许多人很奇怪，宁可厚葬，不愿厚养，颠倒了。

“厚养”当然是对家庭、对晚辈而言的，但社会要承担“有养”的功能，也就是说，“老有所养”不仅仅是个人的事。实际是，我国的养老设施存在不足，每个人看看自己前后左右家庭的老人有几个能进养老院的，就知道个大概。老龄化社会，养老成了普遍存在并且越来越严峻的问题。加快老年人服务体系建设，完善老年人社会保障制度，保障老年人各项权利利益，已变得非常迫切。

《国家人权行动计划（2009—2010年）》特别关注到老年人的权利。其中规定：“构建以居家养老为基础、社区照料为依托、机构养老为补充的老年人服务体系。采取公建民营、民办公助和政府购买服务等方式，支持和鼓励社会力量参与老年人服务事业。以社区为平台，通过多种方式，为老年人提供生活照料、精神慰藉和卫生服务。”还有具体的目标：农村五保供养服务机构新增供养床位 220 万张；新增城镇孤老集中供养床位 80 万张；在大中城市建设一批“老年护理院”。

总想四世同堂、时时承欢膝下，这在现代社会确实已难做到，但“空巢家庭”并不一定是无子无女的孤寡老人的家庭，其中许多是有子女的，只是分居各处，这就需要社会充当“联络人”。集中供养的 80 万张床位是杯水车薪，那么独居老人的“居家养老、社区照料”就很重要，社区应该个个都关心到，有登记、有联络，不要固守“多少岁以上”的刻板规定，年龄小一点也应照顾，要时不时都有人联系、有人照看。“生老病死”中的后面三个字，最离不开社会性的关心，这三方面做好了，社会和谐就做到了一大半。

一个人，活要活得有尊严，死也要死得有尊严。愿上海胡大妈从今能安息！

如今我们如何孝敬母亲

到了母亲节,微信被刷屏。这是预料中的事。其实世界各地母亲节的时间差别挺大,我们认了这一天,那么在这一天想一想或者特别想一想母亲,本身没啥不好。然而,网友笑曰:“今天微信孝子多,可惜你妈不上网。”这是说,平常把母亲丢得远远的,只是在母亲节这天形式主义一下,而这形式主义连母亲她老人家也见不着,正所谓:“母爱都在微信上,你妈有看到吗?”

在本质上,我们相信人心人性,爱父母和爱子女是人的天性。但是,对下辈的爱通常是时刻体现的,而对上辈的爱经常是会忘记表现表达的。这就是问题的关键。所以,最要紧的是随时孝敬上辈,不仅是物质上的,而且是精神上的。这就是及时行孝!

很多年前,香港一家文化机构举办了一项票选“最受欢迎唐诗”活动,得第一名的是孟郊的《游子吟》。孟郊的老家浙江德清县后来举办了“游子文化节”。“游子文化节”这名称挺好,这是侧重游子对母亲的爱、对家乡故里的爱;而《游子吟》本身,则是侧重“母爱”的,即母亲对孩子的爱,6 句诗中占了 4 句:“慈母手中线,游子身上衣。临行密密缝,意恐迟迟归。”而报恩只有两句:“谁言寸草心,报得三春晖。”今天,我们不能仅仅是记着“母爱”，还应该有更多、更及时的“爱母”。尽管我们都知道，母亲是最无私的，最不求回报的。

对社会对他人，应该是“及时行善”；对上辈对父母，应该是“及时行孝”。父母的岁数一天天一年年往上涨，老去是很快的，甚至告别人世间也是很快的。当你想给老妈一点好吃的，发现她牙掉了咬不动了；当你想陪老爸去旅游，发现他腿硬了走不远了……作家张洁有感人至深的名作《世界上最疼我的那个人去了》，后来还改编成了电影作品，主题就是我们要重视关爱健在的父母，让父母不要带着遗憾离开这个世界，同时也不要在父母离去之后再留有遗憾。否则，世界上最疼爱你的那个人走了，你连承欢膝下的机会都没有了。

“老母在，不远游。老母不在了，走得再远，母亲也在身边。”这是诗人黄亚洲在母亲节写下的感人句子，“不远游”和“在身边”，就是“两全”的表达。黄亚洲的学生、我的朋友沈宇清，则回忆了早年的情景：“我知道我妈妈是最勤俭节约的妈妈，我下班故意步行，这里看看，那里逛逛，为了多捡几个空可乐瓶，带回家给妈妈，三个卖一角钱，逗妈妈开心。”沈宇清的女儿张涵跨过大洋到澳洲留学，她写诗讴歌妈妈，细节独特而感人，结尾一句“她心跳的频率，与我心跳的频率，属于同一片海洋”，是让人过目难忘的金句。今日我们如何孝敬母亲？诗或诗一样的表达，不一定每个人都做得到，但及时把爱说出来，大家一定行。

然而，不够孝、不太孝、不孝乃至虐待父母的新闻时有所见。母亲节这天，看到一个惊悚的消息：大连 15 岁男生遭同班同学割喉身亡，行凶男生的母亲闻讯猝死。犯罪之外，这是大不孝！少年不知孝敬为何物，此乃人间的悲哀还是教育的悲哀、家庭的悲哀？我们说“爱自己母亲是人，爱他人母亲是神”，在这里，爱自己、爱亲人是一个大前提。

薰莸异器——香草和臭草不能存放在同一个器物里；让每个人成为“在心中时刻存爱心、对父母时刻有孝敬”的香草，这多么重要！臭草不存在，人间多美好！

及时行孝

“世界上最遥远的距离莫过于我们坐在一起，你却在玩手机……”这句网言网语，如今变成了现实，而且是“晚辈玩手机，后果很严重”！

青岛市民张先生与弟弟妹妹相约去爷爷家吃晚饭，饭桌上，年近80岁的老人多次想和孙子孙女说说话，但面前的孩子们个个抱着手机玩；老人提问题，没人来搭理，受到冷落后，他一怒之下摔了盘子离席而去！

报道说：老人屡次想和孙子孙女们交流，但孩子们并不在意，只顾着低头玩手机，老人开始不高兴了。“看我们都不和他说话，老人说了一句‘你们就和手机过吧’，说完之后摔了眼前的一个盘子，生气地回了房间。”一位孙子说得实打实，“我爷爷属于比较暴躁的性格，见我们只玩手机不和他说话，问了一些问题我们又没搭理他，一时上火摔了盘子。后来我们赶紧收起手机，轮流进屋劝说，这才平息了爷爷的怒气。”

显然，这位八秩老人脾气是有点大的。但他这一摔，也摔出了人心人性的现实。你说，当今老的与小的之间，究竟是谁“孝敬”谁？

而且，小的们由于“手机在握”——这一部“全媒体”“融媒体”时代的智能手机，能把一些距离拉近，也能把一些距离拉远，这与长辈的距离显然是拉得越来越大了，俨然已将“孝敬孝顺”变成了“孝不敬”“孝不顺”。

本来，中华民族的“孝文化”是很深厚的，剔除“二十四孝”的陈腐，可“拿来”的精华依然很多。在我们传统的社会文化心理中，能够“忠孝两全”那是最好的。当代一个个“背着母亲上大学”的故事，就有这样的特点。一个“轮椅上的长征”的报道让人感动：

26 岁北京小伙樊蒙，为了圆残疾妈妈的旅游梦，从 2012 年 7 月 11 日开始，推着轮椅上的母亲，徒步从北京走到了云南。10 月 12 日下午 4 点，樊蒙母子终于踏上了西双版纳的土地。经过 3 个多月的步行，樊蒙体重掉了 40 斤。从北京到西双版纳，他手机导航所显示的距离为 3359.8 公里。

樊蒙的手机——主要是导航用的。设想一下：把那位八秩老人换成樊蒙的妈妈，你说，樊蒙会那么自顾自玩手机，压根就不搭理妈妈吗？

哲学家大卫·休谟说：“人类的幸福是由三种成分组成的，这就是：有所作为，得到快乐，休息懒散。虽然这些成分的安排组合应当看各人的具体情况有不同的比例，可是决不能完全少了其中一种，否则，在一定程度上，这整个的幸福的趣味就会给毁掉。”人生进入老年季，“有所作为”已经作为过了，“休息懒散”也有了更多的时间与可能；而“得到快乐”——与晚辈难得相聚在一起，吃吃饭聊聊天，大约就属于最大的快乐了；可是，晚辈们却与老人很“隔”，低头只玩手机，抬头不思老娘。

这玩手机成了自然而然的第一选择，是最及时的“及时行乐”了。人为什么不到一定的岁数、不到一定的份上，就不懂得“及时行孝”的道理呢？

追远厚德，厚德追远。如果没有“及时行孝”的厚德，那“追远”就会成为一句空话。人的一辈子其实都应该一直行孝——即使自己老了，对逝去的先人也要行一种心中的孝。

叁

最后的抚慰与最好的告别

逝去与获得

“当你老了，白发苍苍，睡意朦胧，在炉前打盹……”1923年获得诺贝尔文学奖的叶芝，名诗代表作《当你老了》深情缱绻。然而，老夫老妻一方老了那意味着另一方也老了，往往两人都是“睡意朦胧炉前打盹”，谁照顾谁呢？

《当你老了，让我们一起呵护——破解老龄化挑战的中国探索》，这是新华社在2019年重阳节到来之际刊播的一个长篇报道，直指“每天两万多人进入老年，60岁以上老人近2.5亿”，直言“在中国，老年人每年跌倒2500万次，60%的老年人意外跌倒发生在家中”，设问：“中国式”养老将走出一条怎样的新路？

生是偶然的，老是悄然的，死是必然的。2019年我国有近2.5亿老人，这个数字意味着什么？它相当于日本总人口的2倍，英国人口的3.76倍，澳大利亚人口的10倍。这意味着养老是一个极为重大的社会问题。而我国是空巢老人多、困难老人多、老年抚养比高，养老供给普遍不足，有的社区养老质量不佳。新华社报道中说到一个细节：北京一些“社区养老驿站”，晚上基本是无人值守；有的就餐、按摩、棋牌都挤在一间小屋；有的暴露出“服务下线”却收费偏高的问题……所以，一些老人就不愿意去了。

国际上，过去通常把一个国家或地区60岁以上老年占人口总数的10%视为进入老龄化社会，现在一般将65岁以上老年占人口总数的7%列为老龄化社会的标准。随着人均寿命的增长、健康年岁的增加，以65岁为界区别老年与非老年，已显得越来越适合。那些刚退休、步入老年门槛没几年的，大多是“活力老人”，开启的是人生“第二春”。“所谓老年爱情，接个吻，都惊动了假牙”，还有爱情和接吻的“活力老人”是幸福的；英国著名诗人狄兰·托马斯曾经激情地说“不要温和地走进那个良夜，老年应当在日暮时燃烧咆哮；怒斥，怒斥光明的消逝”，能够“燃烧咆哮”的“活力老人”也是幸福的。

而养老的真正困难时段，在进入高龄之后，尤其是失能失智之后，以及临终关怀阶段。所以，养老事业要抓重点。我国有四五千万失能失智老人，这是“难中之难”，亦是“重中之重”，而不是活蹦乱跳、天天“广场舞”的“活力老人”群体。在失智老人中，还不包括那些“准失智”者。若能将庞大的失能失智群体照顾好，那么养老事业也就成功了一半。

个中最重要的，无疑是“医养结合”政策体系尽快建立健全，使失能失智老年人的康复治疗、护理、安宁疗护等一系列服务需求得到应有的保障。按国际标准，失能老人与护理员的配置为3：1，那么我国至少需要1300万名护理员，但事实上经鉴定合格的养老护理员数量与所需之数相去甚远。缺少了养老护理员，那么“医老、护老、养老、终老”的相互衔接就缺少了纽带，政策完善后，“人”的问题就成为当务之急，需要全社会、全方位重视起来。

当你老了，渐渐逝去的，是岁月和健康；而应该获得的，是应有的照顾与呵护——这是自己的责任、家庭的责任、政府的责任、社会的责任，不可推脱、不能推脱的责任。当一切都尽到责任之后，那么最后就应坦然地面对“告别”，一如德语作家黑塞所说的：年老和年轻，同样都是一项美好而又神圣的任务；学着去告别和最终的告别，都是有价值的天职。

养老送终:拓宽生命宽度

在2021年全国两会上,政协委员欧宗荣提出,要强化老有所“养”、老有所“助”、老有所“医”、老有所“依”、老有所“学”、老有所“乐”;持续深化“医养结合”“康养结合”的养老新模式,不断完善高龄、失能等老年人补贴制度;加大养老服务领域人才的培养力度,鼓励职业院校加强相关学科建设,突破专业人才严重不足的瓶颈……

这是很好很实在的建议,想得周全。在所列的六个“老有所”之中,“养”和“助”是基础,每个社区都要有养老服务中心,需要加大财政支持力度;社区养老体系要完善,应该积极探索“物业服务+养老服务”的模式;“学”和“乐”主要是针对年纪不是特别大的老人,尤其是刚退休的老人,身体普遍健康,“学起来”“乐起来”没问题,还应该“健起来”——自我支配的时间多了之后,更应鼓励投身体育运动,公共体育设施应更多地向老年人免费开放。

关键的难点,在于“医”和“依”,前者关乎老人医疗保障,后者关乎养老医护人才。

“医养结合”“康养结合”是必须的,应该努力提供更好的医疗卫生服务保障。老年人最担心的就是一场大病花光一生的积蓄甚至还不够，所以欧宗荣委员提出“不断完善高龄、失能等老年人补贴制度”，这是必须的。尤其到了最后阶段，就是要告别生命，如何做好“养老送终”“好好告别”，就显得特别重要。

“死”属于生命，就像“生”属于生命一样。谈“养老”，就不应忌讳“送终”——告别人生。到了带病临终的阶段，生命的长度并不重要，重要的是生命的宽度。“好好告别”，就是要拓宽生命的宽度。然而，“好好告别”并不易，当死亡随时可能到来，如何做到安静、舒适、有尊严地告别？这是个体、家庭、公众和政府职能部门都应认真思考并努力践行的事情。

英国著名的专业姑息治疗医师凯瑟琳·曼尼克斯，在40多年“安宁疗护”的职业生涯中，一直与患有不治之症和处于重症晚期的人打交道，陪伴了数千名患者走完人生的最后一程。她以自己的亲身经历，写了一本感人的著作《好好告别》，中文版本已由阿图·葛文德经典名著《最好的告别》的译者、翻译家彭小华翻译后出版。和美国医生葛文德一样，凯瑟琳也可谓是医生思想家，她的“好好告别”的理念，就在于“姑息治疗”“安宁疗护”，把“临终关怀”从一个纯粹肉体上的医疗事件，变成一个情感型和精神性的历程。

20世纪60年代，在发达国家就开始兴起了“安宁疗护”，起始于反对癌症治疗“不惜一切代价”的理念。“安宁疗护”追求的是“安详安宁”，而非“安全安康”，工作重心是“疗护介护”，而非“疗效疗愈”。彭小华说，作为一种“缓和医疗”，“安宁疗护”的干预对象不只是单纯的躯体，而是全身心灵；干预手段不只有喂药、打针、做手术，还有故事和叙事、音乐和戏剧、生命的回顾、人生意义的重建等诸多精神层面的倾注，临床思维围绕着“拓宽生命的宽度”进行，拓展到生命关怀、个体尊严、生活品质等方面。也就是说，生命的宽度往往不是来自“治疗”，而是来自“疗护”。

“乘一叶扁舟，渡生命长河。”多年前，一张澳大利亚昆士兰海滩边老人在救护车担架上看海的照片感动无数人，那是将老人护送到医院关怀中心的途中，护工主动帮助老人实现最后的“看海”心愿，这就是经典的拓宽生命宽度的“好好告别”，后来还由此发展成了“遗愿救护车”的人性化项目。

这样的“安宁疗护”“好好告别”，正是我们的老人们所希望的，同样也是老人们所稀缺的。生，需要“助产士”；死，需要“助逝士”。高质量的安宁疗护，必须有一个良善的疗护团队，如今能够做这样老有所“依”工作的人才，确实比较稀缺。我们需要形成“好好告别”的社会共识，需要培养大量能够进行“安宁疗护”“护老送终”的人才。拓宽这样的公共路径，才能真正帮助老人们拓宽生命的宽度。

因死而生

好好生，好好死！

既然“善始”，务必“善终”！

“他说，他困在铁达尼号上很久了。”老人家躺过的病床，都是他的“泰坦尼克号”。他说他“无法下船”，你以为听到的是“无法下床”。他没有“生”的想望，但他想“回家”……“临终期不可避免的并发感染症，以及接下来即将摧枯拉朽的器官衰竭，已经宣示它们占领这个残破躯体的决心。此时，最好的方式，是不要在病人身上加诸更多的医疗武器。”

这是在《因死而生：一位安宁缓和照护医师的善终思索》（广西师范大学出版社 2021 年 3 月第 1 版）一书中读到的印象深刻的故事，以及作者明确的主张。《因死而生》的作者是我国台湾的谢宛婷医师，该书与英国著名的专业姑息治疗医师凯瑟琳·曼尼克斯所著的《好好告别》（彭小华译，河南科学技术出版社 2021 年 1 月第 1 版）异曲同工。后者我在《养老送终：拓宽生命宽度》一文中有过介绍，这里强烈推荐《因死而生》。

美丽的谢宛婷医师，是台湾“推广病人自主权利法计划”专家顾问、核心讲师，是奇美医学中心缓和医疗病房主任，曾荣获该中心“杰出教师与跨职类教学特殊贡献”终身奖。在台南的奇美集团很厉害，奇美博物馆极大，我去参观过两次，也只是看个七七八八。奇美医学中心也是台南地区最大、最好的医院，我没有去过，但它和我妻子工作过多年的我家乡丽水市的中心医院有缘分，较早就已结为“姐妹医院”。

谢宛婷是台湾成功大学医学系的高才生，毕业后成为身兼安宁缓和医疗、家庭医学与老年医学的专科医师，长年推动缓和医疗教育。后来她还在成功大学研究所读研深造。成功大学在台南，是台湾非常好的大学，通常的说法是“北有台大，南有成大”，校园也非常漂亮，百年大榕树的浓绿接天连地——我曾去探访好多次，因为我女儿徐鼎鼎作为陆生当年也是在成功大学念的硕士，不过她研究的是中国古典文学。成功大学医学院名誉教授赵可式女士说，谢宛婷医师“对文学、哲学、法学、社会学、心理学和行为经济学充满兴趣，目前正力行成为法律和生命科学之间的转译者”，“所以她是一位科学与人文具备、秀外慧中、德业兼修的才女”（详见该书推荐序《他们：永远都不让你，走投无路！》）。

台湾地区在2000年通过了《安宁缓和医疗条例》，签立意愿书后可合法地“不施行心肺复苏术”；2019年开始实施“病人自主权利法”，允许20岁以上的成年人预先决定迈入生命末期时的医疗处置。赵可式教授是相关规定的主要推动者，也是在台湾推行安宁疗护理念的第一人，而谢宛婷则是重要而成功的实践者。她以无比的勇气实践着安宁缓和医疗的真谛，坚毅地扛起与病人共同做生死决定的责任。作为缓和医疗的医师，她既专业又温柔，有着大海一般的爱与包容。她悉心记录下那些面对死亡的不忍、纠结、超脱与善终，那些最令人眩然欲泣的安宁疗护场景，从而成就了这部《因死而生》，让我们清晰地明白：死亡永远都不是最坏的，因为死亡无可避免，人更应活得精彩。

国人有云：“好死不如赖活。”西谚则言：“不自由毋宁死。”“善始”已不易，“善终”则更难。“赖活”谈不上难不难，但“好死”是一个现实的情境难题。“每个活着的人最终都是未来的尸体”，可有几个人能够在临终前潇洒地说一声“没什么事，我就先死了”？缓和医疗做得怎么样，直接关乎死亡质量。在几个全球“死亡质量指数”排名中，英国都排名第一，我国台湾地区排名靠前，为亚洲之冠，这里就有谢宛婷医生他们的重要贡献。作为一位安宁缓和照护医师的“善终思索”，《因死而生》是一部以真实动人的故事深刻探讨“善终”的生命之书。书中回答的问题，就是如何让走在生命最后一段路上的病人及其家属充满勇气，不惶恐、不痛苦，更从容、更坦然。

好好死，好好生！谢宛婷说，“表面上这是一本死之书，实际上却是一本生之书。”书分四章，每一章的标题都是有情有爱有哲理：第一章《在“放手”中紧紧地牵住手，在“不放手”中，静静地酝酿道别》，第二章《医疗可能穷途，但安宁照护不会有末路》，第三章《死亡当前，也要活出自己的样貌》，第四章《最隆重的爱，是为你铺好一条回家的路》。书中写道：“‘不要叫救护车，先打我们的电话。’这一向是缓和医疗照护团队会一再叮咛家属的话。”（见该书第 279 页）有这样的团队，方能最大程度提高“死亡质量”，他们的共情同理、倾听尊重，使得安宁照护永远不会有“末路”。

《因死而生》每篇的最后，作者都附送“最后一里路的安心锦囊”，这些来自实践感悟的锦囊妙计很实用，比如这个：“当病人罹患末期疾病，体力又逐步虚弱，此时，不必勉强他到医院就医，可以向有提供安宁居家照护的医疗机构提出申请，就能够让安宁居家团队到家里进行照护。”（详见该书第 87 页）

缓和医疗、姑息治疗、安宁疗护，就是对那些对治愈性治疗不反应的病人进行的治疗和护理，赢得最好的生活质量；它不只是一门医学，它是一种生存的方式，一种生活的形态，一种精神的抚慰，更是一种生命的艺术。《因死而生》写“选择”，写“决定”，我感同身受。当年我母亲上了 70 岁后，先后罹患三种癌症，两种原发，一种转移，既有鳞癌，又有腺癌。先是做胃镜查出食管癌——鳞癌，我们听从医生的建议，决定不做手术，而是采用放射疗法，放疗痛苦最小，也完全杀死了癌细胞，成功治愈。不久又罹患了肺癌——腺癌，很快转移生出脑癌，也没有进行手术，同样是采用放疗控制，不做过度治疗；最后送老母亲回到乡下老家，她在没有痛苦中，安详地告别了人世。天天躺在病床上的“生命长度”有多长意义不大，相比于又手术又化疗的痛苦，母亲生命的宽度确实宽了很多。这样的缓和医疗、安宁疗护，是医生和我们家属一起完成的；

没有专业的安宁疗护团队,护理这块主要由父亲和我们子女共同完成,子女的陪护,是“有距离的亲密”。

“你是重要的,因为你是你。即使活到最后一刻,你仍然是那么重要!我们会尽一切努力,帮助你安然逝去,但也会尽一切努力,让你活到最后一刻!”《因死而生》引用了安宁疗护创始人西西里·桑德斯女士的这段名言。桑德斯是英国人,1918 年出生,2005 年辞世。她于 1967 年在伦敦成立了第一家现代安宁院,由此开创了现代临终关怀体系,推进了缓和疗法的发展,使全世界开始关注并善待生命垂危者。为纪念桑德斯 100 周年诞辰,我国在 2018 年举办了“缓和医疗(安宁疗护)国际高峰论坛暨艺术行动”,主题是“缓和医疗,我最重要”,来源于桑德斯的理念。这次高峰论坛倡导“安宁疗护”进入医疗系统,支持“安宁疗护”的共同体建设,“生老病死是每个人都要经历的,希望每一个人都可以尽量有尊严地离开这个世界”。

好好生,好好死!读过《因死而生》这本书,我们“向死而生”的现实图景更加清晰了:当终究要面临生命终点之时,通过缓和医疗、安宁疗护,帮助病人及家属克服死亡恐惧,管理临终送终,提升生命尊严,提高善终质量——只怀想,不抱憾,风雨过后,终见彩虹!

如何扛住“生不如死”

生者与死者，中间隔着一层薄薄的什么呢？

这是一个让人无比唏嘘的案件：在北京通州，身体羸弱、年届74岁的胡老汉，因杀妻而出庭受审。（2008年1月23日《新京报》）

妻子患有高血压、糖尿病，因脑出血又半身不遂，加上肾衰竭导致大小便失禁……为了照顾卧病在床的老伴，胡老汉“三年了，没睡过一个好觉，非常疲惫”；终于在一天夜里他情绪失控，拿菜刀杀死了老伴，“帮她解脱”。那血腥的“杀妻”，使我立刻想起李昂的小说《杀夫》，尽管都很极端，但个体性与社会性的本质区别是多么的不同。胡老汉杀老伴事件，让我感到分外辛酸的是，老夫妻俩从小青梅竹马，恩爱了数十载，感情一直很好；不仅邻居、居委会证实，而且检察院也这样认定。若不是万般无奈，怎会下这样的手？

对于个人来说，在生老病死面前，是不能狭义理解“从来就没有什么救世主”的。生，需要外力的帮助；老，需要外力的帮助；病，需要外力的帮助；死，需要外力的帮助。这外力就是社会之力。俗话说“久病床前无孝子”，胡老汉三年时光照顾瘫痪卧床的老伴，这多么不容易，但只靠“自我帮助”是有严重缺陷的。

人类能结成社会，那么，“社会”的价值是什么？最重要的，不就是和谐相处、同舟共济、一起战胜困难吗？

一个人的临终，正是最艰难的时候。著名作家夏衍临终前，感到十分难受，秘书说：“我去叫大夫。”他开门欲出时，夏衍突然睁开眼睛，艰难地说：“不是叫，是请。”随后就昏迷过去，再也没有醒来。“不是叫，是请”，这成了老人临终的最后一句话。夏老的涵养是不言而喻的，从这一细节也看出，病人临终多么苦痛，外来帮助多么紧要；而一个社会机构能对得起一个“请”字，这多么重要。

越是社会化的，效率就越高。可是，胡老汉不放心将老伴托付出去，怕人家照顾不周。这难道是“肖志军事件”的老年版？胡老汉与肖志军有一个共同点，就是不信任社会机构——肖志军不信任医院，胡老汉不信任福利机构；结果是，肖志军“不签字”，间接导致怀孕妻子不幸死去；胡老汉“动菜刀”，直接让病重老妻魂归天堂。这是因为什么？

如今无比后悔的胡老汉说：“我做蠢了，她解脱了，我和孩子也解脱，但人没了！”人没了，那还有什么？然而，他当初想的是：“死了比活受罪好！”这句话让我想起了网络评选的2006中国十大真话中的第一句：“活着那么苦，拉她干什么？”说这话的7岁男孩刘辉，住在苏州庙港渔船上，一天他5岁的妹妹不小心掉进河里，他没有去救。事后，人们问他为什么不救和不呼救，刘辉平静地说出了这句话。随打工之家自山东而来的刘辉，母改嫁、父劳教，兄妹只靠年迈的祖父母一点可怜收入维持生存，妹妹有时还得上街捡东西填肚子，刘辉小小年纪就感受到了世间冷暖，他看到了“死”是一种解脱。胡老汉与小刘辉，一老一少，人生最集中、最深刻、最无奈的感受，竟然如此相同、这般一样。什么叫“幸福感”？那属于“都是相似的幸福家庭”的感受。

如何才能让我们的老人在抵达人生终点时，有尊严地告别人生？看来仅有“临终关怀”是不够的。“临终关怀”这一始于中世纪的名词，原本是指朝圣者或旅客中途休息的驿站，现在是指对生存时间少于6个月或更少的患者，进行医疗及护理，以使患者在余下的时间里获得尽可能好的生活质量。与狭义的“临终关怀”相比，广义的“准临终关怀”时间更漫长，对人，对家庭，对社会的考验更严峻。在许多发达国家，“养老——后养老——准临终关怀——临终关怀”的服务已经形成了完善的“一条龙”服务，有的让宠物狗都派上了用场，为老人带来许多温暖与快乐。

怎么才能扛住“生不如死”？这不是一个医疗技术问题，而是一个社会保障问题，需要全社会思考并践行。网友说“每个中国人都是中华民族的救命稻草”，这话听起来太夸张，但它饱含爱国情愫；胡老汉和他死去的老伴，肖志军和他死去的妻子，刘辉和他死去的妹妹，他们若都能成为一根“救命稻草”，这是一个民族之幸。萧红的名著《生死场》中那些生生死死的人，正是一个民族生生不息的基础啊！

遗嘱的叮咛

人固有一死，而对于绝大部分人来说，既不会重于泰山，也不会轻于鸿毛。

人的一生，需要把“生”与“死”的两头处理好。立遗嘱，是处理好“后头”的重要环节。凡人立下的遗嘱，不会重于泰山，但肯定比鸿毛要重。

在北京，诞生了一个新事物：中华遗嘱库。它是一个公益项目，由中国老龄事业发展基金会和北京阳光老年健康基金会联合发起，为 60 岁以上老年人提供免费办理遗嘱的登记、保管和传递服务，以协助老年人处理好家庭事务，构建和谐家庭。

2013 年，来遗嘱库登记的人数超过了 1 万人，由于当时只有一个窗口，服务安排已经排到了 2014 年 12 月，可见受欢迎的程度。当时有关人士说，将来肯定会在其他省市铺开，杭州也是考虑设立的地点之一；而且还会将遗嘱库数字化，全国联网，可以在网上查到你有没有立遗嘱。中华遗嘱库将来可能成为全国老年人选择登记、保管遗嘱的“重镇”。当然，中华遗嘱库本身的法律责任也很重。

立好一份遗嘱，是把生死焊接在了一起，是“向死而生”的重要内容。在杭州，市民通过公证方式立遗嘱处置拥有的财产的现象越来越普遍，调查显示，2003—2013 年杭州立遗嘱的人数大约增加了 10 倍；然而，在全国老年人中，设立遗嘱的还不到 25%，即四分之一——这样低的比例，是与现代的、文明的、和谐的社会很不相称的。

遗嘱是文书，是法律文件；遗嘱是人性的叮咛，是一种严肃的交代；遗嘱是生活本身，也是文化之一种。

我们都知道诺贝尔奖，它就是根据著名的“诺贝尔遗嘱”设立的。签名人阿尔弗雷德·贝恩哈德·诺贝尔，在遗嘱中把遗产的小部分赠予 10 多名亲友，余下的大部分用于设立一个基金会，将基金每年所产生的利息划分为 5 等份，奖给为人类做出杰出贡献的人。

这是人类最伟大的遗嘱之一，比泰山、比阿尔卑斯山、比乞力马扎罗山都要重。

孙中山先生逝世前，立下了两份遗嘱，一份关于国事，一份关于家事，可谓缺一不可；如果算上他口授的《致苏联遗书》，那是三份遗嘱了。这些遗嘱都是重要文献，国事遗嘱第一句是著名的“余致力国民革命凡四十年，其目的在求中国之自由平等”；家事遗嘱第一句是感人的“余因尽瘁国事，不治家产”。

历史上，也有著名的“不立遗嘱”。清华大学老校长梅贻琦，1962 年在台北逝世前始终不肯手书“遗嘱”，原因是他一生廉洁、两袖清风，除了精神，没有留下任何财产，是真正的“赤条条来去无牵挂”。立遗嘱是叮咛，这样的不立遗嘱，更是“大音希声”的叮咛。

而今中华遗嘱库的设立，是一种实务；今后若有可能，还可以考虑附带设立“遗嘱博物馆”，搜集保存展示遗嘱、遗书，等等，是为文化建设。后者的精神文明，可以推动前者的物质文明矣！

“生是偶然的，死是必然的。”这是一句耳熟能详的名言。必然的死，需要法律意义的遗嘱，也需要文化意义的遗嘱，这是现实的必然需要，也是历史发展的必然。

最后的抚慰与最好的告别

A

自主、快乐、拥有尊严地活到生命的终点，那么这样的生命有福了。2017 年 6 月 18 日，著名相声表演艺术家唐杰忠先生因病在北京去世，享年 85 岁；6 月 22 日，唐杰忠先生遗体告别仪式在北京八宝山殡仪馆举行。容貌忠厚，“高调从艺，低调做人，甘做绿叶，培养后辈”的唐杰忠先生，是我很喜欢的艺术家。先生的儿子追忆父亲最后时光，讲到那种乐观、坚强，让我很感慨——

唐老先生患前列腺癌已经六七年时间，患胃癌也有三年；由于年龄大了，大夫建议采取保守治疗。“病情还在不断发展，有很多次胃部肿瘤破了大出血，都采取了紧急救治。到了后期，他饮食饮水都很困难，靠输营养液来维持生命，后来肝、肾功能衰竭，肺部也出现感染。医生们说，老爷子能够坚持到现在，已经是一个奇迹了。他这几年，始终跟疾病作斗争，很乐观，也很坚强。”

生老病死，生命的自然规律；人终有一死，如何向死而生？浙江人民出版社曾出版了一部好书《最好的告别》（阿图 · 葛文德著，彭小华译），说的是衰老与死亡，关注的是医疗的局限以及在医疗局限面前人的尊严。作者阿图·葛文德是美国著名的医生思想家，《时代周刊》2010年全球“100位最具影响力人物”榜单中唯一的医生。他在书中说：“对于医学工作者的任务究竟是什么，我们一直都搞错了。我们认为我们的工作是保证健康和生存，但是其实应该有更远大的目标——我们的工作是助人幸福。幸福关乎一个人希望活着的理由。那些理由不仅仅是在生命的尽头或者是身体衰弱时才变得紧要，而是在人的整个生命过程中都紧要。”这是深刻的洞见，有更深远的人文意义，作者感人至深地阐述了有关“善终服务”“辅助生活”“生前预嘱”等一系列理念，难怪当年奥巴马都对阿图·葛文德推崇备至。

最好的告别！以葛文德的理念观照唐杰忠先生，可谓是乐观、拥有尊严地活到生命的终点，有最后的抚慰，然而自主似乎有些不够，是“较好的告别”，而一时难以抵达“最好的告别”的境界；就像著名作家巴金在生命晚期所言的“我为你们而活”——他在医院病床度过痛苦的最后6年。在《最好的告别》中，葛文德直言称那些被过度、无效治疗折磨的病例是在“奢侈地遭罪”；而医生的压力都朝着一个方向，那就是采取更多措施，因为临床医生唯一害怕犯的错误就是做得太少；“大多数医生不理解在另一个方向上也可以犯同样可怕的错误——做得太多对一个生命具有同样的毁灭性”。

B

最为理想的，应该是台湾作家琼瑶在2017年3月发布的《预约自己的美好告别》所描述的理想形态：不要变成“求生不得，求死不能”的卧床老人！“帮助我没有痛苦地死去，比千方百计让我痛苦地活着，意义重大！”“我最怕的不是死亡，而是失智和失能。”琼瑶要求的是千万不要被“生死”的迷思给困惑住，她甚至提出：万一我失智失能了，帮我“尊严死”就是你们的责任！

我们还没有达到“帮我尊严死”的境界，但这里“尊严”二字与阿图·葛文德所言的“尊严”是一致的。琼瑶更多地追求“自主”和“快乐”的境界，这是超越了“无意义却痛苦地活着”的境地。遥想1987年央视春晚，唐杰忠与姜昆合作表演了著名的相声《虎口遐想》，那么重病中的唐杰忠先生，不知是否有乐观的“生死关口的遐想”，或许他想的与琼瑶女士是一致的。

人类老化通常经过“健康→亚健康→疾病→失能”4个阶段，如何应对“失能”，是个人问题，是家庭问题，亦是社会的问题，是严肃的大问题。每个步入老年的人都应思考这个问题。他人有“最后的抚慰”，自己作“最好的告别”。修复健康，也需滋养心灵。临终关怀，女儿式的亲情服务，将爱心、耐心、细心、热心等融入对患者的照料中，这都是必须的。浙江丽水学院有支临终关怀志愿服务队，200多人的项目团队，已为300多名临终病人及高龄老人送去了抚慰的温暖。他们的“倾馨——青春关怀·心暖生命临终关怀志愿服务队”项目脱颖而出，获得中国红十字总会项目资助。他们给予的“最后的抚慰”是宝贵的，而琼瑶给予的另一种“向死而生”的大抚慰，同样可贵。

C

生是偶然的，死是必然的。一个个幸福人生构成幸福环境、幸福社会、幸福城市。“老年幸福”是“幸福感城市”中一个重要的幸福指数，这跟“童年幸福”一样重要。从步入老年，到告别人生，“临终质量”则是老年幸福指数的重要指标。“临终质量”也被称作“死亡质量”。通过服务老年人、介护失能老人，提升“临终质量”，作“最好的告别”，已然成为当务之急。

《浙江老年报》发表了《失能不失爱——“失能老人”家庭困境调查》，讲到如何帮助失能老人提高生命质量，“让失能老人家庭拥有更好生活，已经成为一个亟须解决的社会问题”；而对“失能前兆”群体，养老机构普遍感到最棘手。浙江省老龄办统计公报显示，截至2016年末，全省60岁以上老年人口为1030.62万人，占总人口的20.96%；其中失能、半失能76.81万人，占老年人口总数的7.45%。杭州市老龄办统计数据显示，截至2016年底，全市失能老人和半失能老人有9.07万人，占全市老年人口总数的5.7%。

而第四次中国城乡老年人生活状况抽样调查结果是：我国失能、半失能老年人约为4063万人，占老年人口总数的18.3%，所占比例更大。调查还发现诸多“短板”，比如老龄服务发展不平衡，供求矛盾依然严峻；老年人精神慰藉服务严重不足，等等。

衰老是一系列的丧失。丧失生活自理能力的老人被称为“失能老人”。按照国际通行标准分析，吃饭、穿衣、上下床、上厕所、室内走动、洗澡6项指标，一到两项“做不了”的，即为“轻度失能”，三到四项“做不了”的为“中度失能”，五到六项“做不了”的定义为“重度失能”。

从强大的“势能”，到渐渐的“失能”，是人生的大趋势。我的朋友沈宇清说：“祈愿人人都能善终。其实百岁也很短，一眨眼的工夫，人生在世，什么也带不走，能带走的也许就是最后一刻的宁静安详，那就是善终的状态。”我们都知道人生的两头极重要；纵观人的一生，“幸始善终”当然是最好的。我所说的“幸始”即幸福的童年、幸福的开始；而“善终”就是“最好的告别”，尤其对失能老人有好的介护，有临终关怀。

D

万物皆需阳光，老年尤其如此。

提升“临终质量”，就是用生命质量的宽度，替换生命时间的长度。在我国，“长度观”“长寿观”确实根深蒂固，照顾老人的概念通常称为“养老服务”，而“养老”目的是“延老”。而在日本，已确立了作为拥有专业知识与技能的“介护”工作，基本理念是提供“自立支援”，努力帮助老人实现独立自主的品质生活。英国建立了不少“缓和医疗”机构，承认死亡是一种正常过程，既不加速也不延后死亡，提供解除临终痛苦的办法。经济学人智库对全球80个国家和地区进行调查后，曾发布过一个“2015年度死亡质量指数”报告，英国位居全球第一，中国排名第71，两者差距还是蛮大的。美国，由于阿图·葛文德的倡导，已越来越重视“姑息治疗、善终服务”这个新的医学与护理阶段，在“积极治疗无效”和“最终死亡”之间，不以治疗为主，而以帮助病人减少痛苦，在亲人的陪伴下，在善终服务医护人员的调理下，作“最好的告别”，安宁地辞世。

琼瑶所说的“尊严死”，就是在治疗无望的情况下，放弃人工维持生命的手段，让患者自然有尊严地离开人世，最大限度地减轻病人的痛苦。对照巴金失能后所说的话“长寿是对我的折磨”，我们应该清晰地明白该如何取舍。我国已有老人发起“临终不插管”俱乐部，要避免“工业化”地死去，提升“临终质量”，实现“最好的告别”。

“临终质量”的提升，跟社会有很大关系，而现阶段跟自己个人及家庭的关系更为重要。禅意人生，讲的是“静、定、慧”：静是在各种情境中，境由心定；定是在各种变化中，调伏安宁；慧是在各种维度中，自由转承。那么，到了老年晚期，在失智之前的失能半失能阶段，是不是还需要这样的“静、定、慧”呢？当然是需要的，而且很重要，尽管做起来更难。智慧老人、安详离世，就是一种“静、定、慧”的境界。其中的“安心”，不一定要特意去控制它，也不一定要刻意去把握它，而是让心回到那种原本的状态。

面对死亡有无数多的“挑战不可能”之门，如何跨过“最好的告别”的成功之门？老人在迈向生命终点之际，需要认真思考。

肆

流泪撒种的，必欢呼收割

养老环境安全的警示

谁都不愿意看到这样的惨剧:2015 年 5 月 25 日晚,河南平顶山鲁山县一民办老年公寓发生火灾,致死 38 人、重伤 2 人、轻伤 4 人,合计 44 人。相关责任人已被控制。现在最重要的是,全力救治受伤人员,妥善做好善后安抚工作,并查明事故原因,追究事故责任。

这是一起过火之地“无人幸免”的火灾:该老年公寓可容纳 130 人入住,分为 4 个养老区,除了自理、半自理,还有 1 个是“不能自理养老区”。火灾恰恰发生在不能自理区块,当晚有 44 位老人居住,结果全部或死或伤,无一安然无恙地被救出。

这就奇了怪了:从起火到消防接警来扑火,其间难道没有一个值班人员?或者值班者擅离职守了?有报道说,这里老人多服务人员少,“一到晚上就找不到服务员了”。不能自理的老人,更需要有人照顾,否则一遇到火灾,那是完全动弹不得,这多么恐怖!

那着火的房屋,被烧成了空架。它本身竟是“铁皮泡沫屋”,夹层多由泡沫板填充,极易燃烧。如此糟糕的养老设施,消防审核一定过不了关,可是,它竟然在 4 年前经县民政局批准,顺利成立了。这是什么情况?由此可见,当地养老的“底子”，是如何的薄弱；当地养老的资源，是如何的匮乏！

养老院不幸烧了，养老的心更紧了！伴随着我国进入老龄化社会，养老问题备受关注；养老安全、安全养老，越来越显得迫切。“安全养老”涉及方方面面，而养老院的防火，是个很具象的安全问题，只要一切按正常的走，何至于发生这种“无一幸免”的惨剧？从更大更深的层面看，如何为百姓养老构筑起一道最坚实的“安全网”，如何从根本上改变养老资源之匮乏，这是一个严峻的大问题。

对于一个家庭来讲，“养儿防老”是不现实的；对于一个地方来讲，“养老机构”也是政府包办不了的。所以，发展民办养老机构，是绕不过去的路。依靠民间资本、民间力量来办养老，各地都在努力。现阶段，非常需要“民办公助”。人的一生，从摇篮到坟墓，最重要的是前后两头要过得好，两头大致都是18年：前头是成年前的阶段，后头是到平均预期寿命的阶段——为了前18年，我们重视了从幼儿园到小学到中学的教育，所以，学校建得不错；为了后头18年，需要各种养老院，按理说养老院数量应该跟学校一样多才对，而且地段也要像中小学一样均衡分布，建筑质量也应该与学校持平才好。事实上，各地并非如此，而是欠缺很大，空白很多。民间办养老，是社会出资帮政府解忧，何况基本上都是非营利性质的，那么，政府应该从保障民生出发，大力扶助才对。

安全是需要投入的，养老环境的改善更需要投入。无论是安全问题还是养老问题，除了管理，投入都极重要。试想，河南鲁山当地政府如果扶助到位，至少把那“铁皮泡沫屋”改成能防火隔火的建筑，这惨剧发生的可能性也会小很多。没有基本投入，危机必然四处潜伏。也正是因为养老的存量资源匮乏、养老资源的后续投入不足，才让公众面临着“养老的心越来越紧”的局面。

一地有隐患，全国受警示。“养老安全”不仅仅是“一把火”的问题，这一隐患的“警钟”已从鲁山鸣响，各地都要清晰地听到！

日暮的欺负

最近，有一个坑害老年人的团伙被绍兴警方“一锅端”，共有19人被判刑。（2020年11月24日澎湃新闻报道）

这是一个非法控制老年人手机的犯罪团伙，非法控制老年机达330余万台，窃取500余万条个人信息，出售后获利790多万元，被害人遍布全国各地。他们在深圳办了一个“科技公司”，却在干这样的勾当：他们在经营中发现，老年人普遍不熟悉手机操作，套取他们的个人信息很容易，于是便开发了装有木马程序的移植包，并与多家老年机主板生产商合作，将程序植入主板之中。一旦电话卡插入这些老年机，木马程序就能获取手机号码等信息，还能自动拦截验证码。这些验证码传输至公司后台数据库，专人负责对码，之后将信息出售给“批发商”。

“批发商”是这条黑色产业链里的重要一环，在“行业”里被称为“接码平台”，他们将有关信息加价出售给“薅羊毛”的团伙和个人。所谓“薅羊毛”，就是利用这些信息冒充新注册用户，趁电商平台优惠之机，领取后变现。一条条个人信息，就这样被层层买卖、使用获利，在全国范围内形成了一张庞大的犯罪网。

没有想到，老年机主板的生产商竟然与这样的犯罪团伙合作，批量生产事先植入木马的主板，这在源头上就坏了，坏透了。

没有边界、没有底线,已经到了何等的地步? 岂能如此欺负老年人! 如今19名被告人分别被判处有期徒刑6个月至4年6个月不等,不知其中是否包括生产商。

都说“群众的眼睛是雪亮的”,但有时老年人的眼睛没那么亮了,就需要法律的眼睛更亮。社会问题法律解决,这是一种文明。在公义指引下,要让正义天平遍及社会各个角落,使民众尤其是老年人,在每一个个案中切切实实感受到公平正义。

智者有言:“我们的权利既不来自上天或自然法则,也不仅仅来自法律的规定,而是来自人类经历的恶行。”权利本身的建立,就在于对过往种种不义行为的反思之上,为此而设计了新的安全屏障。

江西赣州一位61岁的女士迷恋“假靳东”的事件曝光,让人唏嘘。该女士轻微抑郁,刚刚接触智能手机,在使用某短视频App时,一个自称是“靳东”的账号成为其感情的发泄口,并从此深陷其中,甚至离家出走去寻找“假靳东”。有网友说“不是老人变花痴,而是花痴变老了”,这未免太刻薄。必须看到,如今疑似明星的“高仿账号”泛滥成灾,这才是问题所在。遇上部分失能的上了岁数的人,他们更容易欺骗得手。如果不整不治,会损害多少人的利益?

有时候,老年人权利受损害,并不一定与违法犯罪相关。湖北随州一位94岁的老人,为了激活社保卡,被家人抬到银行,进行了“人脸识别”——因为银行就是那样规定的。此事掀起轩然大波,涉事银行已回应并道歉。网友问:你这是“智能”呢还是“智障”呢? 你处处搞“智能”,自己倒方便了,可是让多少老年人由此“失能”!

面对日益凸显的老年人“数字鸿沟”问题,国务院出台了《关于切实解决老年人运用智能技术困难的实施方案》,做出了一系列具体的规定,其中一条就是:坚持传统服务与智能创新相结合,“在各类日常生活场景中,必须保留老年人熟悉的传统服务方式,充分保障在运用智能技术方面遇到困难的老年人的基本需求”。期待这个方案能够充分落实好,为老年人提供可靠可行的保障。

最后还应感谢一下年轻人小朱，是他发现给外婆的老年机换套餐时手机接收不到验证码，而将电话卡装到自己手机里却能正常接收。他怀疑外婆的手机被装了木马，随即报警。老年人需要年轻人给“补强”，年轻人就应该有这样的警惕性。

老人被骗为何停不了？

“我79岁，从2002年年底开始，就不断地买保健品。一开始是听健康讲座，买健身机器，后来发展到买保健品。到目前为止，花了快20万，几十年的积蓄都买保健品了，我也意识到会上当受骗，可就是刹不住车，马上外孙女结婚，我根本拿不出钱来，想想花了这么多钱，真的心疼，觉得对不起孩子们……”这是都市快报社接到的杭州陈阿姨来电。记者到陈阿姨家探访，看到了满满几柜子的“保健品”，触目惊心，估计一辈子都吃不完。

2018年7月6日《都市快报》热线版以一个整版的篇幅刊发报道，有极强的提醒警示作用。但是，可以预见的是：今后类似的事情，照样会屡屡发生，绵绵不绝。

事实上，包括央视3·15晚会在内，多年来大量的媒体曝光老年人保健品的骗局，央视记者还卧底某“生物科技有限公司”进行调查，详细地揭穿针对老年人的保健品骗局。这样依靠“媒治”，也仅仅是被曝光的那一个点被临时“治一治”，最终会发现照样是“没治”。

在“保健品”上，老人被骗为何停不了？一则上了七八十岁，不少老人的辨别能力降低，按骗子们自己的说法，那就是老人到了“天生好骗”的岁数了。但他们有时间，有时间很重要，你有时间就可以从容地骗你,你如果忙得根本没时间去听一个“免费健康讲座”,那就不容易下手。所以,老年人客观上就成了最好骗、最容易上当受骗的群体。《都市快报》报道的这位陈阿姨,如果是在她“三十而立”“四十不惑”的岁数,未必会上当受骗把所有积蓄都拿去买保健品还停不下来。

“骗子是最聪明的一个群体”——你还真别嘲笑这句话。他们个个都是“老年心理学”的高手,给老年人洗脑那叫一个“训练有素”,不仅宣扬老人“健康最要紧”,“身体是自己的,钱留下来都是子孙的”,而且善于针对不同出身、不同身份、不同背景的老人各个击破。洗脑再加“亲情牌”,老人就乖乖地被一步步掏空钱包。

有专家开出一个药方,叫作“子女与其关心老人的钱包,不如多关心他们本人”,这属于正确的废话。由于老人和子女在时间和空间上的错位,“亲情”有多好其实也管不了。有位朋友把他 80 岁的老父亲接到杭州来住,家里住不下,于是在同一个小区给老人家专门租了一套房子;住了不到一年,结果老人家就被骗了 2 万元,买了一堆“高档保健品”。平常屡屡提醒老人不要上当受骗,而且因为住在同一个小区,平常走动也比较密切,而恰好一次夫妻出境旅游半个月,留在家里的老人就上当受骗了。先是被忽悠去听健康讲座,然后被带去附近一个地方免费玩了两天,回来之后就哄老人开心,表达各种亲切友好关心,十分成功地“动员”老人买保健品。平常省吃俭用的老人,把手头能拿得出来的所有现金 2 万元都付了出去,买回一箱子吃不好也吃不死的所谓的高档保健品。骗子最成功的一招,是让老人不要告诉子女——被骗 2 万元后过了好久,子女才偶尔发现。

老年群体,关乎公共利益,所以职能部门需要负起应有的责任。为了老人们一辈子的血汗钱,公安部门、市场监督管理等部门,须严厉打击这些泛滥成灾的老年保健品骗子集团。

流泪撒种的，必欢呼收割

“黑色是最彻底的奢华，就像沉默是最深的呼喊。”联想起女诗人舒羽的这一诗句，是因为一对六旬夫妇牵手坠楼身亡事件。

农历九月初九重阳节——又称老人节，过去不久，2010 年 10 月 25 日上午从沈阳市皇姑区传出了一个让人心碎的消息：一对 60 岁的老夫妇，爬上 8 层楼，翻过 4 道高约 1 米的墙，最终双双从楼顶坠下身亡。

黑色。沉默。没有奢华，停止了呼吸。报道里“牵手”两个字，尤其让人辛酸与心酸。

一个基础原因是，两位老人身体都不好，尤其大妈还患有阿尔茨海默病。相比于曾经报道过的一位大伯帮助久病无法治愈的妻子“解脱”，结果自己站上了被告席的悲惨事件，而今这事更令人沉痛。

上了岁数的人，难得没有生病生痛的。人有身体的亚健康，也有心理的亚健康。老年人更不例外。我想，这对牵手跳楼的老人家，身心都处于非健康状态；他们是独居的，属于空巢老人，精神的孤寂可想而知。最终，出了问题。

老龄化社会，老年人养老的最根本路径，只能是用自己一生的积蓄剩余，来购买社会服务，以安度生命的最后时光。积蓄剩余不足的，子女来补充；子女无力补充的，由政府和社会来补足。如果仅仅是养儿养女来防老，那基本上是不靠谱的。

一个真正发达的、富裕的、有保障的社会，一定是“两头最幸福”的社会——孩子最幸福，老人最幸福。老年人问题，确是民生的大问题。经济与社会双轮驱动、共同发展，才是民生幸福的世界。“坚持发展是硬道理的本质要求，就是坚持科学发展，更加注重以人为本，更加注重全面协调可持续发展，更加注重统筹兼顾，更加注重保障和改善民生，促进社会公平正义。”这样的话我们都乐于听见，然而落实起来难度巨大；其中如何改善“老年民生”、促进“老年公平”，就实实在在地摆在我们面前。

贫与富之间，有很真切的距离。有句年轻人的网言说：“世界上最遥远的距离是，咱俩同时出门，你去买苹果四代，我去买四袋苹果。”这其实是表面现象，说不准买四袋苹果的人远比买苹果四代的人富有。我这样说，是希望透过年轻人之间的表面差异，看到背后的差异实质。年轻意味着未来，意味着机会，意味着希望；而老年人的差距，则几成定局——要知道，买不起苹果的老人还大有人在。所以，更值得社会重视的，是老年人之间的贫富差距；消弭这样的差距，社会的责任更重。

“流泪撒种的，必欢呼收割。”个人是这样，家庭是这样，国家社会也是这样。国家社会要想将来能够欢呼收割，那么现在就必须痛下决心，“流泪撒种”，做好各种制度安排。我们决不能因现在的懈怠，而出现最终的“流泪绝收”。

“延迟退休”的弹性空间

渐进式，有弹性，有差别！2021年3月12日公布的“十四五”规划和2035年远景目标纲要明确提出，按照“小步调整、弹性实施、分类推进、统筹兼顾”等原则，逐步延迟法定退休年龄。

权威专家对此有前瞻分析。新华社北京3月13日电：记者专访了人社部中国劳动和社会保障科学研究院院长金维刚。金维刚分析说，延迟退休改革不会“一步到位”，而是“小步调整”——每年延迟几个月或每几个月延迟一个月，节奏总体平缓；延迟退休不会搞“一刀切”，而是要弹性实施——个人会有自主选择提前退休的空间；延迟退休不能“单兵突进”，而是要统筹兼顾——配套政策和保障措施协同推进。

这几层意思都说到我心坎里了。不要以为领导层面、业内人士都是“妄自尊大”“自以为是”“我行我素”，他们其实往往都清楚得很、清醒得很。退休和延迟退休，涉及最广大的群体，岂可不认真、不严肃、不慎重！

不同行当、不同岗位的人，对延迟退休的心态、想法是大不一样的。领导干部、专业人士、普通工人，不可能都一样。谁希望自己延迟退休,谁希望自己按时退休甚至提前退休,谁自己心里最明白。既然群体、岗位不一样,那么不搞“一刀切”,而是要“弹性”,那就是真正的从实际出发的“人性化”。在所有新设计、新出台的制度里,人性化的制度是最容易实施的。

在专业人士的层面,退和不退,我认为弹性是最大的。延迟退休,在原来岗位上继续发挥专业特长,挺好;如果不是延迟退休,那么在“准时”退了之后,依然老当益壮,实际上“退而不休”,开辟更新更广阔的新天地,照样是对社会的贡献。我很佩服的许多专业人士,其实就是这样的:

诺奖得主屠呦呦,年过八旬也从未把自己纳入退休行列;北京著名出版家沈昌文,退休之后继续为出版界出谋划策,贡献非一般人所能比;“时代楷模”、杭州著名校长陈立群,退休后不改初心,婉拒民办学校高薪聘请,远赴黔东南贫困地区义务支教,成就斐然;杭州老干部、书法家孙建民老先生,一直“退而不休”,热心从事书法公益事业;杭城著名企业家鲁冠球,更是把万向集团当作自己一生的事业,直言企业家的字典里没有“退休”二字,至死方休……

就拿我自己来说,距离退休已不远,作为《杭州日报》的首席评论员,延迟退休或不延迟退休,都是完全可以的,因为在岗不在岗,都不会影响我的写作,仅仅是写作的“服务对象”略有差别而已。所以,弹性的制度安排,本身就是最合乎现实、合乎人心、合乎人性的。

“弹性选择”是最佳的选择,方方面面都要有弹性考虑。如果没有弹性,那么必然会有反弹。在第一线非常辛苦的普通工人,希望正常退休,那么,也不应强求。“弹性空间”,意味着有选择、能包容、有自由、能自主,这是非常重要的,这是对劳动者的最基本的尊重;而今弹性选择的领域,应该可以拓展得更宽阔一些。

弹性意味着灵活性——既有原则性,又有灵活性,这就对了。万事万物,“对了”才能顺利“成了”。现在,“退休年龄线会慢慢往后推”,这个“慢慢往后推”的制度安排，本身就是一种富有“弹性”的制度设计。制定具体方案的时候，应“开门立法”，广泛听取各行各业各个层面公众的意见，如果有同类人员“延迟 3 个月或半年或 1 年任选”之类的弹性方案，我觉得也挺好的。退休的多元化需求，就应该在将来时时处处更多地考虑“弹性选择”，那样才能真正做到公众拥护、行稳致远。

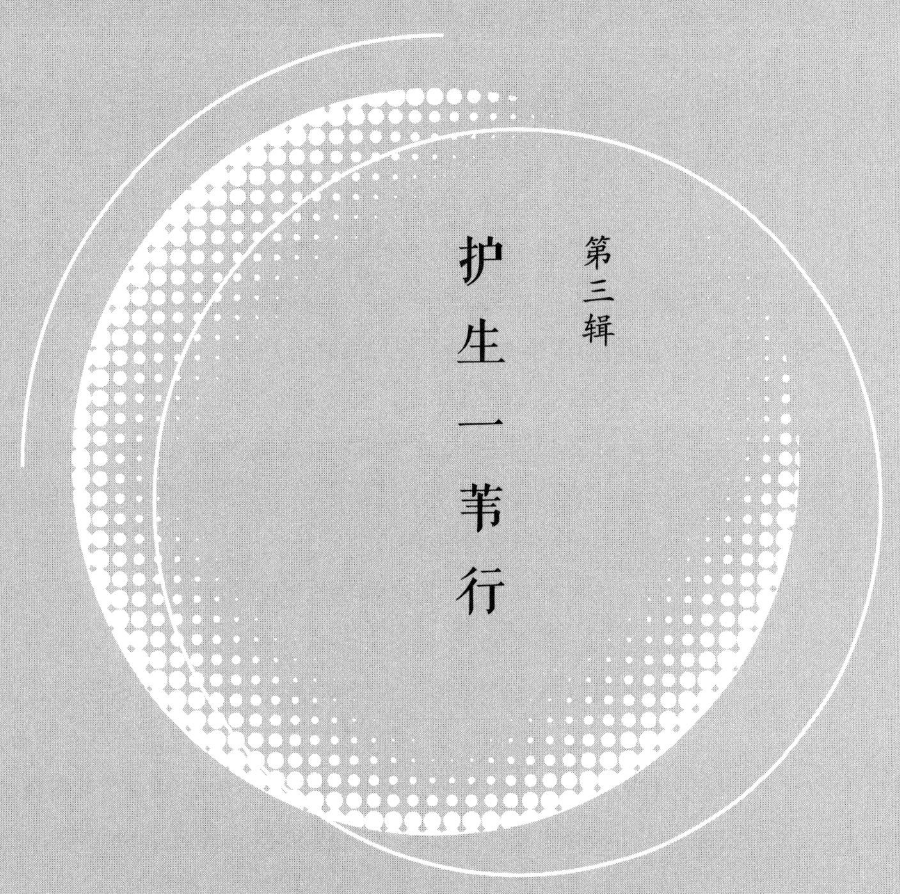

第三辑

护生一苇行

“护生实在是为人生”，丰子恺先生在《护生画集》中如是有云。

护生，也是护心。爱动物，爱人物，爱世间万物，和谐由是而生。

与“护生慈行”相比，可怕的反面就是“护疾忌医”。

健康是一种使命。新冠疫情期间，尤其要为生命护航，所以我写下了一系列的评论。“血浆里的抗体和精神”是珍贵的，“一切为了公共利益”是必须的。

2022年2月1日，正值虎年春节正月初一，国家传染病医学中心主任、复旦大学附属华山医院感染科主任张文宏医生发文说：“我们所有的努力，都是为了既保护生命免受威胁，同时让正常的生活少受干扰。”

抗击新冠疫情，是这些年地球人类保护生命的主旋律。

关注抑郁症，则是我多年来的一个侧重点。人类务必要高度重视抑郁症。世界卫生组织统计，全球每年因抑郁症自杀死亡的人数高达100万，抑郁症目前已成为世界第四大疾患，这是痛苦到要致命的疾病。早在2012年10月10日“世界精神卫生日”，联合国秘书长潘基文就抑郁症问题发表致辞称，“全球抑郁症患者达3.5亿人，每年约有100万人因此自杀”。

我们的莘莘学子，恰恰成了抑郁高发群体。心理健康蓝皮书《中国国民心理健康发展报告(2019—2020)》(社会科学文献出版社2021年3月第1版)有关数据表明：2020年中国青少年的抑郁检出率为24.6%，其中轻度抑郁17.2%，重度抑郁7.4%。高中阶段重度抑郁的检出率在10.9%—12.5%。这意味着高中生患重度抑郁的高达十分之一以上。青少年学生体质下降、抑郁症增加，是从小学到中学长期高强度学习和竞争的后果之一。

严重的问题是，普通人甚至心理咨询专家对各种抑郁症的认识极度不足，有关方面则是对抑郁症重视非常不够。击垮抑郁症患者的，往往是无知，尤其是公众对抑郁的普遍无知。

美国两位学者所著的《躁狂抑郁多才俊》（朱立安·李布、D.杰布罗·赫士曼著，郭永茂译，上海三联书店2007年6月第1版）一书，分析了“躁狂+抑郁”的“双相”状态，介绍了诸多相关的天才，其中有牛顿、贝多芬、狄更斯和凡·高等。早在古希腊时期，亚里士多德就将伟大的能力与抑郁联系起来；而苏格拉底和柏拉图认为，天才，至少在诗人中，是与疯狂不可分割的。译者序的最后一句话，可扎心了：“我们对于人，知道得那么多，可是，我们所知的，终究又是那么少。”

抑郁症远不是个人问题，而是社会问题。“失守抑郁症”，是一个普遍存在的社会困局。

针对“学生抑郁症”，教育部于2021年11月对政协委员《关于进一步落实青少年抑郁症防治措施的提案》进行了答复，其中明确：将抑郁症筛查纳入学生健康体检内容，建立学生心理健康档案，评估学生心理健康状况，对测评结果异常的学生给予重点关注；建立全过程青少年抑郁症防治服务、评估体系，各高中及高等院校均设置心理辅导（咨询）室和心理健康教育课程，配备心理健康教育教师。个人、家庭、学校、教育职能部门全方位重视起来，这是必须的。然而，仅仅把抑郁症看成“心理健康”问题，这是很不到位的。抑郁症本质上是精神生理问题，而不是心理健康问题。

构建健康保障型教育体系，和构建保障型人类社会一样重要。

“护生”是医疗的事，更是社会的事。我们都知道运动带来健康，但体育运动需要社会化的支持。比竞技体育更重要的是日常健身，大量作为公共设施的体育场馆，真应该作为公共品或准公共品，向公众免费或低收费开放。

壹

健康是一种使命

足球场上的生命与人性

生命高于一切！

北京时间 2021 年 6 月 13 日零点，欧洲杯丹麦对阵芬兰，在比赛进行到 42 分钟时，丹麦球员埃里克森在无球员接触的情况下，突然倒地，失去意识，心跳停止；队医与急救团队迅速进场进行心肺复苏，现场急救约 14 分钟后，恢复意识的埃里克森被护送离场，转移至医院，情况稳定。

抢救埃里克森，一时成为热搜第一。整个过程，历经生死时速，闪烁人性光辉，感人至深：

裁判第一时间吹停比赛，丹麦队克亚尔队长第一时间跑上前检查救护埃里克森，队医第一时间冲进场展开急救，携带心脏除颤仪（AED）和救护担架的医务人员飞跑抵达，所有时间都是以秒计算——至此刚过 52 秒。心肺复苏是“黄金 4 分钟”，否则抢救成功的希望就非常渺茫。

在心肺复苏过程中，克亚尔队长召集丹麦队队员围在埃里克森身旁筑起人墙，既提供不受打扰的抢救环境，又尽可能在“大庭广众”中保护被抢救者的隐私；当埃里克森妻子从观众席下到场地，队长和守门员一起搂住她并予以深切的安慰。现场观众对埃里克森也有着巨大关切，电视镜头中一对年轻的情侣忧伤地拥抱在一起……

经过 14 分钟争分夺秒的抢救，埃里克森起死回生，心脏恢复跳动，重新有了意识。他醒来时，意识到自己已在死亡的悬崖边走了一趟，说了一句“我才 29 岁”。他被抬上担架车，戴上氧气面罩，在国旗的遮挡下，护送出球场，转移至医院。这是足球场上最完美的一次“生命防守”；以秒为单位计算时间，就是对生命的最大的重视和尊重。

比赛暂停，空场地上，等待的球迷喊着埃里克森的名字，为他祈祷和祝福。在延迟了近两个小时之后，比赛恢复，观众都在场内耐心等待。随后的比赛，主场强队丹麦队的队员们显然都不在状态，结果以 0 比 1 输给了弱旅芬兰队。守门员尤其不在状态，扑救一个难度不大的头球，脱手后眼看着皮球滚进了网窝。这是芬兰队第一次也是唯一一次射门，进球的队员激动地跑了几步之后停了下来，没有进行庆祝。随后丹麦队获得一个点球的机会，罚点球的队员同样不在状态，踢出一个失常的点球被对方轻松抱住，失去了一次扳平比分的机会……丹麦输了，生命赢了！足球在生命面前，无足轻重；胜败在生死面前，不值一提。

而感人的情景还在继续：球赛结束之后，双方都有球迷来到医院前，打出横幅，为埃里克森祝福。埃里克森被评为全场最佳球员。之后在另一场比赛中，带领比利时战胜俄罗斯的卢卡库，是埃里克森的国米队友，比赛前他已经为好队友哭过多次：“他有两个年幼的孩子，他们需要他……”人高马大的卢卡库是比利时队里的头号球星，踢进第一个进球后，他全力跑到场边，把大脸凑到摄像机前，用最大声对埃里克森喊出：“我爱你！”

次日，开始康复的埃里克森在与队友的视频通话中，开玩笑说：“你好吗？你的状况比我还差。”17 日下午，丹麦国家队官方公告：埃里克森接受了心脏检查之后，将植入 ICD 心脏起搏器（植入式心脏复律除颤器）。

到了北京时间 6 月 18 日零点，丹麦队对阵小组头号强队比利时队，丹麦队的状态有了良好的恢复，开赛一分多钟就攻进一球。比赛进行到第 10 分钟的时候，暂停一分钟，全场为埃里克森鼓掌遥致祝福。面对现在世界排名第一的比利时，丹麦队最终以 1 比 2 输掉了比赛。比利时进了两球，队员在进球之后都只是激动地跑了几步，而没有热烈庆祝。丹麦队想拼尽全力把比分扳平，但运气确实不在这一边，有一球踢到横梁上弹了出去。

在小组赛两连败后，最后一场对阵俄罗斯成为生死战。战前，队长克亚尔向病房里的埃里克森保证，一定带球队晋级！结果丹麦队 4 比 1 大胜俄罗斯得到 3 分，以净胜球优势逆袭获得小组第二，直接入围淘汰赛，上演了欧洲杯史上最牛"胜利大逃亡"。之后的赛况是这样的：

6 月 27 日，淘汰赛首场，丹麦队 4 比 0 完胜威尔士，成为欧洲杯历史上首支连续两场比赛轰进 4 球的球队，挺进 8 强。

7 月 3 日，四分之一决赛，丹麦队以 2 比 1 战胜黑马强队捷克队，晋级四强。这是他们 1992 年欧洲杯夺冠后首次杀入半决赛。

7 月 8 日，丹麦对阵英格兰，丹麦 1 比 0 领先，随后被扳平。比赛拖入加时赛，在第 101 分钟，因英格兰队斯特林倒地"制造"的一个有争议点球，以 1 比 2 惜败给英格兰，从而无缘决赛，丹麦童话无奈地终结了。

本届欧洲杯最终是意大利队夺冠，他们在 120 分钟内 1 比 1 战平后，通过点球大战战胜了英格兰队。欧洲杯奖杯德劳内杯尽管不是丹麦队获得，但它成为令人尊敬的"生命之杯"。

爱因斯坦曾说："运动给我带来了无穷的乐趣。"因为疫情，本届欧洲杯已推迟了一年。球赛重要，但生命更重要。与生命相比，足球微不足道，足球从未高于生死。在美国大学做过 20 多年足球教练的丹 · 布兰克写过一本《足球智商》的畅销书，其中一句"像英雄一样死去是一回事，而像白痴一样死去是另一回事"，留给我深刻印象。锻炼身体的目的，不是把身体摧垮；竞技体育的目的，不是只看输赢，英雄也不能死。对生命健康的威胁，需要集体的防御。如果足球运动不重视人的生命，那么也是"顶个球"。

足球比赛，尤其是高水准的足球赛，其对抗性、戏剧性、艺术性、社会性、人文性兼备。在足球的速度和激情背后，是生命的激情和人性的光辉。球场需要这样的人文人道、人心人性。我们不仅要看到山谷的美景，还要听到风吹过山谷的天籁声音；我们不仅要看到绿茵场上的精彩，更要看到对生命尊重的最美风景。

拯救一个人，就是拯救整个足球；拯救一个人，就是拯救全世界！

人生的唯一要求

生命宝贵，健康第一。

2020 年 12 月 13 日，知名摄影家、外文出版社社长徐步在北京突发心梗逝世，年仅 59 岁。徐步是全国新闻出版行业领军人物，曾任新华社摄影部副主任，人民画报社社长、总编辑，外文出版社社长、总编辑。他是中国新闻摄影学会副主席、中国摄影最高奖“金像奖”评委。

徐步的突然辞世，在摄影界、新闻出版界引起强烈反响。徐步参与组织的重大主题报道，影响深远，比如南方冰雪灾害、汶川大地震、北京奥运会、“神七”发射、改革开放 30 年、上海世博会、广州亚运会等。2008 年，他组织全社仅用 60 小时就完成了《人民画报》第 6 期《汶川大地震特刊——一切为了生命》的编辑工作，掀起了视觉冲击波。然而，他不到 60 岁就被心梗夺去了生命。

气温的变化，使心梗、脑梗的人多了。我转发了这条新闻，一位圈友跟帖说：“上周我单位同事的亲属（3 名）心梗去世，均为男士，分别是 48 岁（有高血压）、56 岁、58 岁——健康真的很重要！”

同一天，新华社微信公众号发布推文《79 岁父亲给女儿写的日历:我对你唯一的要求是健康》,一时间刷屏。上海一位 79 岁的父亲,在给 55 岁女儿的一本“健康日历”上,用漂亮的字体手写下许多留言,让不少网友看后泪目。这位温情的爸爸,以爱和健康为主题,认认真真写满了对女儿的嘱咐:

“毛毛,别老动气发脾气”“你从小缺钙,也要多出去晒太阳,多出去走走”“你的脚一到冬天总是冰凉,睡觉记得盖好被子”“你肠胃不好,少吃辣”“你手受过伤,小心提重物”“我对你唯一的要求就是健康”……

一笔一画,父爱满满。作为女儿的王女士说,这本留言日历她看后十分感动,父亲是个情感细腻的人,日历中,79 岁的父亲用小名“毛毛”称呼自己,已经 55 岁的她,在父母眼中,依旧被当作小孩疼爱。

健康,是对你的唯一要求!过来人都会对这句话感同身受。学者易中天在谈到孩子教育、培养、成长时曾说:“成人的四大标准可以概括为八个字:真实、善良、健康、快乐。我的真实标准就是不说假话;善良的底线就是恻隐之心;健康包括心理健康和身体健康,而心理健康比身体健康更加重要;成功不成功,是否出人头地,是否光宗耀祖,都不重要,重要的是你是否快乐。”真实、善良是品格,快乐是心理感受,而健康是这一切的基础。

健康意识,应该从小培养;健康教育,需要从小开始。小朋友可多参加一些体育项目的培训班。活动活动,要活就要动!锻炼身体的运动一旦有了兴趣,那对健康体魄的形成有极大帮助。运动是让人愉悦的,是在快乐的心境下主动解决健康问题;而医疗往往是痛苦的,是在难受的状态中被动解决健康问题。有人这样概括:“运动的目的是舒展,舒展的目的是疏通,疏通的目的是本能恢复,本能恢复的目的是恢复免疫力,免疫力恢复的目的是祛病是健康。”所以要多多上球场,少少跑医院,这才是人生生命的正确选择、正确路径。

“40 岁以下人找病,40 岁以上病找人。”除了运动,生活方式也很重要。吃七分饱、睡十分足,是健康的;如果吃十分饱、睡七分足,那恐怕就不健康了。

健康是一种选择,更是一种使命!

抑郁症！抑郁症！

作为一名媒体人，浏览各种新闻是每日必做的工作。每每看到有人因罹患抑郁症自杀的消息，总会感到格外心痛。早在2002年，我刚入职《都市快报》之时，就编发过有关女性抑郁症的报道，记者报道的当事人刀割手腕的情节，至今印象极其深刻。近10年来，我关注抑郁症，写过多篇评论，曾在《检察风云》2017年4期刊发长文；同时还在现实中帮助多位朋友走出抑郁症的困境。

【篇一】不仅仅要抱抱女生

抱，还是不抱？这是一个问题。

2019年6月，宁波市"雪窦清谈"班主任工作坊举办学习交流活动，来自宁波、杭州和嘉兴的一群优秀班主任参与，宁波某重点高中的一位男班主任，谈了他被女生求抱抱的亲身经历：

当时是晚自修，班里一个女生不见了。班主任老师第一时间向学校汇报，同时立刻到校园四处寻找，终于在操场的一个角落找到了女生。她在哭。问她"怎么了"，她哭得更伤心了。为了开导女生，老师陪她在操场散步，边走边聊，走了好多圈，终于知道她哭是因为对自己的成绩感到焦虑，对报考某高校的目标感到迷茫……班主任老师不断地开导她，聊到最后，女生突然冒出一句："老师，你能不能抱抱我？"

一边是一位年轻男老师，一边是一名处于焦虑中的女高中生，此时此刻，此情此景，老师该不该抱女生？

我在微信朋友圈转发了这个报道后，朋友们跟帖评论不少："要抱，但要像爸爸抱女儿那样，而不要像爸爸抱妈妈那样。""抱与不抱，发心是关键；不同的发心，自己知道，对方也会知道。"

"发心"之说很到位。"发心"者，发自自己的内心——当有人需要你帮助时，你从心底里生出帮助的念头，这就是"发心"。仅仅是帮助和不仅仅是帮助，两者的发心当然是不一样的。和尚背着自个无法过河的小姑娘过了河，放下之后顾自走了，一切都随即放下，这就是再单纯不过的"发心"。

在这个校园案例中，男老师最终抱了抱女生，表现得简单、单纯，尽管他当时的心理活动是"即便是个坑，也跳了"——这显然是想多了，这个时刻不是需要"勇敢"，而是需要单纯、需要理解、需要认知。

在研讨交流中，老师们的讨论止于"该抱还是不该抱"，其实这是远远不够的。非常明显，这位女生有严重的焦虑症，这是抑郁症的前兆，或者已是抑郁症的初期，老师不仅仅要抱抱女生，不仅仅是"人生劝导"，更重要的是要带女生去看心理科医生，甚至去看精神卫生科的医生。可是，老师们普遍不具备这方面的知识！这是很危险的！

基因等自身问题的内因、学习压力太大的外因，造成青少年抑郁症发病率越来越高；抑郁症已成为对青少年最危险的健康"杀手"，如果没有得到有效的控制，后果不堪设想。西安 18 岁少年、出版了两本历史专著的"史学奇才"林嘉文跳楼自杀的新闻轰动一时，原因就是重度抑郁症；上海一位母亲在车里对儿子与同学发生矛盾批评了几句，17 岁儿子当场下车跳桥身亡，主因很可能不仅仅来自母亲，而是自己有焦虑抑郁在身……

而对于抑郁症，现在最要命的是两大问题：一是无知，对抑郁症一无所知；

二是病耻，知道了一点，于是就有巨大的病耻感，羞于与人说。这样就得不到及时的治疗，本来完全可以对症治疗、能够康复的，却错失了时机。

在中小学教育领域，稀缺无处不在，焦虑症、抑郁症基本知识的缺失，就是一种可怕的普遍稀缺。相比于稀缺，学习压力却是越来越严重的“超饱和”，在孩提时代和少年时期就透支，更是反向加重了孩子们的焦虑和抑郁。

老师啊，你，你们不仅仅需要在操场上抱一抱女生，还要需要告知家长带女生去医院里看一看，切切！

【篇二】成人世界，最是愧对孩子

2015 年前 5 个月，杭州市第七人民医院（杭州市心理卫生中心）儿童科，门诊量达到 5000 人次，其中有抑郁情绪的儿童患者占达 500 多人；因抑郁到该院就诊的儿童数量，逐年递增。虽然病因未作具体统计分析，但门诊医生的直观感受是：因父母离婚、关系不和等，造成孩子出现抑郁症状的情况越来越多。某半天一医生看了 15 个病人，有 3 个是家庭缘故患上抑郁症的儿童。

父母不和，殃及孩子。在热播电视剧《虎妈猫爸》中，佟大为和赵薇扮演的这对夫妻，感情出现危机，处于离婚边缘，他们刚上小学的女儿压力巨大，得了抑郁症。事实上，离异的父母，只要与孩子的关系处理好了，并不会直接导致孩子抑郁。天下所有的父母，其实都是爱自己的孩子的——父母本身有心理精神疾病，比如自身就罹患抑郁症的特殊情况除外。

知道原因，方能对症下药。儿童为什么会出现心理障碍甚至精神疾患？真正原因在于，父母不和不睦导致家庭沟通方式不良，这在孩子面前表现出来，甚至有意无意把气撒到孩子身上，从而致使孩子无所适从，压力巨大，苦不能言。所以，14 岁以下儿童的抑郁情绪、抑郁症状，大抵是父母造成的。而到了少年时期，即 18 岁成年之前，主要是面临考学压力，无论是中考还是高考，应试教育压力巨大，加上成人不当的教育方式，让孩子得了焦虑症、强迫症、抑郁症；如果老师、家长发现不及时，或者发现了但处置不当，严重的会导致孩子自杀。

无论大人孩子,若因焦虑抑郁而自杀,那还真不是加缪所言的“自杀是唯一值得思考的哲学问题”。抑郁症是基因、生理、心理和社会因素复杂作用的结果,是一种可以专业治疗的大脑疾病。这是一个医学的、伴随着医学社会学的问题。如今抑郁症低龄化,才是真正严峻的局面,必须引起成年人的高度重视,引起全社会的高度关注。

作为家长,作为老师,作为成年人,我们一定要悉心了解孩子心中的风暴,要第一时间知道孩子的想法,掌握孩子的心理精神状况,千万不要粗枝大叶、以为没事。你掌握了孩子心中的“异动”,你才能赢得主动。在家中,家长不能把自私的“望子成龙、望女成凤”强加于孩子,给孩子平添压力;在校园里,必须杜绝一切体罚的暴力和精神惩罚的“软暴力”。而父母即使不和不睦,双方也要约定:各自对孩子一定要和要睦。

联合国《儿童权利公约》规定:每个儿童都有固有的生命权,父母对儿童成长负有首要责任;各国应保护儿童免受身心摧残、伤害,并为失去父母的儿童提供适当的照管;儿童有权享有可达到的最高标准的健康;每个儿童均有权享有足以促进其生理、心理、精神和道德健康发展的生活水平……让我们每位成年人,都悉心遵守之!

台湾名嘴陈文茜说:“你以为脚踩的地狱,其实是天堂的倒影。而我唇角的皱纹,其实是智慧的积累。毕竟人生最终的逆境叫死亡,谁也逃不过。”她这里所说的“死亡”,应该是指正常死亡,至于非正常死亡,谁都应该努力逃过!有一位学者在悼念因抑郁症自杀的青年学者江绪林时说:“追寻理想的道路漫长,请每个人珍惜自己的生命。我们走得慢,才能走得更远。”

【篇三】抑郁和健康

抑郁,我们各自隐藏的疾病;抑郁,我们相当无知的疾病;抑郁,已然越来越年轻化的疾病……

2020 年 9 月 11 日，国家卫健委公布了《探索抑郁症防治特色服务工作方案》，其中将青少年抑郁症的防治提上日程。方案要求，高中及高等院校，要将抑郁症筛查纳入学生健康体检内容，建立学生心理健康档案；设置心理辅导(咨询)室和心理健康教育课程，配备心理健康教育教师；将心理健康教育作为必修课，每学期聘请专业人员进行授课。

这个工作方案，功德无量，尽管来得有点迟。抑郁症正在成为人类第二大杀手，仅次于癌症；全球预计有 3.5 亿人患病，尽管程度不一。数据很能说明问题：2016 年 10 月，重庆某医学院校一年级新生抑郁症状调查结果显示，轻度及以上抑郁症状总检出率为 35.9%(财经杂志公众号 2020 年 9 月 12 日报道)；《2018 香港青少年生活状况调查》表明，有 30%的香港受访青少年的抑郁指数属中等至极度严重(2018 年 6 月 5 日大公网报道)，这里还不包括轻度。总之大约是“三分之一”，这远比想象中普遍，真是“不查不知道，一查吓一跳”。

这几年来，仅仅在我的同事、朋友、学生及其家人当中，就有多位罹患抑郁症，多人自杀告别了人世。同时，我也直接帮助多位朋友摆脱了抑郁症的缠绕，恢复健康，过上了正常的生活。我研读过多部有关抑郁症的著作，其中包括知名媒体人、《中国改革》杂志执行总编辑张进亲历抑郁症的《渡过》系列；我也陆陆续续写过 10 多篇有关抑郁症的评论。我深深地知道，国人对抑郁症的认识还处在非常初级的阶段，很多人根本不能正视抑郁症——自己不承认，因为有病耻感；外人不理解，因为不具备基本知识。如此这般，抑郁这个健康杀手，必然就更加肆无忌惮了。

名人得抑郁症的，数不胜数，从林肯到丘吉尔，从托尔斯泰到川端康成，从凡·高到海明威，从海子到三毛，从张国荣到杨坤，从崔永元到白岩松，等等，真是太多太多；面对“至暗时刻”，有的不幸自杀，有的成功治愈。

抑郁症首先是生理性的疾病，和遗传基因有关，和大脑神经萎缩异变有关。抑郁症当然跟外因——外部压力有关，但外因都是通过内因起作用的。不能简单地把抑郁症看成心理精神疾病。其实许多抑郁症患者的思维非常清晰，有的“微笑抑郁症”患者，外人甚至一点都看不出他或她有什么不正常。

这次颁布的抑郁症防治工作方案,不仅包括大中学生,也包括孕产妇和老年人。尤其孕产抑郁症,是一个严重的问题。年轻的母亲为什么会带着她幼小的孩子一起赴死?绝大多数是抑郁症给害的。

面对近年来抑郁症明显的低龄化趋势,在大中学生中进行抑郁症知识教育,探索抑郁症防治特色服务,极其重要,非常必要。香港中文大学为了关爱学生身心健康、应对学生抑郁问题,设立了各种专门机构,其中有"身心认知运动中心",有"心理健康辅导中心",有24小时心理援助热线与防止自杀热线等,为需要者及时提供咨询和治疗,及早打断恶性循环的锁链。无论如何,把抑郁解决在萌芽状态,就是最佳选择。

生命在于和谐健康,它有五要素:均衡营养,旷达乐观,适当运动,适时休息,有效疗愈。抑郁症可防可治,上上下下真正重视起来,这个可怕的健康杀手必定不再可怕。

【篇四】艰难的"渡过"

患了重症抑郁症,如果不治疗,或治疗不对头,后果必然很严重。

知识界人士中,成功战胜重症抑郁症的张进先生,是财新传媒常务副主编、《中国改革》执行总编辑,他从自杀的悬崖边上成功地把自己拉回来,之后把自己的经历写成了一本书——《渡过:抑郁症治愈笔记》,我曾读过,深为感佩。他得的是"双相情感障碍抑郁症",走过了"三部曲":罹患未治疗,不正确的治疗,更换医生后得到精准的诊断和治疗从而治愈。

张进说,魔鬼的脚步悄无声息,不知不觉中,工作能力在下降。对什么事情都不感兴趣,记忆力下降,反应不敏捷,处理问题也不那么决断;"抑郁症最痛苦和可怕的,是动力的缺失,能力的下降,这会让你觉得自己没有了存在的价值"。接下来"是一个不得不正视疾病、承认疾病、处理疾病的痛苦过程。之所以痛苦,是因为你必须接受自己是一个病人,而且是精神病人"。

前面长达半年的病程,关键原因就是误诊。因为诊断错误,致使治疗方向错误，白白耽误了半年的时间，承受了半年的痛苦。抑郁症是一种非常特异、非常复杂而微妙的疾病，很难把握，当然要允许医生犯错误。但一个事实是，相对于数量极其庞大的抑郁症群体，专科医生，尤其是高水平的，实在是太少太少了。不知道林嘉文的诊疗情况如何。

对于张进来说，直到第二个医生"站在误诊的肩膀上"，确诊他是"双相情感障碍抑郁相急性发作"，他才吃对了药，从"炼狱"逃回了地面。医生使用的是联合用药法，下药很猛，第一次就给开了六种药，同时服用，每天服药多达 16 粒。副作用很强烈，从张进的描述看，远比林嘉文的"又疼又困"厉害。

重症抑郁症患者，反复出现的念头就是"自杀"。想到自杀，甚至会有一种放松的、温馨的解脱感，可怕就可怕在这里。对于这个"死缠烂打"的念头，张进做得很好。"即使在最痛苦的时候，理智仍然告诉我，不能自杀。因为责任还在，没有理由、没有资格去死。"他说，"好在抑郁症患者即使能力缺失，理智并不受影响。那时，我能够做到的，就是用理智提醒自己，不要让自己具备自杀的条件。比如，等电梯的时候，我会有意识地让自己离开窗口，以防某个时刻突然冲动一跃而下。"

在整个煎熬过程中，患者本人和家属亲人，最重要的是努力不让环境具备自杀的条件。张进尽管没有信心、看不到希望，但他还是以"死马当活马医"的心态，坚持做到几件事：一，不自杀；二，按医嘱吃药，一粒都不少；三，努力多吃一口饭，增强抵抗力；四，如果体力允许，哪怕多走一步路也行。最终，张进从医学科学中建立信心，除了坚持，还是坚持，从而挺了过来，承受住了生命中那抑郁之重；挺过来就恢复如常了，就是个正常人了。我感到非常遗憾的是，林嘉文一定没有读过《渡过：抑郁症治愈笔记》一书，否则，他很可能会像张进一样，走出自杀的"快感魔爪"。

【篇五】张国荣自杀：不是"愚人"新闻

2003 年 4 月 1 日愚人节，是真的愚人节吗？可是我看到新华网发布的沉重消息:香港警方发言人说,香港艺人张国荣4月1日傍晚6时41分在中环文华东方酒店跳楼自杀,随后被送往玛丽医院抢救无效,于当晚7时06分去世,终年46岁。现场留有遗书,表示他情绪深受困扰——抑郁症。

张国荣,4月1日,愚人节,跳楼自杀,这些词语,跳跃着,春日夜晚的天空,因此显得奇怪而高。张国荣演的电影,我所看不多,但1993年他主演的在法国戛纳电影节获得金棕榈大奖的《霸王别姬》,是我喜欢的。我们看到太多白发人送黑发人的悲剧,所以,我多么希望这一回是愚我们一把的愚人节新闻啊!

早在1985年,翁美玲在公寓里自杀身亡,人们只能在《射雕英雄传》里寻找那个巧笑倩兮美目盼兮的黄蓉;后来,三毛上吊自杀,多少人欲哭无泪,只恨那长长的丝袜,只能在三毛的优美文字里怀念她的音容笑貌;到了1999年2月,歌星谢津在天津家里坠楼身亡;2000年9月年仅27岁的歌坛新秀�子又在家里上吊,结束了如花的生命。

尽管"死生,天地之常理",但死毕竟总是残酷的;尽管"死亡是最伟大的平等",但不同年龄不同方式的死毕竟昭示了生的时光有着不平等;尽管"死是万物不可逃避的终结",但生毕竟是这颗蓝色星球与其他星球不同的本质之一。我深深折服于希伯来的一句名言:"拯救一个人,等于拯救全世界。"人类世界是由一个个个体的生命构成的,世界上每一个生命的个体都是重要的。生命生命,有生才有命。未知生,焉能死?

然而,生是一种选择,死也是一种选择。阿根廷著名作家博尔赫斯在他的《一个厌烦了的人的乌托邦》中说:"人是他自己生命的主宰,人也是他自己死亡的主宰。"自杀是选择死亡的一种直接方式,何况这种选择需要勇气。我尊重一个人主宰自己生死的权利,也尊重一个人选择自己死亡方式的权利。所以我在本质上尊重张国荣的自杀,尽管尊重的前头是深深的叹息。

想起了哲学家周国平曾经说过的话:死是最令人同情的,因为物伤其类:自己也会死。死又是最不令人同情的,因为殊途同归:自己也得死。想起了学者余世存作为青年诗人时写下的一首诗,题目是《生死》,其中关于死的一段是:放弃那些应该放弃的/虽然我们还恋念着光阴/像春日里送走水一样的客人/我们送走生命不过送走了一位客人/有一点儿惆怅,还有一点儿欢欣……也想起了些许年前我曾经写下的几句话:活着时重视生命,死亡时蔑视死亡;获得时珍惜获得,失去时忽视失去。在这个时候,我也只能给张国荣和热爱张国荣的人献上这么几句话。

【篇六】“我是一个差妈妈”

2016年4月28日,两个沉重的新闻,刺入耳目:在沈阳,一位31岁的妈妈因产后患抑郁症,在头一天抱着3岁女儿从19楼纵身跳下,母女俩当场殒命;在武汉,一位妈妈花了4年时间让耳聋女儿说话,却在入学幼儿园的第一天将女儿杀害,自己割腕自杀未遂——病历显示,这位母亲从2014年起就患上了抑郁症。

那位31岁的妈妈生完孩子后,“情绪一直都不好,平时家里人也总是留心看着,没想到还是出了意外”。其实不仅仅是“情绪不好”的问题,而是严重的产后抑郁症,“家人留心看着”而不去进行积极的治疗,这就是严重的犯错了。

专家告诉我们:女性一生中有几个阶段最容易得抑郁症。产后的几天,通常母亲都感到易怒和忧伤,即“产后忧郁”。这种状态在48小时至72小时就会消失,但是,如果持续到产后几周,出现了一系列的抑郁症症状,这就是“产后抑郁症”。妈妈总感觉应付不了她所面临的任务,或者感觉自己没有照顾好婴儿,是个“差妈妈”;有一些产后抑郁症患者出现发狂状态,在极端情况下有可能杀死自己的孩子或自杀。绝经期得抑郁症的可能性也较高。这个状态很可能跟生殖系统在此阶段引起的生理调整有关。

统计表明,有50%—80%的产妇会出现“产后抑郁”,大约有15%的产妇会发生“产后抑郁症”(事实上不仅仅是“产后”,有的产前较早就开始了,所以更准确的是“孕产抑郁症”,只是产后变得更严重;这里尚且按约定俗成的习惯说法称为“产后抑郁症”)。

广西河池法院判决了一起故意杀人案，一位平常表现淳朴善良的年轻母亲被判 12 年，原因是她“坐月子”结束，患有产后抑郁症，捂死了自己的儿子和侄女两个小孩。

那位在幼儿园入学第一天杀害 5 岁女儿的母亲，其实是个好母亲，她花 4 年时间，风雨无阻地陪同患先天性耳聋的女儿做康复训练，女儿终于学会说话。这起人伦悲剧是人们不愿看到的，它其实更是一起疾病悲剧。这母亲跟产后抑郁症也有关：几个月前，她再次怀孕，选择做了人工流产，患上了“流产抑郁症”。她的表现为：经常失眠，头疼难受，反应迟钝，心情不好，平时爱哭，足不出户，感觉自己很无能，只会拖累家里……报道说，“生活的压力，家庭的困难，孩子的残疾，自身的疾病加上小产后的抑郁，压得她精神崩溃，导致悲剧的发生”。她丈夫说：“她之所以犯下弥天大错，并非她不爱女儿，而是心力交瘁，患上了心理疾病。”

从“产后抑郁”到“产后抑郁症”，是一种疾病的升级，抑郁症是生理疾病，并不仅仅是“患上了心理疾病”，必须进行治疗，不是“家人留心看着”就行的。如今防治抑郁症的障碍：社会对患者的鄙视，缺乏大众保健提供者，缺乏训练有素、能识别和治疗抑郁症的专家，等等。

【篇七】抑郁的户口与贝克斯难题

是的，是一个悲剧，是一个抑郁杀子的悲剧。不是母亲得了常见的“产后抑郁症”，而是父亲得了罕见的“落户抑郁症”——因儿子生病且落户困难，父亲想“得到解脱”，摔死了出生才 43 天的儿子；由于是限制行为能力人，法院判处父亲有期徒刑 10 年。妻子说刑满后再给他生个孩子：“他摔死儿子，但我不能放弃他。”（2006 年 9 月 4 日《新京报》）

虎毒不食子。这是一个贫病中的三口之家，不仅大人孩子身体有着结结实实的病，父亲还有结结实实的精神疾病。这是抑郁里的生活和抑郁中的人生。

有微观调查表明，流动人口群体最为“抑郁”，一些地方甚至超过三成：“经济贫困”和“社会孤立”是双重心理负担，沉重的孤独感和压抑感，逼迫心理异常大量发生。这个父亲尽管有着北京昌平的“集体户口”，但妻子来自河北，所以儿子难以落户北京——这构成了一个典型的家庭式“流动群体”；他们无法享受常规的社会福利，陷入了“流动群体亚健康”状态。

在非稳定的流动群体里，当心理与精神承受能力突破极限之后，极端化的抑郁悲剧就会降临。无法给孩子落户，或许就是压断家庭脊梁的最后一根稻草。我们如何让无辜的孩子安息？或许可以轻轻地说一声：孩子，天堂里不需要户口。

城市户口，本质是福利待遇问题，对于流动群体来讲，也就是“牛奶面包”问题。当“牛奶面包”问题系于户口，也就成了一个“贝克斯难题”。遥远而古老的“贝克斯难题”，就是两个婴儿“创造”的：2600多年前，古埃及国王萨姆提克进行了著名的人类历史上首次心理实验——他将两个刚出生的婴儿，送给遥远边陲的牧人在隔离状态中抚养，看看孩子本能说出的第一句话是什么语言；国王认为那样远离尘世的第一句话，就是最古老民族的自然语言，他期待由此证明最古老的民族就是埃及。在孩子差不多两岁时，终于发出了第一个单词：“贝克斯……贝克斯……”国王找来全国的语言学家破解这个“贝克斯难题”，结果揭晓了：“贝克斯”是弗里吉亚语言中“面包”的意思。弗里吉亚成了更古老的民族，这让国王很失望——但这一切其实无关紧要，重要的是：“面包”是孩子的第一需要。

“贝克斯难题”告诉我们，“食”是生存的第一前提，当户口与生存之“食”有密切干系的时候，它就是一个不可轻视的社会问题。今天，不知饿汉之饥的人，当然不会像晋惠帝那般“白痴”，面对“百姓吃不上饭”而问一声“何不食肉糜”。但是，面对“孩子没户口要成为黑户”，有人简简单单地说一声“没户口就没户口呗，要它干吗”，还是有可能的。于是，我们再次看到，屈原说过的话依然那么珍贵：长太息以掩涕兮，哀民生之多艰。于是，我们更加明白：抑郁的身体，需要社会关心；抑郁的户口，需要郑重面对。

【篇八】抑郁和认知

“睡前放下一切,醒来便是新生”“控制情绪就是修行,不惧困境就是境界”“难受一下不要紧,重要的是力避受难”……这些话都很有道理,但对于一个较为特殊的群体——抑郁症尤其是重症抑郁症患者而言,要想做到,那可很难。

成都大学原党委书记、博士生导师毛洪涛教授轻生溺亡事件发生后,成都市成立联合调查组,进行了全面调查。2020 年 11 月 27 日调查结果公布,其中提到毛洪涛“生前身心健康存在异常状况”,“在较长时间内其焦虑情绪日益加重,在认知上逐渐形成一种思维定式,并采取极端行为”,等等。很显然,毛洪涛罹患的是典型的重症抑郁症,并因此而轻生。

抑郁症的一个明显特点就是认知偏差。毛洪涛在轻生前,通过微信反映成都大学党委副书记、校长王清远的种种问题,调查结论认为与事实不符,说明毛洪涛认知偏差严重;认知偏差严重,亦证明抑郁症程度之严重。

情绪严重低落、认知功能明显下降、认知发生巨大偏差,几乎就是抑郁症从轻度向重度发展的“标配”。而抑郁症患者的认知偏差,往往会指向固定的一个人,出现“聚焦化”的认知偏差。而对抑郁症患者认知偏差的认知不足,甚至对抑郁症、精神疾患的认知不足,是一个普遍的社会问题。

所谓认知,就是人们看待世界、看待万物的方式,关乎一个人的思想、精神、信念、心态以及健康状况。抑郁症患者的思维和认知,很容易被疾病扭曲,对自我的认知、对抑郁症这个疾病的认知、对他人的认知与评价,都会出现偏差,不仅自责,而且责他。这种认知偏差,并不是常人之间的认知差异,与许多网友不相信成都市这个调查结果的“认知差”不同,而是源于生理与精神疾患。

“抑郁”一词源于拉丁语,本来意思是“深陷”或“洼地”。在人类历史上,“抑郁”很晚才被纳入医学和心理学范畴。抑郁症通常被称作世纪病,其实古已有之。现在已经很清楚:不论是从临床表现还是从病因来看,抑郁症既是精神疾病，也是身体疾病。当抑郁情绪变严重的时候，大脑的负面倾向也会随即变严重，由此“深陷”于难以自拔的“泥淖”“洼地”，外界和自身负面消极的部分会被放大、扭曲；如果不能及时正确治疗，认知偏差就可能会越来越大、越来越严重。

20 世纪 60 年代，美国精神科医生艾伦·贝克创立了抑郁症的认知治疗理论。他认为，抑郁症患者处理信息的方式是扭曲的：他们看待自己、世界和未来的眼光悲观绝望，内心总有个非常负面的声音，理解事情的方式不合常识常理。这些“认知图式”，一部分是在过去的负面经验之后形成的。而对于这种“认知歪曲”“认知偏差”，患者自己往往毫无意识；同时还会形成一种恶性循环，负面的认知、想法，继续来强化最初的那个功能紊乱的图式。

智者有云：“折磨我们的往往是想象，而不是真实。”对于抑郁症患者来讲，尤其如此。我们知道，有两个人就构成关系，有三个人就构成社会；而处理种种关系上，往往是越让步越进步——但对于抑郁症病人来讲，这很难做到；只有把病先给治好了，问题才能迎刃而解。

怎么治疗，这是科学问题，是医学科学一直在研究的问题。多项研究表明，对于中度抑郁症，药物治疗和心理治疗“双管齐下”的效果，要好于单用药物治疗；而单用药物治疗效果，要优于单用心理治疗的效果。对于重度抑郁症，只有药物治疗，才显现出足够的效果。（详见法国精神科教授贝尔纳·格朗热所著《抑郁症》一书，中央编译出版社 2013 年 7 月第 1 版）

毛洪涛的悲剧，首先是一个病人的悲剧。领导干部是精神疾患高风险人群之一，这些年来因为抑郁症而轻生的不少，这需要引起方方面面足够的重视；成都当初组成联合调查组的时候，其实就应该有医卫机构参加。回顾毛洪涛事件，最大遗憾是一个完全可以治疗的疾病，没能得到应有的重视、很好的治疗，不仅失去了一位优秀教授，还使得本来很简单的一个事情，变得足够复杂。

【篇九】从基因深处解除抑郁

发现抑郁症基因！2016年10月19日《财新周刊》发表重磅长篇报道：科学界第一次证实抑郁症与基因的关系。由英国、美国和中国组成的庞大研究团队，经过8年的长期、广泛、深入的研究，访谈了上万病例，研究了6000多名重度抑郁症患者的样本，通过深圳华大基因的深度参与分析，研究成果终于公之于众：在人类历史上，首次报告两个与抑郁症相关的基因片段。

这个基础研究极为重要。此前，对于能否发现抑郁症的基因变异，科学界辩论了近百年。抑郁症确实有一定的遗传性，对遗传率最高的估计约为40%。如今这个基因研究的成果，为抑郁症的基因治疗提供了明确的方向与道路；如果后续跟上，找到从基因深处解除、根治抑郁症的药物，那意义恐怕不亚于之前屠呦呦发现青蒿素治疗疟疾。

因为这世界上，被抑郁症折磨的人太多了！全世界人口是70多亿，其中抑郁症患者多达3.5亿，在中国已达到9000万！抑郁症已成为最常见的精神疾病之一。常常看到新闻说，某某某因抑郁症自杀，而官员因抑郁症自杀的新闻也时有所见。更糟糕的情况是，抑郁症在全世界都存在诊断不足的现象，而中国的治疗率还不到10%。

医学家研究抑郁症，为的是终极根治；普通人知晓抑郁症、掌握有关基本知识，才能够“没病防病，有病治病”。抑郁症患者在患病和诊疗过程中，有许多可怕的、糟糕的误区，需要看个清清楚楚明明白白：

第一个可怕是“不知道”。自己开始有了强迫症、焦虑症以及抑郁症倾向，却“不知道”是怎么回事，耽误了“早发现、早治疗”；甚至到了中度、重度阶段，反复出现自杀念头，还不知道是罹患了抑郁症，这就非常糟糕了。抑郁症典型症状表现为无趣、无助、无能、无力、无望、无价值，吃不香睡不着，情绪持续低落，时常觉得生不如死；解剖学研究发现，抑郁症患者大脑中，有一些关键物质，如单胺类脑神经递质，其水平比正常人低。只要确诊，就有方可治，医学界已有成熟而有效的药物治疗方法,但如果对自己的症状统统是“不知道”,家人也是一无所知,那就被耽误了。

第二个可怕是“病耻感”。知道得了抑郁症,却有“病耻感”,认为得了这个病是可耻的、倒霉的,不肯与外人说,不向外界寻求帮助,这也很可怕。有一种很特殊的情形,是“微笑抑郁症”,为了形象,强扛压力,尽管内心痛苦压抑,外表却若无其事,甚至面带微笑,始终给他人美好的印象,绝不向别人倾诉;可是“微笑”过后是更深的痛苦,“人前坚毅,人后沮丧”,恶性循环,这“微笑抑郁症”,亦即“隐匿型抑郁症”。

第三个可怕是“不就医”。知道是抑郁症了,但不去积极就医,甚至认为吃了药所产生的副作用会让大脑变坏,不认真配合治疗,这也真当是糟糕。英国著名女作家伍尔夫,长年被抑郁症困扰,1941 年她跳河自杀身亡,终年 59 岁,那时抗抑郁药还没有面世,那是没办法的事;中国作家、“恐怖小说大王”李西闽,在 2009 年开始出现抑郁症状,头疼发作起来,“恨不得拿一把锤子把头敲开”,屡想自杀,他也一度“主抗心理很严重,听不进医生的话”。

第四个可怕是“不坚持”。抑郁症的治疗需要一个过程,有的所需时间较长,不坚持就容易反复;家人的悉心帮助也需要坚持,要打好“持久战”。

今后若能进行基因治疗,大约可以根治抑郁症;若能基因修复,则可预防。相信人类总有一天能够说:滚蛋吧,抑郁症!

艾滋病和我们的共同责任

A.与安南不谋而合

2002年10月15日《北京青年报》报道:近日,江苏省苏州市出台了《苏州市艾滋病、性病预防控制办法》,该办法规定,艾滋病人(包括艾滋病病毒携带者)及其家属享有平等的就学、就业及隐私受保护的权利,"与常人无异"。"这是我国现行法律法规中首次明确规定艾滋病病人及其家属享有哪些权利,承担哪些义务的地方性法规。"

办法第23条中规定:"艾滋病病毒感染者和艾滋病病人及其家属不得受任何歧视,依法享有公民应有的工作、学习、享受医疗保健和参加社会活动的权利。不得剥夺其子女入托、入学、就业的权利。不能将病人的姓名、地址及有关情况做公布和传播。应对上述人群予以关爱,必要时提供医疗救援。"同时,该办法也规定了艾滋病病人应当承担的责任和义务。如艾滋病病人应认真听从医务人员的医学指导,服从疾病控制的管理。此外,婚检和孕检必须进行艾滋病检测,也以立法的形式确定下来,这在全国均是首次。

艾滋病问题,是一个全人类必须高度重视的问题。就在

2002 年 10 月 14 日,联合国秘书长安南在浙江大学对千余名师生发表演讲,他用三分之二的时间重点讲了艾滋病问题(详见 2002 年 10 月 15 日浙江《都市快报》所刊的演讲全文)。安南说:“现在,专家们都认为,艾滋病毒/艾滋病是暴虐人类的最严重的流行病。与任何其他疾病相比,艾滋病毒/艾滋病蔓延得更广、更快,带来的灾难性长期后果更为严重。艾滋病影响极大,除了给人们造成无限痛苦,还严重阻碍发展。我们只有奋力应对防治艾滋病的挑战,才能在建设人道、健康、公平的世界等其他工作中取得胜利。”

安南说:“我知道中国深为关注这一挑战。原因是:今天中国事实上正处于艾滋病祸害暴发的边缘。”有统计表明,从 1985 年我国首次发现艾滋病病人到 2001 年底,全国累计报告发现艾滋病病毒感染者 30736 人,其中艾滋病病人 1594 人,684 人已经死亡。面对艾滋病的严峻形势,如何正确对待艾滋病,如何正确对待艾滋病病人,从而采取正确而有力的措施,是问题的关键。安南在演讲中说:“大家都需传播下列信息:艾滋病问题是可以解决的问题。打赢防治艾滋病的战斗的第一步是公开谈论这一流行病。沉默就是死亡。人们需要知道他们可以接受检查,而不受耻笑;需要知道他们如果受感染,可以得到治疗;需要知道他们如果患病,仍可以不受歧视地生活。”

当时作为“已经将防治艾滋病的战斗定为我个人的优先事项之一”的联合国的秘书长,安南的见解是十分深刻的。如果不公开谈论艾滋病,那么艾滋病就可能成为真正的“地下暗流”,得不到有效监控,蔓延更烈;如果艾滋病患者饱受歧视而权利得不到保护,那么,“防治艾滋病”将成为一句正确的空话。

对艾滋病病人权利的保护问题,不仅仅是国家、社会对一个人最基本尊严的保证,而且是遏制艾滋病的必经之途。但在我国有很长一段时间,艾滋病患者及其家属一直被人们视为“洪水猛兽”。90 年代初,云南德洪傣族自治州有个参加工作的小伙子上大学了,但体检的时候被查出来是艾滋病感染者,是否让他去昆明上学引起很大的争论。时至今日,已经到了必须正视并正确对待这个问题的时候了,因为遏止艾滋病在我国的蔓延,已经到了刻不容缓的地步。

“勇对艾滋病，绝非耻辱行为，而是骄傲之举；个人的行动既可以造成艾滋病毒蔓延，也可以帮助制止其蔓延。”安南说，我们承诺，要在2015年之前制止并开始扭转艾滋病毒/艾滋病蔓延趋势；防止艾滋病毒/艾滋病进一步大规模蔓延，“中国正处于一个决定性时刻，你们如何迎接这一挑战，不仅将决定这一流行病的范围，而且也决定你们能否预防随着艾滋病而来的一切其他破坏”。安南的话是振聋发聩、发人深省的。

“如何”迎接这一挑战？江苏苏州市通过立法来保护艾滋病病人的权利，与安南的思路不谋而合，是一个很好的开端。

B.防控艾滋需要广泛的“同伴教育”

防控艾滋，务虚容易务实难。2005年12月1日是第18个世界艾滋病日，联合国艾滋病规划署确定宣传主题为“遏制艾滋，履行承诺”。截至2005年9月底，全国累计报告艾滋病病毒感染者超13万；而浙江今年已报告新发现感染者和病人374例，比前一年同期增长50.8%（2005年11月30日《都市快报》）。艾滋蔓延的速度是惊人的，惊人的速度就是惊人的危险。要遏制艾滋，就要履行承诺；要履行承诺，就要务实前行。否则遏制艾滋的速度就奔不过艾滋蔓延的速度。我国要想实现在2010年将艾滋病感染者控制在150万人以内的目标，还真需要刘翔般飞翔的跨栏速度，而这个“跨栏”既要逾越障碍，又得脚踏实地。

中央电视台著名的《新闻调查》节目，曾在艾滋病日到来前夕，做了一个名为《同伴教育》的专题。同伴、同伴教育骨干，都是采访对象。节目说，来自权威部门的统计表明，艾滋病传播正呈现从高危人群向普通人群蔓延的趋势，而其中重要的传播途径就是不安全的性行为；如何面对被法律和道德所禁止的非法性交易者，是许多国家防控艾滋病重要而严肃的命题。近年来我国卫生部门和国际组织，在一些地区针对这一特殊而敏感的人群，正在探索一种防控艾滋病的模式——同伴教育。

同伴教育是一种很务实的方式。同伴教育者总是用“同伴”来称呼要面对的目标人群，双方构成很贴近的同伴，从而在教育中实施行为干预、防控艾滋传播。相对于其他形式，“同伴教育”的优势在于教育者和受众之间没有代沟、能够平等交流、参与性强，他们有共同语言，在一起分享信息、观念或行为技能。当目标人群中的性工作者成为“同伴”之后，同伴教育者与同伴之间消弭了距离、连接了“丝带”、获得了实效。澳大利亚、挪威、荷兰、加拿大等国家的红十字会实施青年同伴教育项目，都有了宝贵的成效与经验。在我国尚无一部《性教育促进法》的时候，无论是由政府组织还是非政府组织实施同伴教育，都是一个现实可行的渠道。

我们知道，防控艾滋的务虚活动是很容易操持的，搞个广场咨询、发几个免费的安全套，都很省力，但真正有效果的是实打实的务实，做起来就比较费劲了。《新闻调查》节目中有一位同伴教育骨干说得好：对于高危人群中的女性，“不能一去你就说我是中心的什么工作人员，我是来帮助你的呀，或者是我来宣讲什么艾滋病、性病的知识，这样不行的，她们会很排斥的，首先成为朋友以后她不排斥你，她更容易跟你贴近”。《新闻调查》主要调查了同伴教育做得较早较好的云南个旧市，那里的妇女健康活动中心成了同伴们经常光顾的“家”，同伴和同伴教育骨干相互很接近、打成一片；没有这种务实，干预、防控艾滋往往是“剃头挑子一头热”，结果近乎“无效”或“半无效”。

我以为，同伴教育应该在我国更广泛地推行，不仅要“纵向到边”，还要“横向到底”。联合国儿童基金会等单位曾发起了“童心红丝带”预防艾滋病同伴教育活动，在北京、上海、杭州等城市进行了试点，口号是“与艾滋病作斗争，我参与，我有责！”他们选拔优秀少年儿童作为“同伴教育”种子选手，聘请专业老师，通过授课、游戏等方式培训同伴骨干，这是“从小学习预防艾滋”的有益尝试。曾经有论者嘲笑这是“防艾滋从娃娃抓起”，其实，只要寻常地去想“艾滋只是一种病”，那么，让一个人从小就知道艾滋作为疾病的基本知识、懂得如何去预防它，没有什么不好。什么叫“防治艾滋病需要全社会普通公众支持”？这就是。

防治艾滋病，在观念问题不成为主要问题的时候，如何“求”到“真”、如何“务”得“实”才是最大的问题。“同伴教育”让我们明白：“红丝带”是不能虚飘在一方身上的，“红丝带”应该真正连着你我他。

C.如果我得了艾滋病……

2007年12月1日，第20个世界艾滋病日，主题是“遏制艾滋，履行承诺”。11月29日，《中国艾滋病防治联合评估报告（2007年）》发布。报告估计，2007年我国有5万例新发艾滋病病毒感染者，因艾滋病死亡的有2万例，日均死亡55人……（2007年11月29日新华社）

数字是单调的，问题是严峻的。这里有个提交给每个人的诘问式难题：如果我得了艾滋病，我该怎么办？若这是一道必答题，那么，最佳的回答会是怎样？这真伤脑筋。我想，有一些好答案，对公众对社会将是有价值的：

——我应该学习宋鹏飞、朱力亚，公开自己的病情。宋鹏飞是内地首位公开姓名的艾滋病病人，1998年他因输血感染艾滋病病毒，当时还是小小少年；而朱力亚是首位公开艾滋病情的在校女大学生，她在和外籍男友交往中不幸感染上了艾滋病病毒。公开自己的病情，是希望自己能成为一面镜子，对他人有警醒作用；这两年，朱力亚走进各地校园巡回演讲，现身说法宣传“防艾抗艾”有着非常的震撼力。

——我应该坚决遏止故意传播艾滋病行为。2006年12月27日，浙江省人大常委会审议通过《浙江省艾滋病防治条例》，立法打击故意传播艾滋病行为，规定任何人不得用含有艾滋病病毒的血液、体液等威胁他人；任何人不得以任何方式故意传播艾滋病。这些年来，一些艾滋病病毒携带者，或以传播来报复社会，或以声明“我有艾滋病”来充当实施不法行为的“保护伞”。是否故意传播艾滋病，如今不仅仅是道德问题，而是上升到法律层面，这是社会的进步，那么，个人的进步也是必需的。

——我应该科学对待艾滋，告诉公众不必“恐艾”。每到世界艾滋病日前后，随着媒体宣传，许多人得了"恐艾症"，大多属于"世上本无事，庸人自扰之"。是的，高危性行为是感染艾滋病的一个主要途径，但"恐到极致"是没有必要的；精神弱者才会被病给吓死。从科学的角度看，就是真的患上艾滋病，"恐"也绝不是良方一帖。

——我应帮助他人，尤其是帮助亲友加强健康管理。健康是长寿的前提，是获得优质生活的基础。世界上有两个特殊的博物馆：长寿博物馆和短寿博物馆。"长寿博物馆"在格鲁吉亚高加索山区，那里是世界四大长寿地区之一，有个村人均寿命甚至达到 109 岁，是"世界长寿之乡"；"长寿博物馆"收有 3000 多位百岁老人的档案，展示了格鲁吉亚寿星的长寿秘诀，看看他们日常食用的食品吧，竟然是红豆、白豆、核桃、黄瓜、西红柿之类，还有寿星亲手制作的奶酪、酸奶等。而"短寿博物馆"在德国的图林根州，收集了古往今来全国 2000 多名短寿者的人生档案，其中有 600 多名短寿者都是性放纵者，男女比例各约一半，他们早早就开始寻欢作乐，无节制更换性伴侣，先后患上性病或艾滋病，提早跨入了另一个世界……"健康管理"并没有"达·芬奇密码"般的神秘，该做什么不该做什么其实也就那么简单；长寿或短寿，主要就是生活态度、生活方式决定的。

这些关于"如果我得了艾滋病该怎么办"的答案，对个人来说绝不是"绝对要求"，因为在法律允许范围内，个人如何对待，实在是个人的权利。只是如果"遏制艾滋，履行承诺"不成为一句空话，那么，个人也应该想一想承诺什么与如何履行。

D.防治艾滋，学习"软硬兼施"

2009 年 12 月 1 日，第 22 个世界艾滋病日。中国累计报告艾滋病病毒感染者和病人已达 319877 名，其中由性传播途径导致的艾滋病超过 50%。实际人数远远不止这一数字。进入 21 世纪，我国艾滋病的传染途径开始以性传播为主，感染人群已由过去的吸毒者、卖血者等特殊人群，转向一般人群。这样带来的一个新趋势是：老年人、农民工群体感染艾滋病者所占比例逐年上升。这是艾滋病从高危人群向一般人群扩散的危险信号。

防治艾滋病，重要的是要实事求是，不要有“鸵鸟政策”，装作不知道。我们完全可以向外国学习“两手都要硬”。

在英国，防治艾滋病的措施就是“软硬兼施”。“硬”的一手——免费治疗，即政府买单，只要到对应的医生处登记，都可享受免费医疗。巴西也一样，政府买单救治艾滋病患者，帮助了数十万病患。但我国这方面还有差距，国家仅仅是对艾滋病本身实行免费治疗，而对艾滋病病毒引发的并发症不承担医疗费用，得由病人自己负担，而这个负担是非常沉重的。他们如果缺乏治疗费用，那么就不能好好地待在医院里接受治疗；如果不能好好地接受治疗，那么难免就会走上社会，增大传染他人的概率。

英国“软”的一手，是营造良好的社会氛围，平等对待艾滋病病毒感染者，消除各种歧视，认真保护隐私。在各方努力下，英国对感染者的社会容忍度，在世界上达到了较高的水平。通过性传播的人群中，同性性行为的感染概率，已远远高出异性性行为的；明确知道对象，才能“有的放矢”。

联合国《2009 年艾滋病流行报告》说，肯尼亚约有 140 万人感染艾滋病，但死亡人数 7 年下降近三成，成绩斐然。安全套的使用，是减少艾滋病死亡人数的因素之一。调查显示，肯尼亚 15 岁至 24 岁青少年首次性行为使用安全套的比例，在过去 5 年里翻了一倍。2009 年 11 月 29 日，《都市快报》做了一个很有意思的报道，是说社区“售套机”的，从 1999 年杭州开始安装第一台自动售套机，已过了整整 10 年；它售卖的安全套，10 年来都是 1 元一只，一直没涨价。全市售套机已发展到 1200 多台，8 个送套员负责送套，他们的月工资只有 1200 元，“主要是做公益”；售套机的作用，现在“主要是为了安全，防止疾病传播”。安全套，很重要，无论是个人还是政府还是社会，千万别忘记这个东西。别看套子是软软的，它可是预防感染艾滋病的不可或缺的“硬件”哦！

得之前，要防；得之后，要爱。前者硬为主，后者软为主，这就是“软硬兼施”。

红丝带，是爱心的飘带。让艾滋病患者能长久活着并且体会到爱的滋味，亲人有责，政府有责，社会有责，我们有责。

E.艾滋病和我们的共同责任

如果说抗“艾”在路上，那么防“艾”也不能在空中。

2020年12月1日，第33个世界艾滋病日。11月30日，中国疾病预防控制中心发布2020年预防艾滋病最新的核心信息表明，我国新诊断报告艾滋病感染者中，95%以上通过性途径感染，其中异性传播约占70%；男性同性性行为者每100人中约有8人感染艾滋病，具有很高的感染风险。浙江省疾病预防控制中心的数据则表明，2019年全省新诊断艾滋病病毒感染者和病人5090例，较2018年下降5.3%，首次出现年度下降趋势。

然而，33年过去，艾滋病的预防和治疗总体上仍然不容乐观。2020年世界艾滋病日的主题是“携手防疫抗艾，共担健康责任”，这是在全球抗击新冠肺炎疫情背景下，要求加强团结协作，强化压实政府、部门、社会和个人“四方责任”，携手应对新冠肺炎、艾滋病等全球范围内重大传染病挑战，共同抗击艾滋病，为实现艾滋病防控目标、构建人类卫生健康共同体而努力。

存活艾滋病感染者的数量，并不是一个容易准确统计的数字。截至2018年底，我国存活的艾滋病感染者约为125万；截至2019年10月底，全国报告存活艾滋病感染者为95.8万，未报告的数字不详。其中2019年1月至10月新报告发现艾滋病感染者，达到13.1万例。

我国艾滋病感染者，如果达到140万，那么在14亿人口中，结果相当可怕。从无药可治到可治可控，艾滋病已不再是一种绝症。现在我国符合治疗条件的感染者，接受抗病毒治疗比例为86.6%，治疗有效率达到93.5%。然而大部分艾滋病患者，仍需终身服药。

如果说治疗艾滋病是科学家和医生的事，那么预防艾滋病则是全社会的事，是我们每一个人的事，是我们共同的责任。当下，防止艾滋病扩散和人数增长,是当务之急。每个人都是自己健康的第一责任人,对艾滋病必须“敬而远之”,尤其是年轻人。2020 年广州主题宣传,就瞄准高校学生,致力培养大学生健康、安全、负责任的意识和行为,正确有效地预防艾滋病。

“1985 年 10 月 2 日,洛克·哈德森去世的那个早晨,一个词在西方世界家喻户晓。艾滋病。很多人曾听说过‘获得性免疫缺陷综合征’,但这听上去似乎又事不关己,不幸罹患此症的大多是某些阶层的弃儿和贱民……”这是美国著名记者兰迪·希尔茨的名著《世纪的哭泣:艾滋病的故事》的开头,该书是一部广泛而全面的新闻调查,曾获评《时代周刊》“百大非虚构经典”。

兰迪·希尔茨是美国第一批意识到艾滋病问题的记者之一,他以时间为脉络,详述艾滋病在美国从发现到扩散的故事,以大量事实刻画人类的懦弱、绝望、自私、贪婪的同时,也以精彩的细节呈现了人类在死亡危机时的勇气、进取、无私、悲悯。兰迪·希尔茨在写作期间接受了艾滋病检测,在把稿件交给出版商的当天,他被告知艾滋病病毒阳性,在服用抗艾滋病药物若干年后,他于 1994 年不幸死于艾滋病并发症……他书中“事不关己”的警示,至今仍有现实意义。

对艾滋病的预防,最可怕的就是“无知无畏”“事不关己”。预防艾滋病,必须从“事必关己”开始,做到“有知有畏”。无论是对新冠疫情还是对于艾滋病,让公众保持适度恐惧是一种必要和必须。美国疾病预防控制中心的心理学专家曾明确提示:公众如果毫不畏惧,反而不利于对疫情的控制。引导舆论,应使公众处于适度恐惧的心理状态,才是科学的态度。

健康是一种使命

【篇一】我行动 我健康 我快乐

都知道9月1日是新学期开学的日子,可有多少人晓得9月1日还是“全民健康生活方式行动日”呢?

健康生活从“认知”开始。你是脑力劳动者吗?要知道,脑力劳动者九成人亚健康。心慌,气短,浑身乏力,经常疲惫,记忆力下降,头晕,工作效率下降,颈椎腰椎经常出现不适……20岁至45岁之间、脑力劳动为主的人士,经常透支生命,身体大多处于这样的亚健康状态。(2008年9月1日《羊城晚报》)不认识到这些基本形态,往往将亚健康、不健康当作健康,真正的健康就无从谈起了。

健康生活从“走路”开始。2008年9月1日,上海市竖立起了“健康之路”雕塑。(新华社上海2008年9月1日电)迄今上海已建立25条约35公里“万步健康路”,健身路的建设还将陆续开展。(2008年9月1日《新民晚报》)日行万步,健康由我。“万步健康路”的建设,是政府性的投入,是将全民健康生活方式付诸行动的基础。

世界卫生组织的全球调查结果显示,真正符合健康定义、达到健康标准的人群仅占5%。中国工程院院士钟南山大声疾呼:“我们应该提倡轻伤一定要下火线的观念!”钟院士当然是一个形象的说法,问题在于,亚健康的表现往往不是“轻伤”,很容易在不知不觉中被忽视。

联合国首个人类发展报告指出,21世纪的健康是人的权利与尊严,也是人的财富与文明。是的,健康权是生命权之一,是人权的重要组成部分。体育锻炼是健康的基本保障之一,全民健康最需要全民锻炼。北京奥运会证明我国是“金牌大国”,但“金牌大国”不一定是体育大国、健身大国、健康大国。

全民健康离开“行动”二字,就是空话。这里首先需要政府的行动,要加大体育设施的基础性投入。“建好基础设施,倡导全民健身,发展体育运动,增强人民体质”——基础设施的到位是前提条件,否则想健身也找不到地儿。再就是需要市场的行动,如今已有不少民间的健身馆出现,但还不见“雨后春笋”,很需要政策性扶持。最后就是民众个人的行动,投身全民体育,实现“每天健身1小时,健康工作50年,快乐生活一辈子”的目标。

运动锻炼,最需要成为“生活习惯”。习惯了,“去运动一下”才能真正成为身体的自觉。真正的体育大国一定是“动”起来的。曾看到一个报道说:美国人每年因运动损伤的牙齿以“万”记数,这从侧面反映了一个“动”起来的国度是怎样的情景,明白奥运会上夺金8块、被称为“世界第八大奇迹”的菲尔普斯是在什么环境中炼成的。

健康需要良好的心态。活在当下,要有“健康平常心”,在简单生活、朴素方式中寻找快乐意蕴。高血脂、高血压、高血糖等“三高”症状,都与不良生活方式密切相关。戒烟限酒、合理膳食、愉悦心情、科学运动,方能摈弃亚健康,换来真正的健康长寿。

“我行动、我健康、我快乐”——同一个世界,应该有这样的“同一个梦想”。

【篇二】与血癌抗争 让生命光辉

“人生谁无死,只分早与迟。生要求质量,死须存价值。生得坦荡荡,死方无戚戚。只要一息在，有热便生辉。”

铿锵诗句的背后，渐渐凸显出一位年轻女性的青春身影，她叫谭言歆，她只有 20 多岁，她是重症血癌患者，她曾被医生宣判“只能存活三四个月”，但她至今已存活了 8 年，而且她在长达 5 年的工作时间里一直坚持不请病假，作为深圳电视台的一名女记者，这期间她还多次获得全国及全省的新闻业务奖……《深圳特区报》2002 年 10 月 5 日和 18 日先后发表了《谭言歆的生命赞歌》和《穿透生命的阳光》的长篇通讯，迅即在读者中引起强烈的反响，这个生命意志力无比坚强的勇敢女孩，一时间成了深圳人争相谈论的新闻人物。

与血癌 8 年抗争，这是何种奇迹！这一场“一个人的战争”，谭言歆取得了辉煌的胜利！抗争，让生命快乐；抗争，让生命光辉！谭言歆的经历，验证了泰戈尔曾说过的一句名言：“我存在，乃是所谓生命的一个永久的奇迹。”

在人的生命长河里，有两条关于健康的“干流”：一条是生理身体的健康，一条是心理精神的健康。在血癌细胞的“统治”下，谭言歆生理身体产生了病变；在生理的病变后面，谭言歆心理精神非常健康。在她的行动里，时时透露出坚强；在她的心声里，时时透露出乐观。谭言歆说：“我已是生死一线，天命难卜，何不笑对人生？活一天，乐一天，笑对一切灾难和挫折，这才是生命的强者。活着就有希望，活着就是幸福，活着就是胜利！人活一天，就要活得有希望，就要从给别人带来的快乐中获得自己的快乐。”这正是一个与病魔抗争的强者的形象，这更是一个心理精神非常健康的强者的形象。

在人的生命长河里，有两条关于人生的“干流”：一条是有形的人生之河，一条是无形的人生之河。如果说有形的人生之河是以生命的长短来度量的话，那么，无形的人生之河是以生命的质量来度量的。人的生命不可能有两次，但是许多人就一次也不好好度过，那是没有质量的一生。谭言歆不仅创造了生命的奇迹，而且创造了工作的奇迹。8 年与病魔抗争，5 年坚持工作，承担了一个正常人的工作量，出全勤、没有休过病假，就连医生警告她病情开始重新向危重期转化的时候，她白天依然工作在自己的岗位上，晚上才来到医院输液、治疗。海涅曾说：“上天凭着他的智慧，在窒息一条生命的同时，总使另一条生命得以延续。”即使谭言歆真的被上天“窒息”了一条生命，而她的另一条生命必定永远活着，她的人生也因此永远高质量地活着！

面对谭言歆，我们知道了什么是真正丰富的生命。法国著名作家法朗士曾对生命的丰富作过概括，他说：“事实是：生命是愉快的，恐怖的，美好的，可怕的，甘甜的，苦涩的，而那便是一切。”谭言歆体验到了这一切。

面对谭言歆，我们知道了什么是令人惊叹的生命。古罗马的一位哲人说：“好运令人羡慕，而战胜厄运则更令人惊叹。”谭言歆让厄运变成了一个深不可测的宝藏。

面对谭言歆，我们知道了什么是催人奋进的生命。在艰难的遭遇里百折不挠，是卓越者的一大优点。谭言歆的人生就是一场对种种困难的无休止的抗争，一场以寡敌众的抗争，一场以弱胜强的抗争。抗争，让理想光辉！抗争，让生命光辉！

【篇三】李咏：癌症与生命的启示

“在美国，经过 17 个月的抗癌治疗，2018 年 10 月 25 日凌晨 5 点 20 分，永失我爱……”因为癌症而失去生命的，是央视著名主持人李咏，他的妻子哈文 10 月 29 日在微博发出这一消息，引发网络刷屏。

李咏，主持节目生动活跃可爱，深受观众喜爱，哪想到突然就彻底告别了观众，告别了世界。李咏是 1968 年生人，刚刚“年过半百”。之前有个说法，癌症是“老年病”之一，因为随着年龄的增长发病率会急剧增高，越是长寿的国家癌症病人越多，可李咏实实在在属于壮年，就这样罹患癌症，离爱妻爱女而去，生命永远停留在 50 岁。

癌症跟基因有很大关系，跟老龄有很大关系，跟环境有很大关系，跟生活方式、工作压力等也都很有关系。从现有报道看，李咏“对自己严苛”，属于“完美主义者”之一，他在制作综艺时，常常会忙到凌晨四五点，压力都自己扛，“从不把痛苦留给他人”，知道李咏的朋友说：“他这样的大咖，不用这么拼的。”

此前央视另一位著名主持人罗京，因为罹患淋巴癌，48 岁时去世。罗京每天忙忙碌碌，也是工作压力超大；他去世时，妻子哭成了泪人，差点当场晕厥。事实上，面对疾病，人类往往变得很弱小，生命往往变得很脆弱。珍爱生命是前提，超越生命是理念，这就是向死而生。自 2017 年 4 月 14 日李咏去美国治疗癌症起，妻子哈文一共给他发了 551 个早安。如今已然“咏”别，连说一声“早安”的资格都失去了，节哀顺变——抑制哀伤、顺应变故，这是必须的；愿生者坚强，照顾好自己，照顾好孩子，这是最重要的现实。

生命健康是“1”，后面跟着的一切都是一个个“0”。应该看到，李咏是看重生命与健康的，他对爱女未来的夫婿曾提出“三点要求”，第一点就是“你得健康”，言明“即便将来你的肩膀不够宽厚，但一定要让我女儿靠得踏实”。可是，生命与健康确实有很多的不可知和不确定。对于不可知、不确定的未来，我们需要保持乐观，这样才不会被“吓死”。在乐观旷达的基础上，采取最佳方式来尊重生命、葆有健康。

在李咏去世后，浙大一院肿瘤中心主任兼肿瘤外科主任滕理送教授通过媒体送给大家防癌“九字诀”：勤运动，松情绪，重检查。这“九字诀”简明扼要，易记易行。

活动活动，要活就要动。人要多活动活动、多运动运动，道理不难懂，坚持不容易。情绪的放松，压力的缓解，这个很紧要，需要自己的重视，也需要社会的支持。比如纾解心理压力，我们的心理医生、心理咨询师相对较少。至于重视体检，现在做得越来越好了，浙大一院肿瘤外科曾对住院病人做过一个小调查，近一半人在单位体检时发现癌症。体检是重要的健康管理，不要说没钱体检、没时间体检，健康就在你的手里！

多少的财富与多高的地位，一定都会随风而去，只有健康永远相伴。为了生命健康，我们千万不能嘴上说“养生”，身体却“轻生”了！

【篇四】“健康管理”管的是整个人类世界

身体是最大的本钱,健康是最大的资本。健康人人关心,而人的健康,是需要管理的。传统大众医疗服务的硬伤,是“治已病而不管未病”,并不太重视疾病到来之前的健康管理。2007 年,“健康管理”逐渐兴起:全国已有 300 人获得“健康管理师”资格证书,杭州有许多人士参加了培训;首届“健康管理”论坛 12 月 15 日在成都举办;成都首批“管到家”的家庭医生已经开始入社区,打个电话家庭医生就上门免费服务(2007 年 12 月 8 日《成都商报》)。

这些年来,健康领域陆续有新职业诞生,营养保健师、健康教育指导师、健康管理师皆是。作为新兴行业的健康管理,即由专业机构和人士对相应的人群开展健康管理、咨询与指导,以实现最佳的健康维护、健康促进。

健康需要社会性的管理。“都有病!”这话看起来有点偏激,但在我国,健康问题越来越突出是不争的事实。国内多项调查结果显示,我国亚健康人群已占人群总数的 60%至 70%,公众的身体状况在逐渐下降,心脑血管病、高血压病、糖尿病、肿瘤等各种慢性非传染性疾病的患病率在逐渐增高,各行业精英人士发生猝死的案例屡见不鲜。人的健康状态、寿命长短,与经济发展、医疗保障、生存环境、生活方式等都有密切的关系,首要的是必须有社会性的健康管理。健康管理是一种重要的预防,“健康管理师”尽管不是管理健康的全部,但责任重大。而预防性健康管理,是“少投入大产出”,按我国健康教育专家洪昭光教授的说法,如果预防投入 1 块钱,治疗就能减少 8 块钱,抢救就能减少 100 块钱,划得来。许多单位为员工每年进行一次体检,也是健康管理的一种预防性投入。

健康的家庭管理、亲情管理也很紧要。日本著名演员高仓健,曾深情回忆母亲对他的健康无微不至的关怀。别看高仓健演过很多硬汉的形象,少年时他身体孱弱,一有病,母亲就待在他身旁,久久不离开;长大后,身在家乡的老母亲依然为他的健康烦神,屡次写信说“别干这样辛苦的工作,早点回老家来吧”。儿子演的电影，老母亲每部必看，但她不是看影片情节，而是看儿子有没有险情。有一次，她看电影海报，竟发现儿子手上生了冻疮！高仓健在拍摄海报照片时，贴了与肤色一样的护疮膏，现场谁也没发现冻疮的存在，然而老母亲看一眼海报，就发现了真情，赶紧给儿子写信……母亲是多么的伟大啊！日本是世界上人口寿命最长的国家之一，你一定听过那首深情的日本歌曲《北国之春》吧，“妈妈犹在寄来包裹，送来寒衣御严冬”，亲情与一个人的健康长寿多么密切相关。为了下一代，每一位母亲，每一位家长，都应该成为家庭的“健康管理师”。

健康还需要自我意识与自我管理。对个人来说，放任的身体、失管的健康，是换不来幸福长寿的，每个成年人都应该为自己的健康负起责任。雅典奥运会游泳冠军罗雪娟，因健康原因退役；当一个人的心脏无法承受竞技比赛，那么，健康就是第一选择。比赛只是一阵子，健康则是一辈子。要求一个人牺牲自己的健康，甚至冒着生命危险去“为国争光”，那是不道德的。国家是为人而设的，健康亦需人本意识。个人要为自己的健康负责，每个人都健健康康，不正是对国家的巨大贡献吗？“不怕挣得少，就怕走得早。”个人健康，得从小事做起，比如养成小声说话的习惯。洪昭光说，人们在日常生活中常会不由自主地大吼大叫、火冒三丈，这会影响免疫系统；如果想让自己活得更好、更高寿，平时就要尽量小点声说话。如今我们太多的生活方式不利于健康，是该好好“管理”一番了。

健康管理，不仅仅是管生理健康，还要管心理健康。当今时代，人人压力强大，而压力越大越容易引发心理疾病，压力是一个致命的杀手。心理健康管理，当然关乎一个人的“心理福利”。2007 年 11 月，在上海举行的“中国 EAP（员工援助计划）年会”，发布了职业心理健康管理调查报告，97%以上的人乐于见到所在企业提供心理援助，一半以上员工认为管理层需要改变观念，提高员工的心理健康水平，因为“心理福利”让工作更舒心。“心理福利”需要心理咨询服务，而心理咨询不是简单的“心理按摩”；遗憾的是，我国目前的心理咨询师还是太少，没有足够的心理医生，“心理福利”大抵是无本之木。认识杭州一位心理咨询师，是多年从事青少年心理热线咨询的志愿者，并在“19 楼”的互助公社做咨询师，新近开设了“若水心理工作室”，崇尚“上善若水”与“大禹治水”的理念，正在为杭州心理咨询业发展默默地贡献，可是这样的心理咨询实体与实践，在我们身边还是太少太少。

“祝您健康长寿”，这是一句温馨的祝福语。2007 年世界卫生组织发表年度报告说：日本妇女及意大利东北部小国圣马力诺男性最长寿，分别为 86 岁及 80 岁；中国男女寿命亦分别为 71 岁及 74 岁；至于平均寿命最短的，男士要数世界最不发达国家之一的非洲塞拉利昂，女性则是非洲小国斯威士兰，他们的寿命均只有 37 岁。人类世界，健康水平与寿命长短，原来相差这么大。在英国的最长寿地区，人均寿命已达到 93.4 岁，除了经济发达、家园安宁、医疗保障良好外，那里失业率几乎为零，刑事犯罪也几乎为零。这些长寿国家人群长期以来形成的管理健康的做法，我们还真应该好好实行“拿来主义”。“健康管理”其实管的是整个人类世界，认识了它的重要性之后，更需要全方位的切实行动。

【篇五】月饼为何大打“健康牌”？

又到中秋说月饼。“形而下”的月饼，本是最为实打实的；“形而上”的月饼，作为民俗文化的符号，本来也不虚。但是，一些产销商，偏偏在“实月饼”身上玩起“虚健康”来。

传统月饼高糖、油腻，在绿色健康潮流下，养生保健月饼悄然走俏金秋月饼市场（2007 年 9 月 17 日《新快报》）；月饼销售进入了“白热化”阶段，大连“绿色月饼”很受宠（2007 年 9 月 17 日《半岛晨报》）。跟往年一样，为了市场竞争，月饼名堂不断翻新，如今商家大打“健康牌”：有的称“绿色健康”，添加什么“活性益生元”；有的称“环保健康”，加了什么“螺旋藻”价格就拉高到 600 元；有的配上一点橄榄油、木糖醇、鲍鱼、鱼翅、柚子、海苔，“健康”就成了“卖点”；有的更干脆，添加中药材了，这下不保健也保健了吧？某地市场上，甚至近40%的月饼品牌都推介“健康”。

你如果以为大买大吃月饼就大获健康,那真是成了“健康冤大头”了。如今月饼不准使用豪华包装,一些“高贵搭售品”不能再装入月饼盒中,商家的产值和利润于是大幅下降;要想挽回“损失”,那就得让百姓多消费;欲使消费者念念不忘月饼,最聪明的做法就是大打健康牌、鼓吹“健康月饼”。

只要是合格品,月饼本身不算是“垃圾食品”,因为只有“吃法垃圾”而不是“食品垃圾”,但月饼实在是不宜多吃的东西;商家玩了噱头、打了“健康牌”的月饼,无非要人家多买多吃多送,那么,这就是一种典型的“不健康误导”。不是说厂家不可以添加新作料,也没人规定你只能“五仁、芝麻、火腿”老三样,可你新添加的那一点玩意,无非也是辅料,改变不了月饼的本质特性,所以你就甭拿它瞎吹了;公众更要擦亮眼睛,不能被那点新玩意给迷了,要吃月饼,“点”到为止。

中秋前后吃月饼、送月饼,习俗习惯使然,这种习俗属于“民俗文化”的内涵;如今更多的是“情而上”了,“情而上”本来也不错,但有人买了天价月饼“往上送”,那就是“礼而上”了,这种行为并非“健康”。

健康卖点并不健康,月饼压根就不该乱打什么“健康牌”。瞎吹月饼保健,实在有点滑稽。最近我国大力加强对食品质量的监管,对这种夸大宣传、鼓吹健康的“月饼宣传新方式”,亦应纳入监管的视野。

【篇六】“镍铬烤瓷牙致病”的提醒

一颗牙齿,牵动千家万户。《都市快报》连续报道的“镍铬烤瓷牙是否致病”问题,引起全国关注。

2009年3月23日新华社发出长篇电讯,通过专家来破解“镍铬烤瓷牙致病”四大悬疑:镍铬烤瓷牙是否可致肾病?已安装镍铬烤瓷牙的患者有无必要拆除?是否应在国内禁止使用价格较低的镍铬烤瓷牙?如何防范烤瓷牙镶嵌风险?我国口腔医学领域的权威专家一一予以释疑。新华社在3月20日报道:国家药监局已组织国内权威医疗机构的口腔医学专家,对镍铬烤瓷牙的安全性进行评估。如今阶段性调查结果发布:未见导致肾病病例出现。当然,今后的研究应该是长期性的。

《都市快报》组织该系列报道的目的,一是提醒健康,尤其提醒公众关注牙齿健康;二是提醒作为,希望有关职能部门能够重视这个牵涉千家万户的问题。政府把老百姓的健康放在心上,可不能只管"医改"的大事,还要管"烤瓷牙"这样的"小事"。浙江省药监部门的反应是迅速的,及时将公众反映的烤瓷牙安全性问题上报给国家药监局。

假牙义齿,是世界上最早的人工器官。镍铬合金用于烤瓷牙,也有 30 多年历史。烤瓷牙副作用问题,不是一个突发性问题,不像三聚氰胺奶粉事件,而是一个真正的"老问题",学界时有争议,难有定论。吃进去的药品、植进去的物体,大都有副反应、副作用,轻重不同而已,有的只是一过性的痛一下,有的会导致严重的不良反应。而低概率的副作用,低到一定程度就是归为安全的。

公众确实不必恐慌,没病愁出毛病来,匆匆忙忙就去摘掉义齿。自己的医事,不要因报道的大小而轻易改变。《报刊文摘》就曾有过这样一则小小报道:"李小姐去年初镶满一嘴的烤瓷牙,过了大半年,身体的不适症状渐显出来了。人体易感疲劳,莫名的头晕等,后经医院多次会诊,确定是假牙中所含的重金属慢慢释放所致。"那实在没有引起多少人的关注。如今要重视自己牙齿的健康,首先得有一个健康的心理、健康的情绪。

总体来看,补牙群体年纪稍大,中年以上为多;这一群体各种毛病开始呈现,"40 岁以下人找病,40 岁以上病找人",各种病征出现得多,一时找不到原因的身体毛病,不能稀里糊涂一股脑儿全怪罪到一颗假牙上。自己毛估估的想法,病征不对病因,缺乏内在逻辑关系,反而会贻误你的病情。

有调查表明,当今人们的"十大压力"群体中,精神压力最大的是学生,生活压力最大的是失业人员,家庭压力最大的是中年人,健康压力最大的是网友……这次烤瓷牙新闻源自网友的帖子,这也正是网友感到健康压力之大的一个旁证。“送牛奶的人总比喝牛奶的人身体健康”，总待在电脑前没多少活动的网友，要考虑调整修正自己的生活方式，这是健康预防的重要前提。

人的牙齿是比较累的，天天都要劳作。世界卫生组织把龋齿列为三大重点防治的疾病之一，仅次于心脑血管病和癌症，可见牙齿健康何等重要。健康提示早就说过“牙痛不是病”是错误观念……善待口腔、善待牙齿，就是善待身体、善待健康。随着经济的发展，生活水平的提高，人们必然会越来越关注牙齿，口腔卫生意识的日益提高，总归是好事情。

“木鱼常敲”，此乃生活化的提醒。

【篇七】健康是一种使命

由“湿热”变“气虚”，这是中医所言的广东人体质之变。广东省中医院“治未病中心”一项近万人体质调查显示，在气虚、阳虚、阴虚、痰湿、湿热、气郁等9种体质中，气虚体质人群最多，约占25.53%；而通常所认为的湿热体质仅有8.2%。（2008年7月20日《羊城晚报》）

日常的生活环境，对人体健康有很大影响，不同地域、不同季节、不同职位、不同年龄的群体，所处的生活条件、生存环境有很大的不同，所以“健康分析”是无法一刀切的。热、虚、湿、郁、瘀——中医的这种分析方法，如果被那几位“反伪科学”“反中医学”的斗士见了，一定会嗤之以鼻。因为他们压根就认为中医这种分析方法是可笑的伪科学。

不管怎么说，像广东省中医院那样，设立“治未病中心”这一机构，进行预防性研究，这是颇有价值的。我作为杭州市政协委员，曾在政协会议上就杭州市建设健康城市问题发言，其中一个观点就是重视“防未病”。疾病发现越迟，花费越大，效果越差；如果在体检、预防等方面多一点投入，那么，就会获得事半功倍的效果。

杭州许多单位，比较重视员工的年度体检，这样能够及早发现健康问题；如今政府也越来越重视对退休职工的预防性体检，这真当是好事。“防未病”

“治未病”,可谓“以一当十”,努力避免“病来如山倒”。健康需要预防性投入,除了体检,还有健身设施的配置等,公众体育、民间锻炼,都是“支付一而获得十”的好事。

无论是对政府、对单位,还是对医生、对个人来讲,健康都是一种使命。2008年6月14日,94岁高龄的当代“医圣”裘法祖院士去世,裘法祖是著名医学家、同济医学院名誉院长、我国肝胆外科和器官移植外科的主要奠基人之一。“医学要有人的温度,要温暖病人。”裘法祖说,“医生一个错误,病人却要为之付出一生的代价。”裘老是医德与医术都达到至高境界的医学家;如果我们所有的医生都有裘法祖那样的涵养,中国人的健康水平将会提高若干个档次。从“医生一个错误,病人要付出一生代价”的价值判断来推导,可谓“预防有个失误,公众要付出加倍代价”。

人们对疾病的预防科学往往知之不多,或熟视无睹。什么叫“熟视无睹”?吸烟者看烟盒上的“吸烟有害健康”几个字,就是熟视无睹的形态。健康是一个复杂的问题,“生命在于运动”的名言我们耳熟能详,可是,健康与运动之间其实是一个辩证的逻辑关系,比如美国科学家就通过实验研究证明:过度运动其实有害健康。不断研究健康规律,通过提高预防水平来提高健康水平,是学者们的恒久命题。

健康权是生命权中的重要部分。在健康面前,一切都微不足道。通常来说,健康是不认人的,不管你是伟人还是凡人。苏联领导人列宁去世时才53岁,可谓英年早逝。列宁去世后,苏联当局成立专门机构,在极其严格的保密下,对他的遗体进行研究,结果表明,列宁的主要疾病是动脉硬化,血管已被严重堵塞,就像绳子而不是血管,有些地方“用钳子敲打时感觉像是骨头”。如今,心脑血管疾病已是当代人的主要杀手之一。如果不是预防为主,那可真是“病来如山倒、倒了不知道”的。

健康,确实是全社会的共同使命。

【篇八】罕见病与少数人的权利

曾在央视等媒体看过多次关于罕见病的专题报道。比如“瓷娃娃”,打个喷嚏、提个被子,甚至一个拥抱,都可能让他们骨折,这是“脆骨病”——成骨不全症,是一种罕见病;比如“无痛症”,刀削火烫,自己感觉不到一丝疼痛,在世界上“无痛症”发现病例不多;比如戈谢氏病——肚大如皮球,媒体报道一个两周岁的孩子得了戈谢氏病,母亲要“卖肾救子”。

著名物理学家霍金曾来杭州,《都市快报》作为重大报道来操作,主要负责人就是我,我当然知道那运动神经元疾病——俗称“渐冻人症”的厉害。霍金深受侵害——只有几个手指头能活动;那时我最佩服的是霍金夫人,人家真是不容易啊,没承想,后来他们出了闹离婚的新闻。

不是每个“渐冻人”都像霍金一样。《都市快报》记者专门采访了若干中国的“渐冻人”,体现了对他们的关怀关爱;在中国,现有 20 万“渐冻人”。(2010 年 10 月 24 日《都市快报》)“渐冻人症”就是一种典型的罕见病,属于脑部或神经病变一类。罕见病是指那些比较少见、发病率相对很低的疾病,根据世界卫生组织的定义,患病人数占总人口数低于 1‰的疾病,既可称为罕见病;但罕见病种类却特多——人类罕见病,竟有 7000 多种。

罕见病约占人类疾病的 10%。对罕见病的认定标准,不同国家与地区有不同的看法。美国把罕见病定义为每年患病人数少于 20 万人或发病人口比例小于 1/1500 的疾病;日本规定,罕见病为患病人数少于 5 万,或发病人口比例为 1/2500 的疾病。罕见病本身也有变化,艾滋病刚出来时,可谓典型的“罕见病”,现在早就不“罕见”啦。随着社会的进步、医疗科技的发展,有的罕见病会被越来越多的人认知,渐渐就见怪不怪了——至 2014 年,我国已知的“渐冻人”约 20 万了,尽管他们没有一个人有霍金的名气。

得了罕见病的人,他们更需要政府与社会的特别关怀,这个“少数人的权利”,需要更多的尊重与重视。对少数人权利尊重与否,可谓一个国家成熟与否的重要标志。对于并不罕见的疾病,我们的医疗机构有着相对成熟的治疗方法;而对罕见的疾病,则照顾得较少。法律法规领域,只是在《药品注册管理办法》等法规里偶尔“关照”一下,该办法第 32 条规定说,“罕见病、特殊病种等情况,要求减少临床试验病例数或者免做临床试验的,应当在申请临床试验时提出”云云。

按比例来说,我国各类罕见病患者总数应有千万人之众。在我看来,我们完全可以就罕见病进行单独的立法,从医保和治疗两个领域予以关照;如果我国有一部《罕见病医保和治疗条例》,那真是罕见病患者们的福音!

【篇九】破解罕见病　最需大投入

2022 年 2 月 28 日,第 15 个国际罕见病日,今年的主题是“因罕而聚,明天更好”。目前,全球已知罕见病有 7000 多种,超 3 亿罕见病患者;我国罕见病患者超过 2000 万人,每年新增患者超过 20 万人。

早在 2008 年 2 月 29 日,欧洲罕见病组织发起了第一届“国际罕见病日”,其后得到各国拥护,确定每年 2 月最后一天为“国际罕见病日”,旨在促进社会公众和政府重视应对罕见病。

“罕见病”是一个约定俗成、相对而言的狭义的概念。事实上人类在香烟出现之前,肺癌也是一种罕见病,极少会发生。而今罕见病其实已不罕见:一是患者很多,全球超 3 亿人,不罕见;二是病种多,有 7000 多种,不罕见;三是部分病种发病率较高,不罕见。

数据表明,约有 70%的罕见病在儿童期就已经发病,约有 80%的罕见病主要由基因遗传导致,约有 90%的罕见病只能“对症治疗”,近乎“头痛医头,脚痛医脚”,难以根治。还有一个数据是,我国每年约有 4 万名儿童会得癌症,许多是罕见的癌症种类。

罕见病种类多、发病率相对较低、临床研究少,是人类共同面临的重大医学难题。对付罕见病,要努力做到“罕而不见”——即越来越少。创立全国罕见病诊疗协作网，成立中国罕见病联盟，推动罕见病科普宣传，121 种罕见病被纳入第一批罕见病目录，60 余种罕见病用药获批上市，40 余种罕见病用药被纳入国家医保药品目录，为罕见病患者建立“同情给药制度”……许多工作在进行中，但是距离罕见病正常预防治疗的要求还很远。

预防难、诊疗难、用药保障难，这是“三座大山”。如何守好出生缺陷防控“第一道防线”？如何做好至关重要的“儿童期诊断”？如何引入社会商业保险力量，分担罕见病的医疗保障？这些都是很现实的问题。

罕见病如果不被重视，那就真的成了“罕见”的疾病。如今，多数医务人员对罕见病缺乏治疗经验，对患者束手无策；多数罕见病患者对自己的疾病知之甚少，不知如何应对；病患长期居家，难以接受正常的教育，缺乏独立生存生活能力；部分患者家庭因病返贫，生活不易……

所以，罕见病患者特别需要“护生”。理想的“护生”状态是：罕见不孤单，罕见可强大，罕见亦骄傲。“护生”是医疗的事，更是社会的事。应对罕见病，最关键是“投入”两个字：医保社保要投入，筛查预防治疗康复要投入，医学科研要投入，医护人才培养要投入，诊疗体系建设要投入……一言以蔽之，破解“罕见病”的大难题，最需要大投入。目前基本医保对罕见病药品的保障和实际的支付投入，难以满足患者们的需求；而离开了方方面面的投入，美好的设想就会变成镜花水月沙上塔。

家庭陪伴和慈善关爱，当然也是一种重要的投入。慈善公益人士、台湾身心障碍者艺术发展协会创始人陈翠华，她的孩子也身患罕见病，9 岁开始就只能靠轮椅出行，在父母陪同下，去过很多地方旅行。陈翠华不仅陪伴呵护自己的罕见病孩子，她还投身于公益行动，创办“光之艺廊”，集结了许多自闭症儿童一起画画，进行慈善义卖。

家庭、政府、社会，一定要尽快地全方位动员起来，努力让罕见病得到较好的治疗！

【篇十】国民健康，立法先行，食药先安

“保障国民健康权益，需要依靠法治这一国之重器。”2016年全国两会，人大代表张伯礼建议加快制定推动国民健康法，“有了上位法，才能依法协调做好健康管理各方面工作”。张伯礼是中国工程院院士、中国中医科学院院长，他郑重地说，国民健康是一个系统工程，不是一个部门的问题，如果国家有了国民健康法，管理就有了法律依据，就能更好地协调各个部门关系。

国民健康是个大概念，不同于一般的“医疗卫生”。国民健康，是国民全面发展的基础，是现代社会的第一资源，是人类文明的重要标志。然而，社会越来越现代化，国民健康的问题反而越来越突出，它已然成为我国社会发展的一个巨大隐患，变成民富富民进程中的一大障碍。

保障国民健康，提高健康水平，“立法先行”是极为重要、极其必要的。在“无法可依”的状态下，抓问题、处理问题、解决问题，往往要靠媒体曝光、要靠一年一度的“3·15晚会”之类。每年的央视“3·15晚会”总是要曝光食品药品的问题，被曝光的哭鼻子，更多没有被曝光的恐怕心中在窃喜。

国民健康，与食品、药品紧密相关。张伯礼着重谈到食品的安全卫生问题，他希望对餐饮企业用油盐的标准，都能一一予以明确，因为现在人们外出到饭店吃饭，不知道油、盐、糖加多少，没有标准、没有限量。张伯礼说得没错，如今不说“地沟油”之类的问题，不说“一根豇豆喷洒十几种农药”问题，光一个单位食堂，“油多盐多味精多”的“食三多”，就悄悄地危害着用餐者的健康。这是你难以自主选择的“生活方式”，由此引起的疾病，你都无法找人家“算账”。

张伯礼特意谈到2016年春节大量国人去日本购药的现象：买的大多的是“小药”，如退热贴、创可贴、感冒药之类。这是为什么？当然主要是日本的药品制造得好，品牌好，信誉好，服务好，包装更精致，说明书更清晰，质量更放心。我国目前整个医药制造水平处于工业2.0水平，中国药企“应该要反思，

要用全球眼光看医药行业，要有一种工匠精神”。

张伯礼没有谈假药劣药危害公众健康的问题，因为严禁劣药、严打假药是必须的；此外，还有一个严峻的“老问题”不能忽视，那就是药价的虚高：常用药品从出厂到医院终端，中间利润最多的能超过2000%；很多常用药中间利润都超过500%；一些药品，医生开药的回扣占到药品中标价的40%……药价的虚高，让许多普通百姓尤其是农村患者“吃不起药”，小病熬、大病拖，能不严重危害健康么？

守护健康，应成共识。没有全民的健康，就没有全民的小康。亚健康、不健康不仅损害个人，损害家庭，而且损害社会，给社会带来沉重的负担。我们务必要真正重视大众健康问题，树立全民健康观念；务必要真正重视大众健康教育，而且健康教育一定要从娃娃抓起。国民健康，立法先行，食药先安——张伯礼发出了有良知的呼喊，我们期待能够听到“回声嘹亮”。

【篇十一】健康中国与民生福祉

医疗卫生问题，是重大的民生问题。在2019年全国两会“部长通道”上，国家医疗保障局局长胡静林说，今年要开展新一轮医保药品目录调整工作，将更多救命救急的好药纳入医保。“抗癌药进入医保是第一步，怎样让患者尽快用上谈判药品，非常重要。目前看来，抗癌药‘落地’情况比较顺畅。”

以价格谈判为核心要义的“谈判药品”，关键在于降价格、入医保；通过优化医保药品目录结构之后，能够进一步缓解群众用药难、用药贵的问题。如果一个人得了一场大病就会倾家荡产，那说明医疗保障是存在问题的。正因得大病而缺保障、费用根本吃不消，老是要通过网络渠道筹款，那么，民生福祉一定会大打折扣。同理，我们如果要依靠一部《我不是药神》那样的电影才能推动药品降价，也说明医改的制度设计存在缺陷。

有缺陷就要努力修正缺陷，有问题就要竭力解决问题。医保医改，还真是应该坚持“问题导向”。唯有这样，才能真正促进“健康中国”的建设，促进民生福祉的提升。

2016 年,我国出台了《"健康中国 2030"规划纲要》,明确提出要立足"全人群"和"全生命周期"两个着力点,提供公平可及、系统连续的健康服务,实现更高水平的全民健康。杭州是新一轮国家健康城市建设的试点城市,犹记得 2017 年 3 月 20 日——恰逢"国际幸福日"这天,杭州市出台了《"健康杭州 2030"规划纲要》,提出了"七个人人享有"的总体目标:人人享有基本医疗保障、人人享有基本养老保险、人人享有 15 分钟卫生服务圈、人人享有 15 分钟体育健身圈、人人享有清新空气、人人享有清洁饮水、人人享有安全食品。这些目标有大有小,有易有难。面对难题,需要迎难而上、知难而进,从而真正提高健康水平。

健康要提上来,医疗要沉下去。眼睛向下、看重基层、注重基础,就要重视社区卫生服务机构的建设。截至 2018 年末,杭州拥有各类医疗卫生机构 5377 个,比上年末增长 9.0%,其中社区卫生服务中心(站)1304 个,数量不少,但是在"多"的基础上还要努力一步步做"强"。全国政协委员曾围绕"加强基层医疗卫生服务体系和全科医生队伍建设"开展了调研和对口协商,这里的关键就在于医生尤其是全科医生队伍要强起来。

健康要提上来,规划要沉下去。《"健康杭州 2030"规划纲要》中,就规划了"健康细胞"培育工程,以健康社区、健康学校、健康机关、健康企业、健康家庭为重点,让一个个最基层的"小小细胞"先健康起来,这是为"健康杭州"打基础,不可只停留在规划里。

健康要提上来,智慧要沉下去。杭州的智慧医疗,能用手机 App 挂号,去看病步行十几分钟就能到医院,就诊前凭证取号,看完病直接用市民卡在医生处结算……这些都有效缓解了"看病繁"问题;在此基础上,还要充分利用互联网、云计算,以及今后的 5G 技术,从而能够"共享医院"、不断进行智慧拓展。

健康要提上来,资源要沉下去。优质医疗资源下沉、医务人员下基层,这就是"双下沉",要落而能实,这样才能避免大医院总是"人山人海、兵荒马乱"的状态。

没有全民健康,就没有全面小康。健康是促进人的全面发展的必然要求,是广大人民群众对美好生活向往的应有之义;为了民众的健康福祉,期待全方位的努力努力再努力!

【篇十二】生命健康与科研投入

2019 年 9 月 3 日,一批有关生命健康的科研成果经过媒体发布,引人关注。

浙大团队滴药水“长”出牙釉质,科学家将用它修牙裂缝:研究团队发明了一种“药水”——仿生修补液,在牙釉质的缺损处滴上两滴,48 小时内缺损表面就能“长”出 2.5 微米晶体修复层,其成分、微观结构和力学性能,与天然牙釉质几乎一致,且与原有组织无缝连接。牙齿修复,从此可以从“填补”跃升到“仿生再生”时代。

最新研究发现:睡太多或太少都会增加心脏病风险!美国马萨诸塞综合医院和英国曼彻斯特大学等机构的研究人员发现,对于已存在心脏病风险因素的人而言,睡眠时间保持在 6 至 9 小时可降低 18%的患病风险;相比之下,睡眠少于 6 小时的健康人群,患心脏病风险高 20%;睡眠时间大于 9 小时的人群,风险更是高达 34%。

“A2 蛋白质牛奶”对中国儿童消化有什么影响?由中澳两国专家联合完成的一项随机研究表明,只含 A2 蛋白质的牛奶,会减轻中国学龄前儿童牛奶不耐受引起的胃肠道症状,并且可以相应地改善其认知表现。也就是说,这样的牛奶小伢儿喝进去,肚子变舒服了。

还有营养学家研究表明,素食饮食不利于大脑健康,主因是一种对大脑健康至关重要的营养物质——胆碱,摄入减少了。英国医学杂志一篇最新的研究文章表明,胆碱对大脑健康,尤其是胎儿大脑发育至关重要,而这种营养物质主要存在于动物性食品中,主要来自牛肉、鸡蛋、乳制品、鱼和鸡肉等。

……

对个人来说，健康是1，其他都是1后面的0；对社会来说，安全是1，其他都是1后面的0。然而，人类的生命健康本身也属于安全大事，生命安全的失去，不仅仅是个人的问题，也是家庭的问题，还是社会的问题。为了最大可能保障公众的生命健康和生命安全，那么就必须致力这方面的科学研究，要加大科研投入，其中包括人员的投入、经费的投入，从而通过科技的手段提高人类的健康水平。

健康需要行动，生命健康的科研更需要行动。科研需要大量的人力物力的投入，需要"板凳要坐十年冷"，需要耐得住寂寞。为了研究睡眠时间与心脏病风险之间的关系，研究人员以英国生物样本库里超过46.1万人的数据为基础，分析了这些人的基因情况、睡眠习惯和医疗记录等，并进行为期7年的跟踪调查。这样的长时间、大数据研究，没有耐心、没有坚持、没有投入，那显然是不行的。

科研支付的都是"机会成本"，如果把心思都用在旁门左道上面，为"立项"而"科研"、为"经费"而"科研"、为"媚上"而"科研"，那么不仅是浪费时间、浪费机会、浪费人力物力，而且还会闹出啼笑皆非的笑话。最近刷屏的"西方文明都起源于中国"的所谓"科研成果"，让人笑掉大牙。湖南大学法学院原院长杜钢建，不致力法学研究，去研究什么"老外都源自中国"的所谓"人类文明起源"，提出法国高卢人源于古代株洲茶陵地区，英国人来自湖南的英山，日耳曼人也来自湖南，甚至炎帝时期已经探明了全世界，等等，各种稀奇古怪的"理论"，耸人听闻，匪夷所思。

科研允许"异想天开"，但科研必须走正路。没有走正路的1，"研究"出来的所谓"成果"，还真都是一个个0。

在当下，我们的生命健康研究、医学基础科学研究，重要的是解放思想、实事求是；在此基础上，切实提高科学研究质量，乃当务之急。

【篇十三】绿色与健康

健康关乎身体基因，关乎生活方式，关乎运动活动，关乎医疗保障，关乎行业产业，关乎环境生态。不要拒绝一个想和你谈谈健康的人。

2019 年 12 月 20 日，中国气象服务协会在北京召开浙江省丽水市“天然氧吧城市”专家审查会，一致同意推荐丽水市为“天然氧吧城市”，并尽快将浙江丽水列入“国家气象公园”试点。次日，2019 丽水大健康产业论坛在杭州举办，聚焦绿色生态、健康产业、创新赋能。

健康产业，已经成为全球支柱产业；健康中国，已经上升为国家战略。普及健康生活，优化健康服务，完善健康保障，发展健康产业，建设健康环境，既是业内人士的努力，更是公民百姓的期待。现代人的健康需求，给大健康产业带来了广泛的市场空间。大健康涉及医疗服务、药品器械、健康维护、健康管理、健康养老、健康休闲、健康保险等诸多领域；大健康市场是个巨大的聚宝盆，到 2020 年，其总规模预计超过 8 万亿，到 2030 年再翻一番。

绿水青山就是金山银山。在优良的生态环境中发展大健康产业，无疑有着得天独厚的优势。丽水仙出境界、美出天际，是浙江绿谷、浙南林海、天然氧吧、长寿之乡，素有“中国生态第一市”之称，有着源远流长的养生养老文化；“春赏花、夏避暑、秋观叶、冬养生”，这里生态质量优良，森林覆盖率 81.7%，年空气优良天数达 98.6%……丽水是继安徽黄山和重庆三峡库区之后，第三个申报“国家气象公园”试点的地区；其成为我国第一个“天然氧吧城市”，实至名归。

绿色赋能健康，健康加持绿色。2019 年年初，丽水成为全国首个生态产品价值实现机制试点城市；山耕、山居、山景、山珍，都能“点绿成金”。健康休闲游，首选去绿谷。山好、水好、空气好、环境好、人更好。包含云海、云瀑、云盖、流霞、烟雨、冰凌、地冰花、日晕、月晕、宝光、彩虹、星辰在内的天气景观方面，包括避暑气候、四季如春气候、空气清新气候在内的气候资源方面，丽水都得高分。健康之旅离不开绿色，也只有绿色之旅才是真正的健康之旅。

在好的自然生态环境中，特别适合慢性病的医养和老年人的颐养。慢性病是威胁中国人健康的主要因素，2015 年，我国慢性病患者已超 2.6 亿；而随着我国人口老龄化的加速，催生老年健康保健、康复护理、居家养老、社区养老、中医养生等健康服务行业的快速崛起,越来越成为服务的刚需。

经济学家说,“21 世纪是健康管理的世纪”。大健康产业,大有文章可做。发展生态产业,丰富生态产品,优化道地药材,建设健康小镇,挖掘健康文化,完善支柱产业,注重品牌建设,构筑大健康联合体,重视新媒体全方位推广等,都能助力一个地方大健康产业的大发展。

人类每天都在欺负大地,最终变成欺负自己。英国经济学家保罗 · 科利尔在他的名著《被掠夺的星球》中,研究“资源诅咒”,批评“大自然至关重要,而我们把它搅得一团糟”,论述环保主义与发展援助之间不能对立而必须协作,唯有这样,人类才会拥有未来。马云也曾激情地说:“不管你获得了多少财富,如果你发现身边的空气是不行的,你的水是不行的,你的食物是不安全的,就一点意义也没有。我们要回到人本质的需求!”人的本质需求,就是健康幸福,这是人类最大的福祉。

绿色和健康,相互依存,缺一不可!

不为良相，即为良医

一个好医生退休了，人人都想念她。她叫王争艳，从医 25 年，平均单张处方不超过 80 元，患者亲切地称她为“青霉素医生”。她是一名社区的全科医生，退休之际被评为武汉的“江城好医生”；“不为良相，即为良医”，她以自己的一生实践这句名言。（2009 年 12 月 23 日《武汉晚报》）

好医生不是天生的，需要崇高品格的熏陶。王争艳的母校是著名的同济医科大学，她曾聆听过出身杭州、在武汉工作多年的一代名医裘法祖的大课。无德者不能称医，裘老曾说：“医生的职责是要把病人背过河去。”王争艳就是“把病人背过河去”的好医生。“要划破两张纸，下面的第三张一定完好。”裘法祖院士的手术刀法之精准、要求之严密，令人惊叹。王争艳也处处严格要求自己，时时为病人着想。

于是我想到了“老协和医院精神”：医生抛开自己的一切为病人着想。当今时代，这种精神弥足珍贵。对于某些医生来说，“挣钱”成了第一要务，始终处于弱势一方的患者则成了“唐僧肉”。我们看到医患关系的日趋紧张，看病贵、看病难成了难治之症……

早年的乡村，最被乡邻称颂的就是良医。悬壶济世的人文理想,成就了被世人称颂的德高望重。现在我回想早年老家的“乡村达人”,首先跳出脑海的就是四邻有口皆碑的一位卫生院的好医生,说起他,人们的崇敬就从心底里油然而生。

“中国缘·十大国际友人”评出,有两位医生:一是抗日战争中为救治中国军人而殉职的加拿大医生诺尔曼·白求恩,另一位也是为中国抗日战争献出生命的印度医生柯棣华。今天还有几位医生能诵读《纪念白求恩》?“晋察冀边区的军民,凡亲身受过白求恩医生的治疗和亲眼看过白求恩医生的工作的,无不为之感动”,这样的荣誉,今天能有几人呢?还好,还有我们的王争艳医生。

王争艳其实并不“争艳”,她是真正的“只把春来报”。社区医生并不容易,他们面对的都是最底层的病患,没有几个愿意“大手大脚”。药品当中确有价廉物美的,可许多“大牌医生”就是不愿意开小处方。王争艳为患者“斤斤计较”,可不是“咸吃萝卜淡操心”。

大医立德。医生是不能高高在上的。对医生来说,收获温情比收获钞票,其实更重要。

百年协和：一颗“人文心”，一个“科学脑”

有人类的地方就有疾病，就有生老病死；有人类的地方就该有医院，悬壶济世、救死扶伤、呵护健康。

澎湃新闻2021年9月20日报道：9月19日，北京协和医学院落成100周年暨中国医学科学院建院65周年纪念大会在协和医学院壹号礼堂召开。诞生于百年之前的北京协和医学院，为我国现代医学发展做出了卓越贡献，开创了我国医学领域众多学科，培养造就了一大批享誉海内外的临床医学家、医学教育家、医学科学家、护理学家和医政管理学家，成为我国现代医学发展的重要源头和摇篮。

经过百年积淀，人们将北京协和医学院、北京协和医院概括为两个字——“协和”。协和大师辈出、大医为民，协和人忠于科学、敬佑生命，他们开辟天地、追求卓越，从而绘就了中国现代医学的一条主线，引领着中国现代医学的方向。一部协和史，半部中国现代医学史。协和的一百年，是开拓中国现代医学教育和科研的一百年，是哺育英才、“志在世界一流”的一百年，是医者仁心、保护和增进民众健康福祉的一百年。

大会感谢了洛氏基金会100年前捐建协和医学院。洛氏基金会即洛克菲勒基金会，由世界著名企业家、慈善家、“石油大王”、19世纪第一个亿万富翁约翰·戴维森·洛克菲勒成立。该基金会锁定的中心主题就是“为全人类的健康”“促进人类福祉”，其中大半的经费用于公共卫生和医学教育，而“最大的单笔礼物”给了北京协和医学院。耸立在该主题两旁的是两大伟绩：一个是中国的北京协和医学院，一个是美国的约翰斯·霍普金斯大学医学院。后者是当下全世界每日新冠疫情数据的发布者。改革开放后，洛氏基金会是最早恢复与中国合作的基金会。

洛克菲勒被称为“窥见上天秘密”的人。洛克菲勒说：“如果一个人只知道当守财奴，那么金钱就是万恶之源。”“我们现在的责任，就是完全献身于世界和民众，专心致志地给予，全身心投入到为人民造福中去。没有什么比这个更伟大的了。”

洛克菲勒在16岁拿到第一个月的工资时，就开始拿出其中6%作为捐款。洛克菲勒晚年一心扑在慈善事业上，致力消除贫困、疾病，捐款总计5.5亿美元，在世界医疗、教育、环保等多个领域做出了卓越的贡献。洛克菲勒坚信“慈善托拉斯”是正确的方向——所谓慈善托拉斯，是将商业中协同合作的管理方法引入慈善事业，从而使慈善效益最大化。

1921年，洛克菲勒二世登上“亚洲快线”轮船，《纽约时报》说“他去了中国”。同行的还有美国著名病理学家、约翰斯·霍普金斯大学医学院的院长威廉·韦尔奇——他在6年前就造访过中国，为了一个建造“北京协和医学院”的计划。他们为中国医学教育设立了“世界一流”的标准：建立一所与欧美同质的医学院，拥有优秀的师资、先进的实验室、一流的教学医院和护士学校。

“中国一直以来都是洛克菲勒基金会的兴趣点，除了美国以外，它在中国的花费是世界上最多的。”从1913年正式注册算起，10年内，洛克菲勒基金会花费了近8000万美元，截至那时，用于协和共计1000万美元，比用于约翰斯·霍普金斯大学医学院的700万美元还多。那时的1美元相比现在不可同日而语。

慈善精神，是重要的企业家精神。《尚书》有云："百姓昭明，协和万邦。"用中文的"协和"二字，作为"union"的雅致译文，与其"同盟、联盟"的本义十分贴切。慈善家协和万邦，医学家协和万众。

历经百年，协和人拥有一颗"人文心"、一个"科学脑"。从创立之始，协和就以世界一流的人文和科学标准来锻造自己，开始是这么构想的，之后也是这么实践的。协和精神是"尊科学济人道，助众生求福祉"，协和文化是"悲悯、专注、自省"，这两者正是"人文心"与"科学脑"的交织与融合。

医学科学面对的是人，健康所系，性命相托，所以医道医德至关重要。作为现代白衣天使的协和人，坚守医者仁心，呵护医学温情，体现了守护大众健康的崇高情怀。百年前的这个故事，至今屡屡被人们提起：1921 年夏，林巧稚从鼓浪屿动身，赴上海报考协和的医预科，最后一场英语笔试，一名女生突然晕倒被抬出考场。林巧稚放下试卷就跑过去急救，结果英语没有考完，以为自己这回必定落榜了。可是一个月后，她却收到了协和医学院的录取通知书。原来是监考老师给协和医学院写了一份报告，称她乐于助人，表现出了优秀的品行。协和校方由此决定录取她。此后，这位协和培养的医学家，成为我国妇产科医学奠基人，被誉为"万婴之母"，是协和人的典范。

"有一种力量/有一种做事的选择和方式/虽不大声/但绵延/自成宇宙"，这是常青所著的《协和医事》(北京联合出版有限公司 2017 年 9 月第 1 版)一书中的献词，这种"自成宇宙"的力量，正是来源于"人文心"和"科学脑"。这本"一针一线细细揭秘百年协和传奇故事"的书，以丰富翔实的史料、鲜活感人的事例，再现北京协和医学院百年来的历史全貌，值得推荐阅读。

当今，百姓公众随着生活水平的提升，对健康的需求日益增加。我们整个国家的医疗水平、医疗设备配置水平、人均医疗资源占有率、百人医疗人员比例、国民健康指数等，都有大幅提升的空间。承担着救死扶伤崇高职责的广大医务工作者，要向协和学习，要既有一颗"人文心"，又有一个"科学脑"，以仁心施仁术，以大爱成大医。

医疗需要“社会性预后”

在医学科学之外，我们该如何来重视医学社会学？

医生和病人的关系，向来不是一个简单的问题。让我们一起来探讨一下这个问题，努力找寻那“柳暗花明又一村”。

先让我们来直面现实：有数据表明，我国每年发生医疗纠纷约1万起，有70%的医院发生过患者殴打、威胁、辱骂医务人员事件。

2011年9月15日下午，北京同仁医院耳鼻咽喉科主任徐文，被一名患者连砍10多刀，身负重伤。举刀者是三年曾在这里就医的患者王宝洺，他认为自己的喉癌被徐文医生治坏了，他的说法是：“这喉癌吧，就好比一粒花生，她那次手术，就好比把外皮剥开。”

在我看来，医生与患者之间，本是不应该冲突的。最平庸的和平，也胜过冲突中最辉煌的胜利。

调研资料表明：医患关系，成为中国医生心理压力的最大制造者——所占比例为80%；而有56%的中国医生，每个月都经历来自患者和家属的辱骂责备。《中国青年报》因此提出了一个严峻的问题：什么样的改革才能重建医患信任？

我的妻子也是一位医务人员，只不过她不是医生，而是药剂师。我的三位亲人都在浙医一院住院治疗过：妹妹和父亲先后做过手术，母亲则通过放疗治愈了食道癌。我们对医院的医疗质量、医生的素质能力，有良好的评价。我们也通情达理，治疗过程中有着良好的沟通与合作。

然而，我们也深知，患者及其家属，是人世间最焦虑的一个群体。医院里人山人海，最能让人感觉到“兵荒马乱”。我曾在微博上记录了这样一笔：“早上 6 点多就闹醒，与母亲打车去医院，为母亲癌症后复查。CT、造影、B 超、胃镜、化验……在医院的迷宫里不停穿梭。浙医一院是人山人海，那最长的队伍让你感觉排到 10 公里之外；来去路上则是‘车山车海’，感觉几十公里的路上皆是车……”

是人，就会有人的疾病；有人的地方，就有人的缺点。人的身体的复杂，并不亚于人的思想的复杂；人所得的各种疾病，远没有被认识深透。治病救人的医生，同样有自身的巨大压力，这是无法回避的。

总体来看，医疗是一个高难度、高技术、高风险的行业。医生还真是天天面临着“地雷阵”“万丈深渊”。“高风险”就意味着一不小心就会出错，甚至铸成大错。比如，台湾的台大医院就发生了移植医学史上最大的医疗疏失，误将一名艾滋感染者的器官移植给 5 名病患。因为院内人员仅电话询问捐赠者的艾滋病毒检验结果，在发、受话中误将检体 HIV 抗原检验由“阳性”（reactive）理解成“阴性”（non-reactive），而未从计算机检视书面报告。

相比于当下，历史曾经分外让人感动：因为一次医疗事故，1929 年 1 月，梁启超在北平溘然长逝。他是右肾病变要手术摘除，在北京协和医院动手术，大夫阴差阳错，竟把左肾给割掉了。当时的西医在中国还处于“实习期”，为了培育西医在中国的发展，梁启超以他博大的胸怀，宽容协和医院的过失，而且还着力劝说大家不要再纠缠这件事了。在我心目中，梁启超不仅是伟大的思想家，而且是一位“伟大的患者”。

我们知道，疾病治疗，都要考虑预后，都要避免预后不良，追求预后良好。而我所想的是，医院、医生不仅要考虑“治疗性预后”，还要重视“社会性预后”。前者属于医学科学，后者属于医学社会学。当医患关系成为医生最大“压力源”的时候，通过努力，实现良好的“社会性预后”，以此化解医患双方的压力，纾解医患双方的紧张关系，最终使医疗综合效益最大化。

预后就是预测疾病的可能病程和结局，早在2000多年前，被西方尊为“医学之父”、因希波克拉底誓言而著名的古希腊医生希波克拉底，就撰写过论文《预后论》（见《希波克拉底文集》，赵洪均、武鹏译，中国中医药出版社2007年7月第1版）。他说：“假如你在临床上独立发现并断言病人的现在、过去和未来，因而弥补了病情记录的不足，人们便会更相信你比别人更了解病情。”是的，预后的情况是衡量医术水平高低的一种尺度，医生培养预见能力至关紧要。现在，医方较多的是考虑疾病本身的预后，较少考虑“社会性预后”。具体地说，“社会性预后”就是考虑社会后果，考虑医患关系的后果。

只是，“治疗性预后”的基本成本要由患者来支付，而“社会性预后”应由医院来承担。

良好预后，用心在前。医院，医院的领导，医生以及其他医务人员，对各种行为，都应考虑“预后”。每个医院如果都能带领医生，在实践中重视“社会性预后”，就像用心对待疾病一样，用心呵护病人、关心患者家属，而不是放任自流、“自然预后”，那么，就可能在很大程度上避免医患冲突，化“预后不良”为“预后良好”。这里面有许多具体的工作：

首先是拆掉不信任的“社会墙”，建立沟通管道，努力让信息对称起来。如今不少患者与医生之间，已经由高强度的“不信任”砌成一堵堵“社会墙”。新加坡学者郑永年说，“社会墙”存在于社会各个群体和各个角色之间，在政府和人民之间，在资本和人民之间，在穷人和富人之间，不一而足。如今医患之间，这一堵“社会墙”还真是厚障壁，要努力予以拆除。由于信息不对称，患者在医院会放大焦虑与压力，所以应建立好医患之间的沟通管道，努力让信息对称起来，从而消弭患者因不知情而产生的不信任。让每位患者都能明白希波克拉底所讲的道理：“医生是医术的仆人，病人必须和医生一起与疾病作斗争。”

其次是把基础做实，盈余配备医疗力量，为超负荷工作的医生“卸载”。长期高度紧张的工作环境，确实会扼杀医疗工作者内心的部分温情与善良。中国是人多、医生少，加上医疗资源配置问题，医生的工作负荷是严重“超载”的。在发达国家，像美国、德国、法国，都达到每300人有1名医生，他们人均医生数是每千人达到 3.37—3.59 个。而我们中国呢，每千人城市人口的医生人数是 1.75 人，不到人家的一半，而每千人农业人口的医生数只有 0.47 人。超负荷，带来大压力。所以，从国家政府层面来说，培养、引进、配足医生，在宏观上进行减压，这也是当务之急。但匪夷所思的是，有报道说，接受医学教育的人数与实际利用人数极为不匹配，2010 年有 90 万人从医学院毕业，其中过半——54.3 万人没有从事医疗卫生工作。

再次是通过给患者减压，达到给医生减压。患者的荷载太大，最终都会加压到医生身上。所以，给患者减压，就等于给医生减压。患者的压力，很大一块来自医疗负担。从宏观上看，中国的医疗费用中，公共支出比例不足一半，这在全世界都是偏低的。所以，只有大幅度增加政府的投入，才能从根本上给患者一头减压。在微观层面，则应坚决切除过度治疗，不给患者增添额外负担。希波克拉底说得好："医生全部医术的首要目标就是治好有病的人。如果可以通过不同的方法达到这一目标，那么应该选择最简便易行的方法。这样，医生才能与好人、精通医术的名声相称，而不是一心贪图那些低成色的普通硬币。"

至于医疗水平本身带来的压力，则需要医学科技的进步加以解决。

现代社会的医疗文明，是需要医患之间共建的。沟通、合作，相互了解、相互理解，才能使双方减压减负，达成医患双方的"双赢"。做好了"社会性预后"，即使"治不好"也不会"拔刀相向"。经典的例子就是美国的民间行为——"施瓦茨项目"：

施瓦茨是名患者，他 1995 年死于肺癌晚期，享年 40 岁。施瓦茨先生感动于接受治疗时受到天使般的呵护，临终前立下遗嘱，用部分遗产建一个机构，给医护人员减压，从而有了"施瓦茨医疗关怀中心"。求仁得仁，洒向患者都是爱，所以患者治不愈去世之后也是"涌泉相报"。15 年过去，参与过施瓦茨项目的医生，明显感觉压力减少了，从而能够更好完成他们的工作。"求仁得仁"就是最好的"社会性预后"及其结果啊！

我想，"社会性预后"可以列为医学社会学的一个重要命题，希望有人能予以好好研究、进行认真实践。让我们一起来重视医疗的"社会性预后"！

共同的敌人名叫“疾病”

2015 年 6 月，约 20 天全国范围经媒体公开报道的暴力伤医事件，至少已有 12 起。最为恶劣的一起故意伤害案件，发生在广西医科大学第一附属医院，该院放疗科一名覃姓医生，被一个鼻咽癌患者在电梯口泼汽油烧伤，烧伤面积达 30%—35%，危及生命。医患关系紧张到了何种程度，医务人员受伤害到了何种程度？2015 年，中国医师协会发布的《中国医师执业状况白皮书》显示，近 6 成医务人员受到过语言暴力，13% 的医务人员受到过身体上的伤害。

这种状况，绝对不对。任何发达的、文明的国家，都不会是这种境况。因为尊重医生就是尊重生命，而对许多人来说，则是尊重自己的第二生命。可是，我们的医患关系为何走到这种地步，这到底是怎么了？医生的执业环境，为何会持续恶化？我们上上下下应该怎么办？

医患关系的紧张，是社会关系普遍紧张的折射。由于相关社群缺乏信仰和信任，所以社会上存在暴戾之气，这构成了“互害社会”的基本特征。2015 年 1 月 23 日深夜，河南栾川县人民医院接收了一个在酒吧饮酒后脚骨受伤的男子，因患者同伴谩骂护士，值班医生贾某出面制止，结果两人发生争执，厮打过程中将15楼电梯门撞开,双双坠入电梯井身亡……医务工作者可能要面对社会相关恶势力的邪恶侵害。

与大的社会环境相比,医疗的制度环境要具体很多。其实,所谓的“看病贵、看病难”,并不是医务人员直接造成的。药品的价格,检查的费用,诊治的价位,“定价权”不在医务人员那里;面对中国这么一个人口大国,医疗资源尤其是优质医疗资源的缺乏,处在第一线的医务人员更是无奈,一个医生一天门诊要看上百号病人,累得嗓子冒烟,谁愿意这样干呀。

大的社会环境和制度环境的改变、变革、革新是第一要务;如果一时无法改变大环境,那么医院和医务工作者首先要积极改变小环境,改变小环境里的自己,主动去医治扭曲的医患关系。应该看到,患者及其家属,是世上最焦虑的群体,不能给这样的“焦虑”火上浇油。从保障自身安全计,也要努力尊重患者,因为“尊重他人,是自己最大的安全”,可以客气一些,不激发、不引爆矛盾。否则,一旦病治不好,天使就被看成魔鬼。

因为有爱,有情感,有情怀,所以才有医疗和医院。一个人找你看病,把所有隐私都告诉你,把衣服脱光了让你检查,把所有痛苦都告诉你,把生命都交给你,这,无论如何都是无法构成“交易关系”的。所以,医学首先是情感的产物,其次才是科技的产物;所以,“悬壶济世”不是一种商业行为,而是一种使命——“济世”的使命;所以,诊疗从业者要有温度,要有人的温度……美国医生特鲁多墓碑上那句名言说得没错:“有时是治愈,常常是安慰,总是去帮助。”

而在患者一方,得有起码的信任与尊重:要相信医学,因为那是一门科学;要相信医院,只有这里,才能达成你的愿望;要信任医生护士,因为他们才是专业人士……这就像你上了飞机,就得信任航班的机组人员;你上了轮船,就要与船长水手风雨同舟。只有这样,才有取胜与共赢的可能;你要明白:医生和你是同一条战壕里的战友,你们共同的敌人名叫——疾病。

终于“束手就擒”

2019 年 1 月 7 日，一条消息引发网络刷屏：记者从“权健事件”等联合调查组获悉，“天津权健”实际控制人束昱辉等 18 名犯罪嫌疑人，已被依法刑事拘留！

这个 51 岁的姓“束”的“大人物”，终于束手就擒！

2019 年 1 月 1 日，天津市公安机关对权健自然医学科技发展有限公司涉嫌组织、领导传销活动罪和虚假广告罪立案侦查。次日，对在权健肿瘤医院涉嫌非法行医的朱某某立案侦查。而束昱辉被刑拘，则是动真格严查“天津权健”的标志性事件。1 月 7 日《天津日报》发表评论员文章《重打猛打真打，坚决铲除保健品乱象》，直言“重拳砸下力千钧”，“重打、猛打、真打，坚决铲除保健品乱象这一顽瘴痼疾”。

在保健品销售中，虚假宣传、夸大宣传、欺诈等手段花样频出。有的打着免费体验、义诊的幌子搭售保健品，有的为牟取暴利把普通产品吹得神乎其神，用所谓“包治百病”的偏方秘方忽悠百姓，更有的以会议营销、销售返利等形式，干着“拉人头”传销的勾当，在一场场所谓的“专家会诊”、一次次免费的“体检赠送”中，不少人省吃俭用的积蓄变成了一堆堆没有价值的瓶瓶罐罐……甚至于有的消费者被虚假宣传蒙蔽了双眼，生病不去医院就诊,信偏方用秘方,没治好病还耽误了救命。如此乱象,非治不可,非严管严治不可。

“天津权健”,横行久矣!这个“百亿保健帝国”,在束昱辉的操持下,不停地向谋求健康的老百姓伸手,那是一双何等恶迹斑斑的丑恶之手!它在市场监管的眼皮底下,用了一点点伪装,就横行天下、贻害四方,而自己则在年年加速度中“茁壮成长”。任何一片监管真空的“灰色地带”存在,都证明失去功效的公权力,仿佛就是吃那伪保健品长大的,不仅自身监管功能失效,而且实际上已沦为那些虚假广告、疯狂传销、大骗钱财的无形的保护伞。

这个已被刑拘的束昱辉,是何方神圣?他出道前,是出生于江苏盐城大丰的“小镇青年”,向来很有生意头脑,初中毕业后卖文具挣了一些钱,也曾在小镇一个机械厂做电工,工厂倒闭后出去闯荡,之后在天津扎下了根。一招鲜吃遍天,靠几张“民间秘方”,束昱辉一手打造了权健集团。从 2004 年至今,他的“戏精之路”走得够“完美”,因为他洞悉人性幽暗之处的弱点,更洞悉让权力成为无形保护伞的功效,遂以千元天价“保健”鞋垫、令人匪夷所思的负离子卫生巾、故弄玄虚的火疗等,给你“包治百病”,由此天下敛财敛尽天下财,一路搞得风生水起,成为“百亿保健帝国”。

公开信息显示,束昱辉旗下已有 36 家公司,投资版图广阔,其中有 4 家肿瘤医院,还涉足房地产开发、参股银行等业务。

有了“权健”的束昱辉,由此成为“杰出创新人物”,多少光环戴在他头上?2009 年获“2009 年度中国自然医学领军人物”称号,2013 年获“中国健康管理行业星光领袖”,2016 年获“2016 中国经济年度人物”……真是头上光环越多,罪孽愈深重。更具讽刺意味的是,2014 年和 2015 年他两度获得“中国十大慈善家”称号,2015 年获“助人为乐天津好人”称号,2016 年获“第十届国际公益慈善终身成就奖”。这真是骗取千百亿,拿出点零头“做慈善”,于是就有了“终身成就”。难道他真以为弄弄“慈善”,就可以让其成为“护身符”、成为披在狼外婆身上的羊皮,然后就能“终身行骗”嘛?

这世道有各种兵荒马乱、欺瞒诈骗,那么就更需要有大大小小的志士仁人，以日拱一卒的姿态与精神，用手上一把无形的“柳叶刀”，用心用力帮助，一刀刀割去社会的毒瘤。

在天津权健束昱辉们终于“束手就擒”之后，对于其他传销团队等犯罪团伙，尤其是以所谓“保健品”诓骗老年人一生积蓄者，也应“重打、猛打、真打”，除恶务尽。

手机、女孩与脖子

浙江台州有个10岁的女孩盈盈，有空就爱玩手机或iPad；这天在家和往常一样低着头玩手机，也不知道玩了多久，妈妈削好水果叫她来吃，结果盈盈一扭头，就“咔哒”一声僵住了脖子，动弹不得。医生诊断这是“颈椎曲度反曲”，一、二、三椎向前错位，而且还有一段脱位了——那脖子就好像“折”了一般。

这么小的女孩，这么严重的颈椎病，主因是低头玩手机。“低头族”的年龄也越来越低了，颈椎病患者的年龄也跟着越来越低。人的颈椎如弹簧，如果老是低着头，总是保持一个姿势和曲度，时间久了，弹性就越来越弱，最后难以还原了。

在移动互联网时代，“低头族”大约是最为普遍的一大族群了。老外们率先拟定了“低头族”这个词，以形容只顾低头看手机而冷落其他一切的人。“低头看屏幕”是一种共同特征，眼睛的视线和智能手机，难解难分难离。总体而言，这是一种难以改变的大趋势。但是，其副作用、后遗症日益明显，人们的重视程度还相当不够。

因着舆论场向新媒体的迁移，公众的视线在转移；新媒体又从一般的电脑转移至移动互联网，亦即智能手机上，这正是“方便”使然。现代人成为“低头族”，是因为最愿意为方便买单，也最愿意为方便支付多种成本。但是,其中两种成本是需要引起高度警惕的,一是健康成本,二是安全成本。这两种成本往往都是悄无声息地增加的,到最后有可能成为“生命中不能承受之重”。

湖北一个年轻女孩外出,边走路边玩手机,在过一座桥时一脚踏空,掉入无护栏保护的深坑,经抢救无效死亡。有个视频在网络上流传广泛:一女子边走路边玩手机,渐渐偏离至路边,最后一脚踏空掉入河中,不幸溺亡。某地有两个青年过马路,旁若无人低头玩手机,结果被车撞飞……“低头族”个体的安全风险越来越大,而一些司机也成为可怕的“低头族”,因此增加了出事概率,危害了公共安全。

在人类生活中,很少有事情是绝对好或绝对坏的,世界并非非黑即白、非对即错。“低头族”正是如此。注意适度,注意分寸,注意副作用与后遗症,则是很重要也很必要的提醒。预防针该打一打了,特别是对于青少年,对于未成年人。

倒是没有想到,同一天看到另一个新闻是,浙江金华有个 9 岁的小女孩可欣,立下 19 条家规,其中一条是“爸爸每晚只能玩 1 小时手机”! 因为她爸最爱玩手机,尤其是玩国际象棋手机游戏上瘾,家人和他说话,爱理不理。立家规之后,老爸竟然听话、改进、归正了! 9 岁的小女孩可欣、10 岁的女孩盈盈,两人相差 1 岁,面对手机的行为习惯,竟然相差那么大。

我觉得有一个重要的命题摆在我们学者面前,那就是“手机伦理学”,需要好好研究。“低头族”玩手机,除了可能危害公共安全,大抵都不属于司法法律范畴,而是属于生活方式、生活伦理的事。如果说国人过去的伦理本位是“关系本位”,如今似乎渐进成“手机本位”了,这值得分析研究,进而提出解决问题的办法。

癌症与重生

癌症，不等于绝症。

癌症，不等于死亡。

著名作家、记者凌志军，将自己5年抗癌的经历，写成《重生手记：一个癌症患者的康复之路》一书，由湖南人民出版社2012年10月出版。在一个购书网站上，我看到很快就有1230位购书读者进行了评价与推荐。我先后买过凌志军的十来本著作，如《交锋》《变化》《沉浮》等，很钦佩他的思想和文笔。而这本有关抗癌经历的书，还真是他的意外之作，不同于他过去的政论作品，是"医论"，是"人论"，是普罗大众都应该关注的"生命之书"。

2007年，凌志军被诊断为"肺癌，脑转移"，即"肺癌晚期"，名医会诊，几乎一边倒地判定他活不过3个月。而事实上，"脑转移"是误诊，肺癌在手术后，没有进行化疗，得以康复。5年了，凌志军不仅活了下来，还活得越来越健康——这是"另类"的重生。

在我国，癌症有着"两高"特征：一是发生率高，二是死亡率高。我国每年新发癌症280万，其中肺癌居首；我国每年约有200万癌症患者死去，有30万至100万人本来不至于死得这么快——美国肿瘤病人 5 年存活率超过 80%，而我国肿瘤病人 5 年存活率仅为 20%左右，换言之，是 5 年死亡率为 80%左右，高于世界平均水平。

有一个形象的说法：在我国癌症患者中，有 3 个“三分之一”：三分之一是被吓死的，三分之一是被治死的，三分之一才是癌症本身致死的。

“被治死”，是一个值得严重关切严肃关注的问题。癌症晚期患者中，有许多人或者有意或者被迫地接受“过度治疗”。业内专家说：很多肿瘤患者不是死于肿瘤，而是死于对肿瘤的无知、高度恐惧，以及恐惧本身带来的盲目应对；同时，有 90%以上的癌症患者没有得到良好的治疗方案。

而凌志军通过《重生手记》一书，以亲身经历告诉大家：只要不恐惧，不盲从，不走上错误的治疗之路，癌症患者就有更多生的机会；即使我们的肿瘤已经到了中晚期，我们也可以长期与癌共存。你瞧瞧这些极富警示意义的章节标题：别让医生吓死人、癌症不是绝症、做一个聪明的患者……对于癌症患者来说，这本书的含金量，属于“千足金”。

我的亲友中也有多人罹患癌症，我对治疗恶性肿瘤的基本态度，与凌志军极为相似。只是我肯定在第一时间就不会相信那“刘太医”的“牛筋汤”和“开胃汤”。而我更是一直赞同减少痛苦的人性的“安乐死”。

我向来认为，提高癌症患者的生活质量，远比延长低质量的生命来得重要。我很赞同浙医一院康复中心主任陈作兵博士的看法，那就是：为了延长生命，过度治疗，全身插满管子，躺在病房，忍受剧痛，不能跟人说话沟通，这是对患者施加残酷的刑罚。

癌症患者和患者家属不去“急病乱投医”“重病乱投医”很重要，而从医生、医院和卫生部门来看，如何建立全方位的防癌体系、健全癌症治疗的规范模式，是一个需要深入探讨的大问题。

医学是一门科学，治疗关乎人性。面对医学科学，面对癌症治疗，我们应该清晰地明白：合乎人性的，方才更加科学；合乎科学的，方才更加人性。

劝酒非文化　小心将进酒

酒与茶，两生花，呈现了中国人情和中国文化的浓烈与清雅。

然而，酒对健康的影响，是明确的。2021 年 1 月 12 日，联合国中文微信公号推出题为《酒精是一类致癌物质》的视频，清晰告知公众：俗称酒精的乙醇，会增加患癌症的风险；了解饮酒的伤害，是降低癌症风险的关键步骤。之前，中国人口宣传教育中心发起了“饮酒危害科普宣传”，世卫组织驻华代表处提供支持。

“少一点会更好，不饮酒是最好。”统计表明，2019 年全世界由酒精导致的死亡人数为 244.4 万人（其中男性 207 万人，女性 37.4 万人），超过一年来新冠疫情全球累计近 200 万死亡人数。

“懂吃懂喝才健康，胡吃胡喝要遭殃。”人类最不健康的生活方式，第一是吸烟，第二是酗酒，都是“健康杀手”。酒精能中毒，酒精会致癌。酒精会对胃造成严重刺激，会影响胃黏膜的正常代谢功能，胃炎、胃溃疡、胃出血、胃癌等疾病也会陆续找上门。要打“保胃战”，拒绝酒精是一个关键。酒精对肝的危害也很重，会引发肝功能失调，有个说法是“一次醉酒等于得了一次急性肝炎”，经常过量饮酒则会进一步导致肝硬化。酒精还可以引起神经病变、心脏肌肉病变、电解质紊乱、记忆力衰退，等等。饮酒的安全线，其实是“0”，最健康的做法就是“一滴也别喝”。

然而，酒是无法根绝的，尤其逢年过节，大大小小的聚会少不了喝酒助兴。2021 年 1 月，阿里巴巴天天正能量表彰了兰州一位叫傅斌的出租车司机，元旦那天凌晨 3 点，一名醉酒女乘客上车就熟睡，到了目的地也喊不醒，出租车司机一直暖心陪护，直到联系上其朋友将她安全送回家，前后耽误两个多小时，但他说：“乘客安全比赚钱更重要！”看看这名醉酒女的“快乐跨年”，跨得很悬很危险。

也有人说，酒是中国“文化结”。确实，我国是“酒国”，千年酒文化，历史悠久。不看别的，光是古典诗词中，有关饮酒的名句就多过酒缸，随便想想就一大把：

曹操：“对酒当歌，人生几何！”“何以解忧？唯有杜康。”王维：“劝君更尽一杯酒，西出阳关无故人。”杜甫：“白日放歌须纵酒，青春做伴好还乡。”柳永：“今宵酒醒何处？杨柳岸，晓风残月。”范仲淹：“明月楼高休独倚，酒入愁肠，化作相思泪。”苏轼：“料峭春风吹酒醒，微冷，山头斜照却相迎。”黄庭坚：“桃李春风一杯酒，江湖夜雨十年灯。”李清照：“三杯两盏淡酒，怎敌他，晚来风急！”唐温如：“醉后不知天在水，满船清梦压星河。”唐寅：“半醒半醉日复日，花落花开年复年。”……

酒，是水的外形，火的性格。这下好了，就是个“水火无情”了。远在周代，周公旦颁布《酒诰》，开始了中国历史上的第一次大规模禁酒，只把酒限制在祭祀典礼上，“酒祭文化”由此出现。如今公权力可以禁止干部饮酒，也可以禁止未成年人购酒，但无法对全民实行“禁酒令”。曾看到一张老照片，1922 年的美国芝加哥，仍处于“禁酒令”时期，一位妇女展示的特制拐杖，里面可以藏下一瓶烧酒的酒量。俄罗斯历史上有过几次“禁酒令”，但持续时间都不长，难以做到“久久为功”。

面对“酒历史”和“酒现实”，我们一方面要看到中国酒文化的源远流长，一方面也要清晰地看到饮酒尤其是酗酒的危害。酒的文化作用和酒的健康损害，这是两个概念。个人要知晓酒精损害健康的知识，喝酒要自律；他人要杜绝劝酒，要记取“劝酒非文化，小心将进酒”。

将进酒，即“请饮酒”。“人生得意须尽欢，莫使金樽空对月。”中国酒诗文化的巅峰之作，当数李白的《将进酒》，“五花马，千金裘，呼儿将出换美酒，与尔同销万古愁”。对人家请你喝酒要当心，你请人家喝酒则更要小心。“牺牲部分生命的长度，换来生命的宽度”，这是一种生活方式，是李白他们干的。然而我们不是“酒仙”“诗仙”，还是少来“将进酒”。劝酒、把他人灌醉，劝不出诗，灌不成仙；看人家喝醉你开心，这算个什么事儿，甚至一不小心弄出官司来。网友说得好：“劝酒文化，真的是我们中国人踩过的最深的坑。”

劝酒非文化，或者可以说劝酒是“劣文化”。若要“劝酒”，就要劝不喝酒。“开车不喝酒”已成共识，不开车也应奉劝“少喝点”。同饮者负有善意提醒、劝诫、照顾和帮助等安全注意义务，饮酒人如果处于醉酒的危险状态，其他共饮人负有一定的注意义务。我们首先要知道该怎么做、不该怎么做，尽管“知道”和“做到”之间往往隔着一座喜马拉雅山。就在最近，绍兴中院判了一起事故赔偿案，同学聚餐后，1 人醉酒死亡，其他 27 人全被判担责，赔偿 3000—5000 元不等，原因就是没有尽到义务。

“上天造水，人类造酒。”人离不开水，但人可以离开酒。水是“主食”，酒毕竟是“副食品”。

酒，就让李白他们多喝一点吧，我们普通人还是少喝不喝为妙。

不仅仅只在残奥会期间关爱残障人

【篇一】不仅仅只在残奥会期间关爱残障人

2008年9月17日，燃烧了12天的北京残奥会圣火在闭幕式上缓缓熄灭。

平等、参与、共享；同一个世界，同一个梦想。来自147个国家、地区的4000多名残障运动员，代表全世界6亿多残障人，在“超越、融合、共享”的主题下，参与各项竞赛，“和梦一起飞”，展示自强不息的风采。源于二战伤兵康复运动的残奥会，其实更能体现伟岸的奥运精神。这些残障运动员告诉世界：一切生命都有梦想，一切生命都有家园，一切生命都有价值，一切生命都有尊严。

无论是从筹备时，还是从开幕式，无论是从组织者，还是从志愿者，都能看出中国为办好北京残奥会所付出的巨大努力。本届残奥会录用赛会志愿者4.4万人，来自27个国家和地区；安排在“鸟巢”直接服务开幕式的志愿者就达2400名，比奥运会开幕式的志愿者还多。开幕前，北京不仅在公共场所增修残疾人专用通道和可以坐轮椅使用的卫生间，还将无障碍改造延伸到家庭，在残障人士家中改造无障碍设施。

残障人士告诉我们:残疾不是“不幸”,只是“不便”。一个和谐的社会,就应该通过努力将这种“不便”降到最低,为残障人士建造一个无障碍环境,这样才能做到“同属一个世界,共求美好梦想”。我国共有 8300 多万残疾兄弟姐妹,涉及 2.6 亿家庭人口,其中北京市有 99.9 万。汶川大地震造成的残疾人,又是数以万计。相比西方发达国家,不难发现一个现象,就是我们城市街头平常不太常见残障人士,他们更多的只是待在家中,不像发达国家残障人士能够方便地上街,过上与正常人没有多大区别的生活。这说明还有很多服务残障人士的事情在等着我们去把它做好。

北京残奥会毕竟只有 10 多天,关爱残障人士,不能是此一时彼一时。比如建设和清理盲道,就不能仅仅在奥运期间很重视。如今有的城市只注重拓宽机动车道,为汽车拥堵而开路,结果挤占了非机动车道和人行道,以致把盲道弄成巴掌那么大的“羊肠小道”。今后对于无障碍设施,不仅要加强建设,而且还要加强管理。看一个国家一个社会的文明程度,可以去看看人们对“无障碍通道”的尊重程度。平常这“无障碍”上的障碍,多是健全人造成的,小车无所顾忌地压在盲道上的情形时有所见,所以说“只有残疾的环境,没有残疾的人”,而这“残疾的环境”恰恰是健全人造成的。眼中没有“无障碍”,心中没有残障人士,这正是对文明无所敬畏。

残奥会上残障运动员将告诉我们:往往是残障人士给予我们健全人更多,他们艰难中的拼搏,他们缺憾中的坚持,他们“心智、身体、精神”的和谐统一,他们的自尊、自信、自强、自立,都是给予健全人、给予人类世界的巨大精神财富。失去了腿,他们能把手舞成双足;失去了手,他们能把脚当成双手——这就是残障人士的非凡和伟大,健全人还真的无法与之相比。我们像对待健全人一样对待残障人士,使自己达到“精神无障碍”,这都很难做到。明乎此,那么我们就更明白,时刻重视尊重、关心关爱残障人士是多么的紧要。

要做到不仅仅在残奥会期间关爱残障人士,那今后就要不折不扣地落实我国的残疾人保障法。这是一部保障残障人士的公民权利和人格尊严的法律,规定了残障人士在政治、经济、文化、社会和家庭生活等方面享有同其他公民平等的权利。在残障人士医疗康复、学习教育、劳动就业、文化生活、福利待遇、环境建设等各个方面,各级各地各单位如果都按法律去做,那么我国的残障人士事业必然会有极大的发展进步。

“己利利人,己达达人”。全社会都应当发扬人道主义精神,以人为本,倡导平等,反对歧视,关怀弱者,尊重人权;理解、尊重、关心、帮助残障人士,用实际行动来扶残助残,将“支持残障人士事业”的事业进行到底。天、地、人能够和谐统一,这是多么美好的世界。同一个梦想,一起去飞翔,非残障人士与残障人士更应和谐相处于“同一个世界”,从而去实现“同一个梦想”。

“上天关上了一扇门,必然会打开一扇窗”,让我们所有的人,都成为那帮助残障人士打开“窗户”的人。

【篇二】从“残疾人”到“残障人”

2022 年北京冬季残奥会与全国两会同日拉开帷幕。央视主持人、已担任两届 10 年政协委员的白岩松建议:把“残疾人”的称呼改成“残障人”,平等对待残障人士。

“称谓的改变背后其实是意识的变化,这是广大残障人士的期待,也将是非常大的社会进步。”白岩松说:“从‘残疾人’到‘残障人’,不要小看这一字之差。‘残疾人’这个词是一种俯视视角,还是把他们当成病人。用残障替代残疾,完成了由歧视到俯视再到平视的过程。平等是最大的尊重。”

语言是约定俗成的,语言也是发展变化的。现在通用的名称是“残疾”和“残疾人”,比如“提升残疾预防和康复服务水平”,比如“帮扶残疾人就业”,比如“健全老年人、残疾人关爱服务体系”等。“残废人”是个习惯称呼,比如我孩提时代常常听到“残废军人”这个称呼。把“残废人”改成“残疾人”,是一个巨大进步,谁说“残”了就“废”了?

今后如果统一把“残疾人”的名称改成“残障人”,当然是可以的,这就是语言的发展变化——随着社会的变化而变化,随着社会的进步而进步。当今

“残障人士”的称呼其实已经约定俗成,“残障人”可以看成是“残障人士”的简称。

然而比“更名”更重要的是把短板拉长——全面建设无障碍设施,改进帮扶救助机制,提高生活补贴标准,强化应助尽助和兜底保障,突破残障人士所处的低层次封闭的“闭环”……评价一个国家一个社会的文明发达程度,判断标准不是强者的高度,而是弱者的地位,不是看长板有多长,而是看短板有多短。

这次北京冬季残奥会,运动员们对环境、设施、服务都很满意,三个残奥村为“村民们”的吃、住、行等提供了细致到位的服务保障。尤其是无障碍设施,被评价为“很完美”,参加过索契、平昌冬残奥会的荷兰残奥高山滑雪队教练尼基说:“这里的硬件设施以及无障碍设施,都是我所参加过的冬残奥会中最出色的!”这样的长板很好,今后很需要把角角落落的无障碍设施建设和管理的短板给拉长,比如有了“盲道”之后不能让“盲道”变成“道盲”。

《中国残疾人体育事业发展和权利保障》白皮书2022年3月3日发布,鼓励发展残障人体育。在全民健身活动中,因为有种种困难,残障人士的运动健身尤为不易;无障碍设施建设和管理到位,避免那“人间失格”,再加上组织各种残障人士体育活动,那样才能让残障人士深刻感受到“人间值得”。

残障孩子的教育服务,同样需要把短板拉长。日前读到作家李辉的《快乐的瑞典小学》一文,其中讲到一个失智女孩,“她忽而在同学中间,与他们一样奔跑;忽而自己一人走在跑道上,与一个年轻女子说话,原来那女子是教师”;通过与女老师交谈才知道:她到学校刚刚半年,主要任务就是照顾这个失智女孩。该班有25个学生,一般有一个老师管理即可,但因为有这个失智女孩,就必须专门派一个教师负责她的学习、生活等。这个女老师说,“在瑞典对残疾人的照顾是非常重要的”。专门派一个老师照顾班上一个失智的残障女孩,这样的“长板”确实“长”得让人佩服,是我们努力的方向。

我国是第一批签署《联合国残疾人权利公约》的国家之一,期待该公约译名能如白岩松之愿变成《联合国残障人权利公约》,更期待残障人士的种种权利都能获得最好最到位的保障。

【篇三】最好就是健身动起来

“心相约，梦闪耀，我们在杭州等你！”2022 年 10 月 9 日，杭州第 4 届亚残运会倒计时一周年主题活动在杨绫子学校举行。火炬形象同时揭开真容，设计方案名为“桂冠”，源自实证五千年中华文明史的良渚玉琮和杭州市花桂花：以良渚玉琮为文化本源，礼通天地，道贯古今；以芳香四溢的杭城桂花，寓意办赛理念——“阳光、和谐、自强、共享”。

亚运会之后是亚残运会。竞技体育促进全民健身，迎接亚残运会，最好的场景，就是全民健身动起来！这其中，因为各种现实困难，残障人士尤其残障孩子健身运动的正常开展尤为重要，非竞赛意义的健身运动和康复活动，尤其需要支持。

运动不仅让人健身而且健脑，让人变得更阳光更自强。美国学者约翰·瑞迪和埃里克·哈格曼合著的《运动改造大脑》一书畅销世界，书中直言“人类天生就要动”，运动不仅健身，最关键作用是强健或改善大脑，“运动对人的认知能力和心理健康有着极其深远的影响”。该书首度公开革命性的大脑研究，透过美国高中的体育改革计划、真实的案例与亲身经历、上百项科学研究证实，运动能刺激脑干，调节脑内神经递质，提供能量与热情，稳定心情和情绪，排除焦虑和抑郁，增进学习力。

作为特殊教育学校，杨绫子学校健脑健身两结合，不仅担负培智教育任务，体育教育也很突出，在 2019 年 12 月获得“2015—2018 年全国残疾人体育先进单位”称号。

健身的关键，就是寻找一种你喜欢的运动，并坚持下来——这对残障人士而言，其实殊为不易，需要外界提供各种便利条件。国家层面已高度重视残障人体育健身活动，国务院不久前发布的《全民健身计划（2021—2025 年）》，勾勒了 5 年间全民健身图景，其中规定：优化场馆免费或低收费开放绩效管理方式,加大场馆向青少年、老年人、残障人士开放的绩效考核力度;支持举办各类残障人体育赛事,开展残健融合体育健身活动;完善公共健身设施无障碍环境,开展残障人康复健身活动。

一个时代的精气神,既是由竞技体育来定义的,亦是由全民健身来定义的,更是由残障人健身运动参加度来定义的。我国健身行业年度数据报告表明,2020 年健身人群增至 7029 万,投身于健身运动的人越来越多了;全民健身公共服务体系已初步建立,但仍然有待完善,尤其是适合残障人运动的场地普遍偏少,所以不太看得到残障人士坐着轮椅打篮球、打排球那样的热闹场景,而这在发达国家可以常常在公共场合见到。

竞技体育和群众体育,两者并行不悖。竞技体育,不是金牌至上;全民健身,不是应试体育。我国竞技体育高质量发展,无论是奥运会、亚运会、全运会(包括各类残运会),健儿们在赛场上顽强拼搏、争金夺银,也带动群众体育运动,激发全民健身热潮;而全民健身锻炼,也是竞技体育出成绩的一个基础。

全民健身关乎全民健康,关乎人民幸福,关乎民族未来。全民健身也是"体育共富"的载体。公共体育设施属于公共品,多建一个运动场,就可以少建一间医院。全民健身当然不仅仅与"全民健身日"同行,"全民健身日"其实应该是"全民健身年""全民健身时"。

残健融合心相约,全民健身梦闪耀。在迎接亚运会、亚残运会的大背景下,杭州应该进一步掀起全民健身热潮,应向公众尤其是残障人士免费开放更多的公共体育设施,而不是时间与空间较多的闲置;全面增加免费或低收费时段、提供更好的服务,而不是"偷工减料";免费场地应进一步完善设施,尤其是夏天增设空调,尤其要适合残障人士进行健身运动。

贰

构建保障型人类社会

女童的双眼

道歉之前，这些高人“曝光”他人；道歉之后，他们曝光的原来是自己。

这是 2018 年 5 月，“王凤雅事件”反转，始作俑者某作家等发微博称，向王凤雅的家人等所有在这场风波中受到伤害的人道歉。

从最开始被指“诈捐”、“重男轻女”、消极治疗，到事件逐渐清晰，王凤雅爷爷向媒体表示，一定要追究造谣者、舆论制造者的法律责任。

其实，更应追究的，是一些人的“媒介伦理”“媒介素养”。这些高高在上的“键盘侠”，距离农村、基层，距离真相、常识实在太远。

医学科学的基本知识告诉我们：被称为“眼癌”的视网膜母细胞瘤，是一种 3 岁以下婴幼儿最常见的眼内恶性肿瘤，往往具有先天遗传性质，发现迟了，进入中晚期，死亡率很高。2018 年 5 月 4 日王凤雅离开人世，还不满 3 岁。著名作家周国平感人至深的名著《妞妞——一个父亲的札记》，写的就是自己的女儿查出眼癌，整个家庭被推入无边的深渊；妞妞可爱之极，更让人心痛之极，她只活到一岁半。《妞妞》一书，被美国医学人文学学者奉为“当代中国人文医学的启蒙之作”，这本书再版了很多次，惜乎看过的人还是太少。

农村女童王凤雅出生两三天后，双眼就有了异样症状，待到去城里大医院诊治，事实上已不可挽回，作为主治医生的郑州大学第一附属医院眼科中心主任医生陈悦讲得很清楚：“多名眼科专家对王凤雅进行会诊，肿瘤已经在眼球内，可能向颅内转移，判断其病情处于中晚期。”

虽生必死，摇篮即坟墓，这就是妞妞的父亲周国平、王凤雅的母亲杨美芹共同要面对的现实。挖去女童双眼，暂时延长她的生命，亦不能避免癌症的复发；不做手术，她的生命就像流星一样短暂。但一些“键盘侠”说，拿了他们的钱就得去北京治疗。总共才众筹募集多少钱呀，才区区 3 万多元，30 万恐怕都不够，生龙活虎的“键盘侠”们，哪里知道到大医院进行重症癌症手术治疗，要花多少钱？

“都想给孩子自己认为最好的。却变成了这样的撕裂。”道歉者后来如是言。其实算不上什么“撕裂”，而是典型的网络“合成谬误”：个体的出发点，看上去都是对的、好的，但网民们最终所合成的结果，却是真理跨出一步，变成了不折不扣的谬误。而且，网络传播还常常伴生谣言、添油加醋。那不是解决问题，而是“解决”问题困境中的人。

至于农村、基层的生活，尤其是河南省欠发达地区农村的情形，大约更是城市里坐在电脑前的“键盘侠”们不会也不想了解的。2017 年 11 月 2 日，王凤雅在当地太康县人民医院被确诊为视网膜母细胞瘤，母亲杨美芹当场就哭了，孩子没有加入“新农合”，治疗费用根本就没有报销的可能，什么叫走投无路啊？而在“键盘侠”眼里，倒是知道“农民都是重男轻女”的，所以认为杨美芹把众筹而得的钱，拿去治疗儿子的唇腭裂了！治眼癌与治唇腭裂，两者费用完全不在同个级别；而且治疗唇腭裂有诸如“微笑”“嫣然”各种公益基金，得到救助亦方便，事实上杨美芹儿子唇腭裂治疗费用就是嫣然天使基金提供的，且在女儿查出眼癌之前。

不分是非，只分敌我；不问真相，只问“高尚”——这是多少网民干的好事？

尊重事实、尊重常识、尊重逻辑，这在今天的网络上为何越来越稀缺？周国平说："虽然我所遭遇的苦难是特殊的，但是，人生在世，苦难是寻常事，无人能担保自己幸免，区别只在于形式。我相信在苦难中，一个人能够更深地体悟人生的某些真相。"周国平所言的真相，在浮躁的网络时代，已然越来越被忽视。

那么，用什么可以摧毁自古累积的愚昧与偏见？先哲有言：不容置疑的常识与常理。

我们不要以为捐过几块钱，就可以居高临下地对待受助者了；应该记住这样的话：我是向日葵，而你是太阳。

医生，我的子宫呢？

庭审结束，从法庭出来，下二楼的台阶只有区区那么几级，被搀扶着的王慧英一步一挪，走得那么艰难。

2001 年 6 月 21 日上午，在杭媒体聚焦一起医疗损害赔偿案。上午 8 点一刻，杭州市中级人民法院第 8 审判庭，王慧英诉浙江省肿瘤医院医疗损害赔偿案在这里开庭。

39 岁的王慧英已经艰难地攀爬了人生的“39 级台阶”，而今后的人生之路注定将更加艰难。在一场手术中，她的一大堆器官被切除了：直肠（31 厘米）、阴道（3 厘米）、子宫及右侧卵巢。王慧英感到自己的肚子里“被掏空”了。而让她万万想不到的是，就在同一天，她的病理活检结果出来了，根本不是术前医生对她所说的“直肠癌”，而是“肛上黏膜慢性炎”，术后又告知她是“子宫内膜异位症”。

那是 2000 年 8 月 4 日，一个王慧英刻骨铭心的日子。

生命在这里转了一个巨大的弯

王慧英是浙江湖州菱湖镇油车潭居委会的居民。一年多前，王慧英出现便频、大便变细等症状，到湖州当地医院治疗，院方提出是不是直肠癌的怀疑，建议转到省城大医院治疗。2000 年 7 月 31 日，王慧英来到浙江省肿瘤医院就诊。据王慧英所说，当时的坐诊医生陈某在经过了肛门指检后，就很肯定地告诉她说是得了“直肠癌”，要求她立即住院治疗。于是，王慧英当天便办理了住院手续，并于次日——8 月 1 日做了常规检查。再次日——8 月 2 日，医院给王慧英做了纤维结肠镜检查和病理活检。再次日——8 月 3 日，医院通知王慧英家属，准备实施“直肠癌根治+结肠肛管吻合术”手术，并要求家属进行手术前签字。由于当时尚未看到病理检验报告，王慧英和陪同她的哥哥打心底里不希望是可怖的“癌”。怀着一丝残存的希望，他们再一次询问陈医生是否已经确诊。王慧英说她清楚地记得，陈当时的回答是“百分之百是直肠癌。”

没有再怀疑，没有再细问，没有再深查，更没有想转院再看看，基于对医生的信任，出于对医院的信赖，沉重的字，就颤巍巍地签在了手术单上。

再次日——2000 年 8 月 4 日上午，王慧英被推进了手术室。

王慧英说，手术做了 6 个小时。

在手术中，医生把认为已经病变、该切除的器官都切除了。

而这些器官不仅仅关系到生命，还关系到情感，关系到爱，关系到后代……

王慧英的生命从此转了一个弯。可是，王慧英很快发现这个弯“转错了方向”，因为在手术后，病理活检结果出来了，根本就不是“百分之百的直肠癌”，而是“肛上黏膜慢性炎”！

这对于王慧英和她的亲戚们来说，简直是晴天霹雳。她哥哥在庭审结束后悲怆无比地对我说：“如果不是直肠癌，我怎么可能同意在手术单上签字！”

贫贱人家为什么真的“百事哀”

8 月 10 日，医院向王慧英出具了术后病理诊断书，上面写了王慧英的病因是“直肠肌层及黏膜下层子宫内膜异位症”，尽管王慧英现在连“子宫内膜异位症”是不是“真正的病因”都在怀疑，但不是手术前医生所说的“直肠癌”这一点是肯定的。

或许，“恐癌症”的阴影在王慧英的心中已经滞留整整10年了——因为10年前，肝癌夺去了她心爱的丈夫的生命。王慧英说，她丈夫是个很聪敏的人，原来跟她同在菱湖建筑公司上班。丈夫读到初一就辍学了，后来坚持自学，单位曾送他到南京一所大学进修，学的是电子专业，学成归来后才组成了两个人的世界，希冀着从此携手进入生命的灿烂时光。后来儿子出生了，但绝然没有想到，三口之家的快乐才享受了一年——就在儿子1岁那年，年富力强的丈夫竟然得了真正的“不治之症”——肝癌，撒手人寰，如此抛妻别子，真叫死不瞑目。

“为了儿子，我10年寡守下来，欲哭无泪。”王慧英说着，眼圈红了。

王慧英努力把孩子拉扯大。孩子的奶奶80高龄，后来去世了；孩子的姑妈精神并不康健，没有支援，无所依托，只有靠自己。没想到的是，她赖以生存的单位——菱湖建筑公司后来也倒闭了，她无可奈何地下了岗。

王慧英成了镇里的特困家庭。孩子的读书费用都成了“心腹大患”，不知如何是好。好在这世上还有好人，一位富有爱心的人“1+1”扶贫助学，与她的孩子结成了对子，解决了一段时间的学费。

王慧英她跟众多的下岗工人一样，自谋出路。她在当地学校门口摆了一个小摊，卖的是烤鸡串——这是她无师自通自己“发明”的小吃，生意不好不坏，但一个月辛苦下来好歹也有千把元入账。

但是，一切顷刻间说没就没了。

万般无奈走上法庭对簿公堂

法庭。天平在每一个人心中。

此前，王慧英在浙江台《给你说法》电视节目上，看到浙江海浩律师事务所主任刘国健出镜析案谈说法，于是找上门去，诉说了自己的不幸遭遇，请求法律援助。刘国健接下了这桩案子,将它交给了所里的两位年轻律师:郑剑锋和冯丽。

王慧英在给两位律师的一封信中诉说道:“事情不知道进展怎么样了,我很痛苦,现在一无所有,儿子幼小还需要抚养,身体被搞成这样,失去了常人应有的正常生活,出门要用尿不湿,回家还要擦身子,买尿不湿的费用请帮我考虑一下,我不能工作,没有经济来源,无依无靠……帮我讨个公道,你们是我和我儿子的救星……”

两位律师的心,特别是作为女性的冯丽律师的心,被王慧英的遭遇震颤。他们大量查阅有关医学方面的资料,研究这个相对陌生的领域。他们给医院方出具了“法律建议书”,认为“贵院给患者王慧英的治疗已构成严重医疗过错,贵院应承担由此给受害人王慧英所造成的全部损害赔偿责任”。

但院方不认为自己有过错。王慧英先后也多次进行交涉,并无结果。

只有通过法律途径来讨个说法了。

王慧英住院时多留了一个心眼,将主要的病理检查报告、病程录、手术记录单、病理诊断书、出院小结等给复印了下来。如果没有这一叠证据,她还真不知道这个官司怎么打。

2001 年 5 月,王慧英向杭州市中级人民法庭提起了诉讼,市中院正式受理此案,并根据王慧英的具体情况及其请求,同意缓交诉讼费 12276 元。

唇枪舌剑双方分歧巨大

但舌剑唇枪一番后尚未有结果。原告提出的诉讼请求是:请求判令被告赔偿原告医疗费、误工费、护理费、伤残者一次性生活补助费、住宿交通住院伙食补助费、营养费、被抚养人生活费、精神损害赔偿金、继续治疗费、律师代理费合计 726659.81 元。

原告认为,被告将原告所患的普通炎症错误地诊断为“直肠癌”,并据此施行手术切除了原告大量正常器官,其侵害行为客观存在;由于医生过分自信和严重不负责任“违规操作”,在病理活检结果还没有出来的情况下,于8月3日就决定施行手术,8月4日一早就把原告送上手术台,严重违反诊疗护理规范及常规,构成明显的诊疗过错。被告的错误诊断和草率决定手术导致原告永久性丧失生殖功能和性功能、大便失禁难以排解、尿道损伤、阴道疼痛、肛门经常抽痛、左下腹部胀痛,无法正常生活,构成严重伤残,劳动能力完全丧失,使原告付出惨重的代价,其损害后果实属触目惊心。

概括地说,原告认为这次大手术,让受害人王慧英经历荒唐的“三部曲”:先是说你得了“直肠癌”,所以家属签字同意做手术;接着是在手术时发现是一种炎症,还照样把许多重要器官给切了;最后是手术后又告诉你得的是什么“异位症”,而这个毛病就得切你那么多器官,所以开刀没开错。实际呢?如果不是癌症,原告说根本不可能同意开刀。

对此,被告的答辩主要在两方面:其一,医院对原告手术前后诊断不一致,这在医学上是允许的;其二,医院对原告所施手术未对原告的身体造成损害后果。

被告认为,8月3日经治医生得知病理科活检结果为“直肠黏膜慢性炎”,但考虑到该活检结果并不能完全排除“直肠癌”的可能,而且原告临床症状和体征也有手术适应症,所以在征得原告家属同意后,决定8月4日给原告行剖腹探查。

根据手术记录“术中探查肿块位于直肠前壁腹膜返折上,与子宫后壁紧密浸润,较为固定。宫体后壁及右侧卵巢与肿块局部粘连”,说明原告的病变广泛、严重。在与原告家属说明情况后,经治医生根据病情对原告已病变的直肠、子宫、右侧卵巢予以切除。

术后病理报告显示原告所患疾病为“直肠肌层及黏膜下层子宫内膜异位症”,但并不能就此认定医院对原告术前的诊断即是误诊。子宫内膜异位症在临床上表现差异很大,可以累及盆腔的各个组织和器官,造成广泛的浸润,与恶性肿瘤相类似,且原告属重度级,这的确给临床诊断造成困难。

被告还认为,被切除的组织并非原告所理解的是“正常的器官”,而且手术中在彻底切除病变组织的同时,保留了原告一侧正常的卵巢,维持了原告的第二性征。原告术后恢复良好,未发生并发症和后遗症,术后切口愈合甲级,术后的来院随诊也无原告状中所称的"大便失禁,难以排解,阴道疼痛,左下腹胀痛等"症状。至于原告诉称术后"丧失性功能,无法正常生活,完全丧失劳动能力",更是原告一面之词。总之,医院不构成对原告身体健康权的损害,原告的诉请缺乏事实和法律依据,请求依法予以驳回。

在控辩双方举证质证唇枪舌剑之后,主审法官认为,争议的焦点有两个:一、手术有无必要进行?二、被切的器官是不是健康的,有没有必要切除?

在法庭上,王慧英前后没说几句话,始终无力地低着头,没精打采,时不时胃气上翻,打上几个痛苦的响嗝。

什么时候给我一个说法?

由于法官不是医学专家,所以接下来一个问题就是:作医疗鉴定。

但原告多少有点害怕"医疗鉴定",不是因为事实,而是因为鉴定的人。王慧英的亲戚认为,作医疗事故鉴定的人往往都是卫生系统的自己人,集运动员、裁判和教练于一身,不仅时间可能被无限期拖延,而且公正性也值得怀疑;而病人是弱势群体,面对强势群体,有很多无奈。

原告代理律师则认为,他们主张的是过错赔偿,是民事官司,不是追究医疗责任事故,所以不必作医疗责任事故鉴定。

王慧英很担心这个官司会"没完没了"。她说她的日子越来越难过了。这两年,她原本谈了一个对象,正准备结婚,现在人家已经离她而去。王慧英说,她丈夫没了,男友没了,工作没了,自己的身体也坏了,连小摊也摆不成了,而且又遇上她家旧房被拆迁,房子也没了,现在寄居在 80 岁的老父亲家,靠他的微薄的退休金来"抚养"。

生活的无望,身体的痛苦,精神的煎熬,王慧英常常感到生不如死。"在医院的三楼,我就几次想跳下去……可每次都想到孩子还小,没人照顾……"

王慧英说她的孩子跟他爸一样聪明,学习很好,她真的舍不得丢下他。

那怎么办呢,孤儿寡母的,而且已经负债累累。

一个医生若有一次失误,就可能造成一个人一生的痛苦。医疗行业是个高风险的行业,恐怕任何一个医生都不能保证在他的一生中不出差错。除了强化医生的职业道德,提高医生的工作责任心外,怎样防范医疗风险,降低医疗事故发生率,建立一个完善的可操作性强的保障体系,在出了医疗过错或责任事故之后,能够尽快地让受损害的一方得到补偿或赔偿,这是一个值得重视的问题。

王慧英对我说:“希望医院不要让自己的宗旨变成‘只是开刀,不是治疗’。”

王慧英说:“我希望医院能够像别的行业一样微笑服务,应该像对待自己的亲人一样仔细给每个病人看病。”

王慧英还说:“我不是恨某个医生。”

我们听到了王慧英对良知和责任的呼唤。

人类如果重视了金钱,漠视了生命,忽略了良知,忘却了责任,那么人类最终戕害的正是自己。

“下岗并不怕,可怕的是我的身体毁了……”王慧英说着,低下了头。庭审一结束,她就往厕所赶,她说尿不湿已经全湿了,因为她的大小便已难控制。

“谁能告诉我,我的后半生怎么办?谁能告诉我?谁能告诉我?”这不是声嘶力竭的呼喊,而是庭审结束后,王慧英有气无力的发问。

卧听萧萧竹

在陕西安康市农村，一妇女到当地卫生院生孩子，结果孩子一生出来就掉到了火盆里，孩子全身60%深度烧伤。孩子父亲说当时接生的医护人员都不在场，医生却说是接生后抱孩子时失手造成的，据卫生院调查，孩子父亲所说为事实。（2010年12月17日《华商报》报道）

事发的沈坝镇位于汉滨区与汉阴县的交界处，坐落于群山深处，生活条件相当艰苦。卫生院病房内没有空调，医疗设备也相当简陋，虽配备了取暖的电炉子，但由于山区电压不够，所以产房里的气温还是很低。为了保温，孩子的父亲喻家米就从自家带来了一个火盆，放在产床旁边，给临产的媳妇取暖，没想到却发生了这样的惨剧。

这是这个大冷天里最冷的新闻。孩子本来是来到温暖的人间，哪承想进了通红的火盆！“从子宫到火盆”，多么的惨痛！这是极特别、极严重的医疗事故。可怜的孩子，这个成人世界对你来说已不是“对不起”，而是罪孽！

那个卫生院，多么的寒酸落后，一个取暖器坏了，得家属从自家带火盆来取暖。那些被停职的医护人员何尝不是落后环境的产物呢？而更可怜的是农民的“生”“存”状态，堪与谁说？

这个日子，杭州大雪，暖国都冷成这样，何况西北呢。一位同事，是年轻的妈妈，她在 MSN 上签名：清晨。“妈妈，快来！这里的雪很嫩！”瞧，这是她儿子的话，多可爱。母亲带着小伢儿在小区里玩了一会儿，孩子说：“妈妈，我们到爷爷锻炼的那个地方去，那里的雪一定很豪华！”你听，这是多美妙的声音；你看，那是多幸福的情形！我们身在福中当然能知福，可是，在西部尤其是西部山区，有多少母婴在艰难中生存，他们要承受多少生命中不能承受之重？

都说“十二五”规划特别强调改善民生，意味着各地将改变过去的 GDP 政绩观，将改善民生作为执政的重要方向。“惠民生”，将如何落实在西部山区的母亲尤其是孕妇的头上？有什么具体的措施保障她们能平安地生育下一代？我想，政府职能部门完全可以组织基层医生轮训一遍，改善他们的职业素养，提高他们的医疗水平。政府责任之外，社会能做些什么？在西北极度缺水地区，有个“母亲水窖”工程，捐赠几千元建个水窖，就能有效改善母亲们的生存状态。较发达地区能否学习仿效“母亲水窖”，发起一个“新生命工程”，为欠发达地区怀孕的母亲健康平安生育孩子提供帮助？

“衙斋卧听萧萧竹，疑是民间疾苦声。”我们所做的一切都是要让人民生活得更加幸福、更有尊严，让社会更加公正、更加和谐——这是多么美好的理想。帮助怀孕分娩的母亲，其实是帮助两个人——一枝一叶总关情。

服刑人员心理测试与社会成员心理和谐

“无论什么人都有一颗心，每颗心里都能找到人性。”这是大文豪高尔基说过的话。而英国的弥尔顿则说：“心灵是一个特别的地方，在那里可以把天堂变成地狱，把地狱变成天堂。”一个人的心理与心智状况往往是最难捉摸和琢磨的，服刑人员恐怕更是这样。浙江监狱系统有个被专家称为“在全国都叫得响”的做法：给服刑人员做心理测试，得到参加测试者在价值观、态度、情绪、气质、性格等各个方面的相关信息，形成一份心理档案，并将测试结果反馈给本人，最终这一切都致力“测以致用”；目前已有 840 个服刑人员做了心理测试。（2005 年 12 月 21 日《都市快报》）关注服刑人员心理状况，其直接作用是及时发现并消除服刑人员心理障碍，及早干预心理危机，提高心理健康水平；其间接意义是“琢磨”服刑人员的心理，“在每一颗心里都找到人性”，并让人性闪烁光辉。

这些年来，科学的心理测试运用越来越广泛，比如许多地方征兵时就施行了心理测试，其中包括智力测试和人格测试、电脑检测和心理访谈等内容与形式；而把心理测试大规模、全方位地运用到服刑人员身上，浙江是首创。从“以人为本”的角度来看，将心理测试与监狱管理相结合，是一种科学、一种进步、一种和谐。

心理不健康、不和谐往往会给他人和社会造成严重伤害。犯罪心理学告诉我们，有性格缺陷以及心理问题的人，遇到外界的刺激容易冲动，诱发犯罪；大约有2/3的命案都是激情犯罪，行为人只是瞬间心理失衡而干出那些不计后果的可怕事情来。而美国心理学家多拉德等人所提出的“挫折-攻击假说”则认为，攻击是受挫的继发行为；挫折诱发导致攻击行为的刺激——一种攻击驱力，而“攻击驱力”的存在，本身又是一种心理挫折、一种心理上的不和谐，所以一个遭受挫折的人，容易做出攻击行为。从这个意义上说，服刑人员和其他遭受过挫折的社会成员，其心理状态最值得关注。

心理是和世界一起演化的。“相对于正常生活圈内的人而言，在监狱内改造的服刑者本身就具备很多特殊性，他们的心理健康问题更容不得忽视。”有关测试专家如是说。对服刑人员的心理测试，运用了世界著名的“明尼苏达多项人格测验”的办法，能够反映出各人的不同特征，尤其是社会适应不良、对外界的认知方式、自身的行为方式和情感表达方式等，对有心理问题的人更具检测和诊断意义。具体到对服刑人员的399道测试题，都很生活化，有些题目看似简单，其实意味深长，而最终讲求的是科学、有效；同时，监狱系统还构建了心理咨询员、心理咨询师和社会有关专家这三个层面的心理干预系统，来解决服刑人员具体的心理问题、心理障碍甚至心理疾病，从而努力使每个人员达到心理和谐。

服刑人员心理测试的科学运用，给我们的基本启示是，更广大的社会成员亦可用上科学的心理测试，以帮助解决各种心理问题，在提高心理健康水平的同时，提升心理和谐的境界。和谐社会从终极意义上说，就是人与人之间的和谐，而人与人之间的和谐，最紧要的就是人与人之间的心理和谐。通过心理测试、心理调适，在促进社会成员之间心理和谐的同时，最大程度促进社会和谐。“有恬静的心灵就等于把握住心灵之舵；有稳定的精神就等于能够指挥自己。”能够把握住自己心灵之舵、指挥自己，让心理抵达和谐境界，应该成为个体、群体和社会一种共同的美好追求，而且持之以恒。

构建保障型人类社会

【篇一】医保“第三张网”

医保“第三张网”启动！原先有两张大网——在城市，城镇职工基本医疗保险覆盖了约1.5亿人；在农村，新型农村合作医疗对农民医保有了初步的制度安排；而城镇非就业人群属于“真空地带”，这次，城镇居民医疗保险将这一群体纳入进去。（2007年7月24日《21世纪经济报道》）

建立城镇居民基本医保制度，是改善民生之重任。用通俗的话来说，就是要解决城镇“一老一小”——老年人和孩子，以及残疾人等群体的看病就医问题，2007年首批试点城市79个。

这是好事、正确的事，思路对头、方向对头，所以从中央到地方各级财政，都要“舍得投入”；起步的水平低一点并不要紧，首先要把“大病”给管住；现代文明社会，公民个人得了大病应由社会保障系统予以保障，这样不至于一个人、一个家庭因病返贫、陷入不能“自拔”的困顿，更不是依靠网络、媒体的“策划”“炒作”而发动社会捐助来拯救一个重病之人。

实现“全民医保”、实现制度上的“无缝隙覆盖”，是一个健全社会必须追求的目标。无论是建立城镇居民基本医保制度，还是建设社区医疗卫生服务体系，都要遵循公益性原则。这并不仅仅是医疗卫生部门的事，前者主要属于劳动和社会保障系统，后者才属于医疗卫生系统。过去笼统说“医改”，一说就说到“卫生部”如何如何，其实这未免有点偏颇。中国人的健康保障，首先要解决“谁出钱看病”的问题，然后才是解决“有钱怎么看病”的问题。

公益性原则就是说，医疗保障主要得由政府“买单”、提供保障，它首先是“公共品”。政府“买单”提供医疗公共品，无非两条通道：一是直接“补人头”，二是间接“补医院”。目前城镇居民医保筹资保障的水平还不高，引导居民到基层就医，发展社区卫生服务，才能最大程度缓解城镇居民看病负担，所以政府加大对社区卫生服务体系建设的投入，是正确的思路。

基层医院、社区医生，在国外是医疗体系的重要一环。普通百姓都有自己定向的“社区医生”，这些在基层的医生就像你的家庭医生，你平常看病首先要找到自己定向的医生，普通毛病他给你看了算数，大病重病才由他给你介绍到大医院去看。基层医生平均每人定向管着三五百个对象，这些对象中毕竟健康者为多数，所以他对那些相对少数的“病人”了如指掌，从而大大提高了医疗效率。

如今我国大医院与社区小医院“两极分化”，大家习惯于一得病就直接奔大医院，结果弄得大医院人满为患。医疗资源的不均衡配置，最终导致医疗效率的整体低下；这个很像教育资源的不均衡配置，把优质资源都集中于“重点学校”，导致多数学生享受不到“受公平教育权”。政府目前对医保“三张网”的投入比例差距也还很大，“第三张网”只是起步，重要的起步，前头的路还很长。

【篇二】保障不可有“障”

2012年3月6日新华社电讯《两会世界眼》栏目，播发了一则报道的标题是“中国为提振穷人调低目标”，这真是一个蛮有意思的说法，立刻吸引了我。

那是英国《金融时报》对中国的政府工作报告的一个"解读"。不再"保八",将GDP增长的目标调低为7.5%,重视更高质量的发展,推动增长转型,大力扩充社会保障,共享改革发展成果,这按我们习惯的说法,是"更加重视民生",没想到人家媒体干脆直接说成"提振穷人"了。

是的,穷人最需要提振。给贫困家庭发放上学补贴,农民也有了"新农合"医保,贫困线标准已经提高——这种种举措,是兜底帮扶,是政府保障,是社会主义公平的体现。

对于困难群众,最重要的是提供各种社会保障。比如大病保险就非常重要,否则脱了贫的人也很容易因病返贫。保障不能有"障",否则"保障"就沦为"保障有障碍"。保障是需要条件来支撑的,说通俗点,保障一靠政策,二靠钞票。政策制度是前提,然后就要舍得拿出钱来——这样才能真正显示出"更强的亲民性"。

财政部向人大会议提交的财政预算报告显示,2011年全国财政收入超过了10万亿,增长24.8%;与批准的预算相比,2011年中央财政收入超过预算高达5446亿元。这么一大笔收入究竟用在哪里了?新华社报道中说到两个数字:增加保障性安居工程支出160亿元,增加困难群众一次性生活补贴支出207亿元。这就是对"提振穷人"的实打实的支出。

然而,这些数字与中国庞大的贫困人口、困难群众相比,还是显得小了。2012年3月6日,全国政协副主席李金华在讨论时建议,在政府工作报告中增加"勤俭节约反对铺张浪费"的内容。他说:"如果我们紧一紧、省一省,作风方面稍微改进一下,一年省几千亿元是不成问题的。"搞审计出身的李金华在这方面最有发言权,但这个事还真是"知易行难"。我们不难明白"一年省几千亿元不成问题",可是要想真的把它给省下来,那就要大大压缩"三公"经费,可把"三公"经费"转移支付"到贫困群众头上,还真不是一件容易的事。

2012年,政协委员、国务院扶贫办主任范小建面对媒体,谈的往往是很具体的贫困状况和扶贫项目。比如面对央视两会特别节目《泉灵三问》,他谈到大山深处过河的溜索,全国一共有779条,都要力争在"十二五"期间改造完成，也就是说，到2016年，全国所有的溜索都会消失，变成各种桥梁。再比如他在凤凰卫视吴小莉的《问答神州》，讲到四川阿坝州大骨节病的病区，真的让我很惊心："从5岁到15岁，骨骼就开始变形了，由于骨骼变形就失去劳动能力，而且很痛苦很疼，有些老百姓就是用烟头来烫，自己烫自己，转移他的疼痛……"阿坝州还有4万多名的大骨节病患者，因为丧失了劳动和生活能力，贫困如影随形。这种疾病迄今无法查出原因，为了阻断疾病和贫困的代际传递，最好的方法就是政府出钱"包办"，把病区成千上万的孩子全部迁移出来，到外地求学和生活，从而彻底规避这种恶魔般的疾病。这都需要很大的投入。我很赞赏政府的这些做法，也很钦佩范小建委员的作为，"提振穷人"就需要做这些实实在在的事。

在2012年的"国家账单"中，中央财政用在教育、医疗卫生、社会保障和就业、住房保障、文化方面的民生支出，共13848亿元，增长近两成，这是好事。现在我最希望的是，这些钱一分一厘都能真正用在民生领域、落到百姓头上，中间不会有"障"，更不会雁过拔毛，拜托了！

【篇三】更可靠的社会保障

因为有保障，人心才不慌。

全国两会公众最关心的十大问题，十年来有两个议题基本上都名列前茅，一是"反腐倡廉"，二是"社会保障"。

没有保障的社会，是不安定的社会；没有保障的主义，是空洞的幻想主义。

我很欣赏钟南山院士在两会上的发言，他一直来都是敢言敢说的，而且说的都是真话实话。2013年两会期间，钟南山又不客气地抨击：中国医疗经费占GDP的比例，在全世界都是最低的！教育经费的投入，很明确讲过占GDP的4%，科技则是占2.1%，为什么就不提医疗卫生？"我问过卫生部部长陈竺，他说现在提高了很多，大概接近占GDP的5.5%。但这在全世界都是最低的，很多发展中国家都是6%以上，更不要提发达国家了；中国要提到6%能解决很多问题,这是最根本的。”

政府在医疗卫生领域投入太少,直接或间接地带来一系列问题。从医疗机构和医务工作者这头看,投入偏少,必然导致医院发展艰难、基层普通医务人员收入偏低,从而在根本上降低了健康保障水平;从患者这头看,医疗的“自费”部分支出巨大,“看病难”的问题没能得到根本解决。

有关数据表明,2011 年城镇居民医保的实际报销比例仅为 52.28%,农村的“新农合”为 49.20%——这意味着,看病要自己付出一半的医疗费用。你如果不是医疗待遇较好的高干,那么,大病重病还真是生不起的。

于是,“存钱防病”是普通百姓的必然选择。与此同时,还得“存钱防老”,这也是逃不了的不二选项。

可靠的社会保障,离不开可靠的投入。我们已看到切切实实的进步,比如从 2013 年开始,我国农村医疗保障重点向大病转移,肺癌、胃癌等 20 种疾病纳入大病保障范畴,报销比例不低于 90%,“新农合”人均筹资水平将达到 340 元左右——这毕竟是提高、是进步。这背后的“大道理”是:改革的“红利”要让全民分享,如果改革的受益者不是大多数人,那么它肯定就算不上是一次成功的改革。

“要坚持全覆盖、保基本、多层次、可持续方针,以增强公平性、适应流动性、保证可持续性为重点,全面建成覆盖城乡居民的社会保障体系”,这是一个原则,也是一个标准。在这个社会保障体系中,现在学者和公众普遍关心和担心养老保险基金的“巨额缺口”问题。

“保障”两个字的性质,就决定了它必须由政府提供。养老保险、医疗保险当然都是养命钱、活命钱,要管好它、用好它,这才叫“取之于民、用之于民”。建立“更可靠的社会保障”,关键不就在这里吗?

【篇四】不让保障“掉线”

本来从“家庭互济”到“社会互济”是进步,而今从“社会互济”到“家庭互济”亦是进步。

2021 年 4 月，国务院常务会议确定建立健全职工基本医保门诊共济保障机制的措施，规定个人账户可以给家属使用，还有将更多门诊费用纳入医保报销等。

涉及普罗大众的利益，每一点进步都是那么不容易。医保“家庭共济”，本是“应然”——应该是这样子，公众早有这个呼声，如今全国终于要迎来“实然”了。其实杭州走在全国前列，从 2017 年 3 月 1 日起，就可以将个人账户中的“历年资金”这部分用于家庭共济了。

医保的本质是社会互济，在医保基金的“池子”里，谁当下生病了谁先用，健康的人备着将来用。如果不能家庭共济，那么健康人群会有大量结余，而部分年老体弱人群则是入不敷出。改革后，配偶、父母、子女之间可让渡使用，个人账户的资金就活了，这是实实在在的一种“分享”，是医疗负担的一种减轻，也是社会保障力的一种提升。

基本医疗保障是公共品，具有公益性，与老百姓的安全感、获得感、幸福感密切相关。医疗保障是最不能“掉线”的。民众更好地享受现代医学进步带来的成果，重要的是医保“蓄水池”要注入更多的资金，真正做到“水涨船高”；同时，应该有更多的民众，特别是农民，需要提高医保水平。

时隔 12 年，张海超“开胸验肺”再次进入公众视野。2021 年 4 月 5 日，澎湃新闻报道：当年事件曝光后，时任河南新密市委书记王铁良曾收涉事企业董事长给予的 40 万元，帮助其避免停产整顿；王铁良如今被控贪腐金额超 4100 万元。张海超则是通过法律程序最终获赔 120 万元，正是利用这笔赔偿款，他于 2013 年到江苏无锡进行了肺移植，所以才能活到今天。张海超当年不得不去“开胸验肺”，否则就无法获赔、无钱治疗，生命就会“掉线”。

现代社会是一个“风险社会”。德国社会学家乌尔里希·贝克在他的经典名著《风险社会》中，勾勒了这样一幅图景：文明，而不是自然灾害，正在把人类推上“火山口”——在“文明的火山上”，人类世界表面上高效便捷、坚不可摧，但底层敏感脆弱，暗藏着诸多系统性风险。“人们可以占有财富，却只能忍受风险。风险仿佛就是文明指派的。”《风险社会》直指最大的风险来自“组织化的不负责任态度”，而风险的制造者，“以风险的承受者为代价来保护自己的利益”，甚至参与对风险真相的掩盖。

“风险”成了人类现代文明的“副产品”，我们正置身于“风险社会”之中。例如疫情的暴发，就是“风险”的呈现。避免“风险”、消弭“风险”，现代人必须做出最大的努力。《风险社会》中专门有一节谈“医学亚政治”，褒扬医学服务于健康，开创了全新的局面，“改变了人与其自身，与疾病、苦难和死亡的联系，它甚至改变了世界”。然而，个人原子化、社会原子化，带来了联结性缺失，会导致个体孤独、人际疏离、社会失范。那么，恢复“联结性”，就是一种抵御风险的手段。如今具体到我们医保个人账户家庭通用，何尝不是一种“联结性”恢复？

面向未来，切实提高医疗保障水平，是公众的普遍呼声。呼声为“护生”，保障不“报障”；规避社会“风险”，一定要让高水平的保障牢牢“在线”。

岂能如此上下其手

吃相是不是难看，有时只需常识判断。

湖北武汉的艾馨（化名）女士，因为罹患癌症，考虑生命无多，打算卖房后捐给动物协会，咨询律师时，却在10天内被律师事务所“赚”走20万元“咨询费”。

该律所名为“良朋律师事务所”，如此“良朋”，让人不齿。2021年3月29日《新京报》报道，当地司法局表示，“本案中，代理律师在知晓当事人身体状况及拟代理事项情况下，未能向其充分解释收费的依据、标准和服务事项，未能主动提示并帮助其申请公益法律援助”。律所负责人和代理律师被约谈，20万元代理费已退还，代理合同已解除。

律师提供咨询服务，当然不是免费的，而且实行市场调节价，政府也并未设置收费标准的“天花板”；然而，市场调节价并不等于“漫天要价”，收费要公平诚信、合理合情。一般来说，20万元的法律服务费，正常复杂程度的案件标的额，通常在1000万元左右。这个患癌症的艾女士，家境条件一般，欲在将来把遗产捐给动物协会，是位爱心人士，但她显然对于司法法律方面“无知无识”，也没有“货比三家”，轻而易举就上了当、入了套。

律师和前来咨询者之间的信息是严重不对称的，掌握司法法律"知识权力"的强者,能轻而易举地把对方当成"唐僧肉";何况你还是一个要捐赠遗产的"善良傻子",此刻不榨取你还榨取谁?你捐给"动物协会",还不如捐给我吧!公众确实想不到,人家"临终目的"是捐款,而律所律师却如此上下其手、巧取豪夺。这最终只能给当事人带来满满的无奈,满满的失望,满满的心如死灰。正如网友所说的,"律所带来的伤痛,远远大于疾病带来的疼痛"。

法律是"外制",伦理是"内制";法律是他律,道德是自律。律师就不需要伦理道德的内制自律了吗?律所在"以事实为根据,以法律为准绳"之外,就不需要"以良知为指引"了吗?律师难道就不需要遵守公序良俗了吗?"违背公序良俗的民事法律行为无效"这样的法则,这些手上握着"高头讲章"的律师是真的不知道吗?

社会需要正当性,需要恰当性,需要妥当性;司法需要良知的光明,需要公义的指引,需要正义天平的一次次校准。律师决不能如此变相榨取代理费用,并且似是而非地说一堆理由。很清楚,委托人是一名癌症患者,真正的司法文明,应该是把这样的案件推荐给相关的公益律师、社会福利律师,不该为了"轻松赚大钱"而喜滋滋地接下,静悄悄地"宰杀"。这事关乎当事人的切身利益,更关乎律所和律师的自身声誉,弄成这样,对整个司法进步、法治文明都是一种无声的戕害。尽管这种情况是少数,但不能因"少数"就睁一只眼闭一只眼。

先哲有言:"我们的权利既不来自上天或自然法则,也不仅仅来自法律的规定。权利来自人类经历的恶行。"因为人类的有限性,我们确实只能追求有限的正义。然而,相比于普通民众,律师更要"诸恶莫作,众善奉行",否则必然会向社会溢出负面效应,弄得人神共愤,最终受到严惩。我倒是希望这起"律师案件"能够上法庭打一场官司,因为法律问题法律解决,乃是一种文明。

民生实事之实做做实

“目光所至看到问题、耳听范围想到问题、所思所想直面问题”,2021 年浙江省十大民生实事出炉,在政府工作报告中占了重要一页,而这些“实事”都是针对现实问题所提出、所确定的。

不久前,就候选的 16 项民生实事项目进行了网络投票,听取了民意。现在确定下来的 10 项,可以用几个“两头”来概括:

“城”和“乡”两头:涉及城市的,“努力解决群众车辆年检烦心事”和“努力缓解交通拥堵和特殊群体出行难”,分别列为第一项和第二项,可见“行”的重要和紧要。关乎农村的,有“努力提升水库、山塘、干堤安全水平”和“努力让农村出行更方便更安全”两项,“安全”是关键词,同时也事关“出行”。

“老”和“少”两头:分别为“努力让养老服务更方便”和“努力解决‘入园难’‘入好学难’”。

“健”和“医”两头:涉及健康有两项,“努力让群众吃得更放心”和“努力打造城市社区‘10 分钟健身圈’”;事关医疗的也有两项,“努力增强基层医疗和公共卫生服务能力”和“努力加强残疾人救助康复”。

医疗、教育、养老、出行、安全,每一个关键词背后,都是民生之重。天下为公,人民最大;悠悠万事,民生第一。重“民生”,

即“护生”——守护民生。爱生敬养，和谐万物，护卫生命，完善保障，弥补短板，方能最大程度增进民生福祉。

看十大民生实事，每一条开头都是“努力”二字。努力是必须的。从更高的要求看，做好民生实事，势必要求“全力以赴”，而非“尽力而为”。唯有如此，人民群众才能真正过上幸福的好日子。

在具体事项中，还有一大鲜明特点，就是具体的数字非常清晰醒目：比如“实现全省286家汽车检测站软硬件环境大提升”，比如“组建11个老年人、残疾人出租车爱心服务车队，车队规模达1500辆”，比如“新建340家乡镇（街道）居家养老服务中心”，比如“新（改扩）建农村普惠性幼儿园100所、新增学位2万个，新（改扩）建中小学100所、新增学位4万个”，比如“新增全程可追溯的食品生产经营主体5000家”，比如“提升建设100家规范化残疾儿童康复机构”，比如“实施传染病院（病）区改造项目100个”，比如“新增体育公园（体育设施进公园）50个、足球场（含笼式足球场）50个、村级全民健身广场100个、社区多功能运动场200个、百姓健身房500个”……

这些数字，是目标，是规划，是方向，是要求，同时是可查证、可考核的。脱虚务实，就需要这些具体而实在的数字数据。

管好人生的“两头”——孩子和老人，是民生的重中之重。教育和养老，是由政府兜底的大事，责任不能也不可能推给市场。其中养老服务方面，无论是“新建340家乡镇（街道）居家养老服务中心”，还是“新增2万户困难老年人家庭适老化改造”，都需要大的投入——这是应该的、幸福的投入。希腊圣地德尔斐有一句著名的箴言概括人的一生：童年时，伶俐；青年时，自律；成年时，正义；老年时，智慧；死去时，安详。这样的幸福一生，当然需要自身的不懈努力，但也离不开外在的良好保障。

实事实事，就要实做做实。落实实事，没有也不能有旁观者，而需要上上下下齐努力、踏踏实实向前进！

第四辑

群己一鹗鸣

近代著名翻译家、教育家严复，曾将英国思想家约翰·穆勒的《论自由》译为《群己权界论》，辨析“群”（社会公域）“己”（个人私域）关系。在其《译凡例》中，严复说“穆勒此书，即为人分别何者必宜自由，何者不可自由也”；他清晰阐述“自由”的概念——“人得自由，而必以他人之自由为界”，我们今天不能忘却。

人是社会的人。人与人的关系，关键是人与社会的关系。人要致力构建良善美好的社会，社会要给予人良好和谐的环境，尤其是制度环境、人文环境、教育环境和保障体系。人生不是环形道，社会不该成闭环。

社会进步了，有我们每个人的贡献；社会倒退了，也是我们每个人造成的。

人生慈航，要呵护他人成长，而不是动辄让他人“社死”。

人之为人，一要有文化的教养，二要有独立的精神，三要有自由的灵魂，四要有社会的担当。

换个角度说，一个人，要有情怀，要有敬畏，要有底线，要有边界。

怎样思考就有怎样的人生，我们尤其需要站在社会的角度来思考人生，比如这一些：

人生需要出走。人生拿着旧地图，当然找不到新大陆。

人生除了死亡，其他都是擦伤。今天再大的事，一觉睡醒就没事；今年再大的事，到了明年就是小事；今生再大的事，到了来世就是故事。

一生遇到好伴侣是最幸福的，遇到好老师是最美妙的，遇到好领导是最幸运的。

人是用来爱的，钱是拿来用的，结果钱被拿来爱了，人却被拿来用了。不要想着赚钱钱会来，想着赚钱反而会把钱吓跑。

身外之物根本没那么重要，到了一定的年纪，简单的低配的平平淡淡的生活，才是最舒适最踏实的。

人的成熟，一半是对美好事物的追求，一半是对残酷真相的揭露……

无论社会如何，最重要的是：站在人这边。

耶路撒冷文学奖，每两年颁发一次，旨在表彰那些唤起“人类自由”的作家及作品。日本作家村上春树是获奖的首个亚洲作家。《村上春树杂文集：无比芜杂的心绪》（南海出版公司 2013 年 4 月第 1 版），是村上春树亲自遴选的随笔集，被誉为“完整了解村上春树文学与内心的必读之书”，收有耶路撒冷文学奖演讲名篇《高墙与鸡蛋》。这篇 2000 余字的演讲稿，诸多中学课外阅读选本有选载。其中最著名的一段是：

“假如这里有坚固的高墙和撞墙破碎的鸡蛋，我总是站在鸡蛋一边。是的，无论高墙多么正确和鸡蛋多么错误，我也还是站在鸡蛋一边。正确不正确是由别人决定的，或是由时间和历史决定的。”

石头构筑的高墙虽然坚硬，但鸡蛋才是生命。鸡蛋撞了一下石头，鸡蛋撞得头破血流，但要为鸡蛋欢呼，不要说鸡蛋是鲁莽还是勇敢。谁都得明白：石头并不永恒，它会风化；而鸡蛋才是永恒的，因为它生生不息。

站在鸡蛋一边，也就是站在人这边。

壹

社会公域与个人私域

社会公域与个人私域

社会公域关乎公共利益，不可与个人私域混为一谈，更不能把公域当成私域。

2021 年 8 月 13 日晚，江苏无锡，一女子拿餐厅公用的一大一小两个勺子舀奶茶喂宠物狗，引发热议。8 月 14 日，该餐厅负责人称，接受了客人道歉，用过的餐具已经全部扔掉，餐厅全面消杀。

网友批评毫不客气："狗是无辜的，没素质的是人！""现在变态的真多，你在家可以和狗同吃同住，公共场合你就不能这样！""这么亲，那就共食一个勺碗呗，干吗分彼此！""自己带一个餐具不就好了！"

爱狗养狗，这是个人权利，在家里——个人私域，你跟狗狗怎么亲都是你的事，但是到了社会公域，养狗遛狗喂狗可得按规矩规定来做，不能搞得"人不如狗""群己权界"不分。

可是想不到的是，在大庭广众之下，类似为一己私利损害公共利益的行为，曾多次发生。2018 年 5 月，湖南长沙一饭店内，一对男女用饭店餐具给宠物狗喂水，在场店员不制止。同样的事情曾发生在无锡市，2017 年 9 月，一中年女子就餐时，用餐厅的盘子给狗喂食。2017 年 8 月，大连一对男女在餐厅也用公共餐具喂狗喝奶茶。2014 年 12 月，江西一高校食堂，一女子让一条宠物狗站在桌上，用食堂公用餐具喂狗，事发时曾有食堂工作人员口头劝止但无效……

更有甚者，在 2019 年 5 月，吉林长春一女子在美食城就餐时，从邻桌拿了个碗给儿子接尿，还拍了照片发朋友圈搞“有奖竞猜”，问大家碗里的液体是什么，最后揭晓答案，称儿子的尿为“圣水”！这样的“圣水”，在自己家里大概率不会拿个碗接起来、供起来，到了公共场所，就完全不顾他人了。

不要说现在公共场所几乎遍布监控探头，如今人人手中都有智能手机，可立马拍下上传，一只手机就是一个“监控器”，但是，这些爱自己的犬远远胜过爱他人的人，照样这样肆无忌惮，可见他们的公域意识是如何的缺乏！事实上他们也知道，那样干的后果是“没什么后果”，被发现、被曝光，最多道个歉就能了事，不会没收“作案工具”宠物狗，更不会影响到自己前途什么的，所以这类事件一再上演。

一个真正自由的人，必以尊重他人的自由为基础；一个重视自己权利的人，必以尊重他人的权利为前提。你不仅要尊重、捍卫自己的自由权利，更要尊重、捍卫他人的自由权利，否则，自己的自由权利最终必然会成为一句空话。

有个有意思的对比是，2021 年 8 月 1 日，湖南益阳一小区 5 个家庭 16 口人在家聚餐，因小区发生疫情被划定为中风险地区，他们突然被居家隔离 14 天，10 个大人、6 个小孩只能挤在 3 室 2 厅 128 平方米的房子里，天天得打地铺；为了公共利益，他们被约束在个人私域，需要忍受自由的局部失去，而为抗“疫”的公共利益做出部分牺牲。可贵的是，他们还乐观地通过视频直播的方式，每天分享 5 家人挤在一起的欢声笑语……这是在个人私域顾及社会公域的范例。

而在社会公域，那些只顾个人私利的“自由”，可以休矣！

我们需要怎样的职业品格

有一位名家去世了，他叫梅葆玖。

有一位医生病倒了，他叫施章时。

有一位老师跳粪池勇救幼童，他叫杨文利。

有一位协警见地陷挺身拦车，他叫礼为奇……

天南地北，在不同身份的新闻人物身上，我们看到相同的职业品格，他们以自己的职业良心、职业态度、职业素养，构筑职业责任、职业能力、职业习惯，成就职业价值、职业作风、职业声誉。他们立德立业立功，无论其功是微是巨，都是职业中人学习之模、进取之范。

京剧名家梅葆玖，2016 年 4 月 25 日因病辞世，享年 82 岁。作为京剧大师梅兰芳唯一学京剧的儿子，他深受父亲的影响。梅兰芳对京剧、对同行、对学生、对公益事业、对国家那是一片赤诚。艺术上的事，不会的梅兰芳就去学，比如盖叫天说他做得不对的，他就跟盖叫天学；“社会上那些乱七八糟的东西，他根本不介入”。记得相声大师侯宝林说过：“日发千言，不损自伤。”这是说相声表演的辛苦，不知道京剧表演是否也是这样的情形，但学习、练功的辛苦那是肯定的。为了艺术，献身艺术；梅家两代，薪火相传。梅葆玖是当代梅派的掌门人，唱念做打，艺术一流；他天性本身其实并不特别热衷唱戏，而从事演剧，更多的是一种责任使然，不因为别的，就因为他姓梅。普通观众，则会在春节的有关晚会上看到他的表演。

身份即责任。这是梅葆玖带给我们的重要启示。有的职业身份，并不那么出名，但那确实是“日夜苦干，不损自伤”。不仅“自伤”，甚至要命。在连续做完 4 台手术后，广州解放军第 458 医院施章时医生，突发心肌梗死，过度疲劳累倒在手术台上；他自己被紧急送上手术台，经过近两小时的手术，成功放入支架打通血管，但没有完全脱离危险。

那是 2016 年 4 月 22 日晚，第 4 台手术是一名急诊患者，手术从晚上 6 点开始，一直做到 7 点左右，“一句话也不说”的施医生，“表情已经很不对劲了，做完手术，衣服已湿透，转身就瘫坐在椅子上，脸色苍白”……如果不是在医院，他的生命恐怕就没了。而就在头一天，安徽广德县医院骨科主治医师杜勇，在加班抢救一名车祸病人时不幸昏倒在手术台上，离开了人世。他才 35 岁，平均每天工作 10 小时以上。他曾经发高烧，一边输着液一边给病人看病。

看看医院大厅人山人海的情形就知道，许多骨干医生会忙到如何的地步。不是鼓励“带病坚持工作”，很多时候是职业习惯使然，是职责担当使然，是职位特性使然，是身不由己的没办法。尤其是“人到中年”，在家里是上有老下有小，在单位是中坚是骨干，那叫忙得不可开交。当年看谌容的小说以及同名电影《人到中年》，知道了什么叫“疲劳断裂”，所描述医生工作辛劳的情形，30 多年过去，没有多少变化。但责任如山，责任是品格，又胜于品格，责任是能力，又胜于能力。

不久前，一个根据真实故事改编的宣传片感动了无数人，说的是一位老父亲远道来看儿子，儿子是急诊科医生，忙得不可开交，没时间抬头；久等的父亲只好挂了个号，见了医生儿子一面。真实的事情发生在北京大学人民医院的迟骋医生身上，在晚上 9 点左右，他习惯性地对下一个“患者”说：“您哪里不舒服？”话音刚落，听到熟悉的声音：“儿子，我没有不舒服，就是想让你停一会儿，喝口水。”他抬起头看到父亲正坐在眼前，眼泪一下子涌了出来。这是怎样的

"忠孝不能两全"?

"世界上有许多事情你不想做不愿做但必须做,这就是责任的全部意义。"天地生人,有一人当有一人之业;人生在世,生一日当尽一日之勤。这是基本道理。职责之外的一些东西,对于有着优良职业品格的人来讲,那同样是不可推卸的责任。湖南冷水江市第七中学的数学老师杨文利,遇到3岁幼童郊游时掉入粪池,他一个箭步冲过去,纵身跳进没胸的粪池,将孩子救了上来。跳进粪池沾了一身臭大粪,这是谁都不愿意的;而把孩子给救上来,这是杨文利老师义不容辞的职责。

责任体现价值,责任有多大,价值就有多高。这价值与职业岗位的高低并无必然关联。2016年4月21日下午,晚高峰开始到来之际,杭州市文二路学院路口的地面,突然出现一条近30厘米的地缝,没多久就塌陷出一个近20平方米的大坑。当时在执勤的协警礼为奇,刚要做手势疏导交通,忽然发现路面似乎在变形,地上出现裂缝,他第一时间发出紧急警告,恰好一辆私家车疾驰而来,他立马冲过去,直接拦住了这辆车,一瞬间路面就塌掉了。如果他稍稍地不负责任,那后果就很严重了!职业素养、敬业精神,是可以在关键时刻救人一命的。

责任是使命,是担当,是能力,更是品格和精神。

我们需要怎样的职业品格?答案原来这么简单,就仨字:负责任!

公考与公平

【篇一】国考无炮灰

104 万人报考、77.5 万实考、1.35 万个职位，这些数字真够“雷”人的。2008 年 11 月 30 日开考的 2009 国家公务员考试，以实考人数为分母计算，录取率也只有 1.75%，比我 1982 年考大学时 4%的高校录取率还要低。“百万雄师”挤独木桥，更多人充当了“公务员考试的分母”，他们自嘲是“国考炮灰”。(2008 年 11 月 30 日《信息时报》)

国考无炮灰，无非是历练。在求职难的今天，考公务员当然也是一条路子。除了中央国家机关的国家公务员考试，还有众多的地方公务员考试；这次考不好，下回还有机会。“逢招必考”，这是目前最公平的做法。

一天两门，行测申论，每门百分，考题颇难。申论是公务写作、政论写作、国策写作，2009 年考题是宏大的“粮食危机”；被简称为“行测”的行政职业能力测验，第一题考的是奥运会开幕式上展示的“和”字源自墨、道、儒、法的哪一家。

考试能力的训练，与行政职业能力的训练，两者相差较大。“行测”解决的是一个基本认知问题，有些新闻题材是非常好的考题设计素材,比如著名的“五瓣公章”——某行政村将公章分成5瓣,推行“多人监理模式”,光新闻评论就不止ABCD四种观点,很多似是而非。在我看来,“五瓣公章”只能是偶发的“村级行为”,一个公章分“五瓣”,与5个人掌管5个章得同时盖上,两者只有技术差异、没有本质区别;所以“五瓣公章”不具备任何推广意义,如果上上下下都施行这种“权力的制度制衡”,那是要闹笑话的。

有的考生考试能力很强,实践能力很一般。政府从管治型转向服务型,要求公务员素质能力储备比较完善,所以“行测”的考题很多很复杂,追求文理兼备而不是文理分家。你还别说,有的毕业生从学校出来后,还真是文理皆不通、干啥都不会。一位博友说到这么个事情:有位大学生租住在他家,用电线加长接线板,连接时不知“短路”的基本原理,把两根线接在一块了,造成了跳闸。博友感慨:电路方面的知识初中就开始学了,死记硬背的教学,能让几个学生正确动手实践呢?

技能缺乏还不是最可怕的,最让人忧心的是人文素养与思想能力的缺失。比如曾有一批大学生联名给文化部领导写信,要求文化部出面将李安的电影《色·戒》拿下。他们想的不是“百家争鸣”,而是要借用体制与权力,来压倒他人的文艺作品。我不能想象,如果是这样的毕业生考进文化部做了公务员,将是促进文化发展还是阻碍文化发展。

任何收获都来自耕耘,看看前头,有个公务员大姐邓亚萍就很优秀。她1997年结束乒乓生涯后,走过了11年求学路,分别在清华大学、英国诺丁汉大学和剑桥大学,获得英语专业学士、中国当代研究专业硕士和经济学博士学位。作为北京奥组委的公务员之一,她的表现可不一般。

【篇二】公考与公平

“公考”——公务员考试,2009年传出“史上最多”的逾千人作弊,其中集团性作弊的有515人,高科技作弊已成主要方式。通过电脑甄别雷同试卷的方法，有近700人被“揪”出；部分由此被判“吃鸭蛋”的考生，提出了异议。有关负责人则说：对雷同试卷认定作弊有科学依据，不存在“误伤”，不会冤枉任何一名考生。（2009年1月19日《文汇报》）

对这个说法，我的基本想法是：假设无任何作弊，那么出现“雷同试卷”的概率有多少？这如何进行科学测算？毕竟这次公务员考试有77万余人参加，如果这77万多份考卷里，“凑巧”确有非作弊式的“英雄所见雷同”，那不就麻烦了吗？想起一个“会有两个人头发丝一样多吗”的“难题”，回答是：有的，因为人的头发一般只有几万根，而人口总数是数以亿计，其中头发相同数量的很多。那些由选择题构成的考试项目，“自然雷同”的可能性恐怕难以排除。“自然雷同”与“判定雷同”是两个概念，把非雷同试卷判定为“雷同”的概率小到近乎无，但“自然雷同”的非作弊卷也会被你一股脑儿判定为“作弊雷同”，这里的逻辑漏洞是必须看到的。

用电脑来甄别，是高科技的，也是机械性的。若不揭露作弊者，那是对诚实者的不公；若因机械的方法伤及无辜，那则是对无辜者的不公。这是一个寻求考试公平的制度性难题。从原则上说，我赞成从严反作弊。对反作弊的利弊分析，总体上也只能“两害相权取其轻”。一场为了和平的正义战争，可能会伤及无辜，但它无法因此而不战。作弊如果越演越烈，对教育、对官场、对社会、对个人，都会贻害无穷。

在我国的千年科举史上，作弊与反作弊，犹如孪生兄弟，防范措施越来越严密，作弊手法越来越高超。魔道斗法，形影难离；屡反屡弊，屡弊屡反；究竟是“道高一尺魔高一丈”，还是“魔高一尺道高一丈”？到了清代科场，作弊之法与反作弊之法，是集千年历史之大成了。“飞鸽传递”这样的“空中远程”作弊手段都派上了用场。对作弊者，清朝处罚不可谓不严，动辄处斩，还牵连家室；可是求功名求官位的吸引力往往胜过被揭弊的恐惧。

个人可求取功名，社会须求得公平。舆论监督是重要的。大清重臣李鸿章1896年访问美国时，曾批评中国当时的“报纸”讲真话很吝啬。那时的邸报，多说好话，那年的“新闻”倒有一篇具有“舆论监督”色彩，是报道一位袁姓御史的奏折,称自从太平天国起义以来,封官加爵作为奖赏已成了大清政治生活的陋习,只要花钱、未经任何考试也能得到功名,寒窗数年的读书人不能公平地取得一官半职。"公平"作为衡量标准,认知是一回事,实践又是一回事,没有良好的社会环境与制度环境,它确实是镜花水月。

社会性的公平寻求,更是个难题。公务员行业有其优越性,才导致千军万马挤独木桥。这意味着领域性的不公平对人才的影响力、吸引力之大。对国家来讲,千军万马要"考"进公司企业、投身经济发展一线,那才是幸事;从社会上看,考试与分数是发现、选拔人才的重要手段,但它不是任何领域的唯一手段,因为许多人才不是"考"出来的。时任广东省委书记汪洋曾告诫该省公选出来的新官:别以为考得好就干得好。

对个人而言,诚实永远比优秀更重要。只有诚实才能换来公平公正。但"作弊"不仅仅是个人化的,而往往是社会性的,也不只存在于教育领域。美国学者戴维·卡勒汉所著的《作弊的文化》一书,说的就是广义的作弊"劣文化"。考生之外,教练、运动员、公务员、律师、会计师、股票分析师等,都有可能成为作弊者,"作弊案例的增加,反映出今日人心深沉的焦虑与不安"。

公务员姓"公",最需诚实者,要努力避免使诚实者"受伤"、受到不公待遇。对自己认为被"误伤"的,应该有个案求证的制度安排,比如可申诉,可当面"对质""听证",或可进行行政复议等。追求种种公平,毕竟有赖社会性的努力。

匡扶正义,不被“社死”

迟到的正义是“准正义”。正义绝不缺场,只是时间早晚。

任何指控都要用证据说话,不能让人不明不白就“社死”——社会性死亡。

2021 年 1 月 5 日,杭州市互联网法院匡扶正义,一审宣判“邓飞 Me Too 案”:被告邹思聪立即停止侵犯原告邓飞名誉权的行为;被告邹思聪、何谦公开对原告邓飞赔礼道歉,消除影响,恢复名誉;赔偿原告邓飞精神损害抚慰金 5000 元,公证费 6712 元;本案受理费由被告邹思聪、何谦负担。从影响力的角度看,这可谓是“被 Me Too”者胜诉的“第一案”,是要进入中国诉讼史的。

被告不服,提起上诉。2021 年 8 月 25 日,杭州市中级人民法院终审判决:驳回上诉,维持原判。

邓飞是知名公益人士,“微博打拐”“免费午餐”等重要公益项目的发起人,著有《免费午餐:柔软改变中国》,以他为代表的“免费午餐”爱心群体获评 CCTV“2011 年度法治人物”;他还获得“2013 年度慈善人物”以及“2014 年度全球青年领袖”等荣誉。他现在主要在“善城”杭州做公益,杭州富阳花开岭公益村,就是他主持创建的;2018 年 12 月 8 日,在漫天大雪中宣告成立，我也去支持公益，成为几位揭牌者之一。几年来花开岭公益村开花结果，做得红红火火。

因为疫情、被告人之一的何谦身在美国等原因，该案历经了 3 年之久。2018 年之夏，在“Me Too”（即“我也是”——反性骚扰运动）风潮中，邓飞被指于 2009 年在北京曾对一名女实习生实施“性侵（未遂）、性骚扰”，导致其夺门逃出酒店，夜奔街头。彼时邓飞是《凤凰周刊》编委、记者部主任，是知名的深度调查记者。匿名文章指称“实习期间我只见过他（邓飞）一次”，他进入房间“瞬间变了一个人”，就对她实施“性侵（未遂）、性骚扰”；该文还在邓飞照片上打叉，并要求他退出公益界。这位女实习生即多年来身在美国的何谦，邹思聪则是其文章的网络推手。

在长达 22 页的判决书中，法院认定，“除何谦本人对这一近十年前事件的描述之外，二被告并未提供任何其他直接证据证明‘性侵（未遂）/性骚扰事件’发生的时间、地点、经过，二被告提供的其他间接证据亦不足以令人毫无迟疑地确认其所述情况真实存在”。律师更是一句话就戳穿那没有任何证据的“讨伐”：“一个女生为逃避性侵夺门而出，夜奔北京街头，难道当晚就不会有一个人知道吗？”当时如果跟你的闺蜜说一声，如今也可以成为“呈堂证据”啊！

全世界都一样，在“Me Too 运动”中，被诬告误伤的有一个基本概率在，都有一些不幸躺枪的。邓飞就这样“撞在枪口上”。“我从来没有做过这样又坏又愚蠢的事，但网络上群情汹涌，我百口莫辩。”邓飞说，“我们十余公益项目，服务数十万贫困儿童，更凝聚无数志愿者心血，不应因我无辜受损。因此我先退出手上项目，保护项目，并声明将通过司法讨回公道。”

女性相对较弱，所以人们天然同情弱者，在“Me Too 运动”中，人们由相信而轻信女性一方的说法，是一种常态。

如果在一场运动中，一个对他人的严重指控不需要证据，不经质证，也无须司法流程，就可以轻易摧毁一个人，那么，每个中国公民，不论男性还是女性，都将是受害者，被公开羞辱，被“社会性死亡”。此前不久发生在清华的事件中，“学姐”以为学弟用手摸了她屁股，指责、网暴一气呵成，幸好有监控录像提供了铁的证据，无辜学弟这才避免了“社会性死亡”。别说“眼见为实”，“亲历”了都不见得是“实”，所以不可轻易指控他人“性骚扰”。

“Me Too运动”的目的，是呼吁所有曾遭受性侵的女性挺身而出，讲述自己的经历并附上标签“Me Too”，以此唤起社会关注。2018年春学期我在浙大教新闻评论课，当时韩国“Me Too运动”正风起云涌，同学们的作业中有很多是评论“Me Too”的，关注度极高。但是，“Me Too运动”绝不能演变成一场针对全体男性的有罪推定。“我弱我有理，指控即有罪”，搞成“运动”之后，一旦失去理性，任何人都可能被碾成齑粉。试想，不管是什么媒体，一个曾经的女实习生如果对领导不满，在离开之后，都可以指摘某个具体的男领导曾经性骚扰了她，立马就让他身败名裂；反过来，男实习生对女领导同样也可以这样告诉——这是多么荒谬的情景。

性侵指控即使证据“莫须有”，也必然会带来网络的集体谩骂。舆论风暴，很容易毁灭一个人，你越是大名人，你陷入的绝望泥坑就越深。在现实舆情中，轻信、先入为主是人性缺点。先告状、先公开，洋洋洒洒一大篇“口供”文章上网，尽管里头没有任何一条实际证据，但往往是“人人都信”，这就是最可怕的情形。

“无成本”的网络控告他人“性侵”，不能莫名其妙地成为“无声杀人”的利器。无论对方是男性还是女性，一定要有证据。有了证据，可以提告；没有证据，不贬他人。绝不能上网大喊一声“Me Too”，然后就让一个人“社会性死亡”。一个理性的社会，不能有这样的“萧规曹随”。著名杂文家鄢烈山先生说得好：“当舆情汹涌，一边倒的时候，千万要冷静，因为民意不具有天然合法性，无辜之人极可能被民意错误审判。不媚上和不媚众都难。千万别拿道德大棒打人，尤其是当你根本不了解事实时。”

“我也想用我遭遇的这个惨痛经历，去告诉人们——在互联网时代，一个对他人的严重指控可能就是一篇小作文，通篇自述，却可以轻易摧毁一个人。如果不经质证，也无须司法流程，那每一个中国公民，不论男性还是女性，都将是受害者，面临被公开羞辱和瞬间社会性死亡的可能。”终审判决之后，邓飞写下一段感慨的文字:“即使如此,我还是想说,无论男性还是女性,当你遭遇凌辱或者伤害,请信仰法律,请第一时间及时、果敢拿起法律武器,去捍卫你的权益。”

央视主持人朱军,同样被“Me Too”。2021 年 9 月,北京海淀区人民法院判决:弦子诉朱军的“一般人格权纠纷案”,弦子提交的证据不足以证明朱军进行性骚扰的主张,驳回诉讼请求。同样是在 2018 年之夏,在“Me Too”风潮中,弦子发布长文,控诉 4 年前她到央视实习时遭到朱军性骚扰侵,地点是央视公用的化妆间里。法庭上,弦子以败诉而告终;现实中,朱军因此被“社死”。

身正就怕“影子斜”的,恰在“Me Too 运动”中。一个社会人,如果冤案得不到平反,正义得不到伸张,那就很容易彻底“社会性死亡”了。为了避免被彻底“社会性死亡”,邓飞唯有拿起法律的武器。人们都期待正义的到来,没有人希望看到正义的迟到,更没有人愿意见不着正义的降临。作为“伤疤依然剧痛”的幸存者,邓飞说自己几年来“如旷野流浪”,但他依然全身心扑在公益事业上,走到今日不容易,不管前路多坎坷,都要坚定地走下去。

魏书生之住·陈逸飞之死·鲁迅像之辱

魏书生被骂成“伪书生”，他一定觉得冤。作为当代著名的教育专家，魏书生老师因有几十本专著，他多年来的教育学识和淡泊名利，确实是美名远播的。可是，2005 年 4 月他去郑州进行“教育与人生”主题讲学，住进了裕达国贸总统套房，每晚费用高达 6000 美金，立马引来骂声一片。

魏书生这回没有撑住他的书生气。在 2005 年春天，当知道安排他入住华贵的总统套房时，他开始也是表示不同意，跨进总统套房之后也局促不安，不停地说“不自在”，要出去，到很晚也不肯休息，“直到随行人员反复劝导，他才同意住在这里，不过他执意要住随从卧房，主卧让给了别人”。这个过程与结果，被评者讥为“半推半就”。

其实，魏书生这个“半推半就”“半住不住”的结果，恰恰还是书生气的表现，尤其书生气的是，他不知道自己这下成了主办者策划炒作的道具。魏书生一向节俭，连喝的水都是白开水，主办者为什么反其道而行之，弄这么个强烈反差、出大新闻的举措？只要你看看主办者是谁就明白了：它不是政府组织，不是教育部门，更不是学校，而是一家“文化传播有限公司”。这一回成功的炒作，让该公司“爆”得大名，全中国都知道了。我专门上该公司网站去看了看，不出所料，是一家“和市场交朋友”的公司。这个公司的主任说：“教师不是清贫的代名词，在得到社会的充分尊重外，物质也应该丰厚，我们就是要这样，用实际行动营造尊师重教的社会氛围。”你不要只听高调的本音，要听听背后的潜台词。

2005 年 4 月 11 日这天的新闻中，艺术大师陈逸飞突然倒下，终年 59 岁，让人唏嘘，令人扼腕。许多新闻在播报陈逸飞英年早逝的病因时，都只停留在“因拍《理发师》劳累过度导致胃出血”这个层面，所以，“胃出血治不好也会死人”让人讶异。陈逸飞本来在两天后（4 月 12 日）要施行肝移植手术的，“肝硬化”才是陈逸飞去世幕后的真正杀手。陈逸飞有相当长的肝病史，是肝硬化导致食管胃底静脉曲张破裂大出血，尽管可笼统称为胃出血，但那是最难对付的。见表不见本，多少问题我们都是这么看待的？

这些天，春光妩媚，我所在的杭州，游客如过江之鲫。在西湖孤山脚下，有鲁迅先生的雕像，被攀爬的年轻人骑了肩膀，当地有媒体拍登了大幅照片，斥之不文明。公园里的不文明，我们见之多了，当然要批评，要曝光。问题是我们仅仅看到“不文明”而已。我就不明白为什么不从另一个角度去挖掘和解读新闻，那就是还有多少年轻的一辈知道鲁迅究竟是谁，在其心目中还有哪些人是应该尊敬的——因为起码的尊敬，而不攀爬到他的头上。我在想，如果西湖孤山公园里竖立的是一位港台巨星的雕像，那这些年轻人一定是不会骑到他或她头上去找乐的。

作为雕像的鲁迅，对于爬到他头上玩玩的游客，当然无动于衷，不会横眉冷对。但我对于只见魏书生不见掮客人、只见胃出血不见肝硬化、只见鲁迅像不见鲁迅魂的情形，很不高兴。鲁迅他老人家不是说了吗，要论中国人，你可不要被那搽在表面的自欺欺人的脂粉诓骗，得去看看他的筋骨和脊梁；状元宰相之类的文章是不足为据的，要自己去看地底下。这话我们早就或忘到爪哇国，或熟听而无睹了，不是吗？

高铁泼妇的养成

“真想狠狠揍它一顿！恶行往往是被更多人的熟视无睹惯出来的！”朋友用一个“它”字来取代“她”，可见看过视频后真当是出离愤怒了！

2019 年 3 月中旬，一名中年女子在高铁列车上狂飙脏话、疯狂辱骂他人的视频，在网络上热传。该妇女“引以为傲”地叫嚣：骂你一天都不带重样的！在列车车厢里，这种“泼妇骂街”的发狂情形，让人惊掉下巴。

事情起因很简单：在一排三人座上，这名中年女乘客坐在中间座位，她比较肥胖，而且把自己的行李箱搁在座位前，她如果不让一下，座位靠窗的乘客就无法进入；正在这时，座位靠窗的年轻女乘客来了，要坐进自己的位置，说“借过一下”，对方偏偏不让，说“我就不借过”，然后就开始不停地骂人、大声飙脏话，反复出现的一句话就是“我×你妈”。

在公共场合如此不肯停歇地高声辱骂，车厢里有位男乘客表示了不满，该妇女立刻起身，拉着自己的行李箱前去狂骂；之后又转过身来，把矛头指向一名用手机拍她的男乘客，狂飙“我×你妈”“随便录”“我告你”。整个过程中，各种污言秽语不堪入耳。最后她总算坐到自己位置上了，仍然满嘴脏话，喋喋不休。

这简直就是一个登峰造极的“高铁泼妇”的形象。以她自己的口说，年龄40多岁不到50岁，有点像又不完全像“更年期综合征”的发作。网友评论说：“仿佛是精神病院逃出来的，今天药又忘记吃了。”事实上，近年来类似的高铁上“泼妇骂街”的事情有不少，上网一搜搜出一大片，还真是“不搜不知道，一搜吓一跳”，只不过这名中年泼妇的“高铁骂街”，骂出了一个“代表作”。

“高铁泼妇”是如何养成的？关键因素，分析有三：

其一是公共空间、公共秩序的管理问题。列车车厢这样的公共空间，管理者和管理责任在哪里？列车上不仅有乘务员，还有乘警，乘警是乘务民警的简称，乘警是铁路人民警察的一个警种，是具有武装性质的执法人员，是旅客列车的治安保卫者，肩负着预防和打击犯罪、维护列车治安秩序、保护旅客生命财产安全的职责。但是，在该事件中，泼妇如此长时间扰乱公共秩序，竟然没有乘警出面处置。有网友问：“乘警在哪里？视频里她骂了那么长时间为什么就没有乘警来让她闭嘴呢！”可以想得到的是，即使乘警出现了，很可能也是一番“息事宁人”的做法。

如今，一种“伪文明执法”悄悄替代了“不执法”，这就让那些危害公共安全、损害公共利益的行为有了疯狂生长的空间。事实上，许多在公共场所的“恶行”，就是被公权力、执法者的熟视无睹、不作为给惯出来的。还有这名“高铁泼妇”的拉杆行李箱，本应放在行李架上，然而乘务员也没有加以管理。

其二是部分国人普遍缺乏公共利益的意识、缺乏对公共空间的尊重。自己空间里的事比天大，公共空间里别人的事跟我无关；家里可以搞得很干净，公共场地则是扔垃圾的地方；在自家很有“伦理”，一旦出门、出国旅游就把丑行写遍天下……对这次“泼妇骂街”事件，有网友说，“这样骂脏话，也不知道是自学成才，还是有名师指导”，其实既不是“自学成才”，也不是“名师指导”，而是环境熏陶使然，我们所处的就是这样的“公共环境”。

没有公民意识、公共意识，也就不晓得在公共利益受损时如何“出手”；而没有公民教育，就不会有公民意识、公共意识，公共空间、公共利益受损就成为必然的后果。有网友评论说：“马上叫乘警啊，公共场合肆意侮辱、辱骂、恐吓，抓进去拘留几天吃几口牢饭，看她下次还敢啊！”报警是维护个人利益和公共利益的重要手段，但其实很多人是不习惯于报警的，只求悄悄自保。在两名被骂的男士中，有一位喊了声“帮我报一下警”，他自己却没有打电话报警，当然可能也不会有他人出面为他报警。

其三是旁观者在公共场域有“邻避效应”。这也就是“旁观者效应”，往往是希望别人出面而不是自己出面，自己避开就好，多一事不如少一事。“每个人都只顾自己的事情，其他所有人的命运都和他无关。对于他来说，他的孩子和好友就构成了全人类。”著名历史学家托克维尔的深刻洞见，可谓振聋发聩，“至于他和其他公民的交往，他可能混在这些人之间，但对他们视若无睹；他触碰这些人，但对他们毫无感觉；他的世界只有他自己，他只为自己而存在。在这种情况之下，他的脑海里就算还有家庭的观念，也肯定已经不再有社会的观念。”

美国社会学家理查德·桑内特在他的名著《公共人的衰落》中，探讨了公共生活和私人生活的失衡，以及由此给人类生活带来的影响，解答诸多令人困惑的问题：何以人们会把陌生人视为威胁？为什么时至今日，普通人参与公众生活的唯一方式和途径就是保持沉默，充当听众？为什么在街头上、在现代城市的公共领域中，会出现“陌生人”的死寂与冷漠？而这些反过来又给人们的精神性格造成了什么样的影响？桑内特所揭示的，就是“公共人”的衰落。

我们正是这样，在“沉默的大多数”中，随着“公共人”的衰落，世风日下。

那么，最后对这名藐视社会、藐视公共空间的“高铁泼妇”该如何处置？今后该如何尽量避免这种“高铁泼妇”的产生、养成？一个最直接的办法，就是网友在跟帖评论中所说的：“应该把她放到高铁限乘黑名单里！”那就是跟那个“高铁霸座男博士”一样的待遇。

——有消息说，这名女子被行政拘留 5 天。

“罗生门”背后的人性盲点

这是一个暂时的“罗生门”:广东东源漳溪乡村民吴伟青,扶起摔倒的老人送医,却被指认为肇事者;自认无处申冤,在巨大精神压力下,他投水自杀身亡。为了了解真相,曾获“全国三八红旗手”称号的深圳市公益人士陈观玉,不顾 74 岁高龄,特地前往事发地,向摔倒入院的周老汉询问了解,老人首次明确说是自己摔倒的,不是被撞的,至于冤枉人家,原因是“没钱治病,指望他给钱用”。(2014 年 1 月 7 日网易)

可奇怪的是,只要有亲属在场,周老汉又咬定是“被撞的”。亲属压力导致言不由衷?这不是不可能。结果是当事人双方一个自杀身亡,一个自相矛盾。

类似的云里雾里的“罗生门”事件,在全国发生了不少。帮扶摔倒老人几成“高风险行为”,被诬概率很高。在这“罗生门”背后,有着人性盲点造就的荒谬世界。

应该看到,善恶原本就共存于人性中。只要有一处消极的“人性恶势力”占上风,他人就可能处于危险中。

在《盲目心理学》一书中,美国著名心理学家玛格丽特·赫夫曼解读了日常生活中的许多荒诞行为:有人总喜欢自欺欺人;有人偏见一旦形成就很难改变;有人宁愿听从错误命令也不愿自己思考……人为何会做明知是错的事？人的行为为何如此不理性？心理学研究发现：很多人会盲目接受风险，不顾灾难性后果——正是人性盲点造就了这个“荒谬”的世界。

只骗别人的“单向欺骗”，在现实生活中很容易发生，女演员汤唯在上海拍戏时遭遇电信诈骗，被骗走了21万元；而有的却是“反向欺骗”，自己骗自己，其荒谬行为损害的主要对象反而是自己。欺骗欺骗，成了“欺他人，骗自己”——这就是一种自觉或不自觉的人性盲点。

要避免人性盲点，就需要个体的人有普适的信仰。对内，有信仰的人是有灵魂的；对外，有信仰的人是有人性的。我们无法想象，一个有真正信仰、有敬畏之心的人——无论他是不是老人，会去讹诈一个救助自己的人，让见义勇为者流血流汗又流泪，甚至丢掉性命。

重感情、重生命、重尊严，呼唤人性回归，宽容个性张扬，崇尚思想自由，完善人格追求，这都是避免人性盲点、消弭荒谬世界的正能量；把这样的正能量输送给每个人，并非一朝一夕就能做到，但朝朝夕夕都不能停止。

我们相信，任何谎言的“现行版”都是难以为继的，即使它藏在人性盲点的深处。

“我是有身份证的人”

有一句玩笑话:“我是有身份证的人!”说毕哈哈一乐。

通常情况下,“有身份证”比“有身份”来得重要。因为它是基础,是证明,是此人区别于他人的凭证。身份证是人类文化文明发展的成果,是对人的组织与管理的要件。这张小小的卡片,我们或许早已对它熟视无睹,但它是人类历史上最伟大最重要的发明之一。当然,广义的身份证包括护照等身份证件。

一张张小卡片,构成了另一种无形的“互联网”。如果说互联网是20世纪的重大科技发明、人类智慧的结晶,那么身份证则是人类重大的社会发明,凝聚着人类进行社会管理的智慧。杰出的人类学家列维-斯特劳斯在《结构人类学》一书中说:“只要有人贡献就会有人受益……文化贡献的背后,是数千年的历史,是沉甸甸的思想,是苦难,是欲望,以及造就它们的人们的辛勤劳动。”这张薄薄的身份证,何尝不是一种文化贡献,让人受益。

可是,我们一些“有身份证”的人遇到了一个大麻烦:重号。“我是有身份证的人”这话让人乐不起来了。2010年6月22日《北京晚报》报道说,目前全国有至少100万人身份证号重复。因重号带来顶级麻烦的是陕西崔先生,6月初他到河南出差,刚住进酒店就被警方带走了，因为他跟一个毒贩的身份证重号。上互联网搜索有关“重号”新闻，一条条扑面而来：女子身份证遭遇重号，无端陷入终身禁考行列；身份证“被重号”，基金开户遇阻；一男子出差屡屡“被尿检”，都是身份证重号惹的祸；2007 年度，广州市发现 3.2 万多人二代身份证重号……

我们中国人多，身份基础信息相近的人不少，若想在 10 多亿人口中，不出现一个身份证重号，那几乎很困难；但出现这么多的重号者，还是大大地出乎人们的意料。本来“非此即彼”，却弄成了“彼此彼此”，麻烦当然大了。重号大多是“历史遗留问题”，一不小心就会造成。登记发放身份证是一个很需要耐心细心的工作。我 1985 年大学毕业不久，就曾被抽调到登记发放身份证的临时机构去工作过一段时间，说实话我干工作是非常认真仔细的，我还清楚地记得当时的领导希望把我正式调过去，当然我所在的学校没有同意。当年没有现在的电脑，靠的是老式打字机，有些字打字机上没有，还得手写上去。

有错即改。公安部门早已提醒，公民一旦发现身份证重号，不能怕麻烦拖延更改，因为重号中必须有一方要改号码，拖延越久意味着该身份证号使用越多，造成的遗留问题也越多，日后处理也更加麻烦，发现重号应尽快向户籍所在派出所反映。这其中一个现实问题是：证件更改产生的各种费用达到近千元，这应该谁来出？依我看，完全可以政府买单。因为从根本上说，这不是公民个人造成的，而是政府办理过程中所导致的结果。建议公安部拟定一个一揽子计划，出台一个指导性意见，以痛快、彻底地解决这个问题。

希望每个人都能乐呵呵地说：“我是有身份证的人！”

下药案里的女生、渣男和店员

有的人，身体上升起的是灵魂；有的人，身体上升起的是鬼魂。

细思极恐！一女生在深圳某餐厅吃饭时，被同行男子在水杯内“下药”的事件上了热搜，引发了广泛关注。2020 年 7 月 14 日，当事女生小唯（化名）回应澎湃新闻称：“我觉得，站出来为潜在的受害者发声，是一件很有必要的事。”

事件的经过是：女生小唯和男子赵某相约在深圳某自助餐厅见面吃饭，赵某趁小唯短暂离开时，将一包白色粉末倒进了她的水杯里，餐桌上撒有白色粉末。店员发现后，以帮忙续杯为由，及时换了一杯水，并将倒入粉末的水杯拍照留存证据。在女生独自去往饮料区时，店员及时将此事告诉了她。店员“教科书式的营救”，让当事女生逃过一劫，受到广泛的点赞。

女生通过发布微博，将此事公之于众。涉事男子赵某承认该药是从美国购买，是一种“女性用缓解性冷淡药物”，“本为女友购买”，自己出于“猎奇的心理”，“想看看是什么效果”，于是对当事人下药；他还避重就轻地回应记者，称“本意确实是恶作剧”，没有考虑到后果，并表示道歉。这让人想起一句名言：“人生最可怕的事在于：每个人都有他的理由。”

女生小唯的可贵之处，就是果敢地站出来，事发当天从餐厅离开后，她就第一时间选择报警，去派出所录口供，并跟警察回到餐厅调取监控；事后她通过社交媒体，勇敢地公布了事情经过，以此警示他人，保护潜在的受害者。要知道，许多女生遇到类似事件，别说是未遂的，即使是已遂的，也不敢吭声不敢报警，自己忍声吞气，最后不了了之。女生小唯点燃了灯，才让更多的女性看见了黑暗，开始知道恐惧与警惕。

这个事件中，最可贵的当然是餐厅店员“教科书式的营救”。事实上这不是一位店员，而是一个群体：帮女生撤走杯子的，是一位男店员；悄悄告知这件事的，是一位女店员；而店长后来派人一直跟着当事人，保护她的安全，也拍了多张那个男子的照片；店家全程都在积极配合警方调查。店长事后表示：“保护女性，这是我们应该做的！”人生多艰，幸有帮助。而当下多少人遇见事情，都是“事不关己，高高挂起”，唯恐避之不及，总想着不碰麻烦不惹事是“第一选择”；有的甚至等着围观看“好戏”。

事件中最可恶的当然是那个下药的渣男，他 2019 年毕业于南京邮电大学，后在美国读研，这刚回来就下药，其不可告人的目的昭然于天下。网友和媒体扒出了他过去的斑斑劣迹。他已有女友，女生小唯之前在一次辩论活动上与他认识，属于一般的熟人关系。这个“有心有肺有人性”的渣男，如果不是这样肆无忌惮，而是在更隐蔽的场合用更隐蔽的手段下药，那么女生很可能就中招了。

这让人想起台湾富少李宗瑞，在 2009 年至 2011 年间，他经常出没于夜店等场所，通过下药迷奸等方式，对多名女性实施性侵，其中包括多位女星及模特，他还将性侵过程偷拍刻成光碟，此事震惊了社会，最后他被判 39 年。当下这个赵某，如果这回下药的图谋得逞，后面还不知道会有多少女子将受害。警方先用“寻衅滋事”立案，后续情况有待进一步侦查。对于此般渣男，公众要警惕，司法要严惩。

在这个世界上如果不分是非，那就一定会有报应；对于这起下药案，公众的期待正是：“文明与正义虽然不在当下，但，我们等得到！”

贰

更开放与更公平

社会治理与社会诚信

比黄金更贵重的是诚信。2019 年，在全国政协十三届二次会议首次新闻发布会上，大会新闻发言人郭卫民谈到了诚信缺失问题，提出要进一步加强诚信教育，健全行业规范，完善褒扬惩戒机制，努力营造一个全社会诚实守信的社会环境，"让失信者寸步难行，让守信者一路绿灯"。

社会信用体系建设的重要性不言而喻。然而，学术不端、酒店不洁、过期疫苗、制假售假等，在一些地方屡禁不止，公众向来深恶痛绝。个人诚信、社会信用问题，也成为两会上政协委员热议的话题。针对演员翟天临学术造假人设崩塌事件，全国政协委员冯远征说，对于个别人的不诚信应该有部门来监管，但更多的是要靠演员们自觉。谈到明星流量造假、收视率造假问题，全国政协委员巩汉林认为，演艺界也要建立"征信记录"，因为诚信和文明是管理出来的，所以要画一根底线。

完善诚信、信用体系的建设，是社会治理现代化的要件。2014 年，国务院出台了《社会信用体系建设规划纲要(2014—2020 年)》。2018 年初，我国首批 12 个社会信用体系建设示范城市公布，杭州以总评第一的成绩位居榜首，"信用杭州"诚信体系建设进入了快车道。遥想 2004 年 6 月，在首届浙商论坛上，胡庆余堂掌门人冯根生发表演讲，题目是《拼劲加诚信是现代浙商精神》，他说："在我们重提浙江精神的时候，在我们着意打造诚信大省的时候，我觉得有必要重提这两个字：诚信。"诚信的经营文化，正是浙商最珍贵的财富。

人无信不立。《中庸》有言："诚者，天之道也；诚之者，人之道也……诚之者，择善而固执之者也。"真诚，是上天的法则；追求真诚，是做人的原则；努力做到真诚的人，就是选择好善的目标执着追求者。这些都是对于个人本身的要求。然而，社会诚信的缺失，不仅仅是人的素质品格问题，它与整个制度环境密不可分。在发达国家，有着完善的诚信体系，如果有人违规，那必将付出沉重的代价。所以，失信成本过低的问题亟须解决。

有报道说，一批"山寨社团"最近被取缔："中国美丽乡村研究中心""国务院精准扶贫基金会""联合国可持续发展目标推进组织委员会"……这些组织听上去名头一个比一个响、来头一个比一个大，其实都是假中心、假基金会、假委员会，干的只有一件事：敛财。但是，对其"处理"基本上也就是"摘牌""取缔"。违法成本不高，惩处力度不够，很容易"按下葫芦浮起瓢""春风吹又生"。

建设社会诚信、完善社会治理，最需要公权力带好头。因为公权力诚信是最大的诚信。依法治国当中有一个很重要的内容，那就是依法约束公权力，让公权力不玩虚的、不弄假的，做好诚信的标杆。依法治国、依法立信，不仅仅是公权力借助法律法规约束他人，而是首先要约束好自己，这样才是真正的依法治国、依法立信。

从蝙蝠侠到小警察

命运赐予他不幸的遭遇，社会给了他特殊的待遇，这是一个孩子的非常境遇，他如果明白大人们的良苦用心，那一定会想这真是奇遇。

在江西省新余市，9 岁的小学四年级男生邹骏億，因患"肌无力"——肌肉营养不良症，无法正常行走。而他的理想是当警察、抓坏人。为了帮助小骏億"圆梦"，不少市民纷纷争演"劫匪"被他"抓"；当地警方专门为他准备了一次"警察圆梦"行动：2014 年 1 月 11 日，坐轮椅的小骏億来到公安特警支队，穿上了为他量身定制的特警制服，参加了"入警"仪式；接着，小骏億体验了一回如何当"警察"，还亲手摸到了真枪……

这次"私人定制当警察"的特殊行动，让很多人打心底里感动。为了孩子，这点警力，这点公共资源，值得动用。这与美国旧金山全城动员帮助白血病男孩圆梦"蝙蝠侠"的行动异曲同工：5 岁男孩迈尔斯，梦想当英雄"蝙蝠侠"扬善惩恶；为实现他的心愿，一个公益组织发起活动，召集了 7000 多名志愿者配合出演，让迈尔斯变身"蝙蝠侠"，坐上"蝙蝠车"，完成英雄救美、勇抓劫匪的任务；媒体、警局、司法机关和市长分别扮演不同的"角色"，总统奥巴马还特地发来"贺电"。美国《时代周刊》评述说:“旧金山市从未出现过这样英勇或者说欢乐的团结,在每一站点,成千上万的人高呼迈尔斯的名字;许多人自制标语写着‘迈尔斯,你是我们的英雄’。”

帮一个孩子圆梦,就是帮一家人圆梦;帮一个孩子开心,就是帮全世界开心。孩子肌无力,大人肌强劲;孩子白血病,成人热血涌。这是真正的以人为本、以孩子为本。早在2006年春天,吉林长春因病失明的小女孩欣月,梦想能去天安门广场看升旗仪式,听国歌响起;于是,长春2000多人一起编就了一个“世上最美丽的谎言”,模拟了一场天安门升旗仪式;天安门国旗护卫队获知这个消息后,派代表专程赴长春,在病榻前为小欣月举行了一场特殊的“升旗仪式”。

在帮助小骏億“圆梦”的行动中,我们看到公权力在执行中的服务意识。这是“有心有意”的服务——做这么一次好事不难,想到做这么一次好事不易。很多时候,在“全心全意为人民服务”的宗旨下,公权力只要做到“有心有意为人民服务”就OK了。“有心有意”可行,“一心一意”则难,“全心全意”那几乎就是登天梯了。

同样是“以人为本、为了孩子”的行动,美国的社会组织形式有所不同,他们很自然地由公益组织发起活动,公权力部门协助进行,即使市长热情参与那也只是陪玩,即使总统热切关注那也只为吆喝。

从“蝙蝠侠”到“小警察”,公众和公权的人本服务,在此都得以充分体现。人类因为孩子的美好而美好,公众和公权力在孩子身上最能找到结合点、共同点与平衡点。公众公权和弦共鸣,谁主谁次已不要紧;小梦大梦都成好梦,有心有意一起助力。

最后的心愿与人性的温暖

有的时候,人必须拿生命的长度来换取生命的宽度——因为没有基本生活质量的生命长度是缺乏意义的。31 岁的杭州女子毛黎,罹患先天性癫痫、精神发育迟滞伴精神障碍——智力水平相当于 10 岁小女孩;此前查出卵巢囊肿,2014 年 4 月,又查出胃癌晚期,而且化疗效果不好,医学评估"大概还能再活半年"……为了让女儿舒服一点过完最后的时光,毛黎妈妈权衡再三,同意医院通过手术切除卵巢囊肿。这就是求得"生命的宽度",是正确的决定。

而毛黎自己有三个人生愿望:一是去北京看故宫,二是去无锡影视基地看拍电影,三是去看一场电影。对于任何一个正常人来说,这三个愿望都并非高入云霄,但对于毛黎来讲,这可不是一件容易的事,而且可能就是"最后的心愿"了。《都市快报》对此的报道,激起热烈的反响——全社会总动员,都努力去帮助实现这位普通女子的心愿……

这是"中国版的蝙蝠侠"故事——在美国旧金山,全城动员力助 5 岁的白血病男孩迈尔斯,帮他实现了当英雄"蝙蝠侠"扬善惩恶的梦想。今天,在中国,在杭州,大家为了毛黎圆梦,看电影的千元充值卡送来了,开车送母女俩去无锡影视城观看拍电影的方案也定好了,去北京游故宫的行程单也拟定了……这真叫"众人拾柴火焰高"啊！毛黎的身体一旦恢复,即可出发去实现心愿。这,就是真正的人心、人性的温暖。

人类本身就是个共同体,人类世界因为这样的共同体而生活得有滋有味。在人类共同体中,幸运的人要去帮助不幸的人,这是人心人性的基本要求。帮助别人,等于帮助自己;帮助一个人,就等于帮助全社会。一个有"帮"有"助"的世界,才是真正和谐的世界。台湾的星云法师倡导"五和":自心和悦、家庭和顺、人我和敬、社会和谐、世界和平。这是多么美好的世界,人类如果失去"帮助",那就必然会失去和悦、和顺、和敬、和谐与和平。

在人的身上,通常有着三个特性:动物性、人性与社会性。善恶原本就共存于人性中;然而,人类同时也有增强积极力量的能力,将消极能量的影响降到最小。"你要善良,无论这世界多冷漠。"唯有真正的善良,才能抵达人性的温暖;通过毛黎的人生境遇,我们已经看到了这种温暖的力量。

心理学家维克多·弗兰克尔博士曾说:"人所拥有的任何东西,都可以被剥夺,唯独人性最后的自由——也就是在任何境遇中选择一己态度和生活方式的自由——不能被剥夺。"智力相当于10岁女孩的杭州女子毛黎,她的"三十而立"是多么多么的简单;她的"三个人生愿望",就是人生的最后选择、人性的最后自由——我们,我们一定要帮助她实现啊！

1亿人的广场舞

2013年11月17日，央视报道：全国首届原创广场舞大赛在湖南株洲落幕。这是近来全国各地开展的诸多广场舞大赛中的一项。

韩国“鸟叔”朴载相一人跳起《江南 style》风靡世界的时候，他一定没有想到邻居中国1亿人跳起广场舞——这样的风靡，还真是“最炫民族风”了。

不知道这“1亿人”的数字准不准确，但中国城镇街头上、公园里的广场舞，还真是随处可见。我家住在一个小小的小区，三幢楼围成的那片公地，每天黄昏后，都有一小批中老年居民“人约黄昏后”，就在我家正对着的楼下跳广场舞，他们把舞曲的音量调得很低，跳的时间也不太长，真的没有扰到我。

广场舞并不是新近兴起的，历史有点久远了，它是真正的“中国特色”；而最近成为“新闻”，就是因为大噪音扰民。“华人大妈在纽约公园跳广场舞被警察带走”一事在网上引发热议——老外爱清静，你在巨大噪音里大跳广场舞，被投诉甚至被警察带走，这一点都不奇怪。在中国本土，因广场舞的音响过大，武汉有市民泼粪驱赶舞蹈队，京城有男子拿出家中藏匿的双筒猎枪朝天鸣枪，还放出藏獒驱散跳舞人群……

对于“广场舞”，反对、支持、中立各有一方。新近南北两个地方两条有关广场舞的新闻很有意思：在北方的太原，“中国广场舞大赛”太原赛区进入决赛阶段，500余名大爷大妈自编自演了一系列精彩的舞蹈；在南方的广州，拟出台新版《广州市公园条例》，准备对“广场舞”实行“四限”：限音量、限时段、限区域、限设备，违规的话将面临200元至1000元的罚款。

广场舞当然是不能成为“扰民舞”的，其核心就是一个噪音问题。而一般的城市，对噪声、噪音都有法定的控制。我在想，谁能发明、生产轻便的“广场舞专用耳麦系统”，从技术上解决噪音的问题，那多好，而且市场前景多么广阔，毕竟全中国那么多人在跳！在眼下，则是一个协调与管理的问题：对广场舞音量的管理、时间的限定、空间的协调，是关键的“三维”。只要管理与协调到位，这并不是一个无解的问题。

有人建议，城市要规划、建设更多的适合跳广场舞的活动空间，以满足老年人的需求——这个愿望是很美好的，但实际上可行性不太大，何况远水救不了近火。在杭州的西湖文化广场，跳广场舞的“莉莉舞队”，面临的就是“空间冲突”：那块靠近中北桥的场地，规划中原本就是停车场，有一天突然启用了，原先的空地停满了私家车，他们只能在车辆的夹缝里坚守“阵地”……任何城市都一样，在现有条件下，也只能合理安排使用公共空间。随着城市的发展，室内的空间变得金贵了，而室外的公共空间多了，也漂亮了，尽管并不是给老年人专用的；过去中老年人在室内的“劳保舞厅”跳舞，后来也不得不退出，这是时代变化使然，我们只能顺应时代的变化。

面对极大的群体，任何公共政策的制定，都要认真审慎。把跳广场舞的1亿人全给“拿下”，那几乎是不可能的事。我们也应该看到，1亿人跳广场舞，其中大多数是“相安无事”的。对于“广场舞”存在的问题，主要应该柔化处理。

2013年央视蛇年春晚，潘长江、蔡明演出了一个有意思的小品《想跳就跳》。想跳就跳、想跳还能跳，对于个体的人来说，是很幸福的事；可是，如果扰到他人，那就不太可能“想跳就跳”了。总之一句话——

广场舞可以跳，但应该按规矩跳，不扰民地跳。

真正需要高声译读的“哑语”

2004年2月26夜，我读当天的《南方周末》，杨耕身先生的《两位长途步行返乡者对救助机制的“考察”》让人震颤，让我落泪。文章援引媒体报道，说到愿将两位长途“考察者”的“哑语”高声译读给全社会，借以引起有关方面的关注，将一个好的机制设计落实到生活中去。那两位长途“考察者”，一位名叫欧春明，他因在广东东莞打工讨不到工钱和路费，只好长途跋涉步行回家，经40多天踽踽独行，像乞丐一样回到湖南宁乡老家；另一位妇女叫田桂姣，只身进京寻找打工的大儿子，寻亲未果，也徒步3000多公里，50天靠捡破烂维生，终于回到湖北家乡。

出现这样的“案例”，出乎“意料”，却合乎“情理”。我在浙江一家媒体做本地新闻部的编辑主任，负责过政法口的新闻，就曾遇到与田桂姣相似的新闻。也是一位老妇，千里来寻打工的儿子，结果钱包被盗，身无分文，儿子又找不着，被送到派出所，民警当然给了她一杯热水，在帮助寻找她儿子未果的情况下，也想到了救助站，然而从“收容”脱胎换骨出来不久的救助站的回话是：这类人不属于救助的对象，不予接收。民警一边告知我们媒体这样的情况，一边给老妇安排车票等，而车票的钱是民警自己掏的。

细看救助站的说法,其实一点没错:救助站救助的是“城市生活无着的流浪乞讨人员”,据民政部《城市生活无着的流浪乞讨人员救助管理办法实施细则》第二条规定,是指“因自身无力解决食宿,无亲友投靠,又不享受城市最低生活保障或者农村五保供养,正在城市流浪乞讨度日的人员”,“虽有流浪乞讨行为,但不具备前款规定情形的,不属于救助对象”。揣想当时这般严格规定概念的内涵与外延,可能是考虑到所谓“立法的社会成本”问题,担心会有太多的人涌向救助站,让救助站承受不了。但按这样的规定,前文提到的三个人,除了其本质是最需要救助者,显然都不属救助对象。

由此,我们看到了现实的尴尬:最需要救一时之急的中国公民,不可能获得一时的救助,而诸多真正以流浪乞讨为生的人,却是不希望被“救助”的,不少被一度救助的流浪乞讨者出来之后依然在流浪乞讨就是明证。

乞丐有“职业乞丐”和“非职业乞丐”之分,最近广州还传出有个“丐帮”的头目花天酒地包二奶的新闻,那些身体健康却假装残疾,甚至控制儿童作为摇钱树的“职业乞丐”,肯定不属于救助对象;而在老家生活无着的真的乞丐,救助站救助他十天半个月又不能从根本上解决问题。

从广义的角度看“救助”,它应该是一个完善的社会架构,救助站临时性救助,别说治本,连治标恐怕也是谈不上的;寄予极大希望,这其实是错位的,也很不现实。真正要治标,只能切实从源头做起。《救助管理办法》第 11、12 条,《实施细则》第 18 条都规定当地政府应帮助返回的受助人员解决生产、生活困难,避免其再次外出流浪乞讨。可能,目前这项“工作”大致还停留在书面上。

再往深处想,这些生产、生活困难的人群(包括在城里从事“生产”而拿不到工钱的人),要解决他们的生存发展问题,可不是《城市生活无着的流浪乞讨人员救助管理办法》这样的法规所能担负的。所以说,真正需要高声译读的“哑语”,不是发自千里步行回家的两位中国公民身上。

都市夜归人

中国人民的一个伟大的品质，就是吃苦耐劳、勤劳勤奋。2018 年 8 月 13 日《都市快报》以整版的篇幅报道“深夜杭州”“都市夜归人”，让人感慨良多。

其中讲到，杭城深夜公交，见证一座城市深夜经济的活力和温暖；28 岁的代驾司机、来自河南的小伙小刘，每天凌晨 4 点在武林广场跳上 205 路公交车回九堡的家；这个月在杭州深夜坐公交，每晚 11 点到次日清晨 6 点，刷支付宝可以免费……

支付宝推出的这项暖心福利，暖了“夜归一族”的心。在武林广场站，有 217、218、201、203 路深夜公交车，从市中心出发，开往城市的各个角落。218 路深夜公交车，每天载客 1600 多人。“2017 年过大年的时候，一个小朋友上车硬塞给我们师傅一把糖和一个苹果。小朋友说他妈妈坐了很多年的 218 路，这点心意一定要让司机收下。”这件小事，让整个车队的司机都感动了很久。人和人之间的距离，有时就是差这么一个苹果一把糖。刷支付宝免费乘夜班车，车费数额也是一个苹果或一把糖的“小数”，但温暖和关切是一样的。

从人的身体健康来讲，抑或从人与自然的和谐相处来讲，“日出而作、日落而息”那是最好的，但“夜班工作”“夜里干活”

也避免不了。我们媒体人其实也有大量的辛苦夜班族。夏日深夜下班还好一点，隆冬季节，那可是更加辛苦的"风雪夜归人"。

"地球给我们一个可爱的错觉，这就是每个人都站在世界之巅。"这是美国著名思想家、作家爱默生的名言，爱默生被林肯总统称为"美国的孔子""美国文明之父"。人类往往谦逊不够，自我感觉良好，于是产生种种错觉。当然，底层生存者，通常不大会有这样良好的"自我感觉"，只要与后半夜的打拼族、地下室的蜗居族接触一下，就会清楚明白。辛苦冷暖，各有自知。

什么是"民生之多艰"，什么叫"一分一厘里都有民生之重"，有时我们看看新闻的细节就会有所感知。8 月 12 日 3 时 58 分左右，杭州绕城高速公路西线，发生严重道路交通事故，导致 9 人死亡，造成 3 车烧毁。在车祸中负了伤、正在省立同德医院治疗的刘师傅，对记者讲述：他老家是山东枣庄的，之前在苏州做搬运工；最近有老乡牵线，给安排了杭州的活——装电缆，一天能赚 300 块；他们在凌晨 2 点多，10 个人分乘两辆面包车，每车 5 个人，从苏州出发来杭州。"为什么要在凌晨出发？这样到杭州刚好可以开工，不浪费时间。"没想到，快到杭州了，碰上了这次重大车祸。"一起来了 10 个人，7 个人没了……"说到这，刘师傅眼眶红了，久久没有说话。

他们不是"都市夜归人"，他们是"深夜出发者"，为什么要在凌晨 2 点多出发？只是为了节省一宿住宿的成本，天亮到杭州刚好可以开工！生不易，活不易，生活不容易。可以想到的是，他们装电缆，是大热天在大太阳底下干活，那种艰辛，不言而喻。

所以，一座城市，一个企业，一个个人，任何时候都需要站稳百姓立场，都要带着民生情怀，为老百姓办实事。

有一种温暖来自还债

让我们记住一个叫林志林的名字。137 万元借款，仅打下欠条的债主就有 111 人。欠下这笔巨额债务的人叫林志林，10 年前，他经营养殖业，可惜碰上了水质变化和台风，100 多万元的投资化作泡影。而这些钱，不少是林志林从朋友亲戚处借来的。10 年来，林志林带着祖孙三代四处打工赚钱，上个月，他带着攒下的钱回到家乡，在电视台播放寻找债主的启事，他要还清欠他们的钱。（2007 年 10 月 16 日《羊城晚报》）

类似的“诚信还债”事迹还有不少：在辽宁，武秀君的丈夫在一场车祸突然离去后留下了 270 万元债务，4 年多时间里，武秀君一边挣钱一边还债，已还清了 210 万元，她被评为全国诚实守信模范；在江西，普通村民陈美丽在丈夫帮助村民灭火献出年轻生命之后，张贴通告为亡夫还债，以一句“人死债不烂”扛起了还债的重任；在湖南，瑶族村干部宋先钦原是一位村党支部书记，他主动为集体决策失误承担全部责任，历时 10 年举家还债 30 余万元……武秀君、陈美丽、宋先钦、林志林，从这些普普通通的名字中，我们真的能够看到“秀”、看到“美”、看到“先”、看到“志”。

他们的共同点是崛起于人生的痛苦与不幸之中。因为错过时间、错过视线，林志林没在今年被提名评选“道德模范”，但他就是一位道德模范。这些普通的中国百姓告诉世界：除了“家庭债务经济学”，还有一门“家庭债务社会学”，这门“学问”正是这些普普通通的中国百姓开创的；有着传统美德的中国百姓，因为有一颗良心，所以诚信还债不是一个“童话”。英国明星艾玛曾说：“人面对痛苦要深怀敬意。”今天我要说：面对痛苦中诚实守信竭力还债的中国百姓，我们要深怀敬意。

试想，如果这些“债务人”心怀怨恨，怎么能有这样艰苦卓绝的还债行动，特别是做妻子的，恐怕只有成天说“杀千刀的”了。都说“怨恨就像自己服了毒却等着盼着别人死亡”，但我们的主人翁们不是这样的，他们的“一根筋”就是还债，他们的一口气就是“不欠着别人”，多么朴素，多么真切，多么可爱。

相形见绌的是，一些公务债务直让人摇头。福建有个九湖镇，欠下各种公务债务高达 3000 多万元，涉及 80 多个债权人。经法院民事判决，有位债权人可拿回 370 多万元欠款，但这个镇财力严重不足，每年只能支付 1.5 万元，要还清得等上 200 年！债务面前，可见社会百态。曾有个新闻，山西省有位农民张志祥，为了向另一村民要回经法院判决的 6.18 万元，在 13 年讨债的漫漫时光里，他花费高达 2.9 万元；加上其他各项费用，总共花掉了 7 万多元，竟超过了 6.18 万元的本债！都说“冤有头，债有主”，偏偏在那些人性扭曲的地方，你就是找不到申冤讨债的地儿。

道义之外，债务的本质是权利问题。没有无权利的义务，也没有无义务的权利。竭尽全力还债，就是竭尽全力护卫他人的权利。卢梭在《社会契约论》中说：放弃自己的自由，就是放弃自己做人的资格，就是放弃人类的权利，甚至就是放弃自己的义务。同理，我们可以说：放弃自己的义务，就是放弃自己做人的资格，就是放弃人类的权利，甚至就是放弃自己的自由，尤其是心灵的自由。武秀君、陈美丽、宋先钦、林志林让我们看到，他们还的是钱，获得的是良心；而良心，永远是做人的核心要义。

离职原来叫“毕业”

阿里巴巴早已成为人才集聚之地、辈出之地、向往之地。然而，与任何一个单位一样，阿里巴巴的人才也是有进有出的。如果一个离职的员工，依然对原工作的单位、公司念念不忘，那说明其对人才有着特殊的凝聚力。2018 年 11 月 22 日，杭州阿里巴巴西溪园区被一片橙色淹没：近千名已离职的阿里巴巴前员工，纷纷从世界各地赶来，戴着阿里巴巴标志性的橙色围巾，参加两年一届的“校友会”。

在阿里巴巴的公司文化中，同事间互称“同学”，员工离职称“毕业”。在 2014 年，马云提出组织“阿里校友会”，目的是感谢大家曾为阿里巴巴做出贡献，也邀请大家一起感恩时代，感恩这个时代有机会让阿里人为社会做出贡献。

杭州的创业人才，已然形成了几个派系，比如阿里系、浙商系、海归系和高校系等。这个“阿里系”，既包括现在在职的阿里巴巴职员，亦包括已经离职的员工。曾经，阿里巴巴在职员工有 8 万多名，但你可能想不到，离职员工数量更多，累计近 10 万名。这些阿里人，即使离开了，依然怀揣着共同的理想，在不同领域继续努力，其中有 1200 家由阿里校友创办的公司持续获得融资，总额超过百亿元；大约有 500 名阿里巴巴的老同事担任着不同公司的 CEO。

相同的价值观，让在职或不在职的阿里人，能够团结在一起，这比“价值观留人”更加广阔与高远。离职原来叫“毕业”，从阿里巴巴这所大学校“毕业”之后，可以为社会做出更多更大的贡献，这正是阿里巴巴可贵的“大人才观”。在现场，马云谈起了自己的“退休”——亦即“毕业”：“明年这个时候，我也是阿里校友会中的一员，我想我们都至少今生无悔，无论是犯过错还是取得过成绩，都是人生的财富，让我们与众不同……阿里人不是一种光环，而是一种责任。”

马云的首任秘书、阿里 19 号员工马春有一个口述实录，标题是《我的无上荣光》，引起了广泛的关注。马春是马云杭师大的师姐，1999 年 8 月加入阿里团队，担任马云的秘书，是行政经理，工号 19 号。当年一起创业的“阿里巴巴十八罗汉”之外，就是第 19 号员工了，这个资深程度，非同一般。马春因为自身家庭原因，较早就从阿里巴巴“毕业”回家了。公司上市前有一年，9 月 10 日马云生日之时，马春打电话祝马云生日快乐；马云很高兴，最后还叮嘱一句：“马春，你的股权还在吗？你千万不要卖哦！”这真是亲人家人式的关切关爱。所以马春感慨：阿里给我的财富，更多是精神上所得到的财富；人生中有一段曾与阿里同行，这是我的无上荣光；我祝福我的阿里，在我心里，我永远都是阿里人！

一位位离职的员工，回想曾经从业的单位、公司，能够感到“无上荣光”，这不正是原单位、原公司的“无上荣光”吗？马云曾说：“过去把人变成机器，未来把机器变成人。”现在来看，“把人变成机器”、把人当成机器人使用，其实是一种不那么正确的人才价值观，在我们能够把机器变成“人”的时候，那么“人”至少应该成为受尊重的“人才”，那样无论是人还是人才，才会有更大的贡献，才会让未来一定比今天更靠谱、比今天更美好。

更开放与更公平

都说“你叫不醒一个假装睡觉的人”，如果叫不醒，那么可以拍醒他，可以踢醒他，甚至可以打醒他。在新的2016年，如果依然有人假装“睡觉”，我想一定得踢他一脚。

就在岁末年初，一条关于山西女代课老师月薪150元消息，刺痛了国人的眼。从17岁到57岁，陵川县积善村代课教师宋玉兰坚守三尺讲台40年，月薪最多的时候，也仅仅是150元——后面可没有掉个0。一年一结，到年底才能拿到1800元。有时她痛哭一顿后继续上课——如果是一棵树，高兴时开花，不高兴时落叶；可她是一个人，高兴时开花，不高兴时只能落泪。我的一位在杭州的朋友，看了我微信上转发的消息，几乎不敢相信自己的眼睛，留言说：如果这是真的，我愿意出钱把她40年的工资补齐！我感动于这位朋友的善良，他可是被这个消息“踢”蒙了。我说，这样的情况在欠发达地区的农村不是一个两个，而是很多！

这个事情，最重要的是得一脚“踢”醒当地官方。不说他们“沉睡”了40年，历史上的一些无奈是历史的，可他们现在不能再睡着——而且明摆着是“装睡”。还好，他们被一脚“踢”醒了，当地立即组成调查组，对情况进行了调查，决定将工资增至每月 900 元,缺额部分将由县财政转移支付予以补足。

150 元的月薪,在当今社会,无论如何都是不公平的。不仅仅是宋玉兰一人,类似的代课教师在陵川县就有百余人。

好人过得好不好,是整个制度设计好不好的试金石。宋玉兰喜欢孩子,说“我离不开孩子们”;乡亲们也敬重她,说“她是小山村不灭的蜡烛”——这样的老师,就因“代课”这个“计划外”“编制外”的身份标签,遇到不公待遇长达 40 年,这说得过去吗?身份差异导致待遇不公,其实在城市里也并不鲜见。

没有社会是绝对公平的,但是人与人之间贫富不要相差太大,基尼系数不要抵达危险警戒线,地区之间的贫富差异也不能悬殊得吓人,这应该是公平社会的公众追求。我们以开放的眼光看外面的世界,发达的、先进的、文明的国家,公平都是共同价值观,都是必然的追求。“国强民富”应该是“民富国强”,民众的普遍富裕是“国强”的前提。

社会公平化,当然是有制度可安排、有路径能走通的。比如,我的家乡丽水,是浙江的欠发达地区,在 2015 年岁末的 12 月 26 日正式开通高铁,这仿佛就是一条输血的大动脉;“大动脉”进去,再辅以各种“造血”功能,“欠发达”才能有望变成“较发达”,而不是越来越落后。

同样是在 2015 年岁末,12 月 28 日,杭州开通了飞往西班牙马德里的直航航班。这个巧合的象征意义可不一般:对内,高铁通往山区;对外,直航飞向欧洲——都是“通则不痛”“欲速能达”,恰好就是把社会的开放与公平编织在了一起。我家乡的人们可以更方便地走向外面的世界,而我生活着的杭州,更是一步步走向国际化,这正是我欣喜看到的。我期待我们的头脑更为发达开放,眼光眼界更为开放开阔,看到外面发达的国家、开放的社会,而开放的社会则更为公平。突破一切保守的框框,向着改变变化前进,是新的一年里我们共同的使命。

我们要相信种子的力量,我们要相信火把的光芒。因为种子和火把,都是为了改变、变化,为了向上、向前。

叁

望风与望春风

公意不可摧毁

“公意永远是稳固的、不变的而又纯粹的。”在《社会契约论》中，卢梭多处论述了“公意”，公意之稳固和不可摧毁，是《论公意是不可摧毁的》一章的主旨。

想到这个问题，是因为贵州兴仁县县长灭门案及其反响。2006 年 11 月 27 日夜，兴仁县县长文建刚，在其位于兴义市崇文街 3 号附 1 号的家中被人杀害，同时被害的还有文的妻子、儿子、岳母、姐姐以及文家的保姆共 6 人。12 月 4 日《中国青年报》报道说，该案日前告破，犯罪嫌疑人曹辉原是刑满释放人员，现已被公安机关刑事拘留。由于该案悬疑重重、背后的猜想空间巨大，“种种猜测和传言充斥了各大门户网站”。

典型的网友跟帖有：“这个文建刚肯定经济上有问题，他怎么能住别墅？家里怎么会有 80 万元现金？”“这样的腐败官员就该杀，死了活该”“他怎么能有两个儿子，要不是他是个县长，当地没人敢惹，要不然肯定被开除公职了”，等等。通常，这样的网评被称为“网络语言软暴力”。

为此，中青报记者专门采访了许多专家作了分析，其中有：富人为富不仁引发“仇富”、官员腐败引发“仇官”，这两种偏激心态在现实的贫富差距面前进一步被放大了；贫富差距过大的背后是社会公正被伤害,它会诱发或加重失业率上升、群体性事件频发、社会治安恶化等一系列社会风险;应当采取有效措施,化解由不合理贫富差距带来的社会风险;防止网络语言暴力,有赖于民主法制的完善,等等。

我们应该看到,网络语言是容易产生“合成谬误”的。经济社会学里有个概念叫“合成谬误”,它是一种“群体思维”,意即在个体上、在局部上看一件事这么做很对,但是放在一个更大的系统当中就不对头了。“合成谬误”在决策中往往被广泛使用,比如一个企业要扩张,董事会就要开会,动用“群体智慧”做出决定,因为通常会认为个人的决定考虑不周全,具有片面性,而集体决定博采众长,考虑到方方面面因素,更具正确性。但事实往往相反,很多重大的错误行动,恰恰是群体做出的决定。网络语言,是分散在各地的网友帖子所合成的,每个人从个体意愿看,通常都有好的愿望,比如他们要反腐、要公平,这些诉求还是很清晰的,但这些话语在一种特定的环境中汇总聚合在一起,反而构成了“合成谬误”,变成了“网络语言软暴力”。

这就是一种很玄妙的事情,一个很奇怪的悖论。而且越是极端的事情,大家的“看法”会越一致,有很强的“向心力”和“凝聚力”。这应验了美国社会心理学家詹尼斯对大量错误的群体决定分析后所得出的结论:“一个群体的内聚力越强,就越容易导致群体思维的错误。”

那么,这是不是说明“公意”可能错误?不是的,卢梭在《社会契约论》中《公意是否可能错误》一章里,清晰地区分了“公意”与“众意”两个概念:“众意与公意之间经常总是有很大的差别;公意只着眼于公共的利益,而众意则着眼于私人的利益,众意只是个别意志的总和。但是,除掉这些个别意志间正负相抵消的部分而外,则剩下的总和仍然是公意。”这些构成“合成谬误”的“网络意见”,正是“个别意志的总和”,它大抵属于“众意”。但总体来说,即使是作为“合成谬误”的网络“众意”,其危险性与危害性也不会是最大的,只要理性地对待它,它就不会具有什么颠覆性。卢梭说得很到位:“如果当人民能够充分了解情况并进行讨论时,公民彼此之间没有任何勾结;那么从大量的小分歧中总可以产生公意,而且讨论的结果总会是好的。”这里的前提就是“能够充分了解情况”。

我们最要当心的是“合成谬误”的社会性延伸。这种社会性延伸,其结果就演变成由“仇富”而“杀富”、由“仇官”而“杀官”、由“仇不公”而报复社会。我们不妨设想一下,如果这回犯罪嫌疑人对文建刚县长的“灭门”,背后的“推力”是“仇富”“仇官”和“仇不公”所构成的社会“众意”,那是一个多么可怕的情形!

一个只充满“众意”而稀缺“公意”的社会,它往往会到处充满“快意恩仇”,而缺少美好的人性柔光。那样,以下卢梭所描绘的“幸福”“蓬勃”“光辉”“公共福利”,几乎就是海市蜃楼:“只要有若干人结合起来自认为是一个整体,他们就只能有一个意志,这个意志关系着共同的生存以及公共的幸福。这时,国家的全部精力是蓬勃而单纯的,它的准则是光辉而明晰的;这里绝没有各种错综复杂、互相矛盾的利益,公共福利到处都明白确切地表现出来,只要有理智就能看到它们。”我们今天,恰恰不是“绝没有各种错综复杂、互相矛盾的利益”;而利益的错综和矛盾,往往就是“不公”造成的。

卢梭说:“个别意志由于它的本性就总是倾向于偏私,而公意则总是倾向于平等。”我们的经济和社会如果稀缺了公正、公平、平等,那么“和谐”就是空中楼阁。卢梭的话发人深省:“公意永远是公正的,而且永远以公共利益为依归,但是并不能由此推论说,人民的考虑也永远有着同样的正确性。人们总是愿意自己幸福,但人们并不总是能看清楚幸福。人民是决不会被腐蚀的,但人民却往往会受欺骗。”

要获得社会的公平公正和公民的公共福利,就不能让“众意”在“受欺骗”中向下坠落成为“合成谬误”,而要努力让其上升成为不可摧毁的、以公共利益为依归的“公意”。这,是我们共同的责任。

望风与望春风

2015年10月底，看到一串跟“偷窃”搭边的新闻：四川平昌县文物局一个周姓女副局长，因盗用、假唱别人的应征歌曲，被告上法庭，引发全国关注；一个山寨版的所谓“孔子和平奖”，偷偷评选出最新得主——竟然是津巴布韦总统穆加贝，穆加贝知道后生气地予以拒绝，于是这借他人之名以窃取名声的山寨行为宣告失败；上海有两个小偷，携带“万能钥匙”，专偷奥迪A6车内贵重物品，一人望风一人开锁，几秒钟就能打开车门……但这些新闻都没有“偷流量”的事儿引人注目，因为这事儿跟太多的人切身利益相关。三大电信运营商自2015年10月1日推出“流量不清零”，马上要到月底了，网友一阵阵惊呼：这个月流量为何跑那么快，有没有被“偷”！

此间，十几亿中国人，网民已超过一半，其中手机网友的数量也奔6亿去了。可是，“网速慢”“网费贵”这两大问题，一直让人头疼。国务院总理明确提出“网速要提，网费要降”；其中“流量不清零”的具体要求，运营商扭捏半天，终于说可以。

时间要到点了，网友嘀咕着问：我的流量跑那么快，都去哪儿了？这“流量在偷跑”的感觉，究竟是心理作用，还是运营商真的在搞鬼，或者是“耗子软件”在作祟？我倒是愿意相信，运营商不会擅自修改流量数据,这个技术工作量庞大,但手机端驻留的程序、软件很可能会“捣乱”,依照默认设置,就会在后台频繁地链接网络接收信息,悄悄“偷流量”,如果被植入“流氓软件”,那只有无奈了。

流量是否“跑太快”,运营商岂能由着大家猜?应该迅速给出权威、明确的答复。至于质监部门,就应认认真真地抽查监测流量。在平常,网民更愿意相信:运营商属于“行业垄断”“技术垄断”,既然是垄断,那通常就不想“薄利多销”,只图“多销厚利”;在此刻,网民则难免会怀疑你“偷拆东墙补西墙”。舆论已经甚嚣尘上,运营商第一时间出来“自证清白”是必须的。

偷流量,就是偷他人的钱财。偷钱财,那就是做贼。在技术垄断、技术壁垒之下,技术是可以用来“望风”的。做贼是望风,做人才能望春风。诚信做人、做生意,才能春风拂面。而无论用什么技术手段望风做贼,都是现代文明社会所不允许的。偷流量最能“广种薄偷”,不像偷歌曲是偷一个人的,偷评一个奖是窃取一个山寨奖的名声。这“偷流量”如果“广种薄偷”,可以偷出大数额;到一定的量上,就该由法律来调整了。

网络宽带,已然成为经济社会发展的第一重要的工具。无线 Wifi 信号,甚至被列为人类最低、最基本的需求,有人就在马斯洛“需求五层次论”的金字塔塔底,加了一层——Wifi。网络流量已成为巨大的刚性需求,毫无疑问,在当下,这个钱是最好赚不过了。你都躺着赚钱了,如果还时不时躲到床底偷着赚钱甚至就是偷钱,这一旦被发现,脸上恐怕是挂不住的,受到严惩也是必须的。

用户的要求,很简单也很清晰:在“流量不清零”的同时“流量不偷跑”。那么,今后就该把那“两点论”改成“三点论”:网速要提,网费要降,流量不偷。

反诈防骗的共同体

反诈再升级！2019 年 1 月 29 日，浙江省公安厅刑事侦查总队与支付宝签署“防范电信网络新型违法犯罪宣传合作备忘录”，建立战略合作关系；携手支付宝“天朗计划”，共建反诈平台，同构反诈联盟。

近年来，电信网络新型违法犯罪已成为突出的犯罪行为，利用新型技术实施犯罪的手法也在不断“更新升级”。魔高一尺，道高一丈。2018 年，浙江全省公安机关共破获电信网络新型违法犯罪案件 4.2 万起，刑拘电信网络新型违法犯罪嫌疑人 1.25 万名——这个数字可不是“小数字”；劝阻疑似被骗群众 27.4 万人次，避免经济损失 6590 余万元，返还受害者金额 1 亿余元。那么今后如何更好地反诈防骗？全方位构建“反诈防骗共同体”，已然成为当务之急。

警方与支付宝的“天朗计划”合作，以技术驱动为核心要义，能够极大地提高反诈防骗的效率。此前“天朗计划”团队已经小试身手：支付宝上线“延迟到账 2.0”功能，当用户遭遇疑似电信诈骗时，支付宝会主动推荐延迟到账功能，给予用户思考以及报警的黄金时间；协同警方分析诈骗类案件近 900 起，助力警方抓获犯罪嫌疑人 800 余人，破获杭州批量贷款诈骗案、台州临海网络交友诈骗案、衢州系列刷单诈骗案等，成效明显。今后，“浙江刑侦”生活号入驻支付宝安全中心，成为反诈平台之一，这在全国属于首批；支付宝联合警方针对不同欺诈场景、不同诈骗手法，对诈骗易发高发受害人群进行精准反诈保护，努力做到“千人千面”、全民防范；针对“黑灰产业”进行源头打击、全链条治理，从而全面提升反诈防骗效果。

反诈防骗，涉及方方面面、多个领域。除了电信网络领域警方与支付宝的合作，在更广泛的社会意义上，还需要全面构建反诈防骗共同体。比如，保健品市场“骗老坑老”“骗病坑病”情况严重，那些卖天价保健品的，抓住了中老年人医疗保健知识匮乏以及对于病痛死亡的恐惧等痛点，大肆渲染，放肆扩张，昧着良心，大骗钱财，不仅扰乱了市场秩序，而且危害了群众健康。2019 年 1 月 23 日起，浙江省委政法委、省市场监督管理局等七部门联合行动，开展为期半年的保健品市场乱象专项整治，重点整治保健品市场非法添加、虚假标识、非法营销、虚假宣传等。那么如何才能做好？一定要坚决杜绝宽松的行骗环境，要紧盯保健品非法销售人员经常出没之地，要严打以直销之名行传销之实；关键要持之以恒落实到位，比如此前曾针对各种推销、骚扰、诈骗电话有过专项整治，刚开始时稍微好了一阵子，但很快故态复萌，说明治理并没有持之以恒落实到位。

到了“后道工序”——检察院法院层面，同样需要形成合力。在杭州市第十三届人民代表大会第四次会议上，市中级人民法院工作报告表明：“严厉打击‘套路贷’等违法犯罪，审结非法吸收公众存款、集资诈骗、非法传销等涉众型经济犯罪案件 154 件 419 人。”市人民检察院工作报告表明：“批捕非法吸收公众存款、集资诈骗犯罪 524 人，起诉 336 人。”如何真正做到“天下无贼”“天下无骗”？一定需要全方位构建共同体。

重要的就在于：合监管之力，张全域之网，除欺诈之害，解人民之痛！

传销魔窟之歼灭

传销之疯狂，从打击传销的正面消息可见一斑！

西安：2017 年 8 月 11 日早晨 6 点，1350 名警力在 5 个“战区”开始打击清查非法传销行动，共捣毁传销窝点 429 个，查获传销人员 1373 名。

天津：日均出动 6000 多名执法人员地毯式摸排，传销人员或已转移藏匿，将采取措施杜绝传销者重返。

珠海：由公安部督办的广东珠海“6 · 28 网络非法传销案”，主要犯罪嫌疑人田某日前落网；该案涉及全国 30 个省区市的 18 万余人，涉案资金达 10 亿元。

昆明：查获一起涉案上千人次的特大传销案，该传销组织打着国家产业的名号，采取“拉人头”的方式大肆发展下线，有的整个家庭陷入传销。

合肥：进一步加大力度打击传销，彻底“清场”后，打传队员不撤离，以防传销回流。

南宁：警方在 2017 年 8 月 21 日宣布侦破一起特大传销案件，涉案金额 15.19 亿元，涉及人员 8000 余人。

……

至于身陷传销财破人亡的消息，更是让人感到传销“逆天”了！

2017年8月12日《华商报》报道：西北地区某法院的退休女法官张女士，到广西北海度假，几天后就被这里的传销人员拉进传销组织，并很快被洗脑，自己和父母辛辛苦苦积攒下来的近30万元打了水漂，还想拉儿子入伙！

疯狂饮水机传销，一度搅乱杭州临安於潜和青山湖两个小镇，近200人被骗1600万元；有人甚至一笔投下50多万元，买了几百台，每台3900元所谓的“降三高”“改善睡眠”的“全能饮水机”。

2017年6月刚从沈阳一所大专毕业的东北小伙郑权，不久前受网友之邀去江西上饶“打工”，立马身陷传销魔窟，遭受“严刑逼销”、团伙群殴，不从就天天挨揍，结果被打得遍体鳞伤，多处肌肉溶解，造成肾衰竭。几近昏迷的他，最后被“输送出窟”，扔在杭州火车东站。

来自山东德州，2016年毕业于东北大学的李文星，在BOSS直聘遭遇招聘诈骗，深陷传销组织，2017年7月14日其尸体在天津静海被发现。另一位山东籍小伙子张超，同样在静海误入传销组织，同一天其尸体在一条小路上被发现。四川青年何林坤，被大学室友骗入山西运城市的一个传销组织，20多天后，因为“不从”，被暴打身亡。湖南美女大学生林华蓉，是位大二贫困女生，2017年7月11日她去湖北钟祥市打工，结果再也回不来了。她的死因，和死于天津的大学生李文星一样——陷入传销组织，不幸溺亡。她被传销组织非法拘禁，手机被扣留，从7月12日到8月4日上午，被传销组织强迫每天上课，并要求交纳2800元费用，但她一直拒交，后果竟然也是一个“死”。

……

这就是疯狂的传销，千万人卷进去、难以自拔。不仅谋财，而且害命；邪火遍地，触目惊心。

传销是病毒，但比病毒还顽固！

传销是冰毒，但比冰毒还上瘾！

传销是邪教，但比邪教还邪恶！

传销是恶魔，但比恶魔还凶狠！

传销是吸血鬼，但比吸血鬼还无情！

有人发出疑问：为什么一个愚蠢的把戏，竟能欺骗如此多的人？为什么传销者竟敢明目张胆地行骗，不从就往死里打？为什么传销一打不绝、再打不绝、总打不绝，甚至连“受到打击”都成为行骗的借口？

传销疯狂，信众众多，像滚雪球一样越滚越大，“一传十、十传百、百传千”，往往就是几何级数增长。

但传销本身并不是什么新事物，可它很擅长“变异”，多年来都能以各式各样的方式存在着，变换着花样骗人骗财、害人性命。

而今，传销“病毒”有不少“新变种”，呈现出新特点，一则“互联网+传销”，二则“伪慈善+传销”。换代升级后，传销更猖獗，受害年轻人大大增多。

“互联网+传销”的模式，层级扩张快，传染性很强。网络平台成了“藏污纳垢港”，除了不实信息、谣言的传播外，不少传销式微商在吆喝。有的微信传销是每拉一个代理上交30元，总人数达到至少5万。

“伪慈善+传销”的模式，同样隐蔽性极强，找到“公益慈善”的“保护色”，拉大旗作虎皮，“理直气壮”地干坏事。那个“善心汇”网络传销就是典例。

有的新型传销，迷惑性越来越强，甚至打着“一带一路”的旗号，包装成地方重大项目，还拉拢欺骗地方党政干部参与其中，企图瞒天过海。

有一款名为《魔幻农庄》的游戏，成为新型变相传销，通过发展下线拉人头，号称300元本金5个月后就能翻至1.7万元，先后骗得30多万人参与，骗取金额高达2亿元，最后“跑路”。

更让人哭笑不得的是，“传销捞人”生意也产生了：收费一两千至八九万，称两小时就能找到人。

为什么传销总是“野火烧不尽，春风吹又生”？

一位曾经深入传销组织内部“卧底”过一阵子的作家，这样认为：“所有传销者都有相同的特点：缺乏常识，没有起码的辨别能力；急功近利，除了钱什么都不在乎；他们无知、轻信、狂热、固执，只盯着不切实际的目标，却看不见迫在眉睫的事实。这是传销者的肖像，也是我们大多数人的肖像。传销是社会之病，其病灶却深埋于我们的文化之中，在空气之中，在土壤之中，只要有合适的条件，它就会悄悄滋长。”

有个典型人物是：南京名校一位“创业明星”，26 岁的研究生，曾获“中国大学生自强之星”提名奖，拥有大好前程的他却加入了“来钱更快”的传销组织，利用自己的光环发展了 120 名下线，结果因为组织传销而沦为阶下囚。

传销扭曲人心人性，“杀熟”屡见不鲜，亲属、朋友、同学、熟人首先拉进来“宰杀”一把，由此构成了一个相互加害的系统。

在“社会病”之外，概而言之，主要原因：一是打击不力，处理不严；二是执法不力，立案很难；三是转型升级，防不胜防；四是工作难找，急于谋生；五是自身防范意识差，自投罗网非常多。

《新京报》报道：燕郊传销扎堆，当地工商却称“管不了”！

打击传销要投入的人力物力很大，“产出”似乎并不多，所以不少地方睁一只眼闭一只眼，多一事不如少一事，打击传销的积极性不高，很不高。

传销野蛮生长、屡禁不止，还有一个重要原因是“立案难”。有识之士直指：“刑法和相关司法解释仅规定对 30 人以上且层级在 3 级以上的组织者和领导者进行追诉，对于 30 人以下，公安机关就不能立案了。”

而大量的年轻人，包括大学毕业生，一时找不到适合的好工作，又想来钱快，纷纷陷入传销不能自拔。传销是高墙，被骗者是鸡蛋，问题是鸡蛋渐渐会变成高墙的一部分，去干巩固高墙的事了！

打击力度不是几何级数增长，但传销的发展是典型的几何级数增长，此消彼长，那态势必然是越来越不利了。

那么，面对邪火中烧、比邪教还邪恶的庞大的传销组织，偌大的中国、强大的公权力，难道对付不了，束手无策，任其遍地蔓延燃烧了？显然不是的。

最关键的就是打击的模式需要深化改革，打击传销必须全国一盘棋！只要认知到位、高度重视，在中国不可能灭不了传销！传销“病毒”尽管蔓延得很厉害，中了病毒的人也很多，但对付这“病毒”毕竟不像对付“艾滋病”病毒那样至今还“无药可施”——如果加以全国性的、长期性的高温高压，予以“蒸煮灭杀”，这些病毒哪有灭不掉的道理？

如果“杀毒”“灭毒”只是此一时彼一时、此一地彼一地，那最后必然是“此伏彼起”。比如天津静海最近狠狠打击传销，捣毁的窝点不少，抓到的人马却不多；传销重灾区静海距离河北沧州仅有80公里，静海的传销人员很有可能已大批转移至河北沧州“潜伏”下来了。

他们最懂得“敌进我退”了。所以，要歼灭传销、捣毁魔窟，不是全国一致的重拳出击，那必然是事倍功半的。

全国行动，重典治乱，全歼传销，除恶务尽，是时候了！

恶作剧的代价

这是网络时代的一个横断面。说来匪夷所思，荒谬无以复加。

起初是在2017年9月7日那天，一部再普通不过的二手苹果手机，在网络司法拍卖平台上拍卖，从起拍价100元开始，被一次次加价，仅10多分钟就飙升到1万多元，至9月8日中午拍卖结束，最终竞拍价高达27万550元！

其间，共有2734人报名参加了竞拍，拍卖被延时377次，累计加价708次，引起36万多次的围观。这是一款二手的"苹果7"手机，内存128G，评估价仅为140元，这种手机市场价目前为6000多元。它是南京市秦淮法院的司法拍品，是在一起民间纠纷案中，被执行人陶某某被法院扣押的财产，没有任何特别之处。

在这场疯狂行进的竞拍中，每个参与者以及围观者其实都知道，这个拍品最后是不会"成交"的。果然，"击鼓传花"到最后，"花"落竞价2次的车某某身上。很快他就明确拒绝按拍卖成交价付款，并声称自己最终出价是"因为误看价格"。9月9日，秦淮法院经过调查后，决定对车某某处以1万元罚款。

司法拍卖并不是"娱乐"，权利行使更不可"娱乐"。恶意抬高价格、恶搞司法拍卖、干扰拍卖秩序、妨碍法院执行，这必然是要承担法律责任的。同时受处罚的还有一个竞拍者刘某某，他参与竞价 124 次，其中进入延时后加价 123 次，4 次单次加价超过 1000 元。法院依法对其进行了传唤，决定对其罚款 2 万元。法院的通报表明，还将继续对其他恶意竞拍的人员进行调查，并根据行为人的过错与态度依法处罚。

司法网拍，具有公开性的巨大特点，弥补了传统拍卖中"暗箱操作""围标串标"问题，净化了司法拍卖的环境。打开某网首页，专门有"司法拍卖"一栏。正常的网拍，应该像这个:8 月 22 日，杭州市中级人民法院开展的一项"苹果、华为等共计 7 部手机"司法拍卖，以 371 元起拍，每次加价幅度为 10 元，经过若干轮竞价，最终的成交价为 1621 元。

如果拍卖被恶搞，那么"成交"就成了"成"而不"交"。一部被格式化的、普普通通的二手手机，通过司法网拍让"成交"远超市场价，那是毫无道理的。除了这款"苹果 7"拍出"天价"外，同时有另外一部"苹果 6"手机，也引发了 130827 次围观，共有 995 人报名参与竞拍，从起拍价 100 元，经过 51 次出价，最后以 6500 元"成交"，远超市场价。6500 元在当时可以买一部新的"苹果 7"，却去买一个人家用过的"苹果 6"，如果不是恶搞瞎搞，那么一定是脑子进水了!

这场超大幅度溢价的"苹果 7"司法网拍，就是一场穷极无聊的网拍恶作剧。由于设定的参拍保证金仅为 20 元，那么这 2734 个参加竞拍的人想的就是:只有最后那个人被没收 20 元保证金而已，不会出现什么冤大头，而且落在自己头上的概率小之又小。于是，他们在网络上撒野般玩了一场自以为好玩的"击鼓传花"游戏，至于"司法拍卖"的严肃性就顾不了那么多了。那个刘某某也承认，他是出于"开玩笑"的心理参与竞拍，并没有以极高价格购买低价二手手机的意愿。

这些参与者比娱乐至死还娱乐至死，他们协力完成了这场"好戏"，而且都等着看别人受处罚的"好戏"，这种恶作剧行为是多么的可怜可恶可憎。这是网络时代的一种群体劣文化，反映了普遍信仰、道德底线和法治观念稀缺失守之后的一种社会文化心理。那么多人参与，那么多人从众，由此构成了典型的“网络群体极化效应”——一群无聊却“网味相投”的人聚在一起，行为会一致性地趋同，最终在一个特定“场域”里以其“惯习”合成一个荒诞的谬误，而且他们个个都不以为意。

这是精神界的“穷极无聊”。这才是最可怕的。

这次法院的严处，让“恶作剧”的制造者付出代价，对后来者会有警示教育作用。有网友说，继续对其他恶意竞拍的人员进行调查并处罚，这个很有必要，坐等！这2000多个参加者中，绝大多数是恶作剧的参与者和制造者，集合成了网络“群氓”形象，如果挨个罚个遍，那么，今后以恶作剧为乐的网络行为必定会减少很多。

碰瓷自焚与互害社会

“天下有道，以道殉身；天下无道，以身殉道”，这说的是人与道义之间的关系。用生命捍卫道义的事情，古今中外不乏其例。可是，这样的新闻让人五味杂陈、唏嘘不已。

2012 年 4 月 22 日《西安晚报》报道：4 月 17 日，一个来自延安农村、名叫曹永强的 19 岁小伙子，在陕西安康火车站出站口旁一家商店买水喝时，遭遇“碰瓷”，一番争执拉扯后离开，不久发现身上 3000 元现金丢失。他返回店内讨要，对方不承认。曹永强用打火机点燃衣服自焚，伤势较重，已转至西安救治。

这是一个“碰瓷自焚”的悲惨案件。一个人要遭受到多大的委屈、经历多大的绝望，才至于点火自焚？3000 元现金因何不翼而飞，有待警方查证，但对于一个来自农村的人来讲，3000 元很可能是全部身家。已经确定的是，这家商店用“碰瓷”的手段讹诈顾客的做法真实不虚：他们设置机关，在商店柜台角上放置易碎的所谓“古董”，下面安装了能遥控的振动器，当顾客经过时，在暗中遥控振动器，将“古董”震落、摔碎，以此讹诈。

在食品药品领域，制造有毒有害的假冒伪劣商品，已经让世人叹为观止；在商店讹诈顾客方面，花样翻新层出不穷，但这种安装振动器制造“碰瓷”的手段，还真是第一次听说。见过讹人的，没见过如此讹人的。有记者描写过有商店摆设故意让人"碰瓷"的情形，但怎么也不会想到有用安装遥控振动器来制造"碰瓷"的。

这是一个"互害社会"中害人的典例。"互害社会"是一个广义的概念，包括害人、害人害己、人己互害、一环扣一环损害下一家等各种情形。"互害型社会"，就是一种道义缺失、道德沦丧、为所欲为的社会形态。虽说是"互害"，但更多的其实是"被害"，属于"受害型社会"——就像这个 19 岁的小伙子曹永强，从农村来到城市，一脚刚跨进城市的门槛，就掉进了陷阱、遭遇了"碰瓷"、受到了陷害。没想到他还自焚，让自己承受了"双重加害"！

有些"被害"的情形，你还说不清究竟是谁害了谁。这天还看到一个让人唏嘘的新闻：一个工人手捧断指离开医院！在江西南昌打工的熊春根，干活时手指不幸被钢筋打断。到医院后，因负担不起治疗费用，不得不中止治疗；工厂老板接到求助电话时推脱很忙，熊春根只能手捧断指离开医院……一根手指因工伤受害，这不算大的意外，可是，因没钱接不回去而再次受害，这太让人意外。

消弭"互害社会"的种种情形，一靠管治，二靠法治——"管治"是"常治"和"长治"，平常要监督监管，防微杜渐，长治久安；一旦出了事、成了案件，则需要司法法律予以调整甚至严惩。

平常监管做好了，这起"碰瓷自焚"事件完全可以避免。进出火车站的乘客是一过性的，流动性很强，那些奸商能讹一把就讹一把，花样很多，日常只要认真监管、严厉查处，都是可以治好的。这家"碰瓷"商店，恐怕不是刚刚装上振动器，第一次讹诈顾客吧？若不是第一次，那么，平常是怎么监督管理的呢？真的一点都不知道，还是故意睁一只眼闭一只眼？现在事件出来了，涉事商店被查封，两个当事人也已被刑拘，这正是公众希望看到的——如果没有管治和法治的力量，"互害社会"就无法避免。

炒饭为何炒“糊”了

真好，有个世界纪录泡汤了。2015 年 10 月 26 日，吉尼斯世界纪录官方宣布，23 日在江苏扬州举行的“最大份炒饭”挑战活动，由于存在浪费食物情况，其纪录无效。

当时扬州弄了个 4192 公斤——4 吨多重的“最大份炒饭”，当“新纪录”宣布后，这份“巨无霸”炒饭，就有大量成品被装进卡车运走，简直就像运垃圾。掉落在地的炒饭，当然要环卫工人来清扫了。如此暴殄天物，难怪网友吐槽“作秀”“瞎弄弄”。

扬州官方进行核查，确认总重约 150 公斤的炒饭“被送至养殖场处理”，因为“存放时间过长不宜食用”，其余的“已按原计划送到接收单位”。这是尽量照顾“自身形象”的辞令，但是吉尼斯官方仍然不客气，认为“炒饭有不恰当处理”，取消其纪录。这份扬州炒饭，就这样炒“糊”了！

扬州鼓捣这“最大份炒饭”，只为“形象宣传”“特产推介”，压根就无视吉尼斯纪录的基本规则：大型食品纪录中，食品最终要供民众食用，不得浪费。他们本末倒置，打破的不是纪录，而是规定；所谓“地方形象”，就是如此自我颠覆的。

有的人就喜欢制造“多”“大”之类的纪录，就拼个人多、物多、量大、个头大。一会是最大的粽子，一会是最大的月饼；砍倒一棵大树，两头削尖，就是世界最大的牙签！扬州还弄过一张号称“世界最大”的餐桌，直径 10 米，承重 6 吨，可同时供 60 人吃饭，实木打造，造价不菲；餐桌上面不仅有圆形转盘，中间还布置了一个“景区”，弄了个喷泉在上头。可是，“直径 10 米”这个“吉尼斯纪录”不牢靠呀，人家搞个直径 11 米的就破了你的纪录了，你干脆搞个直径 100 米的，不吃饭时就在上面踢球。

还有个“跳广场舞人数最多”的纪录，成都、杭州、荆州、秦皇岛等城市先后申报过；甚至还分为“同一时间、同一场地跳广场舞人数最多”和“同一时间、不同场地跳广场舞人数最多”，从 1 万多名到 2 万多名再到 3 万多名，这破纪录的速度和幅度，还真是又快又大。

纪录背后，是莫名其妙的虚荣心。鲁迅先生曾批国民性“懒惰”“巧滑”却又“觉得日见其光荣”。那种没有多少难度、没有什么技术成分的所谓“最大”“最多”的纪录，恰是“懒惰”“巧滑”者最喜欢捣鼓折腾的，也正是“懒惰”“巧滑”所最能够取得的。制造者虚荣而急功近利，总想闹个“最”字，阿 Q 也一样，总能找到比别人“厉害”的地方。但是，没有创新、没有创意，只是对原先做法的拷贝放大，这样的纪录拿得再多，有意思么？你最擅长干这个，世界上有多少人褒扬你？

吉尼斯世界纪录是不接受任何不道德的记录的。多几个真正高精尖、有技术、有难度、有创意的世界纪录吧，靡费巨大人力物力拼凑出来的那些所谓的纪录，真的没啥意思。

那些看不见的“微生物”

酒香旁边有酒财，酒缸外边是染缸。2020 年 7 月 13 日，中央纪委国家监委网站发布“深度关注”：13 名高管接连落马，“茅台窝案”警示“靠企吃企”问题依然严峻。说的是，贵州茅台酒股份有限公司原副总经理张家齐、茅台学院副院长李明灿因涉嫌严重违纪违法，正接受审查调查。自 2019 年 5 月茅台集团原党委副书记、董事长袁仁国被通报“双开”至今，茅台集团及其子公司已有至少 13 名高管被查，其中包括总经理刘自力等。

为此，该报道连发三问：茅台“靠酒吃酒”腐败的根源在何处？存在哪些制度漏洞？管理混乱背后是怎样的政治生态？

曾几何时，在生产和消费两端，茅台酒都变成了“权力酒”。2020 年 1 月 15 日《人民日报》报道，深圳市一家国有企业，在五星级酒店举办年终述职会，光茅台酒就喝掉 16 万元！报道问：这喝的是“快乐酒”还是“腐败酒”？消费茅台酒的，有不少涉嫌腐败；生产茅台酒的，更是出了一窝腐败高管。“腐败领头羊”就是茅台集团原董事长、“一把手”袁仁国。长期以来，重大事项全由他一个人说了算，他还把持着茅台酒销售大权，一边靠“批酒”大肆谋取私利，一边把茅台经营权作为搞政治攀附、捞政治资本的工具，大搞权权、权钱交易；同时他还大搞“家族式腐败”，仅其妻子和儿女染指权力、违规经营茅台酒，就获利 2.3 亿余元……这里的腐败静悄悄，茅台利益成了私相授受的“私器”。

被尊为“国酒”的茅台酒，是中国第一名酒，在全世界都是“唯一品”——天下茅台，独此一份。一直来茅台酒都属于卖方市场，其股价也屡创历史新高。作为贵州遵义仁怀市茅台镇的特产，茅台酒是中国国家地理标志产品，其传统工艺不仅被列入国家级首批非物质文化遗产名录，而且还被确定为国家机密加以保护。工艺之外，极其重要的是，当地有着独特的自然微生物环境，而离开了那样的环境条件，即使是一模一样的原料和工艺，也无法生产出那样的茅台酒。与那看不见、摸不着的微生物群落相似，茅台窝案里同样有诸多隐蔽的、看不见的“微生物”，好在在反腐败的高压下，一些腐败的“酒蠹微生物”露出了原形，但是，还有不少深层次的、无形的腐败“微生物”，需要进一步予以揭示。

“靠企吃企”“靠酒吃酒”的腐败根源在何处？其关键“微生物”，就在于“仕场经济”四个字。在市场经济大环境中，一些国有企业领导人悄悄把国企变成了“仕场经济”，亦即“官场经济”“权力经济”，也就是通过权力化公为私的经济。我们知道，市场经济的发达程度，取决于市场体系和法治体系的健全程度，两者越健全，资源配置能力越强，市场经济的水平就越高；而“仕场经济”则是大权独揽的权力经济，与市场经济的本质完全背道而驰。茅台酒是稀缺资源，权力也是稀缺资源，越稀缺，越能够从中牟利。在“仕场经济”中，茅台酒不仅构建了一个利益王国，更是构建了一个权力王国；“仕场”权力的“微生物”，于是渗透到了每一个有利益的角落……

大权独揽的环境，缺乏有效的制衡和监督，让“茅台官”们拥有了以权力为核心的“绝对酒力”，然后就是“绝对酒力”导致的绝对腐败。所以，反腐防腐，最终一定要落在制衡权力的最优制度设计上。茅台酒的兴起、“茅台官”的倒下，再也不能成为两道并行的风景线了！

一点点突破“惯习”

坐飞机，用手机，禁令在逐步解除！

浙江长龙航空对媒体宣布：从2018年1月22日开始，乘坐长龙航空所有航班的旅客，均可在空中有条件地使用手机。

2018开年之后，国内多家航空公司陆续宣布放开飞机上使用手机的限制，目前已有海航、南航、东航、厦航、国航、山东航空、祥鹏航空、春秋航空等。被列为“标志性事件”的是：1月17日21时36分，海南航空HU7781航班从海口美兰机场起飞，途中跨过零点，飞往北京首都机场——这是我国民航史上第一架允许在机上使用手机等便携式电子设备（PED）的航班。

不少航空公司在飞机行李架下方，标出了可使用WiFi的标识。当然，目前旅客在飞机上使用手机等电子设备，都是有条件的。比如需要打开手机“飞行模式”，不具备“飞行模式”的移动电话等设备在空中仍禁用；超过规定尺寸的便携式电脑、PAD等大型电子设备，仅可在飞机巡航阶段使用，而在飞机滑行、起飞、下降和着陆等飞行关键阶段禁止使用；等等。

坐飞机，用手机，这样的改变，是在一点点、一步步突破“惯习”。按照法国社会学大师布迪厄的说法，在人为建构的社会“场域”中，总有“惯习”存在，这种“惯习”构成了一种非形式化的、潜意识的行为选择。而“惯习”作为一种主观主体，往往会变成一种习惯性的选择、一种羁绊、一种路径依赖。打破“惯习”，需要思维的突破、变革的超越，以及技术的创新进步。

早在1997年，中国民航总局发布《中国民用航空旅客、行李国际运输规则》，规定旅客不得在航空器上使用便携式收音机、对讲机等发射装置；未经允许，不得在航空器上使用任何其他电子设备。一听“便携式收音机”“对讲机”这些“老词儿”，就知道规定之陈旧。到了2018年1月15日，民航局发布《机上便携式电子设备（PED）使用评估指南》，认为经过技术测试、规章修订等一系列工作，开放机上便携式电子设备使用的条件已基本成熟。机上禁止使用电子设备的政策，终于得以“松绑”，有了突破。

历史上，美国是比较早规定飞机上不得使用手机的。但好玩的是，当年美国规定飞机上不许使用手机，仅仅是因为美国无线电监管机构——联邦通讯委员会认为，飞机上使用手机会对地面网络造成干扰——并非干扰飞机！美国有关方面后来的研究表明，“绝大多数商业航班可以承受来自便携电子设备的电波干扰”，并于2013年10月全面解禁；随后，加拿大、新加坡以及欧洲航空安全局等，也纷纷宣布解禁。而波音、空客等飞机制造商在设计和制造环节，都取得巨大的技术进步，防止便携式电子设备的干扰早已“不在话下”。

但是，我们一直来还是强调“飞机上手机必须关机”，个中“惯习”，就是认为“飞机上使用手机会干扰飞行安全”，而且“不怕一万就怕万一”“多一事不如少一事”，谁也不想当“出头鸟”去开先河。咱们处理公共事务，大多是这样的“惯习”在作祟。近几年来，虽然围绕着“飞机上能否使用手机”争议不断，但“飞机上不能使用手机”一直是中国民航执行的制度。

如果让这样的“惯习”继续下去，势必是越来越落后，越来越与时代脱节。在飞机上不能使用电子设备，已然成为现代人乘飞机时的一大烦恼，事实上对乘客造成了巨大的时间浪费和损失。而放开使用限制，是巨大的市场需求。如今终于“有条件”地放开了，期待今后随着技术的不断进步、思维的不断松绑，能够把这个“有条件”缩到更低、最低限度！

后　记

天命一文心

写作是我的生命,坚持是我的使命。“慈行三部曲”就是使命的成果。

人生旅程,弃政从文。我生于1966年,到1999年,已过33岁,我从一个江南小镇的“一把手”位置上“裸辞”,来到杭州“跨世纪”,从事新闻工作至今。有位智识者是过来人,曾说:“人最好的日子是35岁到55岁。这20年是你的黄金时期,你要做事、干什么,都是这20年。”我幸好在这个黄金岁数选择了从文写作,其中从2002年元月开始进入杭州日报报业集团都市快报社,到2022年,恰好是20周年。而今我早已过了“四十不惑”,过了“五十而知天命”,即将迎来“六十耳顺”。

然而,一生毕竟是书生!

作为一介书生,我有“人生三书”,就是读书、写书、教书。一直坚持,所以有了一点成绩,记入自己的“人生功劳簿”。由于网络上有关“徐迅雷”的词条是十几年前的,现将一个新一点也详细一点的简介录于此:

徐迅雷,现任《杭州日报》首席评论员,历任《都市快报》新闻部编辑主任、《杭州日报》评论部主任等职;系中国作家协会会员,浙江省杂文学会副会长,杭州市文艺评论家协会副主席;被聘为浙江大学传媒与国际文化学院兼任专家(为新闻系讲授

“新闻评论”课，为干部培训班讲授多种课程），同时是浙大宁波理工学院传媒与法学院兼任专家、浙江理工大学史量才新闻与传播学院兼职教授、浙江工商大学实务导师、丽水学院客座教授、丽水学院民族学院客座教授；是《南方周末》2020年评论写作课授课教师，中国新闻奖获得者。

入选浙江大学“财新 · 卓越记者”；作品入选涵盖中国杂文史的《中国杂文（百部）》，是当代浙江在地杂文家中唯一入选者；是《杂文选刊》评点的“当代杂文30家”之一；是《读者》原创版首批签约作家。先后获得各级各类奖项逾百项，并获杭州市政府特殊津贴；先后有5部著作入选杭州市文化精品工程；作品曾被评为《南方周末》年度十大评论，主笔的《快报快评》、主创之一的《西湖评论》先后被评为浙江新闻名专栏。

此前已在广西师范大学出版社出版《在大地上寻找花朵》《太阳底下是土地》等著作共8部；另有《中国杂文（百部）· 徐迅雷集》《以文化人》《知知而行行》《敬畏与底线》《相思的卡片》等著作10余部，其中包括编选的《现代大学校长文丛 · 梅贻琦卷》，与女儿徐鼎鼎合著的《认知与情怀》；另有和同人合著的《南周评论写作课》《杭州70年（1949—2019）》等7部作品。

“悲晨曦之易夕，感人生之长勤”（陶渊明《闲情赋》）；“课虚无以责有，叩寂寞而求音”（陆机《文赋》）——人生写作，大抵如是。

文心笔致，天命使然。不忘使命，为苍生说人话；继续前行，为进步说真话！